DER HERZOG DER BEGIERDE

DIE UNBERÜHRBAREN
BOOK VIER

DARCY BURKE

Translated by
PETRA GORSCHBOTH

Zealous Quill Press

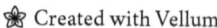

DER HERZOG DER BEGIERDE

Vor zehn Jahren war das Leben von Ivy Breckenridge ein Scherbenhaufen. Sie musste sich neu erfinden und jetzt, nachdem sie mühselig ihren eigenen Weg in der Welt gefunden hat, sind ihre Träume an ein Zuhause und Familie, die sie einst hegte, beinahe in Vergessenheit geraten. Bis ein Mann ihr in ihre Seele schaut und jeden einzelnen ihrer verborgenen Wünsche wiedererweckt. Doch ganz egal, was für wunderbare Gefühle er in ihr auslöst, kann sie ihm nicht vertrauen – aus eigenem Wunsch allein zu sein ist besser, als aus Notwendigkeit.

Mit dem berüchtigten Ruf, verheiratete Frauen in der Kunst der Leidenschaft zu unterweisen, wird Sebastian Westgate, Herzog von Clare, von manch einem geschmäht und von anderen gefeiert. Niemandem gestattet er eine so große Nähe, um sein charmantes Äußeres zu durchschauen. Als Ivy den Mann enttarnt, der sich dahinter verbirgt, ist der Verführer plötzlich der Verführte. Von ihrem sprühenden Geist und scharfen Verstand verzückt, will er mehr, doch die Enthüllung seiner dunkelsten Geheimnisse ist ein Preis, den zu zahlen er nicht bereit ist.

Für Duke

Ich habe bei diesem Buch deine Versuche vermisst, dich zwischen mich und meinen Laptop zu drängen.

KAPITEL EINS

Wendover, England, August, 1816

*D*ie Stille legte sich über den großen Salon, wie eine Sturmwolke, die hereingezogen war und all das Licht aus der Luft gestohlen hatte. Die Gespräche verstummten, und es herrschte buchstäblich eine spürbare, erwartungsvolle Spannung.

Ivy Breckenridge sah von dem Buch auf, in dem sie gerade las, und sofort entdeckte sie die Ursache der Störung.

Dort stand er, knapp hinter der Türschwelle und unterhielt sich mit Lord Wendover, dem Gastgeber der Hausparty. Er war großgewachsen – und mit Augen so dunkel wie die Sünde und noch schwärzerem Haar sah er aus, wie ein Held aus vergangenen Zeiten, dem nur ein Schwert in der Hand und der Panzer über seiner breiten Brust fehlten.

»Meine Güte, ist das der Herzog der Begierde?«, erkundigte sich eine der beiden Frauen atemlos, die ein paar Meter von Ivy entfernt auf einem Sofa Platz genommen hatten.

Dies war solch ein schrecklicher Spitzname, und Ivy selbst war dafür verantwortlich. Das hieß, sie selbst und ihre besten Freundinnen.

Beim Gedanken an Aquilla und Lucy, spürte sie die Traurigkeit in sich aufkommen. Sie waren jetzt verheiratet. Gebunden in diesem Stand, dem Ivy sich niemals unterwerfen würde. Sie hatten darauf beharrt, dass ihre Freundschaft deshalb nicht ins Wanken geriete, aber ihr Verhältnis hatte sich bereits verändert. Ja, sie schrieben einander immer noch –*beinahe* genauso häufig wie zuvor – und doch war der Ton ein anderer. Und wie könnte es auch anders sein? Die beiden waren nicht nur verheiratet, sondern sie waren glücklich.

Ivy wollte ihnen das nicht neiden – das vermochte sie nicht. Auch wenn sie nie den Reiz verstehen würde, dem die beiden erlegen waren.

»Ich frage mich, mit wem er gekommen ist«, wunderte die andere Frau sich leise, aber laut genug, dass Ivy die Worte hören konnte. Die beiden waren in Ivys Alter, allerdings waren sie respektable, verheiratete Frauen, während Ivy nur die Gesellschafterin einer Dame der feinen Gesellschaft war. Das erklärte auch ihre Position am Rande des Geschehens. Sie warf einen Blick zu Lady Dunn, ihrer Arbeitgeberin, die mit ihrer Freundin Mrs. Marsh ganz in der Nähe saß.

Ivy ließ den Blick zurück zur Tür schweifen. Der Herzog schien sich des Trubels, den seine Ankunft ausgelöst hatte, absolut nicht bewusst zu sein.

Lord Wendover blickte sich im Raum um. »Der Herzog von Clare ist eingetroffen. Und damit sind die Gäste unserer Hausparty nun vollzählig. Lady Wendover und ich freuen uns auf die vor uns liegenden vierzehn Tage und all die spannenden Veranstaltungen, die wir geplant haben, beginnend mit dem offiziellen Abendessen.«

Eine mäßige Runde Applaus ertönte, und der Earl verneigte sich vor seinen Gästen, ehe er die Unterhaltung mit Clare wieder aufnahm.

Das Frauenpaar, das ein Stück vor Ivy auf dem Sofa saß, steckte die Köpfe zusammen und unterhielt sich leise, jedoch konnte Ivy ihre Worte dennoch verstehen. »Hast du schon das Neueste über Clare gehört?«, fragte die blonde Frau. Sie besaß eine kleine Nase, die in regelmäßigen Abständen zuckte und Ivy damit an ein Häschen erinnerte.

»Das nehme ich an, aber es scheint immer etwas Neues zu geben«, erwiderte die dunkelhaarige Frau. »Geht es um seine neueste Affäre?«

»Nein, es geht das Gerücht um, er habe Goodwins jüngsten Sohn gezeugt«, entgegnete das Häschen. »Das Haar des Jungen ist so schwarz wie Mitternacht.«

Die andere Frau stieß geräuschvoll die Luft aus. »Und Lord und Lady Goodwin sind beide hellhaarig. Das war mir noch *nicht* zu Ohren gekommen.«

Das Häschen blinzelte sie an. »Die Geschichte hat vor ein paar Wochen in der Zeitung gestanden. Wie kannst du das nur verpasst haben?« Die Tonlage ihrer Stimme stieg ein bisschen höher.

Die Frau seufzte. »Mr. Pippin schätzt es überhaupt nicht, wenn ich die Skandalblätter lese, fürchte ich, also versucht er, sie vor mir zu verstecken. Leider werden seine Bemühungen manchmal von Erfolg gekrönt.«

»Das ist dumm«, murmelte das Häschen so leise, dass Ivy sich anstrengen musste, um die Worte zu verstehen.

Huch! Sie hatte eigentlich gar nicht die Absicht, den beiden zuzuhören. Sie klappte ihr Buch zu, erhob sich und schlenderte an den Fenstern entlang. Der Tag war bewölkt und kühl. Wenigstens regnete es nicht. Sie hatten solch einen trostlosen Sommer – sogar im Juni hatte es geschneit.

Ivy kam auf der gegenüberliegenden Seite des Raumes an und machte auf dem Absatz kehrt, um wieder zurück zu schlendern. Schon bald würde Lady Dunn für ihr nachmittägliches Nickerchen bereit sein. Dann könnte Ivy die Bibliothek unter die Lupe nehmen, auf die sie bei ihrer gestrigen Führung, der sie sich nach ihrer Ankunft hier angeschlossen hatte, gestoßen war. Ihre Vorfreude nahm ihre Aufmerksamkeit so intensiv gefangen, dass sie den Körper des großen Mannes nicht bemerkte, bis sie beinahe mit ihm zusammenstieß.

»Ich bitten um Verzeihung«, entschuldigte sie sich und reckte das Kinn, um festzustellen, mit wem sie beinahe kollidiert wäre.

Und wie es auch nicht anders sein konnte, war es natürlich *er*.

Mit den Fingerspitzen fuhr er über ihren Arm. »Ich hatte nicht die Absicht, Ihnen den Weg zu versperren.«

Ivy zuckte zurück und brachte etwas Abstand zwischen sie. Allerdings gelang ihr dies nicht, ehe ihr ein Hauch seines Dufts in die Nase gestiegen war – Sandelholz und Kiefer. Er duftete herrlich. Verdammt sollte er sein.

»Das ist schon in Ordnung.« Sie zwang sich zu einem spröden Lächeln und schickte sich an, einen Bogen um ihn herum zu machen.

Er drehte sich mit ihr um. »Sind wir uns schon begegnet?«

»Nein, Euer Gnaden.«

»Aber natürlich wissen Sie, wer ich bin.« In seiner tiefen Stimme schwang ein warmer, heiterer Ton mit. »Alle wissen das, fürchte ich.«

Ivy war angesichts seiner Selbstironie leicht überrascht.

Allerdings ließ sie sich davon nicht bezaubern. »Sie *sind* ein Herzog.«

»In der Tat! Das bin ich. Und Sie sind?«

»Eine Gesellschafterin.« Verstohlen sah sich um und empfand die Kluft zwischen ihnen wie einen großen, gähnenden Abgrund. Die Leute mussten sich fragen, warum sie hier standen und sich miteinander unterhielten. Sie musste dem auf der Stelle ein Ende machen. »Ich wünsche Ihnen noch einen schönen Tag, Euer Gnaden.«

Ivy mogelte sich an ihm vorbei, ehe er die Gelegenheit hatte, ihre unschickliche Interaktion fortzusetzen. Sie kehrte an ihren Platz zurück und war gerade im Begriff, sich dort erleichtert niederzulassen, als sie Lady Dunns Blick auffing. Das war sogar noch besser – endlich konnten sie gehen. Gott sei Dank.

Ivy machte sich auf, um Lady Dunn beim Aufstehen zu helfen, aber die Viscountess bedurfte ihrer Hilfe nicht. Dank der Pause, die das nasse Wetter eingelegt hatte, fühlte sie sich offenbar rüstiger. Obwohl Ivy erst seit etwa fünf Monaten bei der Viscountess angestellt war, wusste sie, dass ihre Arbeitgeberin die Schmerzen an regnerischen Tagen stärker zu spüren bekam.

»Wir treffen uns beim Abendessen«, verabschiedete sich Lady Dunn von Mrs. Marsh, ehe sie in Ivys Begleitung auf die Tür zusteuerte.

Als sie den Raum verließen, verdrehte Ivy den Hals gerade so weit, um Clare in der Nähe der Fenster – wo sie ihn zurückgelassen hatte – stehen zu sehen. Seine dunklen Augen waren auf sie gerichtet. Ruckartig riss sie den Kopf wieder herum und verließ den Raum mit Lady Dunn.

»Worüber haben Sie sich mit dem Herzog unterhalten?«, erkundigte sich Lady Dunn, als sie durch die weitläufige Haupthalle in Richtung der breiten Treppe schritten. »Ich wusste nicht, dass Sie und er miteinander bekannt sind.«

»Das sind wir nicht«, versicherte Ivy. »Er hat sich bloß höflich betragen und eine Bemerkung über das Wetter gemacht.«

Lady Dunn schnalzte mit der Zunge. »Dazu gibt es nicht viel Angenehmes zu sagen. Hoffentlich bleibt der Regen für die verschiedenen Aktivitäten aus, die man geplant hat. Ich nehme einmal an, Sie freuen sich auf den Besuch im Arbeitshaus.«

»In der Tat.« Ivy förderte verschiedene karitative Unternehmungen in London, insbesondere solche, die junge Frauen unterstützten.

Als sie die Treppe emporstiegen, fragte Lady Dunn: »Rufen Sie mir bitte in Erinnerung, wie lange es her ist, seit Sie eine Hausparty besucht haben?«

»Vier Jahre.« Ivy arbeitete seit sechs Jahren als Gesellschafterin, und Lady Dunn war ihre dritte Arbeitgeberin. Miss Chapman, ihre erste Arbeitgeberin, hatte mit großer Freude an Hauspartys teilgenommen. In der Tat hatte Miss Chapman sich bei einer solchen Veranstaltung in ihren zukünftigen Ehemann verliebt. Das war, als Ivy in ihre nächste Anstellung übergewechselt war. »Obwohl diese hier um einiges größer ist, als all die anderen, denen ich in der Vergangenheit beigewohnt habe.«

»Ja, die Wendovers neigen dazu, übermäßig viele Gäste einzuladen. Manchmal frage ich mich, wie sie alle Anwesenden unterbringen können, aber das Haus ist enorm.«

Vermutlich war es auch hilfreich, dass sie im Ankleidezimmer der Viscountess auf einer schmalen Liege schlief, dachte Ivy bei sich. Und dennoch, nach der gestrigen Führung zu urteilen, war Wendover wohl das größte Haus, in dem sie sich je aufgehalten hatte. Sie bogen ab und setzten ihren Aufstieg über die linke Treppenflucht fort, die sie zum Nordflügel führte. »Sie kommen schon seit einigen Jahren immer wieder hierher, oder?«, fragte Ivy.

Lady Dunn nickte. »Lady Wendovers Mutter war mir eine teure Freundin. Ich muss sagen, ich habe mich geehrt gefühlt, dass man mich auch nach Barbaras Dahinscheiden immer wieder einlud. Und man war sogar so freundlich, meine Freundin Mrs. Marsh einzubeziehen, damit ich eine Vertraute an meiner Seite habe.« Sie sah zu Ivy hinüber, während sie das Treppengeländer umklammert hielt. »Es ist so wichtig, auf einer Party wie dieser, jemanden zu haben. Es passiert so viel, das besprochen und reflektiert werden muss.« Ihre Augen funkelten, und sie grinste.

Ivy war sich sicher, dass sie sich ganz auf das Ehestiften bezog, das sich fortwährend – sowohl öffentlich als auch hinter verschlossenen Türen – abspielte. »Gibt es irgendetwas, wonach ich Ausschau halten sollte?«

»Ich könnte mir vorstellen, dass es unter den jüngeren Leuten zu ein oder zwei Verbindungen kommen könnte. Ich würde wetten, dass sich Miss Forth-Hodges einen Ehemann angeln wird, sollte einer der jungen Kerle ihr Interesse oder das ihrer Eltern wecken. Es tut mir immer noch leid, wie die Sache mit Lord Sutton für sie ausgegangen ist.« Sie warf Ivy einen Blick zu. »Nichts gegen Ihre Freundin.«

Aquilla hatte Lord Sutton vor einigen Monaten nach einer ziemlich kurzen Verlobungszeit geheiratet. Das war umso bemerkenswerter, da Lord Sutton seine Aufmerksamkeit im Laufe vieler Saisonen verschiedenen jungen Damen hatte zuteilwerden lassen, und keine unter ihnen geheiratet hatte. Miss Forth-Hodges war die letzte Frau, von der angenommen worden war, dass er sie heiraten würde, bis er sich stattdessen Aquilla zugewandt und sie geehelicht hatte. Dass er diesen Schritt somit endlich gemacht hatte, erwies sich als eine Quelle endloser Diskussionen und Spekulationen, die Ivy sowohl für ihre Freundin als auch für Miss Forth-Hodges wenig erfreulich fand.

»Das ist schon in Ordnung. Mir tut Miss Forth-Hodges ebenfalls leid, und ich hoffe, dass sie ihr Glück findet.« Ivy machte sich nicht die Mühe, hinzuzufügen, dass sie vielleicht gut daran täte, von der Ehe abzusehen. Die Ehe war nicht jedermanns Sache.

Sie erreichten den oberen Treppenabsatz und schlugen die Richtung zu ihrem Schlafgemach ein. »Es sind zahlreiche begehrte Herren anwesend. Wer weiß, vielleicht könnte sie die Aufmerksamkeit der Marquess of Axbridge wecken.«

Das Abbild des hellhaarigen Axbridge kam Ivy in den Sinn. Lady Dunn könnte ihn als begehrt bezeichnen, aber Ivy und ihre Freundinnen nannten ihn einen Unberührbaren. Damit waren Adlige gemeint, die in der Hierarchie so weit über ihnen standen, dass sie sich als völlig unerreichbar erwiesen. Wenigstens solange, bis sie das nicht mehr waren. Lucy und Aquilla hatten beide Unberührbare geheiratet.

Die Freundinnen verliehen diesen Männern auch Titel, die sich mit ihrem Betragen deckten. Axbridge trug zum Beispiel den Namen der Gefährliche Herzog. »Ich weiß nicht, ob ich ihm oder ihr das wünschen würde. Sein Ruf ist ein bisschen fragwürdig, oder?«

Lady Dunn nickte zustimmend mit dem Kopf. »Das ist er, ja das ist er. Aber er ist irgendwie trotz seiner rücksichtslosen Natur genial.« Sie tippte sich mit dem Finger an die Lippen. »Obwohl ich eigentlich nicht weiß, ob er wegen der Duelle rücksichtslos ist. Ich bin mir nicht mehr sicher, hatte er sie initiiert?«

»Ich erinnere mich nicht.« Ivy verfolgte den Klatsch ein wenig, aber nur, um mit ihren besten Freundinnen Schritt zu halten. Im Allgemeinen ging sie den Unterhaltungen mit anderen über solche Dinge aus dem Weg. Lady Dunn verfolgte allerdings sehr gern die jüngsten Skandale, und so hatte Ivy in den letzten Monaten gelernt, ihnen mehr Aufmerksamkeit zu schenken.

»Vielleicht war es dann gar nicht Axbridge gewesen. Und könnte sie nicht eigentlich Clare ins Auge fassen. Haben Sie gehört, wie man ihn nennt?«

»Ja.« Weil er ein Unberührbarer war, und sie und ihre Freundinnen ihm seinen Spitznamen verliehen hatten. Ivy hätte für ihn jedoch die Beschreibung »der Herzog der Ausschweifung« bevorzugt. Begierde verlieh ihm eine attraktive Aura oder wenigstens klang es nach etwas, das man sich wünschen sollte. Und Ivy bemitleidete jede, die ihn wollte.

»Vermutlich ist es sehr treffend, und da seine Affären weithin bekannt sind, ist es scheinbar nicht so, als ob ihn das stören würde«, bemerkte Lady Dunn. »Er scheint stolz auf seine Ausschweifungen zu sein.

Ivy unterdrückte ein Lachen. »Ja, das ist er wohl. Ausschweifung ist auch eine viel treffendere Beschreibung. Vielleicht können wir seinen Spitznamen ändern.«

Lady Dunn schmunzelte. »Die Gesellschaft wird gespannt sein, wen er zu seiner nächsten Geliebten auserwählen wird. Vielleicht ist sie sogar hier auf dieser Hausparty.« Lady Dunn warf ihr einen Blick zu, als sie in das Wohnzimmer traten, an das sich drei Schlafgemächer, darunter auch das ihre, anschlossen. »Wahrscheinlich sollte ich in Ihrer Gegenwart besser nicht über solche Dinge sprechen.«

Ivy machte eine wegwerfende Handbewegung. »Das ist ganz in Ordnung. In meiner Stellung ist mir so etwas schon zu Ohren gekommen und noch viel Schlimmeres.« Mit siebenundzwanzig war sie auch kein unschuldiges

Mädchen mehr. »Ich bin mir durchaus bewusst, dass die primäre Funktion von Hauspartys das Knüpfen von Verbindungen ist – sowohl für eheliche Absichten als auch für andere weniger … respektable Aktivitäten.«

»Genauso ist es.« Lady Dunn griff nach der Tür und runzelte die Stirn. »Ich habe gerade bemerkt, dass ich meinen Stock gar nicht benutzt habe. Vermutlich fühle ich mich heute ziemlich gut.« Sie sah zu Ivy auf, welche die zierliche Frau um etwa zwölf Zentimeter überragte.

»Ich werde nach unten laufen und ihn holen«, bot Ivy sich an.

Lady Dunn sah sie mit einem herzlichen Lächeln an. »Ich danke Ihnen, meine Liebe. Planen Sie anschließend noch einen Besuch in der Bibliothek?«

»Das tue ich.«

»Hervorragend. Ich bin so froh, dass Sie in den Genuss von Wendovers Sammlung kommen können.« Sie trat in ihr Schlafzimmer, und Ivy wusste, dass sie sich nun in den fähigen Händen ihrer Kammerzofe, Barkley, befand.

Ivy eilte nach unten und strebte durch die Halle zum Salon, welcher der Hauptraum auf der rückwärtigen Seite des Hauses war. Die Gruppe hatte sich inzwischen ein wenig ausgedünnt, um entweder an einer Aktivität teilzunehmen oder sich vor dem Abendessen auszuruhen.

Doch weil Ivy ein teuflisches Glück hatte, fand sie Lady Dunns Gehstock an einem höchst ungünstigen Ort: in den Händen des Herzogs von Clare.

Er stand neben dem Stuhl, den Lady Dunn geräumt hatte, ihren Gehstock in der Hand. Sein dunkler Blick schweifte zu Ivy. »Sie sind es.«

Sie widerstand dem Drang, ihm den Gehstock zu entreißen und zu fliehen. »Ja.« Sie blickte ihm kurz auf die Finger. Sie waren lang und ziemlich schlank. Beinahe wirkten sie elegant. »Ich bin wegen Lady Dunns Gehstock gekommen.«

»Dann sind Sie also *ihre* Gesellschafterin.« Das war keine Frage. Er hatte diese Schlussfolgerung gezogen, und sie beide waren sich dessen bewusst. Er strahlte ein kühles Selbstvertrauen aus, das knapp an Arroganz grenzte. Er ließ den Blick über sie schweifen, und sie entschied, dass er offenbar ziemlich draufgängerisch war.

»Ja. Darf ich ihn bitte haben?« Sie streckte die behandschuhte Hand aus.

»Wie wäre es, wenn ich Ihnen den Gehstock im Austausch gegen Ihren Namen überlasse?«

Sie sah ihn finster an. »Was halten Sie davon, wenn Sie ihn mir einfach geben und von dieser Absurdität ablassen?« Sie sprach mit leiser Stimme, und das Ende des Satzes entfuhr ihrem Mund mit einem wütenden Zischen.

Er stieß die Luft aus, doch er schien nicht im Geringsten beunruhigt. »Ich verstehe nicht, warum Sie meine Freundlichkeit absurd finden.«

Weil Sie ein degenerierter Halunke sind. Anstatt auszusprechen, was sie im Sinn hatte, zwang sie sich zu einem Lächeln. »Ich bin nur etwas in Eile. Ich bin Miss Breckenridge. Den Gehstock, bitte?«

Er legte ihn ihr in die Hand, doch dabei streifte er mit den Fingerspitzen am Rand ihrer Handfläche entlang.

Ivy schloss die Faust um den Gehstock und riss die Hand zurück.

Er hob eine dunkle Augenbraue und sah sie direkt an. »Sie sind ein bisschen empfindlich, oder?«

»Und Sie sind mehr als ein bisschen unziemlich. Guten Tag.« Sie machte auf dem Absatz kehrt und marschierte aus dem Salon, ohne auf die anderen Anwesenden zu achten, die ihre Unterhaltung vielleicht mitangesehen haben könnten. Sie hatte nicht darauf geachtet, ob irgendjemand nahe genug gewesen war, um sie beide zu hören. Nein, sie war zu sehr mit *ihm* beschäftigt gewesen.

Sie eilte zurück nach oben, um den Gehstock in Lady Dunns Schlafkammer abzuliefern.

Er hatte sie empfindlich genannt. Dieses Wort ließ sie auflachen, doch es lag kein Humor darin. Sie hasste es, von einem Angehörigen des anderen Geschlechts berührt zu werden. Sie hasste es, mit ihnen zu reden. Sie hasste es, sie mit Ehrerbietung zu behandeln. Sie hasste sie im Allgemeinen.

Und am meisten hasste sie Männer wie Clare. Männer, die Macht und Einfluss ausstrahlten und die dies dazu benutzten, um ihre niedrigsten Triebe zu befriedigen. Wahrscheinlich hielt er sie für eine kuhäugige Närrin, die seinem Bann verfallen würde. Und dennoch passte sie nicht in sein übliches Beuteschema, das verheiratete Frauen beinhaltete. Da er sich offenbar in einem Zwischenstadium zwischen zwei Affären befand, versuchte er vielleicht, der Langeweile auf dieser Party mit jemandem wie Ivy entgegenzuwirken.

Nun, da irrte er sich gewaltig. Sollte er sich ihr erneut nähern, würde sie ihm eventuell eine Liste von Frauen anbieten, die sich seinen Aufmerksamkeiten gegenüber vielleicht offener zeigen würden. Denn Ivy wollte nicht das Geringste mit ihm zu tun haben.

~

Sebastian Westgate, Herzog von Clare, sah der Schönheit nach, die aus dem Salon floh und bemühte sich, nicht auf ihre schwingende Rückseite zu starren. Mit ihrem tristen, schlicht geschnittenen Kleid und dem hellen Kupferton ihres Haars, das zu einer strengen Frisur gebändigt worden war, wirkte sie unscheinbar. West hatte jedoch gesehen, welche Intelligenz tief in ihren leuchtend grünen Augen brannte und war auf der Stelle fasziniert gewesen. Dann hatte sie ihn mit ihren scharfzüngigen Worten in die Schranken gewiesen, und er war ihr verfallen.

Nichts gefiel West mehr, als eine Herausforderung. Genau das war der Grund, warum er war, wie er war – jemand, der die Menschen drängte, der sie dazu brachte, sich selbst herauszufordern.

Wendover schlenderte zu West hinüber. »Wir sind auf dem Weg zum Herrensalon, Euer Gnaden, wenn Sie sich uns anschließen möchten. Oder Sie sind herzlich eingeladen, einen Ausritt zu unternehmen.«

West nickte und überlegte, dass ein Glas Whisky nach seiner langen Reise nicht schaden könnte. Er war aus Stour's Edge, seinem Anwesen in Suffolk, angereist und wegen des regnerischen Wetters hatte sich die Fahrt über drei Tage hingezogen. Er deutete zur Tür. »Nach Ihnen.«

Lord Wendover geleitete ihn zum Salon, der sich auf der Westseite des Hauses befand. Dienstboten waren zur Stelle, um allen Anwesenden Gläser mit Spirituosen zu servieren und es waren recht viele Herren in dem Salon, von denen West die meisten kannte. Sein Freund, der Marquess of Axbridge, schwenkte bereits sein Glas Whisky und plauderte mit einem anderen Herren. Er entdeckte West und neigte den Kopf. »Schließe dich uns an, West, ähm, Clare.« Er schüttelte den Kopf.

Ihre Freundschaft ging auf die Zeit zurück, als West noch der Viscount Westgate war. Er war mit dem Namen »West« aufgewachsen, und gelegentlich benutzten die Leute ihn immer noch. Er bat seine engsten Freunde und Vertrauten, ihn weiter so zu nennen. Clare würde immer sein Vater sein.

West deutete mit einer ausschweifenden Handbewegung in Richtung Axbridge. »Ich kann nicht glauben, dass man dich hierher eingeladen hat.«

Axbridge lachte. »Mich? Mein Fehler, ich hätte dich bei deinem neuen Namen nennen sollen - Herzog der Begierde.«

West nahm ein Glas von einem Bediensteten an und nippte an der brennenden Flüssigkeit. »Das solltest du. *Alle* sollten das tun.« Er stellte sich plötzlich vor, wie Miss Breckenridge diesen Namen mit ihren üppigen, roten Lippen von sich gab, und musste eine Welle von ... Begierde unterdrücken. Ja, es war ein ziemlich passender Name.

Der ältere Mann – ein Gefährte namens Fowler – der bei Axbridge stand, schmunzelte. »Sie haben kein Schamgefühl, oder?«

West zuckte mit den Schultern. »Sollte ich?«

Fowler blinzelte. »Ihr Ruf –«

»Ist beneidenswert, oder?«, bemerkte Axbridge und schlug Fowler jovial auf den Rücken. »Als der größte Liebhaber ganz Englands bekannt zu sein. Ich kann mir viel Schlimmeres vorstellen.« Er hob sein Glas und prostete West zu.

West grinste, als er sein Glas zur Antwort hob. »In der Tat.«

Fowler runzelte die Stirn. »Ich hatte diesen Teil nicht gemeint. Ich meinte den Umstand, dass sie mit den Frauen anderer Männer schlafen.«

»Ah ja, diesen Umstand,«, sagte West gedehnt. »Glauben Sie mir, wenn ich behaupte, dass Sie mir danken würden, wenn ich mit *Ihrer* Frau schliefe.«

Der Kiefer des anderen Mannes erschlaffte kurz, ehe er auf dem Absatz herumschwang und sich aus dem Staub machte.

West sah ihm aus nachdenklich zusammengekniffenen Augen nach. »Er könnte eventuell viel zu prüde für diese Party sein.«

Axbridge heulte vor Lachen auf. »Vielleicht. Wendover wird das herausfinden und ihn für das nächste Mal aussortieren.« Er nippte an seinem Whisky und seine blauen Augen tanzten vor Heiterkeit.

West wandte sich nun prüfend Axbridge zu. »Im Ernst, dein Ruf ist viel schlimmer. Du bringst Menschen wirklich um ihr Leben, während ich ihnen bloß einen Dienst erweise.«

Axbridges blonde Brauen wackelten. »Indem du die Frauen anderer Männer vögelst.«

»Indem ich mit den Frauen anderer Männer *Liebe mache*. Das ist der ganze Punkt. Wenn unsere gemeinsame Zeit um ist, sind alle sehr zufrieden mit dem Ergebnis. Wenn du dich dazu durchringst, eine Frau zu nehmen, wäre ich mehr als bereit, ihr zu helfen, das Ehebett als Genuss zu empfinden.«

Axbridge erstickte beinahe an seinem Whisky. Er hustete und prustete, und West klopfte ihm zwischen die Schulterblätter.

»Meine Frau – sollte eine dämlich genug sein, mich zu heiraten – wird auf diesem Gebiet keine Hilfe benötigen, du Geck. Ich werde ihr all die Freuden bereiten, die sie nötig hat. Falls du mit meiner Frau schlafen würdest, würde mich das auf jeden Fall dazu zwingen, dich zu einem Duell herauszufordern und wir wissen beide, denke ich, wie das enden würde.« Das war keine rühmende Hervorhebung seiner Fähigkeiten auf diesem Gebiet, sondern eine einfache Feststellung der Tatsachen.

Axbridge war ein Meisterschütze, der zwei Duelle ausgefochten hatte, von denen das eine zu einer Verstümmelung seines Gegners und das andere zu dessen Tod geführt hatte. Danach hatte Axbridge England für ein Jahr verlassen.

»Es ist, wie lange, zwei Jahre her, seit du dich duelliert hast? Vielleicht hast du deinen Biss verloren.«

Axbridge lachte erneut. »Vielleicht. Wendover hat ein Wettschießen organisiert, und das wird mir Gelegenheit bieten, meine Fähigkeiten unter Beweis zu stellen.«

»Hervorragend. Das wird ein schönes Spektakel werden.«

Der Marquess rückte näher und senkte die Stimme. »Bist du auf der Jagd? Ich habe schon ein Angebot von Lady Greaves vorhin im Salon erhalten.«

West kannte die Gräfin gut. Er hatte sich vor einigen Jahren mit ihr eingelassen. Er war ein junger Mann gewesen, vielleicht einundzwanzig, und sie war mehr als zehn Jahre älter als er gewesen. »Sie ist ein bisschen in die Jahre gekommen, oder?«

Axbridge bedachte ihn mit einem scharfen Blick. »Sie ist immer noch ziemlich bemerkenswert.«

Das stimmte wohl schon, überlegte West. Er musste eingestehen, dass er eine Frau, nach einer Affäre mit ihr, mit anderen Augen betrachtete. Sie wurde zu einer Freundin, zu jemandem, mit dem er sich keine sexuellen Beziehungen mehr vorstellen konnte. Es bestanden keinerlei emotionale Bindungen jeglicher Art und schon gar nicht der Wunsch, die Affäre länger als notwendig aufrechtzuerhalten.

Einige Frauen vertraten felsenfest die Meinung, sich unsterblich in ihn verliebt zu haben, aber er versicherte ihnen, dass ihr Verstand gerade nicht die Oberhand hatte, und sie noch immer ihre Ehemänner liebten. Zum Schluss kehrten sie stets willig zu ihren Ehegatten zurück. Es gab keine harschen Gefühle, kein Bedauern, und alle Beteiligten waren durchweg zufrieden. Ganz besonders die Ehemänner. Sie hatten jetzt Frauen, die es kaum erwarten konnten, sie ins Bett zu kriegen.

Natürlich bedurfte es bei diesen Herren einiger Anstrengung. Gelegentlich lief West ein Kerl wie Fowler über den Weg, der selbst, wenn ihm jemand eine Pistole an den Kopf halten würde, nicht wüsste, wie er seine Frau zum Höhepunkt bringen sollte. West unterwies die Frauen darin, wie sie ihre Männer belehren konnten. Und dann führte er eine gezielte Unterhaltung mit dem jeweiligen Gentleman darüber, wie sich sein Leben zum Besseren verändern würde. Fast jeder der Männer hatte ihm im Nachhinein gedankt.

»Du hast meine Frage nicht beantwortet«, beschwerte sich Axbridge. »Hast du für die Party ein Rendezvous geplant? Da du dich zwischen zwei Liebschaften befindest, könntest du deinen Stab überall eintauchen, wo es dir gefällt.«

»Das ist ein bisschen vulgär, oder?«

Axbridge zuckte die Schultern. »Ich stelle mir ab und zu vor, dass es schön sein würde, ein gutes altmodisches Schäferstündchen zu haben, im Gegensatz zu einer geschäftlichen Vereinbarung.«

Das klang geldgierig. »Geld ist dabei nicht im Spiel.«

»Natürlich nicht.«

Axbridge hatte mit seinem ersten Punkt Recht, auch wenn seine Umschreibung reichlich krass war. Zwischen den Liebschaften, während derer West seine Dienste leistete, gönnte er sich alles, wonach auch immer ihm der Sinn stand. Manchmal hielt er sich eine Geliebte. Andere Male machte er sich einfach eine Gelegenheit zunutze. Wie beispielsweise auf einer Hausparty wie dieser.

Abermals kam ihm die schöne Miss Breckenridge in den Sinn.

Aber sie war unantastbar. Er korrumpierte keine unverheirateten Frauen, und schon gar keine Gesellschafterinnen. Schade, denn er hatte das Gefühl, dass Miss Breckenridge vor Anspannung innerlich ebenso fest war, wie um eine Spindel gewickelte Wolle und es ihr sicher guttun würde, sie ein wenig aufzuspulen.

West trank einen Schluck Whisky und genoss den vollen, rauchigen Geschmack auf der Zunge. »Was hast du für die Hausparty geplant?«

Axbridge zuckte mit der Schulter. »Nichts Besonderes. Ich bin bloß auf ein bisschen Unterhaltung aus.«

Davon würde reichlich geboten werden – Angeln, Wachteljagd, Picknicks und natürlich die obligatorischen Spiele und Tänze, wenn genügend Teilnehmer interessiert wären. Dies war eine große, vielschichtige Gruppe. West konnte sich eine ganze Reihe von Dingen vorstellen, angefangen von heimlichen romantischen Intermezzi bis hin zu atemlos hervorgebrachten Heiratsanträgen unter den Jüngeren. Er dachte, er sollte sich selbst als Mitglied dieser Gruppe betrachten, aber mit beinahe zweiunddreißig fühlte er sich fast, als wäre er aus diesen Aussichten herausgewachsen. Nach einem Ehebündnis Ausschau haltende Damen und ihre Mütter hatten bereits vor Jahren aufgehört, ihn zu beäugen. Allerdings hatte das wirklich nicht das Geringste mit seinem Alter zu tun, sondern viel mehr mit seinem Ruf. Und trotzdem tauchte ab und an noch eine Kandidatin mit der Hoffnung auf, ihm ins Auge zu fallen, weil sie glaubte, ihn irgendwie in das Ehejoch locken zu können. Er hielt dies nicht für unmöglich, aber er konnte sich das Ganze einfach nicht vorstellen. Er war auch nicht besonders interessiert. Er brauchte Abwechslung, Provokation und Aufregung, und eine Ehe hatte, soweit er das beurteilen konnte, nichts davon.

»Unterhaltung, sagst du ... Sind wir nicht alle darauf aus?« Abermals hob West sein Glas und sie stießen an, ehe sie ihren Whisky austranken.

Kurze Zeit später löste die Gruppe sich auf, und West fand sich schlendernd auf dem Weg in die Bibliothek wieder. Wendover besaß eine umfangreiche Sammlung und ergänzte sie fortwährend. Der menschenleere Raum war groß und doch gemütlich mit seinem enormen Kamin und Gruppen von Sitzgelegenheiten. Vielleicht war es aber auch der Geruch von Papier, der West stets an das Arbeitszimmer seines Vaters erinnerte. Es rief ihm speziell wieder die Stunden in Erinnerung, die er mit dem Zeichnen von Bildern verbracht hatte, während sein Vater arbeitete. Mit Vorliebe dachte West an diese gemeinsamen ruhigen Nachmittage zurück, als die Dinge noch idyllisch waren und er vollkommen unschuldig.

Er trat an eines der Regale und durchstöberte die Buchrücken. Das zarte Geräusch eines leisen Keuchens erschütterte die Stille. Er drehte sich in Richtung der versteckten Nische in einer Ecke des Raumes und erspähte deren einzige Insassin.

Es handelte sich um sie.

Sie saß in einem Sessel mit hoher Lehne, der mit dem Rücken zu ihm stand und ihr Kopf lugte seitlich hervor. Dann verschwand ihr Kopf, als sie sich wieder in den Sessel zurückzog und ihre Anwesenheit damit aufs Neue verbarg.

Allerdings wusste er, dass sie da war.

Er bewegte sich langsam in ihre Richtung, als wäre sie eine Beute, die er durch zu schnelle Bewegungen womöglich verscheuchen würde. Als er sich dem Sessel näherte, schien sich eine Spannung zwischen ihnen auszubreiten.

Er erwartete fast, sie würde aufspringen und, so wie vorhin im Salon, die Flucht ergreifen.

»Hallo.« Er trat vor ihren Sessel und sah auf sie herab.

Ihr Kopf war nach vorn geneigt, ihr Blick in dem aufgeklappten Buch versunken. Sie sagte kein Wort und gab keinen Hinweis darauf von sich, ob sie ihn gehört hatte, oder sich dessen bewusst war, dass er es war, der da vor ihr stand. Natürlich wusste sie das. Sie hatte ihn direkt angesehen.

Ihre Starrköpfigkeit gefiel ihm. Er ließ sich auf dem Sessel ihr gegenüber nieder – dem einzigen anderen in der Nische – und lehnte sich zurück, während er die Beine vor sich ausstreckte. »Was lesen Sie?«

Sie bedachte ihn nur mit einem äußerst kurzen Blick und hob kaum die Augen von dem Buch. Sie verzog die Lippen, und plötzlich verspürte er den Drang, sie mit seinen zu erobern, ihre wolkige Weichheit zu erforschen und zu erfahren, ob sie so gut schmeckten, wie sie aussahen. »Einen Roman.«

»Sie mögen mich nicht, oder?«

Sie sah nicht auf. »Ich kenne Sie nicht, Euer Gnaden.«

»Das ist wahr, aber Sie haben sich trotzdem eine Meinung gebildet. Das ist schade. Ich glaube, wir könnten Freunde sein.«

Endlich hob sie den Blick von der Buchseite, und starrte ihn an. Ihr Gesichtsausdruck drückte Unglauben und Beunruhigung aus. »Sind Sie verrückt?«

»Ganz und gar nicht. Hat Ihnen irgendjemand erzählt, ich sei es? Dass die Leute über mich lästern, ist mir wohl bewusst, aber ich muss zugeben, das wäre etwas Neues, das mir noch nicht zu Ohren gekommen ist.«

Sie blinzelte. Ihre Wimpern waren goldbraun und unglaublich lang. Kurz schlugen sie flatternd an ihre Wange, bevor West mit einem Blick aus ihren starren grünen Augen belohnt wurde. Sie bohrten Löcher in ihn. »Hören Sie mit ihren Versuchen auf, mit mir zu flirten. Ihnen ist vielleicht entfallen, dass ich die Gesellschafterin einer Dame bin.«

»Das ist es nicht. Mir ist das egal. Kann ich mich nicht hierhersetzen und ein paar Freundlichkeiten mit Ihnen austauschen? Wozu sonst ist eine Hausparty gut, wenn nicht zum Knüpfen neuer Bekanntschaften?«

Sie blinzelte erneut und legte den Kopf schief, während sie das Buch auf ihren Schoß sinken ließ und es dabei aber trotzdem geöffnet hielt. »Ich bin sicher, es würden Ihnen viele andere Gründe für eine Hausparty einfallen. Sich mit der Gesellschafterin einer Dame zu verbünden sollte jedenfalls nicht dazu gehören.«

»Stimmt das? Ich war mir dieser Regel nicht bewusst. Ich darf also nicht mit den Gesellschafterinnen der Damen sprechen. Was soll ich außerdem nicht tun?«

»Jede Menge Dinge, da bin ich sicher, aber ich bezweifle sehr, dass Sie meinen Ratschlägen Folge leisten würden.«

Er lächelte und genoss dieses Gespräch sogar noch mehr, als er vorausgesehen hatte. Es gefiel ihm, sie aufzuziehen, und sie machte die Sache viel zu einfach. »Oh, ich weiß nicht, ob das wahr ist,« sagte er leise und verschränkte die Hände in seinem Schoß. »Belohnen Sie mich bitte mit Ihrem Ratschlag.«

Sie stieß einen tiefes, etwas unelegantes Geräusch aus, das ein bisschen wie ein Schnauben klang. Er lächelte noch breiter.

»Sie belohnen?«, fragte sie. »Warum bitteschön sollte ich Sie jemals belohnen? Sie haben nichts getan, um so etwas zu verdienen.« Mit aufeinandergepressten Lippen starrte sie ihn an. »Was soll's. Das ist egal. Sie versuchen nur, mich zu provozieren.« Sie klappte das Buch zu und schickte sich an, aufzustehen.

Er schnellte in seinem Sessel vor, setzte sich gerade auf und beugte sich zu ihr. »Gehen Sie nicht, Miss Breckenridge. Ich finde Sie faszinierend. Wäre es so schrecklich, ein paar Minuten hier zu sitzen und sich mit mir zu unterhalten? Sie scheinen von der intelligenten Sorte zu sein – mit messerscharfem Verstand. Ich begegne so wenigen Frauen wie Ihnen.«

»Dann sollten Sie sich vielleicht überlegen, welche Gesellschaft Sie pflegen.«

Über diesen Punkt konnte er nicht mit ihr streiten. Einige der Frauen, denen er zu Diensten war, erwiesen sich als klug und interessant, wohingegen andere ziemlich dümmlich waren. Er bemühte sich, den Charakter einer Frau auszuloten, bevor er sich bereit erklärte, ihr zu Diensten zu sein, aber manchmal stellte es sich als schwierig heraus, ihre geistige Wendigkeit zu beurteilen, bis sie nicht eine gewisse Zeit miteinander verbracht hatten.

»Ich werde mir das durch den Kopf gehen lassen.« Er bemerkte, dass sie nicht noch einmal versucht hatte, sich zu erheben. »Heißt das, Sie bleiben und werden sich mit mir unterhalten?«

Sie durchbohrte ihn mit einem vernichtenden Blick. »Ich möchte bleiben und *lesen*.«

Er stieß den Atem aus und machte es sich erneut in seinem Sessel bequem. »Dann sollten Sie auf alle Fälle lesen.« Er senkte den Kopf und neigte ihn etwas zur Seite in dem Versuch, die Schrift auf dem Buchrücken zu entziffern.

»Es ist *Patronage* von Maria Edgeworth.«

»Ich habe es noch nicht gelesen. Sollte ich?«

Sie umklammerte das Buch in ihrem Schoß. »Ich würde nicht damit anfangen, Ihnen Lektüre zu empfehlen.«

»Weil das der Rat wäre, von dem ich hoffte, dass Sie mich, damit belohnen würden?« Er verfolgte, wie ihre Nasenlöcher sachte erzitterten, als er den Nerv traf, auf den er es abgesehen hatte. Sie war sowohl eine Herausforderung als auch erschreckend leicht zu provozieren. Die Herausforderung, so wurde ihm bewusst, bestand darin, sie auf andere Art und Weise zu provozieren – damit sie lächeln oder sich wenigstens entspannen würde. »Ja, Belohnung war eine schlechte Wortwahl. Lassen Sie es mich noch einmal versuchen.« Er holte tief Luft und schaute sie ernst an. »Würden Sie mich mit Ihrem Rat beehren?«

Da war sie – die Schwachstelle. Es war kein Lächeln, sondern eine leichte Entspannung ihrer Kiefermuskulatur. »Sie halten sich für charmant, oder?«

»Das wurde mir gesagt.«

»Nun, für mich sind Sie ein Ärgernis.« Daraufhin erhob sie sich und mit einem Satz war er ebenfalls aufgestanden.

»Warum?« Er berührte sie am Arm, als sie anfing sich abzuwenden. »Warum erschrecke ich Sie, Miss Breckenridge?«

Sie schüttelte ihn ab und trat einen Schritt von ihm weg. »Es ist keine Angst, sondern Abscheu. Ich will nichts mit Ihnen zu tun haben.«

Er verschränkte die Arme über der Brust. »Sie behaupten, keine Angst zu haben, aber das ist das dritte Mal, dass Sie vor mir zurückgewichen sind. Haben Sie etwas gegen mich persönlich, oder geht es um Männer im Allgemeinen?«

Ihre Augen wurden ein wenig größer, und ihm war bewusst, dass er erneut einen Nerv getroffen hatte. Vielleicht tiefer als beim vorigen Mal. Sie verzog die Lippen. Ja, er hatte das Ziel getroffen, und da sie einander bis heute nicht gekannt hatten, musste er davon ausgehen, dass Letzteres der Fall war.

»Wenn es um Männer geht, kann ich vielleicht helfen.«

»Sie können nicht –« Sie klappte den Mund zu. »Sie sind unbeschreiblich. Versuchen Sie« — sie drehte den Kopf, um sich der menschenleeren Bibliothek zu versichern, und dann sprach sie beinahe in einem Flüsterton – »mich zu verführen?«

»Wünschen Sie sich das von mir?« Zum Teufel noch mal, er hatte nicht beabsichtigt, das zu sagen. Sie war nicht sein Typ. Eigentlich war sie es doch. Er sehnte sich danach, die Masse ihrer rotgoldenen Haare zu lösen und sie mit den Fingern zu durchkämmen, während er sie bis zur Besinnungslosigkeit küsste.

Aber nein, sie war nicht sein Typ. Wie sie ihm mehrmals versichert hatte, *war* sie die Gesellschafterin einer Dame und unverheiratet. Das bedeutete, dass sie unschuldig war, und er sie in Ruhe lassen sollte.

Sie war auch über die Blüte der Jugend hinaus und würde wahrscheinlich ihre Tage im Jungfernstand verbringen. Im einsamen, langweiligen Jungfernstand, in dem sie die Freuden des gemeinsamen Vergnügens nie kennenlernen würde.

Oh ja, Miss Breckenridge war eine Herausforderung. Und plötzlich bereute er es nicht, sie gefragt zu haben, ob sie von ihm verführt werden wollte. Weil er sich *genau das plötzlich* wünschte.

Ihr Blick wurde hart, und ihr Ton so eisig, dass er den nahegelegenen Kanal zu gefrieren drohte. »Nein, das würde ich nicht wollen. Eigentlich hätte ich es gern, wenn Sie mich in Ruhe lassen würden.«

Sie wandte sich ab, und er ließ sie gehen, aber nicht

ohne eine letzte spitze Bemerkung »Es werden lange vierzehn Tage werden, Miss Breckenridge, und das Haus
besitzt nur eine gewisse Größe.«

Er bemerkte das subtile Zucken ihrer Schultern, als sie
die Bibliothek durchquerte und sie dann verließ.

Ja, es würden lange vierzehn Tage werden, und er war
zu einer Wette bereit, dass sie sich als mühsam erweisen
würden.

KAPITEL ZWEI

*D*ie Unterhaltung, die sich nach dem Abendessen im Salon unter den Damen an diesem Abend entspann, konzentrierte sich auf die Aktivitäten, die in den nächsten Tagen geplant waren – ein zünftiger Spaziergang auf den Wendover Hill, eine Ausfahrt zum nahe gelegenen Dorf World's End, wo sie im Gasthaus Swan zu Mittag essen würden, und ein Federballturnier für die Herren, zu dem sie als Publikum alle eingeladen waren.

Ivy saß wie üblich am Rande und nahm an keiner Diskussion teil. Das war nur gut so, denn andererseits hätte sie gefragt, warum die Damen nicht ihr eigenes Federballturnier haben könnten, und das hätte mehrere Gesprächsteilnehmer sicherlich entsetzt.

Eine junge Frau kam auf Ivy zu und deutete auf den Stuhl neben ihr. »Macht es Ihnen etwas aus, wenn ich mich hierhersetze?«

Ivy sah zu der hübschen Blondine auf und erkannte sie als Miss Emmaline Forth-Hodges. »Ganz und gar nicht.«

»Vielen Dank. Ich habe Mrs. Chalmers lange genug

ertragen, fürchte ich«, bemerkte Miss Forth-Hodges mit leiser Stimme.

Ach richtig, Miss Chalmers war ein bekanntes Klatschmaul und dazu noch ein ziemlich schrilles. »Ich verstehe«, murmelte Ivy.

Miss Forth-Hodges warf einen Seitenblick in Ivys Richtung. »Sie sind eine Freundin von Lady Sutton, oder?«

Ivy verspannte sich. »Ja.« Aquilla war eine ihrer liebsten Freundinnen, und sie hatte Lord Sutton – gemäß der Meinung einiger Leute – von Miss Forth-Hodges gestohlen. Die Wahrheit war allerdings, dass er Miss Forth-Hodges nicht offiziell den Hof gemacht hatte. Trotzdem hatte dies wohl die Enttäuschung nicht geschmälert, die Miss Forth-Hodges empfunden haben mochte, als er seine ganze Aufmerksamkeit von ihr auf Aquilla verlagert hatte. Ivy war eine ganze Reihe von Spekulationen zu Ohren gekommen – dass Miss Forth-Hodges am Boden zerstört oder gar erleichtert gewesen war. Ohne die Wahrheit allerdings von der Frau selbst zu hören, entschied sich Ivy, nichts davon zu glauben. Dennoch konnte sie nicht umhin, Bedauern für die Frau zu empfinden, denn sie war gezwungen, diese lästigen Spekulationen zu ertragen.

Ivy konnte sich nicht vorstellen, warum Miss Forth-Hodges das Thema zur Sprache bringen würde. Es sei denn, sie wollte sich aus irgendeinem Grund von einer Last befreien. Aber warum gerade bei ihr?

Miss Forth-Hodges legte die Hände in den Schoß. »Sie sind schon seit einiger Zeit mit Lady Sutton befreundet, oder? Ich erinnere mich, sie beide letztes Jahr zusammen gesehen zu haben.«

Wirklich? Ivy dachte, dass jemand von Miss Forth-Hodges Stand keine Notiz von ihr oder ihren Mauerblümchen-Freundinnen nehmen würde. »Ja, wir sind seit etwa fünf Jahren befreundet.«

»Und auch mit Lady Dartford, wenn ich mich nicht irre.«

»Das ist richtig.« Ivy änderte etwas ihre Position, damit sie die jüngere Frau besser betrachten konnte. Sie war außergewöhnlich schön, mit hellblondem Haar und leuchtend blauen Augen. Mit ihrer Haut wie Porzellan und einer geschmeidigen Figur, die, was immer sie auch trug, perfekt zur Geltung brachte, war Miss Forth-Hodges ein Juwel. Und dennoch war sie nach zwei Saisonen immer noch unverheiratet. Ivy fragte sich, welchen Grund es dafür wohl geben mochte, aber sie würde diese Frage nicht stellen. Längst hatte sie gelernt, ihre abtrünnige Zunge im Zaum zu halten.

»Wie schön das sein muss.« In ihrem Tonfall schwang Wehmut mit. Sie drehte den Kopf, um Ivy anzuschauen, und ein Schatten der Traurigkeit trübte ihren Blick. »Ich habe drei sehr viel ältere Schwestern, aber sie wollten nie viel mit mir zu tun haben. Als ich alt genug war, um interessant zu sein, waren sie schon aus dem Haus und gingen ihre eigenen Wege.«

»Ich bin sicher, dass Sie auch in jungen Jahren schon sehr interessant gewesen sind.«

Miss Forth-Hodges lächelte, aber das Bedauern hatte sich in den Linien um ihren Mund eingenistet. »Nicht für sie. Sie sind viel zu sehr mit Frisuren und Kleidern beschäftigt gewesen – und damit die Aufmerksamkeit von Männern zu erregen.«

»Sind sie inzwischen alle verheiratet?«

Sie nickte. »Ja. Seit Jahren schon. Manche haben mehrere Kinder.«

»Sie stehen sich also immer noch nicht nahe?«

»Wir schreiben uns kaum.« Miss Forth-Hodges richtete

sich auf und strich mit der Hand über ihren Schoß, um einen fast unsichtbaren winzigen Fussel von ihrem Kleid zu fegen. »Was für eine rührselige Unterhaltung. Entschuldigung. Eigentlich wollte ich bloß von Miss Chalmers weg, und als ich mich im Raum umgesehen habe, saßen Sie allein hier. Ich hatte gedacht, es wäre schön, wenn wir zusammen allein sein könnten.«

In Gedanken wurde Ivy an den ersten Abend zurückversetzt, als sie Lucy und Aquilla kennengelernt hatte. Die beiden hatten sich bereits angefreundet, aber sie hatten Ivy bei einem Ball allein in einem Winkel entdeckt, und Aquilla hatte fast genau das Gleiche gesagt: Allein sein ist so viel besser, *wenn man es gemeinsam machen kann.*

Plötzlich spürte sie eine Seelenverwandtschaft mit Miss Forth-Hodges und war von dieser Entwicklung ebenso schockiert wie damals, als sie sich mit Lucy und Aquilla angefreundet hatte. Die beiden entstammten respektablen Familien und hatten erheblich mehr gesellschaftlichen Umgang als Ivy. Dass sie sie als jemanden erachteten, der es wert war, mit ihm Zeit zu verbringen, hatte Ivys Aussichten erheblich verbessert.

»Zusammen allein zu sein ist immer besser,« gab Ivy daraufhin zurück. »Mögen Sie Hauspartys?«

Miss Forth-Hodges zuckte die Schultern. »Ja, schon. Es hängt von den Teilnehmern ab. Diese hier scheint vielversprechend. Es gibt mehrere heiratswürdige junge Männer. Deshalb wollten meine Eltern kommen.«

Ivys Blick wanderte zu der Stelle, wo Mrs. Forth-Hodges Platz genommen hatte. Sie war eine reizende Dame, wenn auch ein bisschen dominant. Das war zumindest Lady Dunns Meinung. Ivy kannte sie nicht gut genug, um sich eine Meinung zu bilden.

»Dann sind Sie also auf der Suche nach einem Ehemann?«

»*Immer!*« Miss Forth-Hodges betonte dies mit mehr Vehemenz als alles andere, was sie bisher gesagt hatte. »Ich kann es kaum erwarten, meinen eigenen Haushalt zu führen. Und natürlich eine Familie zu haben.«

Ein lang zurückliegender Wunsch versetzte Ivy einen Stich, doch sie drängte ihn in die finstersten Winkel ihres Gedächtnisses zurück. Sie wollte das nicht. Nicht mehr.

»Ich verstehe. Haben Sie jemals darüber nachgedacht, Ihren eigenen Haushalt führen zu können, ohne einen Mann zu haben?« Ivy zuckte innerlich zusammen. Wahrscheinlich hätte sie das nicht sagen sollen.

Miss Forth-Hodges drehte sich auf ihrem Stuhl so, dass sie Ivy zugewandt war. »Das habe ich nicht.« Sie legte den Kopf schief. »Wie sollte ich das auch bewerkstelligen? Meine Eltern würden an Apoplexie sterben.«

Ivy konnte sich das sehr gut vorstellen. Vermutlich würde es allen Eltern so ergehen. Mit Ausnahme von ihren natürlich. Abermals schob sie diesen Gedanken in die Tiefen ihres Verstandes zu den Dingen zurück, über die sie niemals nachsinnen wollte.

Früher, bevor sie Dartford kennenlernte, hatte ihre Freundin Lucy sich das gewünscht. Sie hatte dafür gearbeitet, ein kleines Haus für sich und ihre Großmutter zu erwerben. Die Vorstellung, dass Männer eine Voraussetzung für Glück oder Erfüllung waren, war für sie vollkommen absurd gewesen. Allerdings hatte sie das nicht davon abgehalten, sich in Dartford zu verlieben, und damit hatten sich ihre gesamten Zukunftspläne geändert. Ivy beneidete sie nicht, aber sie begriff jetzt, dass sie sich wie bereits vor fünf Jahren fühlte – einsam.

»Ja, Ihre Eltern wären ein Problem. Sie können sie allerdings ignorieren. Schließlich geht es um Ihr eigenes Leben, und nicht das ihrer Eltern.«

Miss Forth-Hodges schüttelte den Kopf. »Ich wüsste

nicht einmal, wo ich anfangen sollte. Es ist schließlich nicht so, dass ich einfach losziehen und meinen eigenen Haushalt gründen könnte. Und der Skandal, der darauf folgen würde ...« Sie zuckte die Schultern in einem zarten, damenhaften Schaudern.

Ja, dies wäre immer zu berücksichtigen. Es sei denn, man war Ivy. Sie musste keine Befürchtungen hegen, ihre Familie zu beschämen oder ihre Heiratsfähigkeit zu beeinträchtigen. Dennoch achtete sie darauf, sich mit größter Schicklichkeit zu verhalten – ihre Stellung und damit auch ihr Lebensunterhalt waren davon abhängig.

Die Männer betraten den Salon, und unvermittelt war die Luft mit Spannung geladen. Der Geräuschpegel nahm zu und der Klang des Stimmengewirrs wurde mit der Ergänzung der männlichen Stimmen tiefer. Die Frauen nahmen beinahe einheitlich eine neue Haltung an – sie saßen aufrechter, warfen provokante Blicke, *präsentierten sich*. Oder wenigstens schien es Ivy so, denn sie hatte es sich zur Gewohnheit gemacht, ihre Mitmenschen zu beobachten. Was gab es sonst noch zu tun, wenn man Außenseiter war?

Miss Forth-Hodges stieß die Luft aus. »Ich sollte mich zu meiner Mutter setzen, damit sie Ehestifterin spielen kann.«

»Warum? Dann entscheidet ihre Mutter für Sie, und das ist keine Art, einen Ehemann auszuwählen – wenn Sie sicher sind, dass sie diesen Weg wirklich einschlagen wollen.« Ivy konnte nicht davon ablassen, sie daran zu erinnern, dass sie Wahlmöglichkeiten hatte. Diese waren vielleicht nicht einfach, aber sie existierten. Längst hatte Ivy gelernt, dass nichts im Leben einfach war.

Miss Forth-Hodges' blaue Augen leuchteten auf, als wäre ein Vorhang davor aufgezogen worden und sie daraufhin imstande, klarer zu sehen. »Sie haben recht.

Meine Eltern waren es, die sich wünschten, dass ich Sutton heirate. Ich muss zugeben, ein bisschen erleichtert gewesen zu sein, als er weiterzog. Das hatte ich angesichts der Geschichten über seine Eskapaden allerdings auch erwartet, aber meine Eltern beharrten darauf, dass ich mich von den anderen unterscheide und diejenige sein würde, die ihn wirklich in die Ehe locken würde.«

»Sie hegen also keinen Groll?«, fragte Ivy.

»Überhaupt nicht. Ich freue mich sehr, dass er endlich glücklich ist. Und ich bin glücklich, dass er es mit ihrer Freundin ist. Sie galt bereits als alte Jungfer, nicht wahr?«

»Offenbar. Aber diese Betrachtungsweise ergibt für mich keinen Sinn. Es ist nicht so, als würden wir verderben.«

Miss Forth-Hodges kicherte. »Was für ein ausgezeichneter Vergleich. Nein, wir gerinnen nicht und wir setzen auch keinen Schimmel an. Bei Gott, diese Bezeichnung wird mich nun immer an diese Unterhaltung erinnern.«

Ivy lächelte, was nicht sehr häufig vorkam. »Ich bin froh.« Sie fühlte sich, als hätte sie mit ihrer neuen Freundin etwas erreicht, eine zarte Basis für ihre Freundschaft, und das war wichtig für Ivy. Moment, waren sie eigentlich Freundinnen? Ihre Hoffnung darauf überraschte sie. »Nun, wenn Ihnen der Sinn nach weiteren amüsanten Vergleichen steht, hoffe ich, dass Sie sich wieder zu mir setzen.«

»Ich wäre sehr erfreut.« Sie beugte sich in ihrem Sessel nach vorn, als sie sich darauf vorbereitete aufzustehen. »Werden Sie an dem Marsch auf den Wendover Hill teilnehmen? Es klingt belebend.«

Lady Dunn hatte sie dazu ermutigt. »Auf jeden Fall.«

»Vielleicht können wir zusammen gehen.«

»Das würde mir sehr gefallen«, entgegnete Ivy.

Miss Forth-Hodges warf einen Blick zu ihrer Mutter

und zuckte zusammen. »Ich werde von meiner Mutter mit dem Blick der Bestürzung bedacht. Ich sollte besser gehen.«

Erneut lächelte Ivy, ihr gefiel diese Beschreibung. »Darf ich mir das ausleihen? Den Blick der Bestürzung, meine ich. Das ist teuflisch gut.«

Miss Forth-Hodges grinste, als sie sich erhob. »Mit meiner vollen Billigung.«

Ivy legte den Kopf schief und sah ihr nach, wie sie mit eleganten Schritten den Salon durchquerte. Ihr fielen auch die vielen Männer auf, die Miss Forth-Hodges´ Fortkommen beobachteten.

Mit Ausnahme von Clare. Er stand neben dem Kamin und hatte seinen Blick auf Ivy gerichtet. Sie betrachtete ihn mit gerunzelter Stirn und lenkte dann sofort ihre Aufmerksamkeit auf die gegenüberliegende Seite des Raumes.

Nachdem er sie an diesem Nachmittag aus der Bibliothek vertrieben hatte, hatte sie sich in das kleine Ankleidezimmer zurückgezogen, während Lady Dunn im Bett geschnarcht hatte. Ivy hatte weiterhin gelesen, aber von Zeit zu Zeit war immer wieder der verdammenswerte Herzog mit seinen dunklen Augen und seinem arroganten Lächeln in ihre Gedanken eingedrungen. Wie sie es geschafft hatte, seine Aufmerksamkeit zu wecken, würde sie nie verstehen.

Sicherlich würde er sie nicht weiter belästigen. Sie war nicht die Art von Frau, mit der er seine Zeit verbrachte. Sie war weder verheiratet noch an seinen ... Angeboten interessiert.

Hmmm, der Verdammenswerte Herzog war ein ausgezeichneter Name für ihn.

Lord Wendover richtete das Wort an die Anwesenden. »Wir stellen Spieltische in der Halle auf, wenn Sie Inter-

esse haben. Wenn nicht, wird die Gräfin bald am Piano-
forte spielen, und der Tanz wird beginnen.«

Lady Dunn erhob sich, und Ivy war sich sicher, dass sie
sich in die Halle begeben würde. Ivy erhob sich und
schloss sich ihr an.

»Ich werde ein Weilchen spielen«, sagte Lady Dunn.
»Was planen Sie zu tun, meine Liebe?«

»Ich denke, ich werde in die Bibliothek zurückkehren.«

»Sie können gern nach oben gehen, wenn Sie möchten.
Ich werde nachkommen, sobald ich fertig bin.«

Ivy nickte und wusste die Freiheit zu schätzen, die
Lady Dunn ihr gewährte. Ihre letzte Arbeitgeberin hätte
Ivy gebeten, in der Halle zu sitzen, damit sie ihr bei Bedarf
hätte Hilfestellung leisten können.

Sie begab sich auf den Weg in die Bibliothek, um etwas
Kurzweiliges zum Lesen zu finden. Überraschenderweise
war der Raum leer. Ivy hätte angenommen, dass wenigstens ein weiterer Gast auf der Flucht vor dem Trubel hier-
hergekommen wäre. Vielleicht aber auch nicht. Ivy war bei
allem eine Ausnahme. Die meisten Menschen genossen es,
inmitten einer geselligen Veranstaltung zu sein. Früher
einmal war es Ivy ebenso ergangen. Doch das waren ferne
Erinnerungen, die sie lieber vergessen wollte.

Sie durchforstete ein Regal und, fast erwartend, dass
Clare ihr gefolgt war, warf sie einen Blick in Richtung der
Tür, die zur Halle führte. Eine sonderbare Kälte kroch ihr
über die Wirbelsäule und mit Verspätung erkannte sie
diese Empfindung als Enttäuschung.

Sich selbst verhöhnend, studierte sie die Buchrücken
aufmerksamer und schließlich fand sie, wonach sie gesucht
hatte – *She Stoops to Conquer*. Es war ihr Lieblingsstück. Sie
hatte es so oft gelesen, dass sie lange Passagen rezitieren
konnte.

Sie wandte sich der Nische zu, wo sie lesen wollte, kam

aber zu dem Schluss, dass sie Beute für Clare wäre, wenn er sich auf die Suche nach ihr machte. Es wäre besser, sich nach oben zurückzuziehen. Als sie in die Halle zurückkehrte, schlug sie die Richtung zur Treppe ein. Auf ihrem Weg erhaschte sie Lady Dunns Blick. Die Viscountess neigte den Kopf, und Ivy ging zu ihrer Kammer hinauf.

Als sie um die Ecke in das Wohnzimmer schritt, stolperte sie beinahe. In einem Sessel, die Beine lässig vor sich ausgestreckt, saß der Herzog von Clare.

»Haben Sie auf mich gewartet?« Ihre Stimme klang hoch, beinahe schrill. Guter Gott, sie klang wie ihre Mutter. Ein weiterer eisiger Schauder schoss ihr die Wirbelsäule empor, doch dieses Mal wusste sie sofort, was es war – Selbstverachtung.

Clare lächelte sie an. »Ein anderes Buch, wie ich sehe. Oh, es ist ein Theaterstück. Das ist eines meiner Lieblingsstücke.«

Natürlich war es das, verdammt sollte er sein. »Ich dachte, ich hätte mich vollkommen klar ausgedrückt.« Sie schaute sich nervös um, denn sie war besorgt, dass jemand sie beide allein hier oben vorfinden könnte.

»Machen Sie sich keine Sorgen. Dieser Raum ist von Mr. und Mrs. Travill belegt, und die beiden werden unter den Letzten sein, die den Weg zu ihren Betten finden. Und dieser Raum« – er zeigte auf das dritte und letzte Zimmer, das in das Wohnzimmer mündete – »gehört Lord und Lady Kirkland und ihrer Tochter Viola. Sie werden nicht so bald zurückkehren. Lord Kirkland hat wahrscheinlich schon zwanzig Pfund an den Tischen verloren und er wird die gesamte Nacht damit verbringen, sie zurückzugewinnen, während Lady Kirkland besessen versuchen wird, die jungen Burschen dazu zu bewegen, mit Viola zu tanzen.«

Ivy blinzelte ihn an. »Woher wissen Sie das alles?«

Er zuckte mit den Achseln. »Ich beobachte.«

Plötzlich erschienen Ivy ihre Beobachtungsfähigkeiten glanzlos. Sie fühlte sich entmutigt. Und wieder sollte er verdammt sein. »All das spielt keine Rolle, denn meine Wünsche haben sich nicht geändert.«

Er lächelte sie an und wirkte beinahe heiter. »Ich glaube nicht, dass Sie mir ausreichend Gelegenheit gegeben haben, sie zu ändern.«

Frustration staute sich in ihrer Brust, und sie musste den Drang unterdrücken, ihm das Buch an den Kopf zu werfen. »*Weil ich Ihnen keine Gelegenheit dazu geben möchte.*«

Anmutig wie eine Katze erhob er sich. Dann trat er in einer geschmeidigen Bewegung auf sie zu. Sie presste sich das Buch vor die Brust, als wäre es ein Schild.

»Miss Breckenridge, ich denke, da stimmt etwas nicht mit Ihnen. Trotz Ihrer Proteste sind Sie verängstigt. Im Augenblick entdecke ich nichts als Angst in Ihren Augen.«

Sie wich einen Schritt zurück. »Weil Sie mir auflauern.«

»Ich habe den Verdacht – und ich denke nicht, mich hierin zu irren –, dass Sie eine Frau sind, die sich keine Genüsse erlaubt. Sie arbeiten hart und halten sich an einen strengen Kodex.«

»Sie sagen diese Dinge, als seien sie etwas Schlechtes.«

»Sie sind schlecht, wenn Sie nur das haben.« Er beugte den Kopf. »Hart zu arbeiten ist eine bewundernswerte Eigenschaft, das gebe ich zu. Erzählen Sie mir, wie amüsieren Sie sich?«

Sie wedelte kurz mit dem Buch in seine Richtung. »*She Stoops to Conquer* ist amüsant.«

»Lesen ist Ihre einzige Ablenkung?«

»Nein. Ich bin in verschiedene karitative Bemühungen eingebunden.«

»Oh, das muss unglaublich amüsant sein. Und auch das

ist etwas Bewundernswertes, aber verschafft es Ihnen Freude?«

Heftige Wut entfachte sich in ihr. »Ja, das ist der Fall, und dass Sie das auch noch erfragen mussten, offenbart Ihren Charakter. Oder den Mangel daran.«

Er zuckte zusammen. »Natürlich verschafft es Ihnen Freude. Ich hätte fragen sollen, ob es Sie erfüllt. Fühlen Sie sich am Ende des Tages rundum zufrieden?«

Irgendetwas an der Art, wie er diese letzten beiden Worte betonte, sandte ein Schaudern ihren Hals entlang. »Ich glaube nicht, dass Sie das etwas angeht.«

»Wen geht es dann etwas an?« Wieder näherte er sich ihr mit diesem langsamen, verführerischen Gang, der viel bedrohlicher war, als wäre er hinter ihr her gestürzt. »Ich habe auch den Verdacht, dass Sie nicht annähernd oft genug lächeln. Oder überhaupt. Ich würde Sie liebend gern lächeln sehen.«

Damit lag er richtig. »Es ist vulgär zu lächeln.«

Seine Lippen verzogen sich zu einem breiten Grinsen. »Ich bete Vulgarität an.«

Sie schnaubte. »Das überrascht mich nicht. Eigentlich würde es mich nicht wundern, wenn das Ihr Name wäre.«

»Mein Name ist Sebastian, obwohl meine Freunde mich West nennen.« Er legte den Kopf schief. »Es würde mir sehr gefallen, wenn Sie mich West nennen würden.«

»Das wäre vollkommen unangemessen. *Versuchen* Sie etwa, mich in einen Skandal zu verwickeln?«

Nur einen Schritt von ihr entfernt blieb er stehen. »Nein, ich *versuche*, Sie in Versuchung zu führen.«

»Ich ziehe es eher vor, von der Versuchung befreit zu werden.« Sie wollte, an ihm vorbei in ihr Zimmer gehen, aber scheinbar konnte sie ihre Füße nicht in Bewegung setzen.

»Ich denke eigentlich, Sie würden gern ein Risiko

eingehen. Sie leben ein schlichtes Leben und vor Ihnen erstreckt sich eine bescheidene Zukunft. Warum gönnen Sie sich auf Ihrem Weg nicht ein wenig Freude? Wenigstens das haben Sie verdient.«

Unfähig, sich eine Antwort einfallen zu lassen, starrte sie ihn an. Er fasste ihr Schweigen als Ermutigung auf.

»Wir haben zwei Wochen zusammen. Ich kann garantieren, dass niemand etwas bemerken wird – es mag schwer zu glauben sein, aber ich hatte Affären, von denen niemand etwas weiß – und ich garantiere, dass sich Ihr Leben für immer verändert haben wird, wenn die Party vorüber ist.«

Ein Zorn, wie sie ihn seit Jahren nicht mehr gespürt hatte, trieb sie nach vorn, bis ihr Gesicht Zentimeter von seinem entfernt war. Er war mehrere Zentimeter größer als sie, aber sie war höher gewachsen, als die meisten Frauen und stand auf ihren Zehenspitzen, um sich noch größer zu machen. Sie krümmte die Lippen zu einem höhnischen Lächeln. »Ihre Arroganz ist verblüffend. Glauben Sie ja nicht, mich auch nur im Mindesten zu kennen, Euer Gnaden. Sie haben keine Ahnung, was ich riskiert habe oder welche Freuden ich mir geleistet habe. Einmal bin ich jemandem wie Ihnen zum Opfer gefallen, und mein Leben *hat* sich für immer verändert. Sie müssen mir verzeihen, wenn ich kein Interesse an dem habe, womit Sie da hausieren.« Sie beobachtete, wie seine Augen sich ein wenig weiteten und seine Nasenlöcher flatterten. »Bei näherem Nachdenken, will ich Ihre Verzeihung überhaupt nicht. Ich brauche sie nicht. Nicht von Ihnen und von niemandem sonst. Ich habe zu lange und zu hart gearbeitet, um mein Leben aufzubauen und es so zu leben, wie ich es für richtig halte. Nehmen Sie Ihre Mutmaßungen und Ihre Großspurigkeit und fahren sie damit auf direktem Weg zur Hölle.«

~

Zum Teufel noch mal, sie war wütend. Und sie war verdammt wunderschön in dieser Stimmung. Ihre Brust hob und senkte sich mit ihren wütenden Atemzügen, und die Röte war ihr in die Wangen gestiegen. Mit den geteilten Lippen sah sie beinahe so aus, als wäre ihr gerade Vergnügen beschert worden. Bis man bei den Augen anlangte. Diese spuckten grünes, glühendes Feuer.

Sie war ruiniert worden. Ein Halunke hatte sie umworben und sie dann scheinbar achtlos fallen gelassen. West wollte den Missetäter ausfindig machen und ihn zu Brei schlagen.

»Natürlich, ich hatte keine Ahnung«, antwortete er leise. »Was ist passiert?«

Sie wich einen kleinen Schritt zurück. Ihre Brust bebte noch immer und sie holte tief Luft. »Das geht Sie nichts an. Vielmehr, tun Sie mir einen Gefallen und vergessen Sie, dass ich überhaupt etwas gesagt habe.«

Niemals könnte er vergessen, was er gerade erlebt hatte, doch das sagte er nicht. »Ich werde tun, was Sie glücklich macht.«

»Das würde darin bestehen, mich in Ruhe zu lassen. Genau, wie ich Sie vorhin schon darum gebeten habe.«

Kapitulierend hob er die Hände. »Wie Sie wünschen. Wenn Sie jedoch jemals meine Hilfe benötigen sollten, stehe ich Ihnen zur Verfügung. Ich schulde Ihnen eine Wiedergutmachung für meine unbeabsichtigte Beleidigung.«

"Unbeabsichtigt?" Sie lachte, und es war ein dumpfer, hohler Klang, der ihm ein kleines Stück aus der Brust schnitt. »Sie sind ein Verschwender, ein Verführer, ein ausgemachter Taugenichts. Sie beleidigen respektable Frauen mit Ihrer bloßen Präsenz.«

Er verneigte sich vor ihr. »Ihre scharfe Zunge hat mich tief getroffen. Ich bitte Sie um Verzeihung.«

Als er sich aus dem Wohnzimmer zurückzog, widerstand er dem Drang, noch einmal zurückzugehen und sich zu entschuldigen. Und zwar nicht, weil er es nicht wirklich tun wollte, sondern weil sie ihn aus den Augen haben wollte. Also würde er genau das tun.

Er begab sich auf direktem Weg zu seinem Schlafzimmer, das auf der gegenüberliegenden Seite des Hauses lag und verfasste ein Entschuldigungsschreiben. Dann vertraute er es Seaver, seinem Kammerdiener, an. »Sorgen Sie dafür, dass es direkt in Lady Dunns Zimmer abgeliefert wird, aber es ist für ihre Gesellschafterin.«

»Sehr wohl, Euer Gnaden.«

Seaver war umsichtig und absolut vertrauenswürdig. Er würde sicherstellen, dass die Botschaft der Adressatin im Geheimen überstellt würde.

Frustriert machte sich West auf den Weg in den Herrensalon auf ein Glas Whisky. Oder zwei. Er hatte Miss Breckenridge völlig missverstanden. Noch nie hatte er eine Frau wie sie kennengelernt, und er war vollkommen von ihr fasziniert.

Schade, dass sie nichts mit ihm zu tun haben wollte.

Er sehnte sich danach zu erfahren, was ihr zugestoßen war, und wie sich ihr Leben verändert hatte. Er war sich sicher, dass sie ruiniert worden war. Was war sie vorher gewesen? War sie schon immer Gesellschafterin von Damen gewesen? Vielleicht war sie eine Gouvernante gewesen. Und wie auf Erden hatte sie es geschafft, aus der Asche aufzusteigen?

Als West sich aufmachte, nach unten zu gehen, ließ er den Blick über die Halle unter ihm schweifen, wo die Spiele stattfanden. Angeregte Gespräche erfüllten den riesigen Raum. Mr. und Mrs. Fowler begrüßten ihn am Fuße der Treppe.

Sie tauschten ängstliche Blicke aus, ehe Mr. Fowler sich räusperte. »Ähem, guten Abend, Euer Gnaden. Wir würden mit Ihnen gern über Ihre... Dienste sprechen.«

Die meisten Frauen oder Paare kontaktierten ihn auf schriftlichem Wege und vereinbarten eine Zusammenkunft. Gelegentlich traten sie auch bei einem geselligen Treffen an ihn heran, aber er bat sie stets, sich mit seinem Sekretär in Verbindung zu setzen.

»Suchen wir uns einen diskreteren Ort.« West gestikulierte in Richtung eines kleinen Wohnzimmers außerhalb des Saals.

Als sie den Trubel hinter sich gelassen hatten, fragte West: »Sie wünschen, dass ich mit Ihrer Frau schlafe?« Er ließ den Blick über Mrs. Fowler schweifen. Sie war eher kleingewachsen, mit einem großzügigen Busen und dunklem, glänzendem Haar. Sie war hübsch, aber das bewegte nichts in ihm, denn er konnte nur an kupfergoldenes Haar und leuchtend grüne Augen denken.

Sie antwortete. »Ja, Euer Gnaden. Wir denken, es würde helfen ... in gewissen Dingen. Es scheint, dass Sie im Augenblick ungebunden sind, also hofften wir, dass Sie mich während der Party unterbringen können.«

West blickte auf Fowler, der ziemlich verlegen, aber gleichzeitig eifrig wirkte. Ein Muskel in Fowlers Kiefer zitterte, während sein Blick ruhig und ernst war. »Was erhoffen Sie sich, damit zu bezwecken?«, fragte West.

Wieder schauten die beiden einander an und jeder hoffte unübersehbar, dass der andere das Wort ergreifen würde. Mrs. Fowlers Augen wurden immer größer, ihre Wangen überzogen sich scharlachrot, während Fowlers einen etwas helleren Farbton annahmen. Er begegnete

Wests Blick nur kurz. »Wir würden hoffen, ähm, unser Ehebett zu beleben.«

»Ich verstehe. Irgendetwas Spezifisches, was ich beachten sollte? Genießt einer von Ihnen beiden augenblicklich den Sex?«

Mrs. Fowlers Augen weiteten sich noch mehr, und sie wandte sich ab, als die Farbe in ihren Wangen sich weiter vertiefte.

West konnte sehen, dass dies ein schwieriges Unterfangen wäre, sollte er einwilligen. Und das wollte er nicht. Er hatte das Gefühl, dass Fowler dieses Vorhaben verfolgte und seine Frau nicht so eifrig bei der Sache war. Es funktionierte nicht, wenn die Frau nicht voll engagiert war. West war nicht daran interessiert, die Unwilligen zu verführen.

Es sei denn, es handelte sich anscheinend um schöne Gesellschafterinnen, die eine Saite in seinem Inneren angeschlagen hatten.

Er schlenderte zum Kaminsims hinüber, wo Hirtenfiguren über den kleinen Raum wachten. Ein Anflug des Unbehagens erfasste ihn. Miss Breckenridge war eine ganz andere Sache. Er sah eine Frau, die loslassen musste, um sich in der Freude zu verlieren. Wenn sie das nicht tat, fürchtete er, dass sie noch widerspenstiger werden würde. Warum interessierte er sich überhaupt dafür? Weil sie eine große Katastrophe überwunden und durchgehalten hatte. Er wollte, dass sie mehr tat, als durchzuhalten – er wollte, dass sie *lebte.*

»Möchten Sie noch etwas anderes wissen?« Fowlers zaghafte Frage durchbrach Wests Gedankengang.

Er wandte sich vom Kaminsims ab. »Normalerweise ja, aber ich habe große Bedenken bezüglich Ihres Engagements in dieser Sache.« Er schaute Mrs. Fowler an und erklärte sanft: »Sie müssen Sex mit mir haben wollen, und ich bin mir nicht sicher, ob Sie das tun.«

Sie schlug den Blick nieder und West hatte Mitleid mit ihr. Mit seinem Kommentar zu Fowler vorhin hatte er nicht beabsichtigt, Ärger in ihrer Ehe zu stiften, doch er fürchtete, dass dem so war. Es war schon sonderbar, aber es missfiel ihm, eheliche Disharmonie zu verursachen – und das war die Wahrheit. Wenigstens hatte es sich nach den ersten paar Episoden als wahr herausgestellt, auf die er sich, jung wie er noch war, ganz eingelassen hatte, um sein Können unter Beweis zu stellen.

Seitdem waren seine Affären mit verheirateten Frauen Verbindungen, bei denen beide Ehepartner außereheliche Beziehungen pflegten, oder – und das bevorzugte er sogar noch – die Frau lernen wollte, wie sie ihren Mann besser befriedigen könnte, um im Gegenzug von ihm zu verlangen, dass er sie befriedigte. Er hatte vielen Paaren erfolgreich geholfen und das machte ihn glücklich.

»Vielleicht sollten Sie beide sich eingehender darüber unterhalten«, schlug West vor. »Auf keinem Fall werde ich während der Hausparty eine neue Liaison initiieren. Ich bin im Urlaub, wenn sie es gern so betrachten möchten. Wenn Sie im Herbst immer noch daran interessiert sind, diesen Weg zu beschreiten, warum nehmen Sie dann nicht Kontakt mit mir auf?«

»Das werden wir tun, danke.« Fowler wandte sich zur Tür und streifte dabei mit der Hand über den Rücken seiner Frau. Noch immer hatte sie den Blick nicht vom Boden gehoben.

Als sie an der Türschwelle angelangt waren, sagte West: »Fowler, einen Moment noch, bitte.«

Fowler flüsterte seiner Frau etwas zu. Sie ging weiter in die Halle, während er zu West zurückkehrte. »Ja?«

»Wenn ich einen Vorschlag machen darf. Versuchen

Sie, Ihre Frau nur mit der Hand zu stimulieren. Konzentrieren Sie sich auf diese kleine Knospe ebenso sehr wie auf ihre Scheide – vielleicht sogar noch mehr.«

»Das habe ich ausprobiert. Sie scheint sich nie gehenlassen zu können.«

»Fesseln Sie sie ans Bett.« West hielt ein Lachen zurück, als Fowler die Augen aufriss. »Und verbinden Sie ihr die Augen. Setzen Sie auch Ihren Mund ein. Es wird Zeit brauchen, aber sie wird kommen.«

»Und wenn das nicht geschieht?«

»Dann reden Sie im Herbst mit mir.«

Fowler nickte. »Danke, Euer Gnaden.«

West senkte den Kopf, woraufhin der ältere Mann sich umdrehte und davonging.

Als West die Luft ausstieß, rieb er sich mit der Hand über den Wangenknochen. Mrs. Fowler wäre eine Herausforderung, so schien es. Aber nicht die Art von Herausforderung, nach der ihm der Sinn stand. Wenigstens nicht im Augenblick.

Er verspürte das brennende Gefühl der Frustration einmal mehr, als Miss Breckenridge abermals in seine Gedanken trat, und machte sich auf den Weg in den Herrensalon, wo er direkt auf die Anrichte zusteuerte, auf der Wendovers beste Spirituosen aufgestellt waren. Er schenkte sich ein Glas von dem feinsten Whisky ein, den er finden konnte.

»Du bist ja geradewegs aufs Beste aus, wie ich sehe.« Axbridge trat neben ihn und füllte sein Glas aus derselben Flasche wieder auf.

»Ich bin kein Dummkopf.«

»Deshalb sind wir Freunde. Wer ist die reizende Dame, die du, wie ich beobachtet habe, nach dem Abendessen im Salon beäugt hast?«

Zum Teufel, das hatte er bemerkt? West musste

vorsichtiger sein. Aber warum? Es war schließlich nicht so, als würden sie überhaupt Zeit miteinander verbringen. Das hatte sie ziemlich klar kundgetan.

Und dennoch wollte West die Aufmerksamkeit nicht auf sie lenken. »Niemand Besonderes.«

»Nun, sie ist atemberaubend, selbst in dem abscheulichen Kleid, das sie trägt.«

West hätte es nicht als abscheulich, jedoch ganz bestimmt als langweilig bezeichnet. Er würde sie so gern in einer lebendigen Farbe sehen, mit funkelnden Juwelen an den Ohren und um ihren Hals. Was für ein Jammer, dass er das nie erleben würde.

Er trank seinen ganzen Whisky aus und schenkte sich ein weiteres Glas ein.

»Legst du es darauf an, dich zu betrinken?« fragte Axbridge.

»Ich bemühe mich ganz bestimmt nicht, nüchtern zu bleiben. Und verdammt, das ist ein ausgezeichneter Whisky.«

»Das ist er.« Axbridge trank einen Schluck aus seinem Glas. »Gehst du morgen bei der Wanderung mit?«

»Ich denke, ich könnte mich dazu entschließen.« Eine erfrischende körperliche Betätigung klang sehr verlockend. Vor allem, wenn eine gewisse Gesellschafterin ebenfalls mitging. Selbst wenn er sich ihr nicht mehr nähern konnte, blieb ihm immer noch, sie anzuschauen.

»Hervorragend, ich werde dich dann dort treffen.« Axbridge trank seinen restlichen Whisky in einem Schluck aus, und dann verzog er die Lippen zu einem verschlagenen Lächeln. »Es sei denn, ich fühle mich zu müde.« Bedeutungsvoll kniff er die Augen zusammen.

»Ich verstehe. Und wird Lady Greaves ebenfalls zu müde sein, um teilzunehmen?«

»Das vermag ich nicht zu sagen.« Axbridges Blick und sein Tonfall waren sehr geheimnisvoll.

»Hmm, das wird ein hervorragendes Spiel für mich werden. Herauszufinden, wessen Bett du wohl wärmen wirst.«

»Behalte es für dich, wenn du es ausgeknobelt hast.« Ehe er davonging, warf Axbridge West ein Grinsen zu.

Ah, wie schön war es, in freudiger Erwartung einer Nacht des unentdeckten Vergnügens entgegenzusehen. Wenn West das wirklich gewollt hätte, war er sich sicher, dass er problemlos eine willige Partnerin hätte finden können. Ihm war bewusst, wie die meisten Frauen ihn ansahen. Wohlgemerkt *die meisten*, aber nicht diejenige, die er wirklich begehrte.

Nein, er würde heute Abend allein zu Bett gehen. Und von der Frau träumen, die er nicht haben konnte.

KAPITEL DREI

Der Morgennebel war verdunstet, um hellem Sonnenlicht zu weichen, doch jetzt, als die unerschrockenen Gäste zu ihrem Marsch auf den Wendover Hill antraten, ballten sich allmählich wieder die Wolken zusammen. Die Luft war kühl, und eine leichte Brise ließ die Bänder von Ivys Haube flattern, die unter ihrem Kinn gebunden waren.

Miss Forth-Hodges legte den Kopf in den Nacken und sah zum Himmel auf. »Glauben Sie, es wird regnen?«

»Vielleicht, aber es sollte ein leichter Regen sein. Diese Wolken wirken nicht sonderlich bedrohlich.«

Eine Gruppe von vielleicht einem Dutzend Gästen war von Greensward, dem Anwesen der Wendovers, losgezogen. Ivy hatte Bilanz gezogen und war gleichzeitig enttäuscht und freudig erregt, dass Clare mit von der Partie war. Er hielt sich im Vorfeld der Gruppe, und Ivy hatte Schwierigkeiten, seine muskulöse Figur nicht zu beachten, als sie sich dem Hügel näherten.

Sie konnte nicht aufhören, an die Nachricht zu denken, die er ihr gestern Abend hatte zukommen lassen. Sie hatte sie so oft gelesen, dass sie ihr inzwischen im Gedächtnis haftete.

Liebe Miss Breckenridge,

Ich bete aufrichtig, dass Sie meine demütigste Entschuldigung dafür, dass ich Sie brüskiert habe, annehmen werden. Nie war es meine Absicht gewesen, Sie zu verärgern, und es betrübt mich, zu wissen, Sie in eine Situation gebracht zu haben, die Ihnen Kummer verursachte. Ich besitze die Neigung, Menschen herauszufordern, zum Besseren oder zum Schlechten, und manchmal übertreibe ich es. Ich bemühe mich, diesen Vorfall zum Anlass zu nehmen, mich selbst zu bessern.

»Menschen verbessern sich selten, wenn sie kein anderes Vorbild außer sich selbst haben, um es nachzuahmen.«

Vielen Dank für Ihre Gabe andere zur Erkenntnis zu führen. Ich hoffe, Sie genießen die Hausparty.

Ihr,

   Clare

Es war solch eine wunderschön verfasste Botschaft, und die Aufnahme des Zitats von Goldsmith hatte sie lächeln lassen. Ja, lächeln. Er hatte geschafft, was sie mit aller Macht nicht hatte zulassen wollen – er hatte sie bezaubert.

Miss Forth-Hodges geriet neben Ivy ins Stolpern. Ivy streckte die Hände aus, und fasste sie am Ellenbogen. »Sind Sie in Ordnung?«

»Ja.« Ihre Wangen waren von einem rosafarbenen Hauch überzogen. » Ich habe nicht hingeschaut, wohin ich meine Füße gesetzt habe.«

Ivy sah auf und stellte fest, dass Viscount Townsend einige Meter vor ihnen ging. Sie wandte ihre Aufmerksamkeit abermals Miss Forth-Hodges zu und bemerkte, dass diese bemüht war, ihn so heimlich wie möglich zu beobachten.

»Hat Lord Townsend ihre Aufmerksamkeit geweckt?«, fragte Ivy mit leiser Stimme.

Miss Forth-Hodges nickte. »Wir haben gestern Abend miteinander getanzt. Er ist der charmanteste Mann, der mir je begegnet ist.« Sie klang außer Atem, und ihr Blick hatte einen träumerischen Glanz angenommen.

»Sind Ihre Eltern einverstanden?«

»Ich denke schon. Mama hat ihre Hoffnungen auf einen Earl, einen Marquess oder sogar einen Herzog gesetzt.« Sie warf einen Blick zu Ivy hinüber. »Gestern Abend hat sie sogar Clare vorgeschlagen. Können Sie sich das vorstellen?«

Das konnte Ivy wirklich. Nicht, weil das je geschehen würde – er schien sich, aus welchen Gründen auch immer, nicht für die Ehe zu interessieren –, sondern weil er ein außergewöhnliches Exemplar von einem Mann war. Wäre sie gezwungen, sich für einen Ehemann zu entscheiden, könnte sie sich durchaus vorstellen, ihn zu wählen.

Vorausgesetzt, sie könnte über die fortwährenden Liebschaften hinwegsehen.

Was sie nicht könnte. Nein, das *würde sie nicht hinnehmen können*.

Was spielte das überhaupt für eine Rolle? Ivy würde Clare nie heiraten. Oder irgendjemand anderen.

»Warum sollte Ihre Mutter der Annahme sein, dass Clare einen guten Ehemann abgeben würde?«, fragte Ivy.

»Ich bin ziemlich sicher, dass es mit dem Titel ›Herzog‹ zusammenhängt, und ansonsten sehr wenig anderes eine Rolle spielt.«

»Nun, wenn Titel für Ihre Frau Mutter so wichtig sind, ist Viscount sehr respektabel.« Ivy wusste nicht viel über Townsend. Er hatte sich nicht ausreichend profiliert, um als einer der Unberührbaren bezeichnet zu werden. Aus diesem Grund kam Ivy zu dem Schluss, dass er eine geeignete Verbindung sein könnte. »Sie könnten es weit schlimmer treffen.«

»Ja, ich glaube, ich wäre nicht daran interessiert, mit jemandem verheiratet zu sein, der den Spitznamen Herzog der Begierde trägt.« Miss Forth-Hodges kicherte. »Wer auch immer diesen Namen erfunden hat, ist ein Genie.«

Ivy hustete. Normalerweise hätte sie darauf keine Antwort gegeben, aber sie und Miss Forth-Hodges waren Freundinnen, oder? »Sie mögen das vielleicht nicht glauben, aber das geht auf mein Konto.« Sie zuckte zusammen und wünschte sich auf der Stelle, das nicht laut gesagt zu haben. »Egal.«

Miss Forth-Hodges sah sie blinzelnd an. »Wirklich? Ich werde es niemandem verraten, das verspreche ich.« Erneut brach sie in Gelächter aus. »Wie köstlich.«

»Er ist ein Unberührbarer – so nennen Lady Dartford, Lady Sutton und ich diese Herren.« Bedrückt stieß sie die Luft aus. »Jetzt sind die beiden mit zweien von ihnen verheiratet.«

»Wirklich? Hatten auch sie Spitznamen?« Sie reckt einen Finger. »Moment, ich erinnere mich, dass Sutton während der Saison der Herzog der Täuschung genannt wurde. Das waren ebenfalls Sie, oder?«

Ivy ließ den Kopf hängen. »Ja. Dartford war der Wagemutige Herzog.«

»Sie sind spektakulär«, stellte Miss Forth-Hodges grinsend fest. »Gibt es noch andere?«

»Axbridge – er ist der Gefährliche Herzog. Wegen der Duelle.«

»Das macht durchaus Sinn.« Miss Forth-Hodges sah
Ivy mit großen Augen an. »Halten Sie ihn nicht auch für
furchterregend? Mama hat ihn ebenfalls erwähnt, aber ich
denke, ich würde Clare den Vorzug geben.«

Ivy war sich nicht sicher, ob sie Axbridge für furchterregend hielt, doch andererseits versuchte sie, an die
meisten Männer überhaupt nicht zu denken. Und das
machte Clares Präsenz in ihrem Verstand so überaus irri-
tierend.

»Clare ist ganz sicher ... ein erfreulicher Anblick«,
bemerkte Miss Forth-Hodges. »Ich gestehe ein, ihn ein
wenig einschüchternd zu finden, aber das liegt an seinem
Ruf. Mir würde es nicht gefallen, einen Mann zu heiraten,
der so ein Leben führt wie er.« Sie warf Ivy einen Blick zu
und sprach weiter: »Obwohl es mit ihm vermutlich auch
ein bisschen aufregend sein würde.« Sie sprach so leise,
dass Ivy sich anstrengen musste, sie überhaupt zu verstehen, und Ivy fragte sich, ob sie überhaupt beabsichtigt
hatte, dass Ivy die Bemerkung hören sollte.

Aufregend. Ja, in Verbindung mit Clare war das ein
ausgezeichnetes Wort. »Aufregung ist nicht immer eine
gute Sache«, gab sie zu bedenken.

Miss Forth-Hodges wandte den Kopf, als ihre Augenbrauen in die Höhe schossen. »Wirklich? Mir wäre das
lieber in einer Ehe als Langeweile.«

»Sie würden einen Mann bevorzugen, der Liebschaften
mit aller Welt unterhielt?«

»Natürlich nicht. Ich meinte nur, es sei besser, einen
aufregenden Ehemann zu haben – Sie wissen schon« – Sie
warf Ivy einen bedeutungsvollen Blick zu – »als das
Gegenteil.«

Sie spielte, dachte Ivy, damit auf Clares sexuelle Leis-
tungsfähigkeit an. Und daraufhin war Ivy sehr daran gelegen, das Thema zu wechseln. Glücklicherweise ging

Townsend nicht zu weit vor ihnen her. Während ihrer Unterhaltung waren sie entweder schneller gegangen oder Townsend war langsamer vorangekommen.

Ivy ergriff die Gelegenheit beim Schopf, um weiteren Diskussionen aus dem Weg zu gehen. »Miss Forth-Hodges, ich wäre gern dazu bereit voranzugehen, wenn Sie mit Lord Townsend gehen möchten.«

»Oh, würden Sie das?« Ihre Augen leuchteten auf, und sie verzog den Mund zu einem Lächeln.« Danke. Und bitte nennen Sie mich Emmaline.«

»Dann musst du mich Ivy nennen.« Bevor sie ihr Tempo beschleunigte und an Townsend vorbeimarschierte, der fast stehenblieb, um auf Emmaline zu warten, winkte sie ihr zu.

Ivy stahl einen Blick auf die beiden, als diese in ein gemeinsames Tempo fielen und die Köpfe im Gespräch vertieft zusammensteckten. Sie verspürte einen überraschenden Anflug von Neid. Es musste schön sein, sich darauf zu freuen, seine Zeit mit jemandem zu verbringen und zu wissen, dass derjenige ebenso empfand.

Entschlossen, solchen Unsinn durch einen flotten Marsch aus ihrem Kopf zu vertreiben, legte Ivy an Tempo zu und ehe sie sich versah, war sie auf gleicher Höhe mit Clare. Die Unterhaltung, die sie gerade fein säuberlich beendet hatte, kehrte in ihre Gedanken zurück.

Er sah zu ihr hinüber. »Guten Tag, Miss Breckenridge.«

»Guten Tag, Euer Gnaden.«

Sie wollte ihm für den Brief danken, aber sie wollte nicht, dass jemand sie dabei belauschte. Miss Kirkland war in ihrer Nähe und auch ein junger Mann, dessen Name Ivy nicht einfallen wollte.

»Genießen Sie Ihren Spaziergang?« fragte Clare.

»Ja sehr, vielen Dank. Und Sie?«

Er warf einen Blick zu ihr hinüber, aber es war nicht

dasselbe wie bei ihren anderen Zusammentreffen, bei denen sie sich gefühlt hatte, als würde er versuchen, in ihre Seele zu sehen. »Recht erfrischend. Ich genieße es, aktiv zu sein.«

Sie war ein wenig von der Erkenntnis überrascht, dass sie ein normales Gespräch ohne Flirt oder Anspielungen führen konnten. »Werden Sie am Federball-Turnier teilnehmen?«

»Ich denke, ja. Obwohl ich seit Jahren nicht mehr gespielt habe.«

Ein besonders scharfer Windstoß hätte Ivy die Haube fast vom Kopf gerissen. Sie zog die Bänder unter ihrem Kinn fester. »Es ist zu schade, dass es kein Frauenturnier gibt.«

»Das ist ein vorzüglicher Einfall. Würden Sie spielen?«

»Das würde ich gerne, aber ich bin mir nicht sicher, ob ich zugelassen wäre.«

»Natürlich wären Sie das. Ich würde darauf bestehen.«

Seine Arroganz hätte sie wütend machen sollen, aber in diesem Zusammenhang fand sie sie durchaus attraktiv. *Verflucht.* »Es wäre mir lieber, wenn Sie das nicht täten.«

»Wenn das Ihr Wunsch ist.«

Dem war nicht so, aber sie wollte auch nicht, dass Clare Partei für sie ergriff. Ein Teil von ihr – der Teil, den sie tief in ihrem Inneren verborgen hielt – fühlte sich geschmeichelt, dass er sich für sie einsetzen wollte. Der Rest von ihr allerdings, der einzige Teil, auf den es ankam, war entsetzt, dass er auf diese Weise die Aufmerksamkeit auf sie lenken würde. Sie akzeptierte ihre Stellung am Rande der Gesellschaft.

Ein leises weibliches Kichern drang von oberhalb des Hügels zu ihnen zurück. Ivy blickte nach vorn und entdeckte, dass es Lady Pelham war. Sie ging dicht neben

Lord Wendover und bewegte die Hand dicht an seinem Oberarm.

»Es geht das Gerücht herum, dass sie eine Affäre haben.« Clares tiefe Stimme erklang ganz aus der Nähe. Er war neben sie gerückt, um ihr diesen Leckerbissen mitzuteilen.

»Das war mir noch nicht zu Ohren gekommen.« Lady Dunn dürfte sich dessen noch nicht bewusst sein, sonst hätte sie bereits etwas gesagt. Sie würde es sehr zu schätzen wissen, wenn Ivy ihr diesen Klatsch weitererzählen würde. »Woher wissen Sie das?« Ivy erkannte, dass diese Worte auf verschiedene Weise interpretiert werden konnten. »Ich meinte nur, wie nehmen solche Gerüchte überhaupt ihren Anfang?«

»Normalerweise beginnt es mit einem Körnchen Wahrheit. Ob sie sich tatsächlich auf ... Aktivitäten einlassen oder nicht, verbindet sie eindeutig eine gegenseitige Anziehung. Man muss sie nur anschauen.«

Ivy studierte sie für einen Moment. Lady Pelham hatte die Hand von Wendovers Arm genommen, aber sie blickte ihn häufig an, und er tat dasselbe mit ihr. Und beide lächelten häufig. Lady Pelham lachte erneut, und ihre Fingerspitzen streiften abermals über seinen Arm.

»Ich kann sehen, was Sie meinen«, antwortete Ivy. »Ist das den beiden nicht bewusst?«

Clare hob die Schulter. »Das bezweifle ich. Wenn dem so wäre, würden sie wahrscheinlich versuchen, ein diskreteres Verhalten an den Tag zu legen.«

»Wie würde man dann eine Liebschaft erkennen?«

»In manchen Fällen würde man das nicht. Ich bin imstande, eine Liebschaft erfolgreich zu verbergen. Das erfordert Umsicht und Behutsamkeit, aber es kann bewerkstelligt werden.« Seine offenen Ausführungen über seine Affären sollten im Grunde schockierend oder gar beleidigend sein, aber sie fand sie erfrischend.

»Und doch hat es den Anschein, als seien all Ihre Affären wohlbekannt.«

Sein Lächeln war rätselhaft. »Nicht *alle*.«

»Warum lassen Sie also einige öffentlich bekannt werden?«

Er zuckte die Achseln. »Manchmal lässt sich die Geheimhaltung nicht kontrollieren, besonders wenn der andere gern redet.«

Ivy sah ein, dass das vor allem bei ihm ein Problem war. Sie wusste von einigen Frauen, für die es eine Ehre war, mit Clare zusammen zu sein. Das Ganze war ein überaus seltsames Gespräch. »Sie sind unbeschreiblich unverblümt.«

Er schmunzelte. »Beleidige ich Sie schon wieder? Ich sollte ein weiteres Entschuldigungsschreiben verfassen.« Er warf ihr einen Blick zu und sie stellte fest, dass sie dieses merkwürdige Gespräch trotz allem genoss. Wann hatte sie das letzte Mal eine Unterhaltung mit einem Gentleman genossen? Um diese Frage zu beantworten, müsste sie die bereits begrabene Vergangenheit wieder ausgraben.

»Ich habe Ihren Brief sehr geschätzt.« Sie sprach mit leiser Stimme, gerade laut genug, damit nur er sie verstehen konnte. »Sie haben Goldsmith zitiert.«

»Sie haben erwähnt, dass Sie das Stück *She Stoops to Conquer* mögen. Ich bin davon ausgegangen, dass Sie auch einige seiner anderen Werke gelesen haben.«

»Das habe ich tatsächlich getan. Und Sie ebenfalls.«

Lachend betrachtete er sie mit einem amüsierten Blick. »Sie klingen ein bisschen überrascht.«

»Eigentlich bin ich beeindruckt.« Sie erwartete eine Art koketter Antwort und als keine kam, musste sie sich ihre

Enttäuschung darüber eingestehen. Gestern Abend hatte sie ihn in aller Deutlichkeit aufgefordert, sie in Ruhe zu lassen, und jetzt ertappte sie sich, wie sie sich nach der Aufmerksamkeit sehnte, die er ihr hatte zuteilwerden lassen.

Nun denn, sie würde auch diese Sehnsucht zusammen mit den übrigen einfach zurück in die Dunkelheit drängen.

Sie gingen einen Moment schweigend weiter, und zum ersten Mal empfand Ivy das als ziemlich schwer. Sie war an Stille gewöhnt, und in der Regel war ihr auch danach. Aber in diesem Moment, in dem er neben ihr ging, sehnte sie sich nach Gesprächen. Er sprach mit ihr, als sei sie interessant. Nein, es war sogar noch grundlegender als das. Er behandelte sie wie einen Menschen anstatt wie ein lebloses Objekt, das ignoriert werden konnte, bis sein Einsatz erforderlich wurde.

Oh, sie war albern. Sehr viele Menschen behandelten sie wie eine Person. Lady Dunn. Lucy. Aquilla. Ihre andere Freundin Nora, die zugleich auch die Herzogin von Kendal war. Noras Schwiegermutter Lady Satterfield.

An dieser Stelle war die Liste zu Ende. Vielleicht war »sehr viele« eine Übertreibung.

Ivy riss sich aus ihren Gedanken und kehrte zu dem Punkt zurück, an dem sie gern sein wollte – bei ihrer Unterhaltung. »Glauben Sie, Lady Wendover ist über ihr Verhalten verärgert?«

»Ich weiß es nicht, aber mein Verdacht ist, dass sie das nicht ist. Ich denke, sie hat ein Auge auf Lord Kirkland geworfen.«

»Meine Güte, Sie *sind* vielleicht aufmerksam.« Sie wollte ihre eigenen Fähigkeiten gern verbessern. »Woher wissen Sie das?«

»Er hatte in Betracht gezogen, an der Wanderung teilzunehmen, aber Lady Wendover hat ihn rasch an das Whist-Turnier erinnert, das im Haus stattfinden sollte.«

»Und das war alles?«

»Nicht ganz. Anschließend bemerkte Lady Kirkland, vielleicht ebenfalls bleiben zu wollen, aber ihre Tochter wollte unbedingt mitkommen. Lady Pelham bot an, als Begleiterin zu fungieren – und sie macht ihre Aufgabe gut, oder?« Er schmunzelte. »Jedenfalls sah Lady Kirkland angesichts dieser Lösung so zufrieden aus, wie jemand, der die letzte Süßigkeit vom Tablett stibitzt hat. Und Lady Wendovers schwaches Stirnrunzeln enthüllte ihre Gereiztheit – zumindest für mich.«

Er war erschreckend aufmerksam. »Von nun an werde ich meine Taten in Ihrer Gegenwart stets überdenken. Ich fürchte mich vor der Vorstellung, was Sie darin erkennen könnten.«

»Sie müssen sich, glaube ich, keine Sorgen machen. Ich habe Sie nicht im Geringsten durchschaut.« Die Belustigung, die in seinem Tonfall mitschwang, erheiterte Ivy. Es gefiel ihr, ihn verwirrt zu haben, denn bislang hatte er sie höllisch durcheinandergebracht. Sie sollte ihn ignorieren, aber stattdessen konnte sie sich nicht von ihm fortbewegen. Und all das nur wegen dieses dummen Entschuldigungsschreibens. Und vielleicht, nur vielleicht, hatten ihr die Dinge gefallen, die er gestern zu ihr gesagt hatte.

Sprich das nie aus.

Ein Regentropfen traf die Krempe ihrer Haube und unterbrach dankenswerterweise ihren aufwühlenden Gedankengang.

»Ich denke, letztendlich wird es doch regnen«, bemerkte Clare. Er legte den Kopf in den Nacken, um in den Himmel zu starren. Ivy betrachtete sein Profil eingehend. Er drehte den Kopf und ihre Blicke trafen sich. Ivy geriet ins Stolpern.

Er fing sie auf, seine Hände umklammerten ihre Arme, um sie aufrecht zu halten. Er sagte kein Wort, aber seine

Augen schienen zu fragen, ob es ihr gut ging. Sie antwortete mit einem einzigen Nicken, richtete sich auf und setzte die Füße fest auf den Weg.

Als er sie losließ, hob er die Augenbrauen ein wenig. Dann nickte er einmal, und es war, als hätten sie eine stille Unterhaltung geführt. Bei jeder anderen Gelegenheit war sie stets vor ihm zurückgewichen, wenn sie miteinander in Kontakt kamen. Dieses Mal hatte sie das nicht getan.

Ehe sie diese Überlegung analysieren konnte, drehte Lord Wendover sich um und wandte sich an die Gruppe. »Wir müssen kehrtmachen, weil es angefangen hat zu regnen. Da es bergab geht, schlage ich vor, wir bewegen uns schneller, damit wir nicht durchnässt werden.«

Er fing an, den Berg hinunterzulaufen, und alle warteten darauf, dass er seinen Platz an der Spitze der Gruppe erneut einnahm. Lady Pelham beschleunigte ihr Tempo, um mit ihm Schritt zu halten.

Damit bildeten Ivy und Clare die Nachhut, zusammen mit Miss Kirkland und dem anderen Herrn, der mit ihr gelaufen war.

Clare setzte sich nicht sofort in Bewegung.

»Worauf warten Sie?«, fragte Ivy.

Er blickte zum Gipfel des Hügels und runzelte die Stirn. »Ich habe mich wirklich sehr auf diese Aussicht gefreut.«

Ivy war es ebenso ergangen. »Haben Sie vor, weiterzugehen?«

Er stemmte die Hände in die Hüften und atmete geräuschvoll aus. »Das würde ich gerne.«

Ihre Brust zog sich zusammen. »Oh, wie wundervoll es ist, ein Mann zu sein.«

Sein Blick verweilte auf ihr. »Warum?«

»Weil Sie entscheiden können, ob Sie bis auf den Gipfel des Hügels weiterlaufen möchten oder nicht.«

»Sie könnten gehen, wenn Sie wollten.«

»Mit Ihnen?« Sie schüttelte den Kopf. »Selbst Sie können sich sicherlich ausmalen, wie das aussehen würde.«

»Ja. Das habe ich natürlich nicht durchdacht, fürchte ich. Ich verstehe, was Sie damit meinen, ein Mann zu sein.«

Miss Kirkland war an ihnen vorbeigegangen, während sie sich miteinander unterhielten. Ihr männlicher Begleiter war vorangeeilt, als die Regentropfen stetiger zu fallen begannen.

Ivy blickte in Richtung des immer dunkler werdenden Himmels. »Das wird kein leichter Schauer sein, glaube ich.«

Clare sah wieder auf. »Vermutlich muss ich Ihnen recht geben. Ich werde diesen Spaziergang wohl an einem anderen Tag beenden müssen.«

Ein Schrei brachte sie dazu, sich umzudrehen und bergab zu schauen. Miss Kirkland lag am Boden.

Clare eilte zu ihr hinab, und Ivy folgte ihm so rasch wie möglich. Die Erde wurde bereits rutschig. Miss Kirkland musste ausgeglitten sein.

Als sie bei der gestürzten jungen Frau ankamen, kniete sich Clare neben sie. »Lassen Sie sich von mir helfen.« Er fasste sie am Arm und legte die Hand auf ihren Rücken.

Miss Kirkland versuchte aufzustehen, doch sie sackte gleich wieder zurück. Ihre dunklen Augen waren furchterfüllt. »Ich habe mich am Knöchel verletzt.«

»Es ist alles gut«, beruhigte Clare sie. Seine Stimme war tief und besänftigend. Der Regen begann nun, stärker zu fallen.

Ivy schaute den Hügel hinab und war überrascht, dass niemand der anderen umgekehrt war, um nachzusehen, ob Miss Kirkland in Ordnung war. Einige besonders Flinke der Gruppe waren bereits beinahe unten angekommen. Sie hatten es offensichtlich eilig, nach Greensward zurückzukehren.

Clare rückte seinen Hut so zurecht, dass die Krempe ein wenig tiefer über den Augen saß. »Miss Kirkland, ich werde Sie den Hügel hinuntertragen. Da ist nichts daran zu ändern, fürchte ich. Wenn ich Sie hierlasse, werden Sie ziemlich durchnässt.«

Miss Kirkland sah so aus, als würde sie jeden Moment anfangen zu weinen. Oder vielleicht tat sie es schon. Ihr Gesicht war nach oben gerichtet, um Clare anzuschauen, und der Regen tropfte auf ihre Wangen.

»Haben Sie mich verstanden«, fragte er, als sie nicht antwortete.

»Ja. Bitte beeilen Sie sich.«

Er nickte, als er sie hochhob. Er blickte Ivy an. »Können Sie vorlaufen und Hilfe holen? Ich werde mich nicht so schnell fortbewegen können.«

»Aber sicher.« Ivy wünschte, sofort selbst daran gedacht zu haben, anstatt zuzuschauen, wie Clare die Initiative ergriff. Es war sonderbar erregend.

Erregend?

Sie biss die Zähne aufeinander und lief den Hügel so schnell hinab, wie sie es wagte. Hin und wieder wandte sie den Kopf, um sich seines Fortkommens zu vergewissern. Trotz seiner Last und des Regens hielt Clare ein stetiges Tempo.

Oh, dieser verdammte Regen. Er kam jetzt noch heftiger herabgeprasselt, und zum Teil sogar von der Seite. Ivys Kleid war komplett durchgeweicht, klebte an ihren Beinen und behinderte ihr Fortkommen. Trotzdem fing sie an zu rennen, ungeduldig, zum Haus zurückzukehren.

Endlich kam sie bei der hinteren Rasenfläche an. Die Bediensteten warteten auf dem oberen Treppenabsatz der

Terrasse mit Decken. Ivy rannte die Stufen hinauf. »Sie müssen loslaufen und dem Herzog helfen. Miss Kirkland ist verletzt, und er hat sie den Hügel hinuntergetragen.«

Sie drehte sich, um über die Rasenfläche hinwegzublicken und sah die beiden, wie sie sich langsam gegen die strömenden Wassermassen bewegten.

Zwei der Dienstboten rannten die Treppe hinunter und über den Rasen. Sie hüllten eine Decke um Miss Kirkland und legten eine andere um Clares Kopf.

»Kommen Sie hinein, Miss«, forderte sie einer der verbliebenen Diener auf, als er ihr eine Decke überreichte.

Ivy schlang sich die weiche Wolldecke um den Kopf und die Schultern, doch sie bewegte sich nicht vom Fleck. Sie stand dort im Regen, bis Clare die Treppe erklomm.

»Was tun Sie hier?«, fragte er, als er die Terrasse erreichte. »Gehen Sie hinein, ehe Sie sich noch erkälten.«

Er eilte an ihr vorbei ins Haus, und sie folgte ihm hinein.

Wendover war noch immer im Salon, als sie eintraten. Mit großen Augen starrte er auf Miss Kirkland. »Mein Gott, Clare, was ist passiert?«

»Sie ist auf dem Weg den Hügel hinab gestolpert und hat sich den Knöchel verletzt.«

»Was für eine Katastrophe.« Er sah zu einem der Bediensteten, einem ziemlich großen, breitschultrigen jungen Mann hinüber. »Thomas, würdest du dem Herzog bitte Miss Kirkland abnehmen?«

»Ja, Mylord.«

Clare übergab dem Diener die blasse junge Frau, als Lady Wendover gefolgt von Mrs. Kirkland in den Salon trat.

»Oh meine Güte«, rief Mrs. Kirkland. »Was ist passiert?«

»Kommen Sie, bringen wir sie nach oben«, schlug Lady

Wendover vor und nahm die Dinge in die Hand. Sie dirigierte alle aus dem Salon und hinterließ ihren Mann mit einer Handvoll durchnässter Gäste, die noch auf den Teppich tropften.

»Ich werde dafür sorgen, dass Sie alle ein heißes Bad bekommen«, verkündigte der Earl. »Und auf Sie, Clare, sollte eine Flasche meines besten Whiskys oben in Ihrem Zimmer warten.«

Clare verneigte sich. »Oh, vielen Dank. Ich werde mich bemühen, jeden Tag jemanden zu retten.« Das brachte ihm das Gelächter der Anwesenden ein.

Alle verließen den Salon, doch Ivy zögerte.

»Worauf warten Sie?«, fragte Clare. Er nahm seinen Hut ab und das Wasser tropfte von der Krempe auf den Teppich.

»Ich bin –« Sie schüttelte den Kopf, unfähig auf seine Frage zu antworten. »Das war beeindruckend.«

»Es war notwendig.« Sein Blick war dunkel und durchdringend. »Ich bin kein Held, Miss Breckenridge.«

Dass mochte sie gern glauben, aber sie begann sich zu fragen, ob nicht doch mehr in ihm steckte, als ihre vorgefasste Meinung beinhaltete.

»Ivy?« Lady Dunn kam auf ihren Stock gestützt in den Salon gehumpelt. »Ach du meine Güte. Sie sind vollkommen durchnässt! Kommen Sie nach oben, damit wir Sie trocken bekommen.« Sie winkte mit dem Arm und bedeutete Ivy damit, voranzugehen.

Ivy warf einen letzten Blick in Clares Richtung und verließ den Salon.

Der heutige Tag war nicht im Entferntesten wie geplant verlaufen. Sie war enttäuscht, weil sie den Gipfel des Wendover Hills nicht erreicht hatte. Über die Erkenntnis, dass sie sich auf ein Wiedersehen mit Clare freute, war sie allerdings noch mehr schockiert.

KAPITEL VIER

*N*ach einer belebenden frühmorgendlichen Moorhuhnjagd beschloss West, sich nach unten zu begeben, um in Erfahrung zu bringen, welche Unterhaltungen für den Nachmittag anstehen würden. Vielleicht wollte er jedoch einfach nur herausfinden, ob Miss Breckenridge zugegen war.

Sie war gestern Abend nicht zum Abendessen erschienen, aber auch andere Teilnehmer der gestrigen Wanderung hatten gefehlt. Der plötzliche Regensturm hatte sie wahrscheinlich gezwungen, ihre Betten zu hüten. Er hoffte, dass sie nicht erkrankt war. Ihre Arbeitgeberin, Lady Dunn, war beim Abendessen erschienen und hatte an den Spieltischen gesessen, aber seine Bemühungen, einen etwaigen Kommentar über ihre Gesellschafterin zu belauschen, waren vergeblich gewesen. Sie hatte Miss Breckenridge nicht ein einziges Mal in seiner Gegenwart erwähnt. Zum Schluss hatte er sein Vorhaben aufgegeben und war in den Herrensalon gegangen.

Als er den oberen Treppenabsatz erreichte, blickte er auf ein Blinde-Kuh-Spiel, das in der Halle unter ihm stattfand. Alle jungen unverheirateten Gäste waren beteiligt, und es gab auch einige verheiratete Teilnehmer, die zweifellos als Anstandspersonen dienten.

Zwei Damen saßen etwas abseits – Miss Kirkland mit ihrem Bein auf einem Hocker hochgelagert, was sie mit Sicherheit dem Ausrutscher bei der gestrigen Wanderung zu verdanken hatte – und Miss Breckenridge. Sie saß neben Miss Kirkland und schaute sich das Spiel an. Viscount Townsend, ein junger Spund, der mit einem Lächeln schnell zur Hand war, und mit seiner Meinung noch schneller, hatte gerade die Augen verbunden. Als er mit ausgestreckten Armen herumstolperte und versuchte, ein Ziel zu finden, stoben alle aus seiner Reichweite. Mit Ausnahme der hübschen Miss Forth-Hodges, die den Eindruck erweckte, als wolle sie von ihm erwischt werden.

West stieg die Treppe hinab und auf der letzten Stufe stehend verfolgte er das Geschehen. Townsend hatte schließlich sein Opfer gefunden, und es war in der Tat Miss Forth-Hodges. Sie kicherte, als er ihr mit den Händen tastend über das Gesicht strich. West bemerkte, dass er mit den Fingerspitzen an ihren Lippen zu verweilen schien.

»Das muss Miss Forth-Hodges sein, glaube ich«, verkündete Townsend.

Alle brachen in Gelächter aus, und mit einem Grinsen riss er sich die Augenbinde ab. »Sie sind am Zug.« Sein Blick schien etwas Unterschwelliges zu vermitteln ... etwas Intimes, wenn West sich nicht irrte. Und, was diese Angelegenheiten betraf, tat er das selten. Townsend überreichte ihr die Augenbinde.

Miss Forth-Hodges nahm den schwarzen Seidenschal von ihm. »Danke.« Sie drehte sich um und trat zu Miss Breckenridge. Die beiden unterhielten sich einen Moment lang, und liebend gern wollte West erfahren, worüber die beiden sprachen.

Axbridge schlenderte zur Treppe hinüber, wo West sich an einen der gedrechselten Pfosten gelehnt hatte. »Wirst du mitspielen?«

»Ich kann nicht glauben, dass du das tust«, entgegnete West.

Axbridge hob erstaunt die blonden Augenbrauen. »Sollte ich mir etwa die Gelegenheit entgehen lassen, junge Frauen zu berühren?«

West lächelte schwach und schüttelte den Kopf. »Nicht einmal ich bin so unanständig.«

»Da bin ich anderer Meinung, aber wie dem auch sei, ich habe nur einen Scherz gemacht.«

»Nicht gänzlich, dessen bin ich mir sicher.«

Axbridge lachte. »Komm schon, es ist eine amüsante Weise, den Nachmittag herumzukriegen.«

West beobachtete, wie Miss Breckenridge sich erhob. Sie band die Augenbinde um Miss Forth-Hodges Kopf und drehte sie dreimal um ihre eigene Achse. Anstatt anschließend auf ihren Platz zurückzukehren, entfernte sie sich schnell von Miss Forth-Hodges. Wenn sie spielen würde, wäre West ebenfalls dabei.

»Einverstanden«, meinte er zu Axbridge. »Wenn du darauf bestehst.«

»Hervorragend.«

West trat auf den Marmorboden und wich Miss Forth-Hodges mit Leichtigkeit aus. Mit ausgestreckten Armen bewegte sie sich langsam umher. Gelächter und Hänseleien erfüllten die Luft, als alle sich bemühten, sich von ihr fernzuhalten. Dann fingen die Leute an, frech zu werden, und sich gegenseitig in Richtung der jungen Frau mit den verbundenen Augen zu schubsen. Diese Versuche wurden sogar mit noch größerem Gelächter und ausgelasseneren Bewegungen honoriert, als die Teilnehmer in die eine oder andere Richtung davonstoben.

Miss Breckenridge wich dem jungen Mr. Travill aus, dem erwachsenen Sohn der Travills. Dann begegnete sie Wests Blick und sie sah nicht weg. Das tat auch er nicht.

Sie war atemberaubend – mit ihren strahlend grünen Augen, die so tief in seine tauchten und eine ausgesprochen unbequeme Erregung auslösten. Ihr rotgoldenes Haar war wieder in dieser gewissenhaft strengen Frisur gebändigt, doch heute hatte sich eine einzelne Strähne gelöst. Diese zarte Locke umschmeichelte ihre Gesichtshälfte, und er sehnte sich danach, sich in diese Haarsträhne zu verwandeln.

Der Zauber des Augenblicks wurde gebrochen, als Miss Forth-Hodges Miss Breckenridge von hinten umfasste. »Aha!«, rief sie aus, und streckte sofort die Hände nach dem Gesicht ihres Opfers aus.

Allerdings erwischte sie ihr hochgestecktes Haar. Wie West sich wünschte, die Finger in die üppige, seidige Masse tauchen zu können.

Miss Breckenridge wirkte alarmiert, ihre Augen weit geöffnet und die Lippen waren geteilt. »Soll ich –« Sie ließ den Mund zuschnappen und schloss kurz die Augen. Als sie sie wieder öffnete, entdeckte West die Verwirrung in ihrem Blick.

»Ich erkenne diese Stimme«, erklärte Miss Forth-Hodges freudig. »Miss Breckenridge!«

»Heißt sie so?«, fragte jemand irgendwo in der Nähe. Natürlich würden sie sie nicht unbedingt kennen, da sie eine Gesellschafterin war. Dennoch ärgerte es West. Alle sollten ihren Namen kennen. Oder wenigstens nicht über sie reden, als wäre sie bedeutungslos.

»Ja«, antwortete Miss Breckenridge leise.

Lächelnd löste Miss Forth-Hodges die Augenbinde und nahm sie sich vom Kopf. »Nun bist du als nächstes an der Reihe. Bist du bereit?«

Miss Breckenridges Mund war angespannt. Sie wirkte ausgesprochen beunruhigt, aber sie nickte. Sehnsüchtig wollte West sich ihr in den Weg stellen, aber er tat es nicht. Stattdessen hielt er sich am Rande des Geschehens auf, als Miss Forth-Hodges Miss Breckenridge die Augen mit dem schwarzen Seidenschal verband. Ihr Anblick mit der Augenbinde, und den leicht geteilten rosa Lippen, weckte Wests Lust auf höchst unpassende Weise. Er brachte seinen Körper zur Räson, damit dieser seine Erregung nicht preisgab.

Miss Forth-Hodges drehte sie herum, und dann begann das Spiel. Sämtliche Teilnehmer zerstreuten sich, und für einen Moment stand Miss Breckenridge einfach nur da. Als sie schließlich einen Schritt nach vorn tat, hob sie die Hände, aber sie streckte die Arme nicht aus. Es würde ewig dauern, wenn sie sich nicht schneller bewegte und sich ihrer Arme bediente, um nach jemandem zu tasten. Mehr denn je wollte West vor sie hintreten, und sei es nur, um ihr diese Situation zu erleichtern. Er wollte sie nicht aus der Fassung gebracht erleben. Er konnte sich vorstellen, wie sehr sie das hassen würde, vor allem vor Publikum. Irgendwie hatte er bei ihren Unterhaltungen herausgehört, dass ihr Stolz zu ihren kostbarsten Besitztümern gehörte.

Sie trat auf ihn zu, und er machte ein Spektakel daraus, ihr auszuweichen, während er gleichzeitig mit dem Absatz fest auf den Marmor trat, damit sie hören konnte, dass jemand in der Nähe war.

Sie drehte sich herum, verlor dabei das Gleichgewicht und schwankte für einen Moment. Er widerstand dem Drang, sie in die Arme zu nehmen und aufzurichten, doch sie fing sich wieder. Sie streckte ihre Arme aus, um das Gleichgewicht wiederzuerlangen und im gleichen Moment streifte sie mit den Fingerspitzen über seine Jacke.

Als sie sich ihm zuwandte, packte sie den Stoff fest mit der Hand. »Ich habe Sie.«

Die Beharrlichkeit im Tonfall ihrer Stimme in Verbindung mit dem Besitzanspruch, den diese Worte ausdrückten, ließen seine Lust noch weiter anwachsen. Er würde das Zimmer verlassen müssen, ehe er sich selbst noch in Verlegenheit brachte. Allerdings wäre er jetzt an der Reihe, die Augen verbunden zu bekommen. Es sei denn, sie würde nicht auf seine Identität kommen.

Er stand ruhig da, und der Raum war in Stille verfallen, als sie näher an ihn trat. Er konnte ihre Wärme spüren, während sie immer näher kam. Sie duftete nach Zitrone und Gewürzen, und es war ein frischer und überraschend berauschender Duft.

Mit der Hand umklammerte sie noch seinen Jackenärmel, während sie die andere hob und sie ihm gegen die Brust drückte. Scharf sog er die Luft ein, doch er war sich sicher, dass nur er und Miss Breckenridge sich seiner Reaktion bewusst waren.

»Es ist ein Gentleman«, sagte sie und trat noch näher. Sie ließ seinen Ärmel los und legte ihm nun beide Hände auf die Schultern. Mit den Fingern wanderte sie über die Schlüsselbeine weiter nach oben, an seinem Hals entlang. Sie trug keine Handschuhe und der Hautkontakt sandte Hitze durch seinen Körper.

Er hielt den Atem an, während er den Blick starr auf ihr Gesicht hielt. Der Kontrast, den die schwarze Seide der Augenbinde auf ihrer hellen Haut bildete, war krass und wunderschön. Ihm fielen eintausend Dinge ein, die er mit ihr anstellen würde, während sie nicht sehen konnte. Wenn sie ihm das gestatten würde.

Sie tastete sich mit den Händen bis zu seinem Gesicht vor und strich an seinem Kiefer entlang. Er musste sich große Mühe geben, um perfekt stillzuhalten. Jeder Muskel in seinem Körper schrie danach, sie zu berühren.

Mit dem Daumen berührte sie seine Lippe. Er hätte ihn so leicht in seinen Mund saugen oder über die Kuppe lecken können. Er wagte es nicht. Die kollektiv auf sie beide gerichteten Blicke aller Anwesenden im Raum schienen wie ein lebendiges, atmendes Subjekt, das ihn niederdrückte und in Schach hielt.

Sie spreizte die Finger und tastete über seine Wangen und Augen. Beinahe hätte er ihr geraten, vorsichtig zu sein, aber das hätte ihn verraten.

Sie fuhr an seiner Stirn entlang, und mit den Fingerspitzen durchkämmte sie sein Haar. Dann sog sie die Luft durch die Nase ein. Sie zog die Hände zurück und ihre Lippen teilten sich zu einem leisen Keuchen. »Sie sind es«, wisperte sie.

»Ich bin es«, antwortete er ebenso leise.

»Der Herzog von Clare«, verkündete sie laut.

Alle jubelten und applaudierten. Sie griff sich an den Hinterkopf, um die Augenbinde zu lösen, aber sie hatte einige Schwierigkeiten.

»Lassen Sie mich«, forderte er.

Sie drehte sich um, und er löste den Knoten des Seidenschals. Wenigstens einer seiner Wünsche ging in Erfüllung, als er ihr Haar berührte, während er sie von der Augenbinde befreite. Er hielt sie fest in der Hand. Langsam drehte sie sich zu ihm herum, und begegnete seinem Blick.

»Woher haben Sie gewusst, dass ich es bin?«, fragte er mit leiser Stimme.

»Ihr Duft. Sie riechen nach Sandelholz und Kiefer.«

Die Begierde, die er kaum zügeln konnte, drohte nun, ihn zu übermannen. »Sie wissen, wie ich rieche?«

Sie schlug den Blick nieder. »Offensichtlich. Sie klang nicht besonders glücklich über diesen Umstand.

»Sie sind an der Reihe, Clare«, drängte Axbridge irgendwo hinter West. Sein Ton war recht süffisant.

»So ist es.« Er hielt Miss Breckenridge die Augenbinde hin. »Würde es Ihnen etwas ausmachen, mir die Augen zu verbinden?«

»Sie sind ziemlich groß, Euer Gnaden.«

»Ich werde das übernehmen«, bot Axbridge an. Er war einige Zentimeter größer als West. Der Marquess trat neben ihn und nahm ihm den Seidenschal aus der Hand.

»Jammerschade«, murmelte West. Er wandte den Blick nicht von ihr ab, bis ihm die Augen von der Binde verdeckt wurden und er von Schwärze umgeben war.

Axbridge band den Seidenschal fest. »Geschafft! Ich überlasse es Ihnen, ihn herumumzudrehen, Miss Brecken-ridge. Geben Sie alles, damit ihm schwindelig wird.«

West konnte den Schalk in der Stimme seines Freundes hören. Es war ihm allerdings egal, was sie mit ihm anstellte, solange sie ihn erneut berührte.

Sie legte die Hände um seine Arme und drehte ihn – natürlich mit seiner Unterstützung - herum. Dreimal, und dann war sie fort.

West war schnell bei der Sache, jemanden zu finden und sofort wusste er, dass es sich um einen Gentleman handelte. Es war nicht Axbridge, und auch nicht Townsend – dessen war er sich ziemlich sicher. Damit blieben nur Travill und eine Handvoll anderer übrig. Wenn er falsch riet, müsste er eine neue Runde machen. Er erwog diese Möglichkeit, weil es eine weitere Gelegenheit bedeutete, vielleicht auf Miss Breckenridge treffen zu können. Aber seine Chancen, dass ihm das gelingen würde, standen nicht gerade gut.

West konzentrierte sich auf sein Opfer und nutzte seine Beobachtungsgabe, um dessen Identität zu ermitteln. Der Herr war kleiner als er und besaß einen leichteren Körperbau. In Gedanken ging er die Anwesenden durch und verkündete seine Antwort, ohne mehr als die Schultern des Mannes zu berühren. »Es ist Mr. Upton.«

»Das war der Schnellste bisher!«, erklärte eine weibliche Stimme.

»Clare ist immer so ein Angeber«, ergänzte Axbridge gedehnt.

West riss sich die Augenbinde herunter und rasch band er sie Upton um. Nachdem er den Gentleman herumgewirbelt hatte, brachte West schnell einen gebührenden Abstand zwischen sich und den jetzt blinden Mann. Er sah sich um und war nicht imstande Miss Breckenridge zu entdecken.

Ihre Flucht überraschte ihn nicht. Er hatte die Furcht in ihrem Blick erspäht, nachdem er ihr die Augenbinde abgenommen hatte. Er kannte jedoch die Ursache dafür nicht. Bestand die Möglichkeit, dass sie sich zu ihm ebenso hingezogen fühlt, wie er zu ihr?

Wahrscheinlich nicht. Und darin begründete sich sein Kummer.

KAPITEL FÜNF

*E*in Schatten fiel auf Ivys Buch, als eine Wolke am Himmel über ihrem Kopf schwebte. Sie blickte auf und erwog, ob es möglicherweise regnen könnte. Nun ja, sie hielten sich heute wenigstens in der Nähe des Hauses auf, sollten sie sich schnell in Deckung bringen müssen.

»Ooh!« Ein Chor von ehrfürchtigen Ausrufen umfing sie, und sie ließ den Blick zu dem Federballplatz schweifen, der auf dem Rasen aufgebaut worden war.

»Das Spiel geht an Axbridge!«, verkündete Lord Wendover unter viel Applaus. Axbridges Widersacher, der ältere Mr. Travill, schüttelte ihm gutmütig die Hand, und die beiden Männer verließen den Platz.

»Und jetzt legen wir eine kurze Pause für Erfrischungen ein.« Lord Wendover gestikulierte zu den Bediensteten, die inzwischen Körbe mit Speisen und Getränken zwischen den auf dem Rasen ausgebreiteten Decken verteilten, auf denen sich die Zuschauer niedergelassen hatten.

»Oh wie schön, ich bin ziemlich hungrig«, bemerkte Emmaline, die neben Ivy saß.

Ivy klappte das schmale Buch zu, in dem sie gelesen hatte, und legte es auf die Decke neben sich. »Es scheint, als ob Townsend sich uns nähert.«

Emmaline wurde rot und sah erwartungsvoll in seine Richtung. Es war jedem, der über eine grundlegende Beobachtungsgabe verfügte, sonnenklar, dass sie und der Viscount sich ineinander verliebt hatten. Obwohl Ivy die Ehe für sich selbst nicht befürworten konnte, war sie immer froh, wenn andere ihr Glück fanden.

Als er bei ihnen ankam, verneigte er sich zuerst in Emmalines Richtung und dann vor Ivy. »Darf ich mich zu Ihnen setzen?«

»Natürlich«, antwortete Emmaline lächelnd. »Leisten Sie mir und Miss Breckenridge doch bitte Gesellschaft.«

Er ließ sich nieder, und Ivy fragte sich, wie sie sich höflich entschuldigen könnte, damit sie unter sich sein konnten. Nun, sie wären inmitten einiger Dutzend Menschen unter sich.

Lady Dunn saß mit ihrer Freundin Mrs. Marsh auf der benachbarten Decke. Ivy sollte nach ihr sehen.

»Bitte entschuldigen Sie mich«, bemerkte Ivy. »Ich muss nach Lady Dunn sehen.« Sie erhob sich und bahnte sich vorsichtig einen Weg zu Lady Dunn. »Kann ich irgendetwas für Sie erledigen, Mylady?«

»Sie sind so eine Liebe«, zwitscherte Lady Dunn ihr zu. »Ehrlich gesagt hätte ich liebend gern etwas von meinem Stärkungsmittel. Würden Sie rasch auf mein Zimmer eilen und es für mich holen?«

»Natürlich.« Ivy wandte sich ab und machte sich auf den Weg zum Haus. Ab und an nahm Lady Dunn ein Tonikum gegen Kopfschmerzen oder andere geringfügige

Beschwerden ein, und Ivy wusste genau, wo es zu finden war.

Nachdem sie die Flasche mit dem Mittel an sich genommen hatte, machte sie sich auf den Rückweg zur Treppe. Als sie aus dem Wohnzimmer trat, lief sie Clare in die Arme. Ihr war aufgefallen, dass er nicht beim Federballturnier anwesend gewesen war.

Aufgefallen? Das ließ die Sache so erscheinen, als sei das Ganze eine nonchalante Beobachtung gewesen. Sie hatte sofort nach ihm Ausschau gehalten, und als sie seine Abwesenheit feststellte, hatte sie immer wieder zum Haus geschielt, in der Hoffnung, dass er heraustreten würde. Das gestrige Blinde-Kuh-Spiel hatte bei ihr einen unauslöschlichen Eindruck hinterlassen. Sein Ausdruck, mit dem er sie angeschaut hatte, hatte sie bis ins Mark erschüttert.

»Miss Breckenridge.« Die Wärme seiner tiefen Stimme liebkoste sie, und da war noch etwas anderes, was sie lieber nicht anerkennen wollte.

»Euer Gnaden. Ich glaubte, Sie hätten beabsichtigt, am Federballturnier teilzunehmen.«

»Das habe ich auch. Ich bin jetzt auf dem Weg dorthin. Haben Sie zugeschaut?«

Sie nickte. »Axbridge hat Mr. Travill im letzten Spiel besiegt.«

»Den Vater oder den Sohn?«

»Den Vater. Ich glaube, Townsend ist als Nächstes an der Reihe. Mir ist allerdings entfallen, gegen wen er spielt.«

Clare lächelte. »Aha, dann bin ich ja pünktlich. Anschließend spiele ich. Er machte eine Handbewegung in Richtung der Treppe. »Sollen wir?«

Trotz der Nähe, die gestern zwischen ihnen bestanden hatte, oder wie auch immer man es nennen mochte, wirkte er vollkommen ungerührt. Er behandelte sie mit der gleichen distanzierten Freundlichkeit, die er auf dem Spaziergang an den Tag gelegt hatte. Distanziert? Sie dachte nur so, weil dies im Vergleich zu ihrem anfänglichen Austausch so wirkte. Und doch konnte sie das Blinde-Kuh-Spiel von gestern nicht als distanziert beschreiben. Nein, das war spannend gewesen. Aufregend. *Gefährlich.*

»Sollten wir wirklich zusammen dort unten ankommen?«, fragte sie zaghaft. »Ich möchte kein Aufsehen erregen.«

»Ich verstehe Ihre Befürchtungen. Ich warte gern ein Weilchen hier ab.« Er lehnte sich mit der Schulter an die Wand und verschränkte die Arme vor dem Oberkörper. Die Pose war so lässig männlich, so vollendet verführerisch, dass sie ihn für einen Augenblick einfach nur anstarrte. »Es sei denn, es ist Ihnen lieber, dass ich zuerst gehe?«

Sie schüttelte sich aus ihrer Bewegungslosigkeit. Was tat er ihr an? Sie straffte sich und nahm die Schultern zurück, wie es ihr beigebracht worden war. »Ich werde zuerst gehen.« Sie drehte sich weg und wirbelte sofort wieder zu ihm herum. »Fast hätte ich es vergessen.«

Abwartend hob er eine Augenbraue und der Ausdruck verlieh ihm eine provokante Aura. Nein, das war nicht ganz richtig. Diese provokante Aura besaß er *immer*, doch diese Geste hob sie noch hervor. »Und was wäre das?«

»Das Buch, das Sie mir haben zukommen lassen.« Gestern Abend war sie in ihr Zimmer gekommen, und hatte ein schmales Buch auf ihrem Kopfkissen vorgefunden. Es war das Gedicht *Die Dame vom See* von Walter Scott, und im Buchumschlag versteckt befand sich eine weitere Nachricht von Clare. Sie lautete wie folgt:

Liebe Miss Breckenridge,

*hoffentlich halten Sie mich nicht für zu aufdringlich, aber ich
weiß, wie gern Sie lesen, und ich habe mich gefragt, ob Sie bereits
die Gelegenheit hatten, sich an diesem Gedicht zu erfreuen. Es ist
mein ausgesprochenes Lieblingsgedicht, und ich habe es im Laufe
der Zeit dutzende, wenn nicht hunderte Male gelesen.*

Dann zitierte er abermals Goldsmith:

*»Wenn ich ein ausgezeichnetes Buch zum ersten Mal lese, ist es
für mich so, als hätte ich einen neuen Freund gefunden. Wenn
ich ein Buch erneut lese, das ich vorher bereits gelesen habe, ist
das so ähnlich wie eine Begegnung mit einem alten Freund.«*

Ergebenst,
   Clare

»Danke«, murmelte sie leise, immer noch ein wenig
verwirrt wegen seiner Bedachtsamkeit. »Ist das Ihre
Ausgabe?«

»Ja.

Sie neigte den Kopf. »Ich werde sie zurückgeben,
sobald ich fertig bin.«

»Behalten Sie sie. Ich besitze noch zwei weitere.«

»Sie verfügen über drei Ausgaben?«

Er lächelte. »Ich habe Ihnen schon gesagt – es ist mein
Lieblingsgedicht. Ich bewahre eine Ausgabe in London
und eine in Stour's Edge auf, und die, die ich Ihnen
geschenkt habe, ist die Ausgabe, die ich stets bei mir
trage.«

Er reiste mit seinem Lieblingsbuch. Innerlich wurde ihr
ganz schwindlig. Wie war es bloß möglich, dass ein
Verkommener wie Clare charmant, rücksichtsvoll *und* gut
belesen sein konnte?

»Versuchen Sie, mich zu verführen?« Sie war von ihrer eigenen Frage überrascht, aber sie bereute nicht, sie gestellt zu haben.

Er breitete die Arme aus und stieß sich von der Wand weg. »Nein. Das hatte ich ursprünglich im Sinn. Vorher.«

Das hatte sie gewusst, doch dieses Eingeständnis in dieser Deutlichkeit von ihm zu hören, sandte ihr einen Schauder den Rücken entlang. »Warum schicken Sie mir dann eine Entschuldigung und ein Buch?«

»Weil ich Sie mag? Er trat näher an sie heran. »Ist noch nie ein Mann freundlich zu Ihnen gewesen, Miss Breckenridge?«

Ihr stockte der Atem. »Nicht auf diese Weise.«

»Dann ist das jetzt mein Privileg.«

»Hören Sie auf«, bat sie. »Hören Sie auf, so … zu sein.« Wundervoll? Liebenswert? Freundlich? Er war all diese Dinge und noch viel mehr. Es war schwierig, ihn nicht zu mögen. Das tat sie auch nicht, erkannte sie, denn sie mochte ihn. Nicht, dass es etwas geändert hätte. »Egal. Nochmals vielen Dank für das Buch. Ich werde es in Ehren halten.«

In Ehren halten? Sie knirschte mit den Zähnen.

»Ausgezeichnet.« Er klang ziemlich sachlich, als ob diese Unterhaltung in seinem Inneren, im Gegensatz zu ihrem, nichts bewirkt hätte. »Gehen Sie jetzt hinunter, oder soll ich?«

Mit Verspätung erinnerte sie sich an die Flasche mit dem Stärkungsmittel in ihren Händen und hoffte, dass Lady Dunn über ihre Verspätung nicht verstimmt sein würde. Natürlich wäre sie das nicht. »Ich werde nun gehen. Ich muss das hier zu Lady Dunn bringen.«

Sie wandte sich ab und eilte nach unten, bevor sie sich einen weiteren Grund ausdenken konnte, um in seiner

Nähe zu bleiben. Sobald sie ins Freie trat, lief sie direkt zu Lady Dunn, die ihr für das Stärkungsmittel dankte.

Ivy kehrte genau in dem Moment zu ihrer Decke zurück, als Townsend sich erhob.

»Es wird Zeit, mich zum Federballplatz zu begeben«, erklärte er. »Bis später, meine Liebe.« Er ergriff Emmalines Hand und drückte ihr einen Kuss auf den Handrücken.

Emmaline sah ihm nach, als er ging und ein seliges Lächeln ließ ihr Gesicht erstrahlen. Meine Güte, sie war überglücklich.

Ivy setzte sich hin und durchsuchte den Korb nach etwas Essbarem.

Sie fand eine Fleischpastete und einen Kanten Käse. Während sie daran knabberte, ließ sie ihren Blick zurück zum Haus schweifen. Clare trat auf die Terrasse, und rasch drehte sie den Kopf herum, damit er nicht mitbekam, dass sie nach ihm Ausschau gehalten hatte.

Emmaline seufzte. »Ist er nicht reizend?« Es war weniger eine Frage, sondern eher eine wehmütige Feststellung.

»Zwischen euch beiden scheint sich ziemlich schnell etwas zu entwickeln.« Ivy war sehr darauf bedacht, ihren Abscheu nicht in ihrem Tonfall durchklingen zu lassen. Zu befürworten, was mit Emmaline geschah, war für sie so schwierig, da es beinahe genau widerspiegelte, was Ivy vor zehn Jahren zugestoßen war. Sie wäre eine erbärmliche Freundin, würde sie ihre Besorgnis nicht zum Ausdruck bringen. »Hoffentlich bist du vorsichtig.«

Emmaline ließ den Blick zu ihr herumschnellen. »Was ist dir zu Ohren gekommen?«

»Nichts.« Abgesehen von Lady Dunns Bemerkung am Morgen, was für ein hübsches Paar die beiden auf der Tanzfläche abgegeben hatten. Ivy nahm einen Bissen von der Fleischpastete, ehe sie ihren eigenen Kommentar darüber abgab, warum Emmaline Townsend nicht vertrauen sollte.

Emmaline entspannte die Schultern. »Ich dachte, du hast gemeint –« Sie schüttelte den Kopf. »Egal.« Sie schlug den Blick nieder und zupfte einen Grashalm von ihrem Schoß. »Ich kann mich Dir anvertrauen, oder?«

»Ja.« Ivy war sich nicht sicher, ob ihr das wirklich lieb war. Es war sowohl frustrierend als auch quälend, von den romantischen Erfolgen ihrer Freundinnen zu erfahren. Trotzdem freute sie sich für sie. Sie kam nicht umhin, an Lucy und Aquilla zu denken, und sie war wirklich überglücklich, dass sie beide ihre Liebe gefunden hatten. Emmaline schien auf bestem Wege zu sein, ihr Schicksal zu teilen.

Emmaline sah auf, und ihre Lippen bogen sich nach oben. »Er hat mich letzte Nacht geküsst. Auf der Terrasse.«

»Nicht auf den Mund?«

»Oh!« Emmaline lachte. »Ja, auf den Mund. Es war himmlisch.« Sie legte den Kopf schief. »Bist du jemals geküsst worden?«

Ivy schien innerlich zu erstarren. Für einen Moment wurde sie in Gedanken ein Jahrzehnt zurückversetzt, zu dieser Veranstaltung, auf der sie ihn kennengelernt hatte. Die beiderseitige Anziehung war unmittelbar spürbar gewesen. An jenem Abend hatten sie ihren ersten Kuss draußen hinter der Hecke ausgetauscht. Sie hatte gedacht, das glücklichste Mädchen der Welt zu sein.

Wie sehr sie sich doch geirrt hatte.

»Nein.«

Emmalines Blick zeigte Anzeichen von Mitleid. »Oh! Nun gut ... es ist ziemlich überwältigend. Du solltest es einmal ausprobieren.« Sie riss die Augen ein wenig weiter auf und schlug sich mit der Hand auf den Mund.

Ivy konnte nicht anders, als zu lachen, was angesichts des Themas ziemlich überraschend für sie war. »Vielleicht, aber ich bin absolut – um eine unserer am wenigsten beliebten Bezeichnungen auszuborgen – eine alte Jungfer.«

Emmaline ließ die Hand sinken und mit schief gelegtem Kopf nahm sie Ivy in Augenschein. »Bist du das? Du wirkst jung – ich habe keine Ahnung, wie alt du bist – und du bist sehr hübsch.«

»Ich bin nichts weiter, als eine bezahlte Gesellschafterin«, gab Ivy zurück. Sie sah sich um, um sich zu vergewissern, dass niemand sie belauschte. Niemand tat das, so schien es. »Und ich habe nichts, was für mich sprechen würde.«

»Das ist so unfair«, schimpfte Emmaline. »Du solltest nicht allein sein müssen.«

Zum Glück lenkte Emmaline ihre Aufmerksamkeit wieder auf den Federballplatz und sie setzte sich gerader auf. »Das Spiel beginnt!«

Ivy sah für einen Moment mit starrem Blick auf die Decke, ihr Verstand verweilte bei Emmalines Worten. Nachdem sie dieses hohle Gefühl abgeschüttelt hatte, nahm Ivy einen weiteren Bissen von der Fleischpastete und ließ den Blick über den Rasen schweifen, um das Spiel zu verfolgen.

Clare saß dicht am Rand des Spielfeldes, neben Axbridge. Ein heftiges Gefühl von Einsamkeit durchdrang Ivys Panzer. Zum ersten Mal seit Jahren fühlte sie sich beraubt.

Das war unsinnig!

Sie war eine reife Frau, und hatte gelernt, solche Albernheiten zu verdrängen. In ihrem Leben gab es keinen Platz für Melancholie. Sie sah zurück zu Emmaline, die das Spiel mit begeistertem Elan verfolgte.

Ivy hatte auch keine Zeit für Vergnügen. Oder Flirten. Oder *Begierde*.

Oder Freude.

Sie hatte das Gefühl, keine Luft zu bekommen. Sie legte die Pastete auf die Decke und griff nach einem Glas Ale. »Ist das für mich?«, fragte sie Emmaline.

Emmaline schenkte ihr einen kurzen Blick. »Oh ja. Die Diener sind damit herumgegangen, als du im Haus warst.«

Ivy ergriff das Glas und trank die Hälfte des Getränks in einem Zug. Nachdem sie mit der Pastete fertig war, bemühte sie sich, das Spiel zu verfolgen, doch sie erwischte sich dabei, wie ihr Blick immer wieder zu Clare schweifte. Er trug einen Hut, doch sie konnte ihn im Profil betrachten. Er lächelte und lachte häufig. Das rief ihr in Erinnerung, dass er ihr gesagt hatte, sie lächele nicht.

»Ich würde Sie gerne lächeln sehen.«

Plötzlich staute sich die Hitze in ihrem Bauch und pulsierte auch weiter unten. Obwohl Jahre vergangen waren, erkannte sie dieses Gefühl wieder.

Sie hatte wohl keine Zeit für die Begierde, aber sie war trotzdem gegenwärtig. Aus welchem Grund auch immer, aber der berüchtigte Herzog der Begierde hatte beschlossen, ihr seine Aufmerksamkeit zu schenken. Er hatte seinen Versuch, sie zu verführen, gestanden. Sie sollte ihn verabscheuen.

Sie hatte das wirklich versucht. Allerdings war er viel zu nett und zu hilfsbereit und zu liebenswürdig.

Sie sollte ihn ignorieren.

Sie hatte das auch versucht. Aber er war zu aufmerksam und zu gesellig und irgendwie auch zu ... allgegenwärtig.

Das plötzliche Geschrei vom Federballplatz weckte Ivys Aufmerksamkeit. Sie konnte nicht genau verstehen, was gesagt wurde, doch Townsend stürmte auf seinen Gegner zu und schwang seinen Schläger wie eine Waffe.

Emmaline keuchte und war mit einem Satz aufgesprungen, während ihr Blick auf dem Federballplatz zu haften schien.

Sorgenvoll erhob Ivy sich mit ihr. Sie sah wieder zu dem Krawall zurück und beobachtete, wie Townsend ausholte. Doch der Schläger traf den Gegner nicht. Clare stürzte sich auf ihn, und presste ihn zu Boden, wie einen tollwütigen Hund.

Jetzt war es an Ivy, nach Luft zu schnappen. Sie glaubte nicht, dass irgendjemand Notiz davon nahm, da alle anderen entweder selbst vor Unglauben keuchten, oder auf den Platz rannten.

Emmaline bahnte sich ihren Weg durch die am Boden liegenden Decken voller Menschen, um nach vorn zum Platz zu gelangen. Ivy folgte ihr automatisch. Vor ihnen hatte sich eine Reihe von Männern aufgebaut, die ihnen teilweise die Sicht blockierten. Emmaline quetschte sich dazwischen und erzwang sich eine Lücke.

Clare und Townsend waren jetzt auf den Beinen, und Clare hielt Townsend mit Unterstützung von Axbridge zurück. Townsends Gegner, ein älterer, aber recht flinker Kerl, starrte ihn an. Mit beiden Händen hielt er den Schläger in einer abwehrenden Haltung vor sich.

Ivy trat neben Emmaline. »Was ist passiert?«

Emmaline ließ Townsend nicht aus den Augen. »Ich bin mir nicht sicher, aber Geoffrey, ähm, Townsend, fühlte sich irgendwie gekränkt, vermute ich. Ich denke, Pippin hat ihn verspottet.«

Lord Wendover unterhielt sich kurz mit Pippin, ehe er sich Townsend zuwandte. Er sprach so leise, dass niemand mithören konnte, obwohl Ivy feststellte, dass die

Menschen sich regelrecht körperlich anstrengten, etwas mitzubekommen.

Townsend schüttelte Clare und Axbridge ab – die augenscheinlich von ihm abließen, denn sonst, da war Ivy sich sicher, wäre er nicht imstande gewesen, von ihnen wegzukommen – und wedelte seinen Schläger in Pippins Richtung. »Beim nächsten Mal wird es hier keine Menschenmenge geben, die Sie in Schutz nimmt!«

Clare riss ihm den Schläger aus der Hand und Townsend warf ihm einen glühenden Blick zu, bevor er in Richtung Haus davonstolzierte.

Es schien, als ob die ganze Menge in einer Einheit herumschwenkte, um ihm zuzusehen, wie er die Stufen zur Terrasse hinauf marschierte und im Salon verschwand.

»Ich muss ihm nachfolgen«, sagte Emmaline und wollte loslaufen.

Ivy berührte ihren Arm leicht, aber bestimmt. »Das kannst du nicht. Wie auch immer, er muss erst wieder zur Besinnung kommen.«

Emmaline schickte ihr einen empörten Blick. »Er hat sie nicht eingebüßt.«

»Ich meinte nur, dass er sich beruhigen muss. Sicher kannst du das doch einsehen.«

Emmaline stieß die Luft aus, und ihr Körper schien in sich zusammenzusacken. »Ich möchte mich bloß vergewissern, dass es ihm gut geht.«

»Das wirst du tun können. Später. Im Augenblick schauen alle zu. Es ist eine Sache, mit ihm zu flirten und eine andere, ihm nachzujagen.«

»Sicher, du hast recht.« Sie sah ihm hinterher und Ivy erkannte die Sehnsucht in ihrem Blick. Oh, Emmaline war mehr als verliebt.

Mr. und Mrs. Forth-Hodges kamen auf sie zu. »Emmaline, Liebes. Warum setzt du dich nicht zu uns?«, fragte

Mrs. Forth-Hodges, während ihr Mann mit besorgtem Blick zum Haus sah.

»Das ist eine ausgezeichnete Idee«, antwortete Ivy und sah Emmaline mit einem ermutigenden Lächeln an. Sie mochte vielleicht nicht oft lächeln, aber in einem Moment wie diesem war es erforderlich.

Emmaline nickte und wurde von ihren Eltern fortgeführt.

»Und damit hat sich das Federballturnier für heute erledigt, denke ich«, rief Lord Wendover. »Für alle Interessierten werden im Salon verschiedene Unterhaltungsmöglichkeiten aufgebaut.«

Ivy war seltsamerweise enttäuscht. Sie hatte sich darauf gefreut, Clare beim Spielen zuzusehen. Das hätte ihr eine ausgezeichnete Gelegenheit geboten, ihn eine ganze Weile unverhohlen anzustarren.

Sie verdrängte ihren finsteren Blick und kehrte zu den Decken zurück, wo sie Lady Dunn vorfand.

»Meine Güte, so eine Aufregung!«, rief die Viscountess. »Haben Sie gehört, was passiert ist?«

»Nicht wirklich.«

»Oh, kommen Sie schon! Sie waren mit Miss Forth-Hodges zusammen. Sicherlich weiß sie, was vorgefallen ist. Sie hat das Spiel beobachtet wie ein Falke, der seine Beute verfolgt.«

Lady Dunn wollte natürlich den Klatsch hören, und Ivy wusste, dass es ihre Pflicht war, ihr entgegenzukommen. »Es hatte etwas damit zu tun, dass Townsend sich möglicherweise von Pippin verspottet gefühlt hat. Ich kenne die näheren Einzelheiten wirklich nicht.«

Lady Dunn seufzte. »Ach ja, ich bin mir sicher, dass letztendlich alles herauskommen wird. Würden Sie mir beim Aufstehen helfen, Liebes? Ich bin ziemlich erschöpft.«

Ivy half Lady Dunn auf die Füße und führte sie ins Haus. Im Inneren des Hauses angelangt, erklärte die Viscountess, die Treppe auf eigene Faust hinaufzusteigen, wenn Ivy die Bibliothek aufsuchen wollte. Da Ivy sich vage aus dem Gleichgewicht gebracht fühlte, beschlosss sie, dass ein Ausflug in die Bibliothek, das perfekte Gegenmittel wäre.

Als sie allerdings dort ankam, stellte sie fest, dass sie nicht allein war. Lady Pelham war anwesend und durchstöberte eines der Regale. Sie tauschten Freundlichkeiten aus, und Ivy begab sich zur gegenüberliegenden Seite des Zimmers, wo sie die Schrift auf den Buchrücken studierte. Immer wieder warf sie einen Blick über die Schulter und entspannte sich, als Lady Pelham den Raum verließ.

Warum war sie nur so angespannt?

Weil sie auf Clares erneutes Auftauchen hoffte.

Und aus welchem Grund sollte sie das wohl wollen? Er war eine Bedrohung für ihr wohlgeordnetes Leben. Sie sollte eigentlich den Wunsch haben, so weit wie möglich von ihm fernzubleiben. Ohne auch nur den Titel zu lesen, zog sie ein Buch aus dem Regal und schlenderte zu der Nische hinüber, um zu warten. Als sie das Buch aufklappte, stellte sie fest, dass sie sich eine Abhandlung über Rinderzucht ausgesucht hatte.

Ein Lachen brodelte in ihrer Brust. Sie gab einen winzigen Ton von sich. Dann verzog sie die Lippen. Doch schließlich schaffte das Lachen das Undenkbare – es entkam.

»Sie lachen.«

Irgendwie hatte sie ihn nicht kommen hören.

Sie grinste ihn an. »Ja.«

In völliger Verwirrung runzelte er die Stirn, als er in die Nische trat und sich ihr gegenüber hinsetzte. »Warum?«

»Weil ich dieses Buch –«, sie hielt das Buch hoch und las die Titelseite.»*Eine allgemeine Abhandlung über Rinder, Schafe und Schweine* herausgesucht habe«

»Ich verstehe. Ganz sicher handelt es sich um eine fesselnde Geschichte.«

Sie lachte noch heftiger.

Er ließ sich wieder auf seinem Sessel zurücksinken und überkreuzte die Knöchel seiner ausgestreckten Beine. »Nun, das ist ziemlich entzückend.«

Dieser Kommentar ernüchterte sie.

Sie atmete tief durch und ließ die Hand glättend über ihr Haar am Hinterkopf gleiten. »Ich freue mich, dass ich Sie erheitern konnte.«

»Dass ich erheitert war, habe ich nicht gesagt. In Wahrheit war ich bezaubert. Das bin ich immer noch.«

Und da tat er es wieder. Er schmeichelte ihr. Flirtete mit ihr. Führte sie in Versuchung. »Sie sollten wirklich damit aufhören.«

»Ja, das sollte ich.« Allerdings klang das so, als sei er nicht ganz einer Meinung mit ihr. »Es tut mir leid, ich wollte nicht noch einmal damit anfangen. Ihr Lachen hat mich auf spektakuläre Weise aus der Bahn geworfen, fürchte ich.«

Spektakulär. Als ob dies der Höhepunkt seines Tages gewesen wäre.

Sie legte das Buch in den Schoß. »Was war mit Townsend los?«

Seufzend stieß er die Luft aus. »Er hat die Fassung verloren. Um fair zu sein, muss gesagt werden, dass Pippin ihn verspottet hat, doch das haben alle getan. Oder jedenfalls hat Axbridge mir das so geschildert, da ich erst später dazukam. Townsend nahm die Sache zu ernst und wurde wütend.« Er hob die Augenbrauen. »*Ziemlich* wütend.«

Das bereitete Ivy Sorgen, weil ihre Freundin so in ihn

verliebt war. »Glauben Sie, dass er die Party verlassen wird?«

»Ich weiß es nicht. Wendover hat ihn nicht dazu aufgefordert, und Pippin hat sich entschuldigt.«

»Ich hoffe, Townsend hat dasselbe getan.«

Clare furchte die Stirn. »Das hat er nicht. Ich kenne ihn nicht so gut, und vielleicht ist er einfach nur schnell wütend und wird die Sache später wieder ins Lot bringen.«

Ivy glitt mit den Fingerspitzen über das Buch, das in ihrem Schoß lag. »Hoffen wir es.« Sie sah zu ihm hinüber und musterte seine Erscheinung. Er war gutaussehend, auch wenn noch immer kleine Grasbüschel an seiner Jacke hafteten. »Geht es Ihnen gut?«

»Mir?« Nur für eine kurze Sekunde riss er die Augen vor Überraschung weit auf. »Oh, wegen der Auseinandersetzung! Ja. Mir geht es recht gut.«

Sie verstummten für eine Weile, und wieder empfand Ivy die Stille deutlich – wie ein Trommelwirbel in ihrem Kopf. Die überwältigenden Emotionen, die sie vorhin während des Turniers erlebt hatte, schlugen abermals wie eine Welle über ihr zusammen und überspülten sie.

Sie saß nur wenige Meter von ihm entfernt und sah ihn an. Sein dunkler Blick ruhte auf ihr, doch er war unergründlich. Sie hatte nicht die leiseste Ahnung, was in ihm vorging. Und damit schien, was sie sagen wollte, umso erschreckender.

Sie fuhr sich mit der Zunge über ihren plötzlich staubtrockenen Gaumen. »Was haben Sie gemeint, als Sie sagten, Sie könnten mein Leben verändern?«

Er kniff die Augen ein Stück zusammen. »Wollen Sie das ernsthaft wissen?«

Sie nickte.

Er zog die Beine an, beugte sich vor und rutschte bis an

die Sesselkante. Als er sprach, war seine Stimme dunkel und leise, doch sie hörte jede einzelne Silbe. »Ich möchte Sie zum Lächeln bringen. Sogar zum Lachen. Obwohl ich das anscheinend mit einer gut platzierten Abhandlung über Rinder bewerkstelligen könnte.« Er bog die Lippen zu einem Lächeln und fesselte sie damit noch mehr. »Und wenn Sie mir das gestatten, werde ich dafür sorgen, dass Sie auf eine Weise befriedigt sein werden, wie noch nie zuvor.«

Befriedigt? Sie war vollkommen sicher, was er meinte. »Sie reden von ... sexuellen Handlungen?«

Er zuckte mit der Schulter. »Ich spreche davon, Sie auf jede erdenkliche Art und Weise zu erfreuen, die Sie mir gestatten.«

»Was wäre, wenn das nur ... mit mir reden wäre?« Sie liebte die Dinge, die er zu

ihr sagte. Er brachte sie dazu, sich schön und als etwas Besonderes zu fühlen.

Das ist genau wie mit Peter, flüsterte ihr eine Stimme in ihrem Hinterkopf zu. Clare würde ihr bloß erzählen, was sie hören wollte, um das zu bekommen, worauf er wirklich aus war. Mit dem Unterschied, dass er nur von *ihr* sprach. Über das, was er wollte, hatte er absolut nichts gesagt.

Inzwischen war sie auch zehn Jahre älter und machte sich keine Illusionen mehr über die Zukunft. Sie wusste genau, was sie zu erwarten hatte, und dies könnte ihre letzte Gelegenheit sein, etwas für sich zu bekommen, wenn auch nur für kurze Zeit.

Er fixierte sie mit einem dunklen, provokativen Blick. »Ich habe gemeint, was ich gesagt habe – was auch immer Sie gestatten. Und wenn das nur darin besteht, meine Zeit mit Ihnen zu verbringen. Wir können sogar diese Abhandlung über Rinderzucht besprechen, wenn Ihnen etwas daran liegt.«

Ja, er schien ein ehrlicher und integrer Mann zu sein, auch wenn er für seine Verführungskünste berühmt war.

Emmalines Worte suchten ihre Gedanken heim: »*Du solltest nicht allein sein müssen.*«

Nein, das sollte sie nicht.

Ivy reckte das Kinn und sah ihm direkt in die Augen. »*Eine bedeutende Quelle für das Elend liegt in Bedauern und Vorfreude begründet; und daher gilt ein Mensch als weise, der allein an die Gegenwart denkt, unabhängig von der Vergangenheit oder Zukunft.*«

»Goldsmith.« Er verzog die Lippen zu einem sündhaften Lächeln.

»Ja.« Sie stand auf, mit der Abhandlung in der Hand. »Ich gebe Ihnen eine Chance, mein Leben zu verändern, Clare. Nur eine.«

Er erhob sich aus dem Sessel, überragte sie in seiner vollen Größe und trat so dicht an sie heran, dass sie die Hitze seines Körpers fühlen konnte. »Bitte nennen Sie mich West, wenn wir unter uns sind.« Er neigte sich dicht an ihr Ohr und flüsterte: »Ich werde Ihre Herausforderung annehmen. Und ich verspreche Ihnen, dass einmal nicht genug sein wird.«

KAPITEL SECHS

*L*ächelnd kehrte West auf sein Zimmer zurück, und war über die plötzliche, aufregende Wendung, die der Nachmittag genommen hatte, schockiert aber dennoch hocherfreut. Nie hätte er sich vorstellen können, dass Miss Breckenridge ihre Meinung ändern würde. Doch über diesen Umstand war er über alle Maßen froh.

Wann immer er sich auf eine neue Liaison einließ, fing er damit an, die Situation zu beurteilen – wie er die Sache mit seiner neuen, zeitweiligen Geliebten angehen würde. Doch das hier war etwas anderes. Er war sich nicht einmal völlig sicher, ob sie sich auf etwas Körperliches einlassen würden. Sie hatte sich einfach nur auf das Reden bezogen. Vielleicht war das alles, was sie sich wünschte.

Sein Lächeln schwand.

»Gibt es ein Problem, Euer Gnaden?« Seaver begegnete ihm direkt hinter der Tür.

West begegnete dem Blick seines Kammerdieners. »Wieso?«

»Sie haben bei Ihrem Eintreten einen ziemlich zufriedenen Eindruck erweckt, und dann ganz plötzlich nicht mehr. Stimmt etwas nicht?«

West ging weiter in das Zimmer hinein und zog die Jacke aus. »Ach, es ist nichts, nein.« Bald genug würde er herausfinden, was sie im Sinn hatte, und er hatte seine Worte ernst gemeint – was auch immer sie zulassen würde. Er wollte sie nur lächeln sehen. Sie lachen hören.

Und vielleicht stöhnen. Wäre das so schrecklich?

»Ich könnte eventuell Ihre Hilfe bei einer neuen Liebschaft gebrauchen.« Oder auch nicht. Er musste behutsam vorgehen.

Seaver nahm ihm das Kleidungsstück ab und legte es sich gefaltet über den Arm. »Was auch immer ich für Sie tun kann.« Schon vierzehn Jahre lang war er West ein treuer, vertrauenswürdiger und diskreter Kammerdiener. West hatte ihn nach dem Tod seines Vaters von der Position eines Dieners auf Stour`s Edge befördert. Dabei hatte er den lebhaftesten unter den Bediensteten ausgewählt, der zufällig etwa in seinem Alter war und von den Mägden umschwärmt wurde. In dieser Hinsicht waren Seaver und er Seelenverwandte. Sie liebten und genossen Frauen – die Unterhaltungen mit ihnen, ihre Weichheit, ihre Sexualität.

West lockerte seine Krawatte und knöpfte sich die Weste auf. »Diskretion wird von größter Bedeutung sein. Mehr als üblich.«

Ergeben neigte Seaver den Kopf. »Ich verstehe. Haben Sie an eine bestimmte Aufgabe gedacht, die ich für Sie übernehmen soll?«

West zog sich die Krawatte aus und übergab sie an Seaver. »Noch nicht. Ich versuche, einen Ort ausfindig zu machen, an dem wir uns später heute Abend treffen können.« Dann könnten sie ... sich unterhalten?

»Das sollte bei einer Hausparty nicht zu schwierig sein.«

»Nein, allerdings ist dies eine besondere Situation.«
West sah ihn mit einem eindringlichen Blick an. »Die
Dame ist nicht verheiratet.«

Seaver ließ die ingwerroten Augenbrauen vor Überraschung in die Höhe schnellen. »Das *ist* besonders. Ich
verstehe, warum Diskretion in diesem Fall so überaus
wichtig ist. Verzeihen Sie meine Unverschämtheit, aber
warum haben Sie die Absicht, eine junge Dame zu
ruinieren?«

West vernahm den Schock und vielleicht auch den
Anflug eines Urteils in Seavers Tonfall. Wie er dieses
Wort hasste – ruinieren. Noch nie hatte er so etwas getan
und jetzt hatte er bestimmt nicht vor, damit anzufangen.
Er runzelte die Stirn und fragte sich, ob er seinen Vorteil
ihr gegenüber ausnutzte. »Sie ist eine Gesellschafterin.
Und ich bin mir nicht gänzlich im Klaren, ob unsere
Verbindung überhaupt von körperlicher Natur sein
wird.«

»Miss Breckenridge?« Seaver wusste, wer sie war, denn
er hatte die Überstellung der Briefe und des Buches, das
West ihr geschickt hatte, übernommen hatte. »Da sie eher
meinem Stand als Ihrem angehört, möchte ich darauf
hinweisen, dass eine körperliche Verbindung nicht erforderlich wäre, um ihren Ruf zu ruinieren, sollten Sie beide
ertappt werden. Wenn sie unter verdächtigen Umständen
allein zusammen gesehen würden – wie bei einer nicht
gerade zufälligen Begegnung in der Bibliothek – würde sie
höchstwahrscheinlich umgehend entlassen werden, und
sie würde Schwierigkeiten haben, eine neue Stellung zu
finden.«

Beinahe lächelte West über Seavers Mutmaßungen, da
diese zufälligen Begegnungen in der Bibliothek die Grund-
lage ihrer Beziehung darstellten. »Sie wollen damit sagen,
ich solle sie in Ruhe lassen?« Das hatte es versucht. Wirk-

lich. Aber dann hatte sie ihn *gebeten,* ihr Leben zu verändern. Sie war kein grünes Mädchen.

Er hatte zudem auch die Rolle des Verführers gespielt. *Verdammt, zum Teufel noch mal!*

Er musste ihr das Ruder überlassen. Aber er könnte wenigstens ein »Zufallstreffen« organisieren. »Gibt es einen anderen Ort als die Bibliothek, wo ich zufällig auf Miss Breckenridge treffen könnte?«

Seaver dachte einen Moment nach. »Was ist mit dem Wintergarten? Es scheint ein angemessener Ort zu sein, anderen Partygästen über den Weg zu laufen.«

»Das könnte gut klappen. Sie müssen eine weitere Notiz in ihr Zimmer schmuggeln.« West wusste, dass diese Aufgabe für Seaver kein Problem darstellen würde. Seaver hatte sich mit einem der Dienstmädchen angefreundet, und sie war sehr geneigt, ihm zu helfen – diskret, selbstverständlich.

West trat an den Schreibtisch, und sein Blick fiel auf ein Glas des Whiskys, den Wendover ihm gegeben hatte, das neben einem ungeöffneten Brief stand. »Verdammter Mist.«

Seaver tauchte neben ihm auf. »Ja, ich fürchte, es ist mal wieder so weit.«

Wests Geburtstag stand in ein paar Tagen an, und das war eines der beiden Male im Jahr, wo er mit einer Depesche rechnen konnte. Das andere Ereignis war die Weihnachtszeit. Obwohl er die Uhr nach der stets pünktlichen Ankunft stellen könnte, versäumte er es nie, diese bevorstehende Verärgerung einfach zu vergessen. Doch warum sollte man auch an so etwas Geschmackloses denken?

»Danke für den Whisky«, sagte West. Seaver hatte diese Tradition mit dem Eintreffen des zweiten Briefes den West erhielt, ins Leben gerufen – vor inzwischen mehr als einem Dutzend Jahren. Nachdem er mitangesehen hatte, wie wütend der Brief West gemacht hatte, hatte Seaver ihm den nächsten einfach zusammen mit einem Glas Whisky überreicht. Das hatte das Lesen um einiges erleichtert.

»Man könnte ihn einfach in die Flammen werfen«, schlug Seaver – so wie immer – vor.

Ein paar Mal war West drauf und dran gewesen, diesem Vorschlag zu folgen. Manchmal las er den Brief sofort; andere Male wartete er, bis er wenigstens ein bisschen beschwipst war. Warum quälte er sich so? Doch was wäre, wenn der Brief, den er verbrannte, der Brief wäre, in dem sie sich entschuldigte? Der Brief, in dem sie ihr Fehlverhalten eingestand und ihm erklärte, ihn zu lieben?

»Bringen wir es einfach hinter uns.« Doch zuerst griff West nach dem Glas und trank seinen gesamten Inhalt in einem Schluck aus. Er genoss den vollen, warmen Geschmack und atmete tief durch, nachdem er ihn heruntergeschluckt hatte.

Seaver verschwand in der Garderobe, als West den Brief vom Schreibtisch nahm. Er öffnete ihn langsam und das Grauen nistete sich in seinem Magen ein.

Wie üblich bestand das Schreiben aus weniger als einer Seite und war in der geradlinigsten, elegantesten Handschrift verfasst, die er je gesehen hatte.

Clare,

herzlichen Glückwunsch zum Geburtstag. Ich hoffe, dass dieser Brief Dich bei bester Gesundheit erreicht. Und hoffentlich verheiratet oder kurz davor, zu heiraten. Du hast aufgrund Deines Titels eine Verpflichtung und Dein Versäumnis, einen Erben hervorzubringen, lastet schwer auf meiner Seele. Dein Vater wäre bitter enttäuscht.

Mit gekrümmten Fingern zerknitterte West den Rand des Briefbogens. *Das wäre er nicht gewesen.* Das Einzige, wovon sein Vater bitter enttäuscht gewesen war, war sie gewesen.

Wenn Du Dich nicht in der Lage siehst, eine Ehe einzugehen, könntest Du wenigstens Deinen grauenvollen Ruf wieder in Ordnung bringen. Obwohl ich weit weg in Cornwall bin, bin ich über Deine Übertretungen sehr wohl im Bilde, und meine Nachbarn sind das ebenfalls. Sorgst Du Dich nicht im Geringsten wegen der Schande, die Du über mich bringst, wenn nicht gar über Dich selbst?

Ich bin wohlauf und werde weiterhin für Deine Rehabilitierung beten. Es ist nie zu spät, sich Gott zuzuwenden und der Sünde abzusprechen. Manchmal frage ich mich, was ich falsch gemacht habe, um einen Sohn wie Dich zu verdienen, doch ich weiß, dass es der Teufel ist, der Dich befleckt. Es gibt nichts, was ich besser hätte machen können.

Abgesehen davon, ihn vielleicht zu lieben? Oder seinen Vater?

Er zwang sich, den Brief zu Ende zu lesen.

Ich hoffe immer, dass Du eines Tages antworten wirst. Bis dahin verbleibe ich Deine <u>treue</u> und besorgte Mutter.

Seine Wut verätzte ihn innerlich. Sie hatte wie immer das Wort „treue" unterstrichen. Sie meinte das als Affront gegen seinen Vater, der untreu gewesen war, aber nur, weil sie ihm keine andere Wahl gelassen hatte. Was sollte ein Mann denn tun, wenn seine Frau für mehr als ein Jahrzehnt kein Interesse mehr an ihm zeigte? Sein Vater war ein verdammter Heiliger gewesen, und das Einzige, was sie fertigbrachte, war, sein Andenken mit ihrem Unsinn zu beschämen.

Er zerdrückte den Briefbogen in der Faust und ließ ihn auf den Schreibtisch fallen. Er hätte ihn ins Feuer gepfeffert, wenn eines angezündet gewesen wäre.

Warum hatte er sich die Mühe gemacht? Sie würde sich nie ändern. Zehn Monate nach dem Tod seines Vaters, der vor vierzehn Jahren verschieden war, war sie nach Cornwall gezogen, sehr zu Wests Erleichterung. Anfangs hatte er sich bemüht, auf ihre Korrespondenz zu antworten, aber sie hatte ihm daraufhin lediglich mit noch größerer Inbrunst zurückgeschrieben. Letztendlich hatte er seine Versuche aufgegeben, und seit dem letzten Versuch war inzwischen fast ein Jahrzehnt vergangen. Dass sie ihm weiterhin schrieb, stellte einen Beweis ihrer Hartnäckigkeit dar. Allerdings hatte er daran auch nie gezweifelt.

Eigensinn war eine ihrer hervorstechendsten Charaktereigenschaften. Und zwar zusammen mit Gleichgültigkeit und Verachtung. Bis er etwa zehn Jahre alt war, hatte er davon nicht viel bemerkt. Von da an hatte er angefangen, mehr Zeit, vor allem mit seinem Vater, außerhalb seines Kinderzimmers zu verbringen, und die Kluft zwischen seinen Eltern war ziemlich offensichtlich geworden. Es war ihm ganz besonders aufgefallen, wenn sie seine Tante und seinen Onkel oder die Nachbarn besuchten. West bemerkte, dass sie einander anlächelten, Blicke austauschten und einander berührten. Wenn er allerdings nach Hause zurückkehrte, war es, als würde er eine Gruft betreten – nichts als Finsternis und Trübsinn.

Während seines Heranwachsens hatte er es zu hassen gelernt. Und nachdem sein Vater ihm die Wahrheit anvertraut hatte …, dass er versucht hatte, seine Frau zu lieben, und sie diese Liebe nicht erwidern konnte, hatte West angefangen sie zu hassen.

Ein Klopfen an seiner Zimmertür riss ihn aus seinen Erinnerungen. Er holte tief Luft, blinzelte und richtete den Blick abermals auf die Umgebung um sich herum.

Seaver trat aus dem Ankleidezimmer. »Soll ich an der Tür nachsehen, Euer Gnaden?«

West konnte sich nicht vorstellen, wer das wohl sein konnte, aber er war dankbar für die Ablenkung. »Nein, ich gehe selbst.«

»Haben Sie die Nachricht schon verfasst? Wenn dem so ist, kann ich mich jetzt darum kümmern.«

»Das habe ich nicht. Wie immer hat die Herzogin mir die gute Laune gründlich verdorben.«

»Das tut mir sehr leid. Vielleicht hätten Sie gern ein weiteres Glas Whisky?«

Von der Tür erklang ein zweites Klopfen. »In einer Weile, danke.«

Seaver nickte und kehrte zu der Garderobe zurück, während West zur Tür schlenderte. Als er sie öffnete, war er überrascht, Townsend auf der Schwelle zu sehen.

Der Viscount war gut fünf Jahre jünger als die einunddreißig – beinahe zweiunddreißig – Jahre, die West inzwischen alt war. Er war auch ein paar Zentimeter kleiner, hatte eine schlanke, athletische Figur und sein hellbraunes Haar war kurzgeschnitten. Der Ausdruck in seinen dunkelbraunen Augen wirkte beunruhigt und er hatte Schwierigkeiten, West direkt in die Augen zu sehen.

»Townsend, welchem Umstand habe ich diesen Besuch zu verdanken?«

»Euer Gnaden, ich habe mich gefragt, ob ich vielleicht für ein paar Minuten hier bei Ihnen eindringen könnte. Ich bin auf der Suche nach Rat und Sie scheinen mir die Person zu sein, die mir am besten Hilfestellung leisten kann.«

West machte die Tür noch weiter auf. »Aber sicher.

Kommen Sie herein.« Bei Townsends Eintreten versuchte West sich vorzustellen, in welcher Angelegenheit er ihn möglicherweise beraten könnte, und er kam lediglich zu einem einzigen Schluss – Sex. Die Anzahl der jungen, unverheirateten Männer, die seinen Rat gesucht hatten, war zu groß, um sie zählen zu können.

Nachdem er die Tür hinter ihm geschlossen hatte, folgte West ihm in das Zimmer zu der kleinen Sitzgruppe in der Nähe des Kamins. »Das ist ... unerwartet.«

Townsend ließ sich nicht in einem der beiden Sessel nieder. Nervös wrang er die Hände und machte einen aufgeregten Eindruck. »Sie sind heute Nachmittag auf dem Federballplatz gewesen.« In dieser Feststellung schwang der entfernte Anflug einer Frage mit und es war, als suchte er nach Bestätigung.

West runzelte die Stirn und fand seine »beinahe« Frage ziemlich seltsam. »Ja, ich habe Sie zu Boden geworfen, wenn Sie sich erinnern.«

Townsend massierte sich die Stirn mit den Fingerspitzen. »Oh, ja, ja.« Er ließ die Hand sinken. »Es tut mir leid. Ich war nicht ganz ich selbst, fürchte ich.«

»Das habe ich bemerkt.« Er musste Townsend nicht besonders gut kennen, um zu wissen, dass der Mann in jenem Moment vollkommen außer sich gewesen war. »Was war passiert?«

Townsend ließ den Blick zu West herumschnellen und wurde unvermittelt feuerrot. »Sie waren dabei. Sie haben gehört, was Pippin gesagt hat.«

Eigentlich hatte er nicht genau gehört, was der Mann geschrien hatte. »Er hat Sie irgendwie verspottet.«

»Er hat mich einen Weichling genannt.«

Das war alles? »Ich bin schon als viel Schlimmeres bezeichnet worden«, entgegnete West.

»Direkt in Ihr Gesicht?«

Und sogar von seiner eigenen Mutter. »Ja.«

Townsends Silhouette sackte in sich zusammen. »Was haben Sie getan?«

»Ich habe gelacht. Was sonst kann man da wohl noch tun?«

Townsend kniff die Augen vor Empörung zusammen. »Man kann die Person zu einem Duell herausfordern.«

West musterte ihn für einen Augenblick und überlegte, dass Townsend wohl der reizbarste Mann war, der ihm je begegnet war. »Das könnten Sie vermutlich tun, doch wenn Sie nicht der Marquess of Axbridge sind, kann ich Ihnen gewiss nicht empfehlen, das zu versuchen. Außerdem ist er nicht derjenige, der die Herausforderung ausspricht, also vergessen Sie es.« West schüttelte den Kopf und wandte sich erneut dem Grund ihrer Unterhaltung zu. »Welche Art von Ratschlag suchen Sie denn?« Er war nun relativ zuversichtlich, dass es nichts mit Sex zu tun hatte, wofür er dankbar war.

Mit einem weiteren, seufzend ausgestoßenen Atemzug, sackte Townsends Figur noch mehr in sich zusammen. »Ich hege die Befürchtung, dass das heutige Ereignis mich in ein ungünstiges Licht gerückt haben könnte. Was könnte ich zur Wiederherstellung meines Rufs wohl tun?« Er hatte das Wort "könnte" so benutzt, dass es klang, als ob er sich nicht ganz sicher war, ob überhaupt ein negativer Effekt entstanden war.

West verschränkte die Arme vor der Brust. »Nun, was geschehen ist, ist geschehen. Sie müssen einsehen, vorschnell gehandelt zu haben, und sie müssen die anderen wissen lassen, dass Ihnen das klargeworden ist. Angefangen mit Pippin. Er hat sich auf dem Platz entschuldigt. Sie haben das nicht getan. Haben Sie das inzwischen berichtigt?«

»Warum sollte ich das denn tun?« Und dabei war schon

wieder ein schwaches Aufblitzen seines Temperaments zu erkennen.

»Weil Sie ihn bedroht haben.« Sah er nicht ein, dass er im Unrecht war? »Wenn Sie sich Hoffnungen machen, Miss Forth-Hodges den Hof machen zu dürfen, werden Sie sich entschuldigen müssen.«

Townsend erbleichte. »Sie haben natürlich Recht. Ich fürchte, manchmal kann ich ein bisschen … leidenschaftlich werden.«

Das war eine Art, es zu betrachten, vermutete West.

»Noch vor dem Abendessen werde ich mich entschuldigen«, erklärte Townsend und klang ein bisschen resigniert. »Ich will meine Chancen bei Miss Forth-Hodges nicht ruinieren. Ich weiß Ihren Rat wirklich zu schätzen.«

West begleitete den Viscount zur Tür, und war froh, dass wenigstens Miss Forth-Hodges ihn veranlassen konnte, sich zu betragen, wie es von ihm erwartet wurde. »Wenn ich Ihnen noch einen Ratschlag geben darf? Bemühen Sie sich, das Leben – oder sich selbst – nicht zu ernst zu nehmen. Finden Sie Ihre Freude, wo immer Sie können.«

Townsend drehte sich herum und sah ihn mit einem nachdenklichen Blick an. »Danke, Euer Gnaden.«

West öffnete die Tür und sah ihm nach, wie er davonging, ehe er sie wieder schloss. Er kehrte zum Schreibtisch zurück und seine Gedanken drehten sich unmittelbar wieder um die Herzogin. Nachdem er sie in die Tiefen seines Geistes verbannt hatte, nahm er Platz und verfasste eine kurze Nachricht an Miss Breckenridge. Zufrieden faltete er die Notiz und rief nach Seaver, der sich sofort aufmachte, um die Übergabe in die Wege zu leiten.

West starrte auf das zerknüllte Schreiben, das in einer Ecke auf dem Schreibtisch lag, und kniff die Augen zusammen. *Magno cum gaudio* war das Motto der Clares – mit großer Freude. West hatte diesen Sinnspruch als sein persönliches Credo übernommen. Wozu war dieses Leben wohl gut, wenn man nicht das Beste daraus machte?

Genau das wollte er Miss Breckenridge vermitteln. Sie hatte Freude in ihrem Leben nötig. Und er war verdammt entschlossen, sie ihr zu bereiten.

~

Während des gesamten Abendessens hatte Ivy versucht, nicht zu viele Blicke in Clares beziehungsweise Wests – konnte sie ihn wirklich so nennen? – Richtung zu werfen, doch das war äußerst schwierig gewesen. Er war verflucht attraktiv. Er trug einen schwarzen Frack zu einer dunkelgrünen Weste und damit war er der Inbegriff eines gut gekleideten Herrn. Als der Gast mit dem höchsten Rang saß er neben Lord Wendover und wurde von allen um ihn herum bewundert. Er war der Inbegriff eines Unberührbaren.

Allerdings war er in ihrer Reichweite. Wenigstens vorübergehend.

Er hatte ihr eine Nachricht geschickt, in der er sie bat, sich mit ihm um elf Uhr im Wintergarten zu treffen. Und sie war als charmante Einladung verfasst worden:

Meine liebe Miss Breckenridge,

ich würde mich sehr geehrt fühlen, wenn Sie sich mit mir um elf im Wintergarten "treffen" würden.

Er hatte die Nachricht nicht unterschrieben, doch das war auch nicht nötig. Inzwischen kannte sie seine Handschrift. Sie war für einen Herren sehr elegant. Sehr attraktiv. Genau wie er.

Sie war allerdings neugierig, warum er das Wort treffen in Anführungszeichen gesetzt hatte. Würden sie sich nun treffen oder so tun, als würden sie sich zufällig begegnen, oder war etwas ganz anderes gemeint? In diesen Angelegenheiten war sie jämmerlich ungeübt.

Glücklicherweise wurden ihre Gedankengänge durch eine Unterhaltung unterbrochen, die sich auf dem Sofa zu ihrer Linken anbahnte. Mrs. Pippin und Mrs. Chalmers gaben sich Mühe, leise zu sprechen, doch Ivy konnte jedes Wort verstehen, was die beiden aufgrund ihrer Vorliebe zum Lästern wahrscheinlich nicht gerade störte.

»Glauben Sie, ihre Eltern werden ihm jetzt noch gestatten, ihr den Hof zu machen?«, fragte Mrs. Pippin mit Blick auf Emmaline, die mit Townsend auf der gegenüberliegenden Seite des Zimmers stand. »Ich kann mir nicht vorstellen, dass sie das tun werden und ich hoffe es ehrlich gesagt auch nicht. Trotzdem er sich bei Harry entschuldigt hat, kann ich über sein Betragen nicht hinwegsehen.«

»Das kann ich auch nicht«, antwortete Mrs. Chalmers. »Ehrlich gesagt könnte Miss Forth-Hodges es besser treffen. Ich kann immer noch nicht ergründen, warum sie noch nicht geheiratet hat.«

»Denken Sie, es stimmt etwas nicht mit ihr?

»Wie zum Beispiel was?« Mrs. Chalmers klang in Erwartung einer Antwort ganz außer Atem.

Ivy verdrehte die Augen und widerstand dem Drang, ihnen zu erklären, den Mund zu halten und sich um ihre eigenen Angelegenheiten zu kümmern. Stattdessen erhob sie sich und entfernte sich von den Harpyien. Während sie einen neuen Sitzplatz in der Nähe der Fenster einnahm, sah sie Clare –*West*– in das Zimmer kommen. Er sah sich um und sein Blick wanderte direkt über sie hinweg.

Hatte er sie nicht gesehen?

Er schlenderte zu der Stelle, wo Axbridge mit Kirkland

zusammen plauderte, und verweilte ein paar Minuten. Sie wandte ihre Aufmerksamkeit von ihm ab und beobachtete Emmaline und Townsend, als sie den Salon verließen. Emmalines Eltern folgten in ihrem Kielwasser.

Ivy wandte den Kopf, um die Reaktion der Harpyien nicht zu verpassen. Sie hatten die Köpfe zusammengesteckt und an der Art und Weise, wie sie immer wieder die Blicke zur Tür schnellen ließen, war das Thema ihrer getuschelten Unterhaltung deutlich erkennbar.

Ivy erstickte ein Schnauben, und als sie den Kopf wieder umwandte, musste sie sofort zischend Luft holen. Nur einen Schritt von ihr entfernt stand Clare. *West.* Sie war überrascht, dass ihr überhaupt ein Name einfiel und obendrein auch noch zwei.

»Ich werde nur eine Minute bleiben«, erklärte er mit einer Stimme, die nur wenig lauter als ein Flüstern war. »Haben Sie meine Nachricht erhalten?«

»Ja.« Sie presste die Lippen aufeinander. »Warum war das Wort ›treffen‹ in Anführungszeichen gesetzt?«

Er grinste und es hatte den Anschein, als würde er gleich loslachen, doch er hielt sich zurück. »Wir werden uns treffen, aber wenn uns jemand entdeckt, werden wir unsere Begegnung als zufälliges Treffen hinstellen und auf der Stelle unserer Wege gehen.«

Das war vernünftig. »Ich verstehe. Sie sind alarmierend geschickt in diesen Dingen.«

Er deutete eine Verbeugung mit dem Kopf an. »Danke.«

»Ich bin mir nicht ganz sicher, ob man das als Kompliment ansehen kann«, bemerkte sie mit mehr als einem Hauch von Ironie.

Dieses Mal konnte er ein Lachen nicht unterdrücken, aber es war leise und so sanft, dass sie es mehr spürte als dass sie es hörte.

»Vertrauen Sie mir.« Seine Lippen bogen sich zu einem weiteren angedeuteten Lächeln, und er ging davon.

Ihm vertrauen? Sie vertraute niemandem, nicht einmal sich selbst.

Da bis elf Uhr noch ein paar Stunden zu überbrücken waren, begab Ivy sich in das oben gelegene Wohnzimmer, nachdem sie Lady Dunn geholfen hatte, an einem der Spieltische Platz zu nehmen. Ivy versuchte, das Buch zu lesen, das West ihr geschickt hatte, doch immer wieder musste sie ganze Passagen nochmals lesen, weil ihre Gedanken auf Wanderschaft gingen.

Zum Wintergarten. Und was vielleicht passieren könnte.

Glaubte sie wirklich, sie würden einander in die Arme fallen? Entfernte Erinnerungen holten zum Angriff aus, doch sie hielt sie größtenteils in Schach. Größtenteils. Sie hatte sich gestattet, an das erste Mal zurück zu denken, als Peter sie geküsst hatte. Das Verlangen, das sie in ihrem Bauch gespürt hatte, war beinahe übermächtig gewesen. Sie hatte ihn so schrecklich gern gewollt. So sehr, um sich wie eine vollkommene Närrin zu benehmen.

Das ist anders, sagte sie zu sich selbst. Sie war kein grünes Mädchen mehr, und sie hatte bereits das Schlimmste erlitten, was überhaupt vorfallen konnte und sich selbst wieder aufgerappelt. Zugegeben, sie hatte keine Lust, das noch einmal zu tun, doch die Gewissheit, sich selbst retten zu können, verlieh ihr Mut. Vielleicht hatte sie nach allem doch ein bisschen Vertrauen in sich selbst.

»Oh, Ivy!« Emmaline stürzte ins Wohnzimmer, Tränen flossen über ihre Wangen. »Ich bin so froh, dich gefunden zu haben.«

Ivy klappte das Buch zu und legte es neben sich auf das Sofa. »Was ist denn bloß los? Komm, und setz dich.« Sie klopfte auf das Polster und drehte sich um, um ihre Freundin anzuschauen.

Emmaline setzte sich und wischte sich mit den Händen über das Gesicht. »Das Allerschrecklichste ist passiert. Townsend hat gebeten, mir den Hof machen zu dürfen.«

Ivy verstand nicht. »Wieso ist das furchtbar? Ich dachte, du hast ihn gern? Eigentlich sogar mehr als das?«

Emmaline schürzte die Lippen und schüttelte traurig den Kopf. »Das Schreckliche ist, dass mein Vater *nein* gesagt hat.« Eine weitere Träne floss über ihre kräftig gerötete Wange.

Ivy legte Emmaline die Hand in einer besänftigenden Geste auf die Schulter. »Es tut mir leid, das zu hören. Hat er einen Grund dafür genannt?«

»Er erklärte, Townsends Finanzen seien in Unordnung, aber ich denke, es geht um den Vorfall von heute Nachmittag bei dem Federballspiel. Vater sagte auch, dass er lernen müsse, sein Temperament zu zügeln und es ihm an Reife fehle.«

Ivy konnte dem Urteil über Townsends Temperament nicht widersprechen. Vielleicht musste er wirklich noch ein wenig reifer werden.

Emmaline kniff die Augen zusammen und ihr Kiefer spannte sich kurzzeitig an. »Sie sagten, sollte ich in einem Jahr noch unverheiratet sein, würden sie es sich nochmal überlegen – vorausgesetzt, er bessert sich. Es war so demütigend!« Die Tränen waren versiegt, und mehr als alles andere schien sie wütend zu sein. Gut. Schon seit langem glaubte Ivy, dass Tränen nutzlos waren.

»Ein Jahr ist gar nicht so lange«, entgegnete Ivy leise.

Emmaline starrte sie an. »Ich will nicht ein Jahr warten, und ich will niemand anderen heiraten.« Sie raffte sich auf und erneut strich sie sich mit den Händen über das Gesicht, womit sie offensichtlich einen Großteil ihrer

Fassung wiedererlangte. »Ich habe mich in ihn verliebt, und er sich in mich. Wir *werden* heiraten.«

Ivy vernahm die Entschlossenheit in ihrer Stimme und erkannte sie. Emmaline hörte sich genauso an, wie Ivy zehn Jahre zuvor. Wie sehr sie sich doch geirrt hatte.

Sie bemühte sich um die richtigen Worte, die Emmaline Trost spenden würden, aber sie wollte auch pragmatisch sein. »Ich weiß, wie grauenhaft sich das im Augenblick anfühlen muss, aber in Wahrheit ist es nicht so schlimm, ein Jahr zu warten. In der Zwischenzeit musst du niemand anderen heiraten. Deine Eltern würden dich nicht zwingen, oder?«

Emmaline wandte den Blick von Ivy ab und schien über die Frage nachzudenken. »Bislang haben sie das nicht getan. Ich war ziemlich eigensinnig, und sie haben das gestattet.« Sie runzelte die Stirn. »Obwohl sie mich bei Sutton gedrängt haben. Sie waren sehr verärgert, als er die Angelegenheit nicht offiziell machte.« Ruckartig sah sie Ivy wieder an. »Eventuell *werden* sie versuchen, mich zu zwingen.«

Ivy wusste nur zu gut, wie unbarmherzig und grauenvoll Eltern sein konnten. Doch das würde sie Emmaline gewiss nicht sagen. Sie benötigte Trost und Ermunterung, und nicht Ivys düstere Warnungen, die sich auf schrecklichen Erfahrungen bergründeten. »Ich bin sicher, dass du unverheiratet bleiben und auf Townsend warten kannst. Er hat sich verpflichtet, für dich zu kämpfen, oder?« Das war die wichtigste Frage. All das spielte überhaupt keine Rolle, wenn Townsend es nicht ernst mit ihrer gemeinsamen Zukunft meinte. Ivy wusste *das* besser als jeder andere.

Emmaline nickte knapp. »Ja. Ganz bestimmt.«

Ivy tätschelte ihr die Schulter. »Dann musst du dich nur noch in Geduld üben.«

»Ein Jahr erscheint so lang.« Emmaline klang, als würde sie sich geschlagen geben, aber sie war nicht demoralisiert. Das war gut. »Danke. Jetzt geht es mir ein bisschen besser, aber noch nicht gut genug, um zu meinen Eltern zurückzukehren. Können wir für eine Weile einfach hier zusammensitzen?«

Ivy warf einen Blick auf die Uhr auf dem Beistelltisch und verkrampfte sich. Es war bereits fünf Minuten nach elf. Sie war spät dran. West wartete auf sie.

Sie lenkte den Blick zurück auf die traurigen Augen ihrer Freundin und wusste, dass er die ganze Nacht warten würde.

KAPITEL SIEBEN

Die Morgensonne versuchte, sich durch die Wolken zu kämpfen, doch sie war absolut nicht imstande, mehr als ein gräuliches Licht auf die Erdoberfläche zu werfen. West trödelte in der Eingangshalle herum, während er zusah, wie sich die Prozession aus Hausgästen zum Kirchgang in der Dorfgemeinde Wendover versammelte. Er hatte keine besondere Lust mitzugehen, aber wenn Miss Breckenridge teilnahm, würde er sich die Mühe machen.

Sie hatte sich gestern Abend nicht mit ihm getroffen. Er war bis kurz vor Mitternacht durch den Wintergarten geschlendert, ehe er schließlich seine Niederlage zugab. Verärgert und enttäuscht hatte er nicht gut geschlafen, weil er versucht hatte, dem Grund für ihr Nichterscheinen auf die Spur zu kommen.

Er war lediglich zu dem Schluss gekommen, dass ihr Zweifel gekommen waren und sie ihnen nachgegeben hatte. Er hoffte nur, dass ihre Liaison – oder was auch immer zwischen ihnen war – nicht schon zu Ende war, ehe sie überhaupt begonnen hatte.

Das Rascheln von Seide ließ ihn aufhorchen. Er legte den Kopf in den Nacken, um zum obersten Treppenabsatz aufzublicken. Die Seide gehörte nicht zu Miss Breckenridge, sondern ihrer Arbeitgeberin. Miss Breckenridge trug etwas weitaus Haltbareres – einen beigefarbenen Musselin mit so etwas wie einem sich wiederholenden Blumenmuster. Das aus dieser Entfernung zu sagen, war recht schwierig.

Es sah so aus, als würde sie in die Kirche gehen.

West schlenderte nach draußen, wo die Kutschen bereitstanden und entdeckte, dass sein Gastgeber auch Pferde zur Verfügung gestellt hatte.

Wendover schritt auf ihn zu. »Morgen, Clare. Würden Sie einen Ritt bevorzugen oder lieber in einer Kutsche fahren?«

Er wollte in einer ganz bestimmten Kutsche mit einer ganz bestimmten Person fahren, doch ihm war deutlich klar, dass eine private Unterhaltung unmöglich sein würde. »Ich werde reiten.«

»Sehr gut. Ich hatte befürchtet, dass wir nicht genügend Platz haben könnten, aber wir haben seit heute Morgen einen Gast weniger, fürchte ich. Er senkte seine Stimme und beugte sich näher. »Townsend ist abgereist.«

Das zu hören überraschte West. Gestern Abend noch hatte er ihn mit Miss Forth-Hodges im Salon gesehen. »Was ist passiert?«

»Ich bin nicht ganz sicher, aber ich wage die Vermutung anzustellen, dass Mr. Forth-Hodges seinen Antrag abgelehnt hat.« Er sah West mit einem wissenden Blick an. »Ich muss sagen, das kann ich sehr gut verstehen, wenn man Townsends gestriges Betragen bedenkt. Dennoch ist es eine verdammte Schande für die ganze Party. Lady Wendover ist ganz und gar nicht glücklich darüber.«

»Das kann ich mir vorstellen«, murmelte West,

während sein Blick auf die Tür geheftet war. Die Gefühle der Gräfin interessierten ihn nicht die Bohne. Townsend tat ihm ein bisschen leid, denn er war scheinbar ziemlich an Miss Forth-Hodges interessiert.

Dicht auf den Fersen von Lady Dunn trat Miss Breckenridge aus dem Haus. Als die beiden zu einer der wartenden Kutschen geführt wurden, schweifte Miss Breckenridges Blick in Wests Richtung.

Er lächelte kaum merklich, doch damit der Earl nichts bemerkte, wandte er seine Aufmerksamkeit sofort wieder Wendover zu. Allerdings war dieses Risiko nicht sehr groß. Wendover war nicht besonders aufmerksam oder sich der Dinge bewusst, die um ihn herum geschahen. Wenn dem so wäre, würde er erkennen, dass seine Affäre mit Lady Pelham nicht so geheim war, wie er glaubte.

Nachdem Miss Breckenridge und Lady Dunn in ihrer Kutsche untergebracht waren, suchte West sich ein Reitpferd aus. Er beschloss, auszureiten und einen Umweg zu nehmen, um in den Genuss von etwas Bewegung zu kommen.

Als er schließlich auf die Kirche zuritt, die sich auf einem Hügel außerhalb der Stadt befand, waren alle Kutschen verlassen, und es schien, als ob alle Kirchgänger bereits im Kirchengebäude waren. Er stieg ab und übergab die Zügel an einen Diener, der sich um das Pferd kümmerte, während West auf den überdachten Eingang zuging. Er hielt inne, als er Miss Breckenridge direkt in der offenen Tür stehen sah.

Sie erwiderte seinen Blick, und er schaute sich vorsichtig um, um herauszufinden, wer sonst noch in der Nähe war. Als er niemanden entdecken konnte, beschleunigte er seine Schritte, begierig, auch nur einen winzigen Moment mit ihr allein zu haben.

Direkt vor ihr kam er zum Stehen. »Miss Breckenridge, Sie sind liebreizender als je zuvor.«

Sie machte einen Schritt rückwärts, sodass er nun zu ihr unter die überdachte Veranda treten konnte. Die Veranda war seitlich ein wenig eingefasst und schützte sie beide vor neugierigen Blicken sowohl von außen als auch vom Innern der Kirche. »Danke. Ich möchte mich für die letzte Nacht entschuldigen. Ich wurde aufgehalten ... von Miss Forth-Hodges. Sie ist, nun, sie ist eine Freundin.«

Es war ihm nicht aufgefallen, dass sie mehr als nur Bekannte waren. »Ich habe von Townsends Abreise erfahren.«

Kurz machte sie vor Verwunderung große Augen. »Hat er das getan? Das ist bedauerlich. Miss Forth-Hodges ist heute Morgen nicht zur Kirche gekommen. Und ihre Mutter auch nicht.«

»Hauspartys sind nie langweilig.«

Sie sah ihn mit aufblitzendem Groll an. »Ich kann nur hoffen, dass Sie sich nicht an den Kümmernissen anderer erfreuen.«

»Natürlich nicht. Ist das wirklich geschehen? Es geht das Gerücht um, dass Forth-Hodges Townsends Bitte, seiner Tochter den Hof machen zu dürfen, abgelehnt hat.«

»Ja.« Sie drehte den Kopf für einen kurzen Moment, um einen Blick in das Kirchenschiff zu werfen. »Emmaline war ziemlich enttäuscht.« Sie fixierte ihn mit einem festen Blick. »Ich habe mir überlegt, dass ich den Spaziergang auf dem Wendover Hill später am Nachmittag zu Ende bringen könnte, während Lady Dunn sich ausruht. Ich würde die Aussicht sehr gern genießen.«

Wäre sie eine andere Frau, wüsste West definitiv, dass sie ihn einlud, sich ihr anzuschließen. Miss Breckenridge war jedoch keine andere Frau. Sie war vollendet, und auf wundervolle Art einzigartig. »Das würde ich auch sehr gern. Eventuell unternehme ich den gleichen Spaziergang.«

»Hoffentlich tun Sie das«, murmelte sie, ehe sie den Blick von ihm abwandte, sich herumdrehte und die Kirche betrat.

Und jetzt wusste er es – sie wünschte sich seine Gesellschaft dabei. Er erstickte ein erwartungsvolles Lächeln.

Als er ihr nachsah, wie sie sich nach drinnen begab, überlegte er, zu gehen. Er hatte bekommen, weshalb er hergekommen war – eine weitere Verabredung mit Miss Breckenridge. Wenn er allerdings ginge, müsste er sich für die nächsten Stunden irgendwie beschäftigen. Warum sollte er nicht zumindest einen Teil dieser Zeit am selben Ort wie sie verbringen? Er konnte sich so viele Blicke auf sie erlauben, wie er wollte, und besonders, wenn er ganz hinten saß.

Er betrat das Kirchenschiff genau in dem Moment, als der Gottesdienst begann. Sie saß am Gang neben ihrer Arbeitgeberin, etwa in der Mitte der Bankreihen. Er nahm auf einer der hinteren Bänke Platz, von wo aus er einen ungehinderten Blick genoss. Er war darauf bedacht, sie nicht anzustarren, doch er betrachtete sie ausgiebig. Sie war auffallend schön mit einer kecken Stupsnase und einem ausgeprägten Grübchen am Kinn. Die Konturen ihres Kiefers und der elegante Schwung ihres Halses rührten an dem Künstler, der in ihm steckte. Er hatte schon lange keine Skizzen mehr angefertigt, doch plötzlich wollte er sie mit einem Bleistift auf Papier bannen.

Als der Gottesdienst beendet war, schlenderte er nach draußen und wartete auf eine Gelegenheit, mit Wendover zu sprechen. Er erregte die Aufmerksamkeit des Earls, und Wendover kam zu ihm herüber. »Wie war ihr Ritt, Clare?«

»Sehr gut, vielen Dank. Ihr Bestand an Reitpferden ist ausgezeichnet. In der Tat, wenn Sie nichts dagegen haben, werde ich einen weiteren Ausritt machen, ehe ich nach Greensward zurückkehre. Ich würde es hassen, diesen schönen Nachmittag zu verschwenden.«

Wendover lachte. »Er ist für *diesen* Sommer als schön zu bezeichnen, nehme ich an. Wäre es so schrecklich, ein bisschen mehr Sonne oder weniger Kälte zu haben?«

Die heutige Temperatur war angenehm, doch es wehte eine kühle Brise. »Zumindest regnet es nicht. Ich sollte auch für kleine Gefälligkeiten dankbar sein.«

Wendover nickte zustimmend. »Wir sehen uns dann beim Abendessen, nehme ich an.«

»So ist es.«

West sah zu, wie Miss Breckenridge mit Lady Dunn zu ihrer Kutsche schlenderte. Sie warf einen Blick in seine Richtung, und sie tauschten ein beinahe unsichtbares Nicken aus.

Vorfreude keimte in ihm auf, als er sein Pferd bestieg und auf der Suche nach einem Gasthof in die Stadt ritt. Nach dem Genuss einer Erfrischung ritt er langsam in Richtung Wendover Hill. Er hatte unbedingt sicherstellen wollen, dass der Earl von seiner Abwesenheit über den gesamten Nachmittag hinweg Kenntnis hatte. Man würde allgemein annehmen, er wäre auf einem Ausritt. Er würde das Pferd in der Nähe des Hügels anbinden, während er und Miss Breckenridge ihren Spaziergang unternahmen.

Nachdem er das Pferd sicher festgebunden und abgesattelt hatte, ging West in Richtung des Wanderwegs. Anstatt auf Miss Breckenridge in Sichtweite zu warten, suchte er ein Gebüsch, um sich zu verstecken.

Als er jedoch um den Busch herumging, blieb er unvermittelt stehen. Mit ineinander verschlungenen Gliedmaßen, die glücklicherweise noch bekleidet waren, lagen Mr. und Mrs. Travill auf einer Decke im Gras.

West versuchte, sich leise und unbemerkt zurückzuziehen, doch irgendwie verriet er seine Anwesenheit. Das Paar stob auseinander, und Mrs. Travill brachte einen Ton hervor, der halb ein Schrei und halb ein Keuchen war. Sie rollte sich weg und schob die Hände hektisch nach unten über ihren Rock, der mit Travills Hilfe nach oben gerutscht war.

Travill richtete seine Hose im Schritt. »Verdammt, Euer Gnaden. Sie haben uns einen Schreck eingejagt.«

West wandte sich von ihnen ab. »Es tut mir sehr leid. Ich war selbst auf der Suche nach ein bisschen Privatsphäre.«

»Ach ja?« Travills vorwitziger Ton deutete an, dass er eine Ahnung hatte, was Wests Absichten waren. Oder was er tun würde, sobald eine Frau hier eintreffen würde.

»Eigentlich befinde ich mich auf einem Ausritt und war auf der Suche nach einem Moment der, nun, Erleichterung. Ich werde eine andere Stelle finden.«

»Das wäre sehr anständig von Ihnen.«

»Fahren Sie fort.« West verließ den Schauplatz und sofort entdeckte er Miss Breckenridge, die auf dem Weg auf ihn zukam. Er warf einen Blick über die Schulter zurück, um sich zu vergewissern, dass die Travills hinter der Hecke geblieben waren. Zufrieden, dass sie die beiden zumindest vorerst beschäftigt waren, winkte er Miss Breckenridge zu und deutete den Hügel hinauf.

Sie hielt inne, doch er konnte ihren Ausdruck nicht erkennen. Er bewegte sich rasch mit langen Schritten in die Richtung, die er ihr angedeutet hatte.

Sie verstand und änderte ihren Kurs.

West überwachte die Umgebung weiterhin, um sich zu vergewissern, dass die Travills hinter dem Gebüsch blieben und niemand sonst sich zu einem Spaziergang entschlossen hatte. Oder irgendwelchen anderen Aktivitäten.

Er hielt nach einem zweiten Weg Ausschau, doch er konnte keinen entdecken. Schließlich stieß er auf eine weitere Gruppierung von Büschen und trat hinter sie. Wenige Minuten später kam Miss Breckenridge hinzu.

»Was machen Sie?« Sie sah ausgesprochen belustigt aus, und ihre rotgoldenen Brauen zuckten vor Heiterkeit. Das war eher aufreizend. Normalerweise war sie ziemlich selbstbeherrscht.

»Ich warte darauf, dass die Travills ihr Rendezvous hinter den Büschen dort drüben beenden.«

»Ihr w –«, sie errötete. »Unwichtig. Woher wissen Sie, dass sie dort sind?«

»Ich wollte mich verstecken, während ich auf Sie wartete. Anscheinend ist es eine ausgezeichnete Lage zum … Verstecken.«

»Ich verstehe.« Sie blickte sich um. »Genau wie diese.«

Er trat einen kleinen Schritt auf sie zu. »Schlagen Sie etwa vor, dass wir ein Rendezvous haben sollten?«

»Ist es nicht genau das, was wir haben?« Wieder errötete sie. »Irgendwie.«

»Ich weiß nicht genau, was wir machen. Ich würde es den Travills allerdings liebend gern gleichtun.«

»Ich werde nicht – « Sie presste die Lippen aufeinander. »Nein. Ich bin zum Spaziergang hergekommen. Wenn Sie nicht mehr daran interessiert sind, kehre ich zum Haus zurück.«

Sie war im Begriff, sich herumzudrehen, doch er berührte ihren Ellenbogen. Es war eine hauchzarte Verbindung, doch er konnte sie in jedem Knochen, jedem Muskel und jedem Nerv fühlen. »Bitte nicht. Ich werde mich benehmen.«

Sie sah ihn mit hochgezogener Augenbraue an. »Wissen Sie, wie man das macht?«

Er schmunzelte. »Klar, weiß ich das. Seit Sie mich getadelt haben, habe ich mich von meiner besten Seite gezeigt.«

Sie nickte förmlich. »Das haben Sie wirklich.« Sie stieß die Luft aus und strich sich mit der behandschuhten Hand über den Rock. »Was sollen wir also unternehmen?«

»Die beiden sollten nicht zu lange brauchen. Ich werde Ausschau halten.« Er spähte um die Sträucher herum auf die Stelle, wo die Travills sich versteckt hatten.

»Woher wissen Sie das?«, fragte sie.

Angesichts Travills offenem Hosenstall und der Art und Weise, wie er den Saum des Kleides seiner Frau mit der Hand angehoben hatte, war West sicher, dass die beiden sich nicht auf ein langwieriges Intermezzo einlassen würden. »Ich bin ein sehr guter Beobachter, wie Sie sich sicher erinnern.«

Erschrocken hob sie die Hand zum Mund. »Oh, du meine Güte. Waren sie ... *in flagrante delicto?*«

Er lachte und musste die Lautstärke drosseln, ehe er noch jemanden auf ihre Anwesenheit aufmerksam machte. »Nicht ganz.«

»Woher wissen Sie dann, wie lange sie brauchen werden? Vielleicht haben Sie die Stimmung ruiniert.«

Abermals lachte er, doch dann ernüchterte er und sah sie plötzlich ein wenig befremdlich an. »Was wissen Sie darüber?«

Sie wandte den Kopf ab, doch ihm entging die zarte Röte nicht, die ihr in die Wangen stieg. »Nichts. Nur das, was mir über diese Dinge zu Ohren gekommen ist.«

Überzeugt, dass sie die faszinierendste Frau war, der er je begegnet war, war er begierig, den gesamten Nachmittag mit ihr zu verbringen. Noch einmal spähte er um die

Hecke herum und sah, wie die Travills sich auf den Weg zum Haus begaben.

Er wandte sich an Miss Breckenridge. »Sie sind fertig.«

»Allmählich fange ich an zu denken, dass wir das ebenfalls sein sollten.«

Der Klang ihrer Worte gefiel ihm nicht. »Warum?«

Sie zögerte. »Ich bin nicht sicher. Weil...« Sie schien mehr sagen zu wollen, doch dann fügte sie nur ein weiteres »weil« hinzu.

»Das ist sicher ein höchst interessanter Grund. Ich denke, wir sollten unseren Weg fortsetzen. Es regnet nicht, und die Aussicht vom Wendover Hill wartet auf uns.« Er bot ihr seinen Arm an. »Würden Sie mir erlauben, Sie zu eskortieren?«

Sie betrachtete seinen Jackenärmel, und ihre Lippe zuckte, als würde sie an der Innenseite knabbern. »Was ist, wenn uns jemand sieht? Wenn die Travills hier draußen waren, könnten andere das auch sein.«

Sie hatte recht, doch er ließ sich nicht abschrecken. »Das ist unwahrscheinlich. Und wenn wir jemandem begegnen, werde ich eine Ausrede vorbringen. Darin bin ich ziemlich gut.«

Sie beäugte ihn zögerlich. »Davon bin ich überzeugt.«

»Sollen wir dann aufbrechen?«

Zaghaft legte sie ihm die Hand auf den Arm. »Hoffentlich bereue ich das nicht.«

Er legte die Finger auf ihre. »Das werden Sie nicht, das verspreche ich Ihnen.«

»Hören Sie auf, mir Dinge zu versprechen.« Sie zog die Hand zurück. »Wenn ich es mir genau überlege, sollte ich Sie eigentlich nicht berühren. Das wird Ihnen sicherlich nicht bei einer eventuellen *Ausrede* helfen, falls uns jemand begegnet.«

»Da haben Sie recht.« Er bedeutete ihr mit einem

Handzeichen, ihm voranzugehen. Als sie an ihm vorbeigezogen war, ließ er ihr erst mehrere Schritte Vorsprung, ehe er sie einholte. »Und Miss Breckenridge?« Sie drehte den Kopf zu ihm um, und als sie ihn anschaute, waren ihre grünen Augen strahlend und intelligent. »Ich verspreche nur etwas, wenn ich weiß, dass ich es erfüllen kann.«

KAPITEL ACHT

*I*vy blinzelte ihn an, und war von seiner Koketterie und seinen Anspielungen gleichermaßen frustriert und geschmeichelt. Sie dachte daran zurück, wie Peter mit ihr geflirtet hatte, aber er war nie so gut gewesen. Ihm hatte es an Wests Hauch von Raffinesse gemangelt. Und an noch etwas anderem. West hatte eine fröhliche Art an sich. Und sie musste zugeben, dass es schwierig war, dagegen immun zu bleiben.

»Miss Breckenridge ... mir ist gerade klargeworden, noch nicht einmal Ihren Vornamen zu kennen. Wie ist das möglich?«

Auf unerklärliche Weise war sie darüber sehr amüsiert. Vielleicht war er gar nicht so gewandt, wie sie ihn einschätzte. »Weil ich ihn Ihnen nicht verraten habe. Warum sollte ich? Normalerweise vertraut man ihn seinen lockeren Bekanntschaften auch nicht an.«

»Nun, ich hoffe doch, dass wir darüber hinaus sind. Mir scheint, als ob ich ihn wissen sollte.« Er sah sie an, und ihre Blicke begegneten sich kurz. »Allerdings habe ich den untrüglichen Verdacht, dass Sie ihn mir nicht sagen werden.«

»Warum, wenn ich Sie raten lassen kann?« Ihre Lippen bogen sich zu einem Lächeln, als sie den Waldweg erreichten.

Sie bogen ab und fingen an, bergauf zu steigen. Der Weg war mehr als breit genug, um nebeneinander herzugehen, und wurde von Bäumen flankiert, die erst spärlich, dann dichter und wieder spärlicher standen.

»Ich glaube, das gefällt Ihnen«, meinte er.

»Was hat Sie auf diese Idee gebracht?«

"Sie haben in der letzten Minute mehr gelächelt, als während unserer gesamten Bekanntschaft, schätze ich.«

Sie wusste, sich ausgesprochen nüchtern verhalten zu haben, aber bestimmt übertrieb er. »Ja, das gefällt mir. Was glauben Sie wohl ist mein Name?«

Er schwenkte den Kopf herum und musterte sie, während er weiterlief. Aus dem Augenwinkel konnte sie seine Abschätzung mitverfolgen.

»Ich kann nicht beurteilen, ob es etwas Schlichtes oder Exotisches ist. Ich könnte mir beides vorstellen. Oder vielleicht etwas sehr Weibliches und Schönes.«

Einen Moment lang war er still, und unter der Last seines prüfenden Blickes wurde ihr ganz heiß. »Wie schaffen Sie das?«, fragte sie.

»Was schaffe ich?«

»Mich beim Laufen anzuschauen, ohne ins Stolpern zu geraten?«

»Ich besitze viele Fähigkeiten.«

Sie lachte und es klang eher unweiblich. »Sie sind wahrscheinlich der arroganteste Mann, dem ich je begegnet bin.«

»Möglicherweise, aber ich gebe mir Mühe und es

gefällt mir, in all meinen Bemühungen erfolgreich zu sein.«

Sie drehte den Kopf zu ihm und täuschte einen vernichtenden Blick vor. »Hören Sie eigentlich jemals auf?«

»Niemals. Er riss den Blick von ihr los und sah nach vorn. »Ist das besser?«

Sie antwortete nicht, sondern konzentrierte sich auf ihren Aufstieg.

»Mary.«

Obwohl sie den Blick auf den Weg gerichtet hatte, geriet Ivy ins Stolpern. Sie fiel nicht hin, aber West stürzte trotzdem auf sie zu, um sie aufzufangen.

Er erwischte sie um die Taille. »Sind Sie in Ordnung?«

»Ja.« Sie richtete sich auf und sah ihn an. Er war ihr sehr nah. Zu nah. Aber sie wich nicht zurück.

Er hatte sie *Mary* genannt. Wie hatte er es gewusst?

»Sie haben sich geirrt. Warum haben Sie diesen Namen gewählt?« Sie erschauderte und wunderte sich, ob er das leichte Zittern spüren konnte.

»Sie sind ein mitfühlender Mensch, also glaube ich, dass Sie aus einem warmherzigen und fürsorglichen Elternhaus stammen.«

Da lag er absolut falsch, aber sie sagte es nicht. Sie drehte sich ein wenig. Es reichte, um die körperliche Verbindung zwischen ihnen zu lösen, und er gab sie frei. »Und deshalb sind Sie auf Mary gekommen?«

»Ich habe den Namen Mary schon immer gemocht. Es ist ein fröhlicher Name und sehr schön. Er ist auch schlicht und weiblich – genau wie Sie.«

Sie kniff die Augen zusammen, als sie ihn ansah. »Sie glauben, ich sei schlicht?«

Er lachte leise. »Nicht in dem Sinne. Sie sind unkompliziert. Die meisten Frauen in meinem Bekanntenkreis sind sehr leicht erregbar oder ... in gewisser Weise schwierig.«

Sie setzte sich wieder in Bewegung und er ging neben ihr her. »Die Frauen Ihres Bekanntenkreises«, wiederholte sie. Dies war eine perfekte Gelegenheit, ihn über dieses Thema zu befragen. »Die Frauen, mit denen Sie Liebschaften haben?«

»Größtenteils, ja.«

»Warum sind alle Ihre Geliebten verheiratet?«

»Weil ich ihnen helfe, eine glücklichere Ehe zu führen.« Er sagte dies in einem sachlichen Ton ohne jede Spur von Ironie.

Beinahe wäre sie erneut gestolpert. »Wie um alles auf der Welt machen Sie das?«

»Wollen Sie das wirklich wissen?«, erkundigte er sich.

»Es macht Ihnen wohl Spaß, mir diese Frage zu stellen.«

»Ich möchte mich vergewissern, dass Sie hören wollen, was ich zu sagen habe. Manche Frauen – die meisten Frauen – würden sich lieber nicht über meine früheren Liebschaften unterhalten.«

Auch ihr war nicht gerade besonders daran gelegen – sie verspürte eine bizarre Eifersucht, aber auch eine perverse Neugier. »Wie könnte eine Affäre möglicherweise eine Ehe verbessern?«

»Weil in der Ehe entweder kein Sex stattfindet, oder ein Mangel an sexueller Vielfalt herrscht.«

Sie blieb nun ganz stehen, wandte sich ihm zu und sah ihn an. »Meinen Sie das ernst?«

Er schwenkte zu ihr herum. »Ziemlich ernst. Ich helfe der Dame, ihre Befriedigung zu finden und zeige ihr Möglichkeiten, wie sie ihr Vergnügen steigern kann, was im Gegenzug das Vergnügen ihres Mannes erhöhen wird. Der Fokus liegt jedoch auf ihr. Viele Männer schenken der

Zufriedenheit ihrer Geliebten, zu ihrem eigenen Nachteil, keine große Beachtung.«

Guter Gott. Sie konnte kaum glauben, was sie da hörte. Die Hitze in ihren Wangen war ein Hinweis darauf, dass ihr Gesicht sicherlich purpurrot angelaufen war. Und wirklich, er hätte mit seinen Worten auch ihre Erfahrungen mit Peter beschreiben können. Auf emotionalem Gebiet hatte er ihr nichts geboten und auf körperlichem hatte er eine Leidenschaft in ihr geweckt, die er nie wirklich befriedigt hatte, allerdings hatte sie das damals nicht erkannt. Nein, sie war in ihn vernarrt gewesen und er hatte das ausgenutzt, um seine eigenen egoistischen Bedürfnisse zu befriedigen.

Sie wandte sich abrupt um und setzte sich erneut ihn Bewegung – in einem schnelleren Tempo als zuvor. Vielleicht lag dies an ihrem Verstand, der nun sehr rege war und versuchte, einen Sinn daraus zu machen, was er gerade zu ihr gesagt hatte.

Mehrere Minuten verstrichen, bis einer von ihnen das Wort ergriff.

»Ich habe Sie schockiert, oder?«, fragte er und schreckte sie damit auf. Sie hatte sich ziemlich in ihren Erinnerungen an die Vergangenheit und ... Ideen über die Gegenwart verloren.

»Ich möchte nein sagen, damit Sie mich für raffiniert halten, aber das kann ich nicht.«

»Warum liegt Ihnen daran, dass ich Sie raffiniert finde?«

Sie warf ihm einen irritierten Blick zu. Er war viel zu scharfsinnig. Sie war das Gegenteil – oder ist es gewesen. Sie war naiv und dumm und völlig unerfahren gewesen. Nachdem sie sich wieder aufgerappelt hatte, hatte sie sehr darauf geachtet, das Gegenteil zu sein. Sie hatte gehofft, *inzwischen* Raffinesse zu besitzen, doch sie erkannte, wie hoffnungslos falsch sie lag.

»Miss Breckenridge« – er atmete aus - »Ich kenne Ihren Namen immer noch nicht – ich denke ganz und gar nicht geringer von Ihnen. Ich wäre überrascht, wenn ich Sie *nicht* schockiert hätte.«

Sie näherten sich dem Gipfel des Hügels, und der Baumbestand war ziemlich dünn geworden. Sie konnte sehen, dass der Gipfel aus einer großen, freien Fläche bestand.

»Ich stelle fest, ich bin ... neugierig.« Das war es. Sie hatte es gesagt. Als er davon sprach, diesen verheirateten Frauen zu helfen, klang das beinahe wie eine Art von Erwachen. Und sie fragte sich, ob er das vielleicht auch für sie tun könnte. Aber natürlich konnte er es. Er hatte gesagt, er könne ihr Leben verändern, und jetzt wusste sie, wie er das in die Tat umzusetzen gedachte. »In gewisser Weise scheint es, als ob Sie diesen Frauen einen Dienst erweisen.« Meine Güte, das ließ es fast klingen, als würde er ein Geschäft damit machen. Sexuelle Geschäfte. Sie fixierte ihn mit einem scharfen Blick und ihre Schritte wurden langsamer. »Man *zahlt* Ihnen nichts, oder?«

»Um Himmels willen, nein!« Er erwiderte ihren Blick und seine dunklen Augen glitzerten unterhalb seiner Hutkrempe, die einen Schatten auf sein Gesicht warf. »Es tut mir leid, aber ich verkaufe mich nicht.«

»Ich habe das nicht als Beleidigung gemeint.« Aber sie konnte verstehen, dass er es so auffassen könnte. »Das habe ich auch wirklich nicht angenommen. Mein Verstand ist mir ein Stück weit voraus gewesen. Ich versuche, diese Sache zu verstehen. Warum helfen Sie diesen Frauen?«

Er reagierte nicht sofort, und sie wollte sehnlichst erfahren, warum er zögerte. Gab es eine Wahrheit, die er lieber begraben lassen wollte? Sie selbst war natürlich die Königin der begrabenen Wahrheiten.

Auf dem Gipfel angelangt blieb er stehen. Er sah sie nicht an. Stattdessen ließ er den Blick über die weite, baumlose Fläche schweifen. »Ich habe in ziemlich jungem Alter festgestellt, sexuelle Aktivitäten wirklich zu genießen. Es macht mir Spaß, einer Frau Freude zu bereiten, und ich bin recht gut darin.«

Seine Arroganz war verblüffend und dennoch verführerisch, wenn sie ehrlich zu sich selbst war. »Weil sie alle Ihnen das sagen«, entgegnete sie und blieb ein paar Schritte von ihm entfernt stehen.

Er lachte leise. »Ja. Aber das müssen sie gar nicht.«

Sie schwenkte herum und zog vor Erstaunen die Augenbrauen hoch. »Wollen Sie damit sagen, dass es nicht eine Frau gibt, die Ihr Bett unbefriedigt verlassen hat?«

»Ja, genau das behaupte ich.« Sein Blick war unerschrocken und keineswegs entschuldigend. »Es hat ein paar Herausforderungen gegeben, das gebe ich gern zu, aber am Ende habe ich sie für mich gewonnen.«

Abermals durchzuckte sie ein Gefühl von Eifersucht. Sie erinnerte sich, was sie am ersten Tag der Hausparty gehört hatte. »Und was ist mit Kindern? Stimmt es, dass Sie mehrere gezeugt haben?«

»Von *mehreren* weiß ich nichts, aber wahrscheinlich gibt es da ein oder zwei.« Seine überhebliche Haltung fachte ihren Ärger an.

»Sie meinen, Sie *wissen* es nicht?«

Er bewegte sich auf sie zu, aber Gott sei Dank kam er ihr nicht zu nahe. »Ich habe da so meinen Verdacht, aber ich rege mich nicht darüber auf, weil es auch sonst niemand tut. Und mit niemand meine ich, dass sich scheinbar weder meine Geliebten noch ihre Ehemänner einen Deut darum scheren.«

»Die feine Gesellschaft scheint das allerdings zu tun.«
Es war ein albernes Argument, vor allem, weil Ivy egal war,
was sie dachten. Nein, es ging ihr darum, dass *er* sich
offenbar keine Gedanken darüber machte, sein Kind von
jemand anderem großziehen zu lassen.

»Und warum sollte ich mich damit befassen?«

»Was ist mit den Kindern?«, fragte sie leise. «Interessieren Sie sich nicht für sie? Beunruhigt es Sie nicht, dass
sie nicht zu Ihnen gehören?«

Er gab keine Antwort. Er starrte sie an und dann
wendete er den Blick ab.

Sie entfernte sich von ihm, um die Aussicht zu genießen. Vor ihnen erstreckte sich das Tal von Aylesbury. Sie
konnte das Dorf in der Ferne sehen, und auch Greensward.
Es gab Bauernhöfe, wogende Weideflächen und gepflegte
Hecken. Es war idyllisch und ruhig. Und damit war es
genau das Gegenteil dessen, was in ihrem Inneren vor sich
ging. Sie war ein durcheinandergewürfeltes Häufchen
Verwirrung. Sie sollte vor diesem Mann weit weglaufen,
und dennoch fühlte sie sich magisch zu ihm hingezogen.

»Es ist zu schade, dass wir keinen richtigen Sommertag
haben. Ich stelle mir vor, dass ein strahlend blauer Himmel
von hier oben aus betrachtet einfach wunderbar wäre.« Er
war neben sie getreten. Und zwar näher, als der Anstand es
eigentlich erlaubte. Sie schwelgte in der Wärme seines
Körpers und sog seinen maskulinen Duft tief ein.

Für einen kurzen Augenblick schloss sie einfach die
Augen und genoss seine Nähe. Den Blick in den grauen
Himmel gerichtet atmete sie tief durch und gab seiner
Einschätzung stillschweigend recht.

»Ich habe nie besonders viel über die Kinder nachgedacht«, sagte er leise. »Und es gibt nur einen, bei dem ich
mir sicher bin. In Wahrheit habe ich das noch nie laut

zugegeben. Ich weiß, er wird geliebt und ordentlich aufgezogen. Ich kann darin keinen Fehler sehen.«

»Und es hindert Sie auch nicht an der Ausübung Ihrer ... Aktivitäten?«

»Ich helfe anderen Menschen gern.« Sein Ton war weich und schlicht und er drang mit seiner Wärme und Nachdenklichkeit tief in ihr Ohr. »Und ich habe Gefallen an Sex. Ist das so schlimm?«

Sie drehte sich ihm zu und wich einen halben Schritt zurück. Sie wollte nicht loslaufen, aber das hieß nicht, dass sie nicht den dringend benötigten Abstand zwischen sie bringen könnte. »Haben die Ehemänner nichts gegen Ihre ... Beteiligung einzuwenden?«

»Manche schon, ja. Wir bemühen uns um Diskretion.«

»Und dennoch genießen Ihre Affären einen legendären Ruf.«

»Legendär? Glauben Sie nicht, dass das leicht übertrieben ist?«

Unschlüssig hob sie die Schulter. »Vielleicht.« Eine Brise bauschte ihren Rock auf und ließ die Bänder ihrer Haube flattern. »Wie würden Sie sich fühlen, wenn jemand Ihre Frau verführen würde?«

»Zunächst einmal ist es keine Verführung. Es ist eine beiderseitig erwünschte Vereinbarung.« Er drehte sich von ihr weg und ließ den Blick über das Tal hinaus schweifen. »Und zweitens habe ich keine Frau.«

»Und warum nicht?«, fragte sie und fand ihn von einem Moment zum anderen immer faszinierender. »Ist es nicht Ihre Pflicht, für einen Erben zu sorgen?«

Er hielt seine Aufmerksamkeit weiterhin auf die Aussicht gerichtet. »Ich habe einen Erben. Ein Cousin irgendwo in Norfolk.«

»Sie haben also keine Heiratsabsichten?«

Er drehte den Kopf und sah sie mit einem ausdruckslosen Blick an. »Das ist richtig. Die habe ich nicht.«

Sie wollte ihn nach dem Grund fragen, doch sie entschied sich dagegen. Wenn sie zu viele Fragen stellte, könnte er auf die Idee kommen, ihr zu viele Fragen zu stellen. Und sie hatte nicht die Absicht, irgendwelche zu beantworten.

»Vermutlich sollten wir allmählich kehrtmachen und wieder hinunterlaufen«, schlug sie vor und drehte sich um. »Wir wollen doch nicht übermäßig lange weg sein.«

Er gesellte sich zu ihr, und sie gingen den Weg wieder zurück. »Ist das alles, was Sie beabsichtigen? Sie haben mir die Chance gegeben, Ihr Leben zu verändern. Wenn ich mich vorher nicht klar ausgedrückt habe, dann lassen Sie es mich jetzt klar sagen. Ich möchte für Sie tun, was ich für andere Frauen getan habe.«

Sie legte den Kopf schief und warf ihm einen frechen Blick zu. »Aber ich bin nicht verheiratet und werde es auch nie sein.«

»Niemals? Wer sagt, dass sich das nicht ändern könnte?«

»Sie sind über meinen Stand im Bilde, nehme ich an? Es gibt nur sehr wenige Herren, die an einer Gesellschafterin Interesse zeigen würden, die nichts zu bieten hat.«

Während sie den Weg weiter hinabstiegen, verweilte sein Blick auf ihr. »Ich denke, Sie haben jede Menge zu bieten. Offenbar scheinen Sie nicht zu erkennen, wie wunderschön Sie sind. Das ist nur ein Aspekt unter vielen anderen, die ich an Ihnen attraktiv finde.«

Ruckartig riss sie die Aufmerksamkeit von ihm los und konzentrierte sich auf den Weg, der vor ihr lag, ehe sie noch stolpern und auf den harten Boden des Hügels stürzen würde. Nach einer Minute platzte sie mit einem der vielen Gedanken heraus, die ihr im Kopf umherwirbelten. »Was würden Sie tun? Mit mir meine ich.«

»Sie möchten Genaueres erfahren?«

Anstatt einer Antwort nickte sie kaum merklich, doch sie hatte keine Ahnung, ob er sie überhaupt anblickte. Sie konnte sich nicht überwinden, einen Blick in seine Richtung zu riskieren.

»Am Anfang würde ich Ihr Gesicht berühren. Ich möchte wissen, ob Ihre Haut so weich ist, wie sie aussieht, ob Ihre Lippen so seidig sind, wie ich sie mir vorstelle.«

Ihr Körper stürzte in einen Bewusstheitszustand, den sie seit einem Jahrzehnt nicht mehr erlebt hatte.

»Als Nächstes würde ich Sie küssen. Sanft – ich würde unsere Lippen aufeinandertreffen lassen und eine Art Liebeswerbung vollführen, wenn Sie so wollen.«

Er ließ das Ganze so schön klingen. Sie erinnerte sich an die Gier und Beharrlichkeit und Feuchtigkeit. Peter hatte mit Vorliebe seine Zunge zum Einsatz gebracht. Das war nicht gerade schlecht gewesen, sondern bloß so anders als das, was West beschrieb. Und natürlich konnte sie West nicht mit Peter vergleichen.

Aufhören. Sie weigerte sich, an die Vergangenheit zu denken.

»Sobald wir beide so weit befriedigt wären, dass wir uns wohlfühlen würden und bereit wären, würde ich mit der Zunge sanft an Ihrer Unterlippe entlangstreifen. Und wenn Sie mich einladen würden, würde ich auf der Suche nach Ihrer Zunge mit meiner in Ihren Mund vordringen. Schließlich, wenn unsere Zungen aufeinanderträfen, würden sie ihr eigenes Liebeswerben genießen.«

Zungen. Doch auch das klang nicht danach, was sie erlebt hatte. Eine Hitze staute sich in ihrem Bauch an und setzte ihren Körper in Flammen. Sie blickte ihn immer noch nicht an. Sie war nicht dazu imstande.

»Ich würde Sie eine ganze Weile küssen, denke ich. Wir würden uns gegenseitig erforschen, bis wir außer Atem wären. Die ganze Zeit über würde ich Sie natürlich in meinen Armen halten. Mit den Händen und Fingern würde ich Ihnen behutsam über den Hals und den Rücken streichen und dann an Ihrer Taille und ihren Seiten hinauf. Dann, wenn unsere Leidenschaft immer weiter wachsen würde, würde ich Ihre Brüste finden und mit den Händen umfassen. Ich stelle mir vor, dass sie meine Hände sehr hübsch ausfüllen würden.«

»Bin ich, ähm, noch bekleidet?« Ihre Stimme klang ein bisschen schrill und merkwürdig, und sie wollte die Frage auf der Stelle zurücknehmen. Ohne jeden Zweifel war er imstande, die Wirkung herauszuhören, die er auf sie hatte. Und das einfach nur durch reden!

»Vorerst ja. Wir müssen ganz am Anfang anfangen, oder?«

Mit Peter war sie nie ganz ausgezogen gewesen. Ein Teil von ihr wollte das. Sie sehnte sich danach, den Körper eines anderen Mannes – Wests, wie sie feststellte – in nacktem Zustand an ihrem zu fühlen. Das lag daran, dass sie eine Dirne war, genau wie ihre Mutter und ihr Vater es gesagt hatten. Die starken Gefühle von Schuld und Scham drohten, sie den Hang hinunterrennen zu lassen. Doch sie klammerte sich an die Gefühle, die West wieder zum Leben erweckt hatte. Ihr stand nicht der Sinn nach der Finsternis. Genau jetzt, und nur für eine kurze Zeit, wollte sie das Licht umarmen.

»Wie ich schon sagte«, fuhr er fort, »würde ich Ihre Brüste mit der Hand umschließen und sie sanft massieren. Ich würde die Brustwarzen ertasten und sie mit den Fingerspitzen liebkosen, bis sie steif wären.«

Allerdings waren ihre Brustwarzen bereits jetzt in

diesem Zustand. Noch nie hatte sich ihre Kleidung so unangenehm eng angefühlt.

»Je nach Machart des Kleides könnte ich die Hand hineinschieben und Ihre bloße Haut streicheln. Ich würde die Augen in Ekstase schließen, weil Sie sich so warm und weich und perfekt anfühlen.«

Ivys Körper kribbelte überall. Sie wich vom Weg ab und stützte sich mit der Hand an den dicken Stamm eines Baumes, um ihre Gedanken zu sammeln und wieder zu Atem zu kommen. Obwohl es bergab ging, fühlte sie sich, als würden sie bergauf laufen.

West folgte ihr und blieb dicht bei ihr. »Sind Sie in Ordnung?«

Sie nickte. »Ja. Ich wollte mich nur einen Moment ausruhen.«

»Soll ich weiterreden?«, fragte er.

Nein. Erneut nickte sie, unfähig, sich diese exquisite Folter zu versagen.

»Ich würde den Saum Ihres Rocks ertasten und dann würde ihn über Ihre Knöchel heben. Ich würde Ihr Bein berühren und die Finger um Ihre Wade legen. Dann würde ich die Hand langsam immer höher schieben, an Ihrem Knie vorbeistreifen und die Handfläche auf Ihren Oberschenkel legen. Sie würden die Beine für mich öffnen, und ich würde Ihre Mitte finden, diesen warmen, weichen Ort, der von seidenen Locken bewacht wird.« Seine Stimme war tief und dunkel, und unausweichlich fesselnd. »Sagen Sie mir, ob sie die gleiche Farbe wie Ihre Haare haben oder vielleicht noch roter sind? Ich stelle sie mir rötlicher vor – wie ein schwelendes Feuer.«

Oh, *mein Gott!* »Rot. Ja.« Sie klang außer Atem, als ob sie den verdammten Hügel hinaufgerannt wäre.

Er war noch näher gekommen, sodass sie seinen heißen Atem spüren konnte, wenn er sprach. »Sie würden Ihre

Beine in Erwartung meiner Berührung noch weiter für mich öffnen. Ihr Körper würde vor Verlangen beben. Ich würde Sie sehr sanft streicheln, und mit den Fingern zart über Ihre Haut streifen. Sie würden stöhnen, denke ich.«

Beinahe würde sie schon jetzt stöhnen. Ihre Augen waren geöffnet, aber sie sah nichts, außer den Dingen, die er in ihrer Fantasie mit ihr anstellte.

»Sie würden feucht werden vor Begierde, und ich würde die Feuchtigkeit an den Fingerspitzen spüren. Mit meinem Daumen würde ich diese winzige Stelle ganz nahe an der Spitze Ihrer Weiblichkeit finden. Wussten Sie, dass an dieser Stelle das Vergnügen für eine Frau lebt? Wenn man diesen Punkt genau richtig streichelt, kann man vollkommene Befriedigung ohne jegliche Penetration erreichen. Das könnte man sogar für sich selbst tun.«

Ihre Beine fühlten sich an wie Pudding. Sie nutzte den Baum als Stütze, damit sie nicht wie ein Häufchen zu seinen Füßen niedersank. »Ich habe, ähm, das versucht. Anscheinend weiß ich nicht, wie.«

»Ich könnte es Ihnen zeigen.«

Ja, ja, ja, bitte.

Seine Stimme wurde noch leiser und besaß nun einen tiefen, äußerst verführerischen Klang. »Aber wenn Sie es mir erlauben würden, würde ich auch gerne einen Finger – oder mehrere Finger – in Ihnen versinken lassen. Vielleicht bin ich nun etwas voreilig. Ja, ich denke schon. Denn ich träume davon, Ihnen den Mund auf diese Stelle zu legen und meine Zunge zu benutzen –«

»*Stopp*!« Sie sog die Luft ein und ihr Herz raste. »Bitte hören Sie auf!« Sie konnte es keinen weiteren Moment aushalten. Sie war sehr nahe daran, ihn an sich zu ziehen und zu verlangen, dass er all diese Dinge genau in diesem Augenblick mit ihr in der Realität machte.

Er wich ein Stück von ihr ab, und sie war ihm immens

dankbar dafür. »Ich hatte nicht die Absicht Ihnen zu nahe zu treten.«

»Nein. Das sind Sie nicht. Ich bin nur ...« Was genau war sie? Erregt. Überwältigt. Wild entschlossen. Womöglich traf das Letztere nicht ganz zu. Wenigstens noch nicht. Sie stieß sich vom Baumstamm ab. »Wir sollten zurückkehren.« Sie bewegte sich auf den Weg zu und war auf seinen Versuch gefasst, sie aufzuhalten.

Als er das nicht tat, konnte sie sich nicht entscheiden, ob sie erleichtert oder enttäuscht war.

In spannungsgeladener Stille stiegen sie zum Anfang des Wanderweges hinab. Ivy war sich seiner Anwesenheit genauso intensiv bewusst, als ob er sie berühren würde. Jeder Atemzug, den er tat, klang wie ein Stöhnen, und jeder Blick, den er ihr zuwarf, fühlte sich wie eine Liebkosung an.

Als das Gelände ebener wurde, hielt er inne. »Sie gehen weiter zum Haus. Ich muss mein Pferd holen.«

»Danke für den Spaziergang.« Sie schaffte es, seinen Blick zu erwidern, und das Glühen in seinen Augen brannte sich in ihren immer noch erregten Körper.

»Ich freue mich schon auf eine Wiederholung.«

Sie wusste nicht, ob sie sich darauf einlassen konnte. Sie wusste auch nicht, ob sie sagen könnte, sie *würde sich nicht darauf einlassen.* »Ich sehe Sie dann beim Abendessen.«

»Da bin ich mir sicher«, murmelte er.

Sie wandte sich ab und zwang sich, auf das Haus zuzugehen. Ihre Schritte waren lang und sie lief schnell. Bei jedem einzelnen Schritt fragte sie sich, ob sie sich ihre einzige Chance, mit dem Herzog der Begierde zusammen zu sein, hatte entgehen lassen.

KAPITEL NEUN

*E*s war wie ein Wunder, als die Sonne durch die Wolken brach, während die Damen der Hausparty und eine Handvoll Herren in das Dorf Wendover fuhren. Als der Diener den Schlag der Kutsche öffnete, sah Ivy zum Himmel auf und lächelte. Sie war ziemlich guter Laune, seit sie den vergangenen Nachmittag mit West verbracht hatte. Sie bereute es immer noch ein wenig, ihren Begierden nicht gefolgt zu sein, aber sie war auch sehr froh, gegangen zu sein.

Und heute fand das Ereignis statt, auf das sie sich am meisten gefreut hatte – der Ausflug ins Arbeitshaus. Wie viele Gemeinden besaß Wendover ein kleines Arbeitshaus, das die hier angesiedelten Armen unterstützte. Lady Wendover war die Schirmherrin, und Ivy war gespannt, wie es geführt wurde.

Emmaline und Mrs. Forth-Hodges traten auf Ivy und Lady Dunn zu. Emmalines Blick war niedergeschlagen, und sie ließ die Schultern hängen. Sie war gestern Abend nicht zum Abendessen erschienen, und Ivy konnte nur vermuten, dass sie traurig über die Vorkommnisse mit

Townsend war. Ivy überlegte, ob ihr nicht eine Möglichkeit einfiel, wie sie ihre Freundin ein bisschen aufheitern könnte.

»Guten Tag«, begrüßte Mrs. Forth-Hodges sie heiter. Sie wirkte steif, ihr Lächeln war ein bisschen gezwungen.

»Guten Tag«, antwortete Lady Dunn. »Was für ein herrlicher Tag. Ich bin so aufgeregt. Miss Breckenridge und ich haben uns so sehr auf diesen Ausflug gefreut.«

»Tatsächlich?«, erkundigte Mrs. Forth-Hodges sich höflich.

Lady Dunn nickte. »Meine Gesellschafterin besitzt eine ziemlich karitative Natur. Sie hilft im Findling Hospital in London und tut was immer sie kann, um den weniger Begünstigten beizustehen.«

Emmaline suchte Ivys Blick. »Das möchte ich auch gern tun.«

»Das machen wir, Liebes«, versprach Mrs. Forth-Hodges.

»Suchst du das Hospital höchstpersönlich auf?« Emmaline richtete die Frage an Ivy.

»Ja. Und einige der Armenhäuser. Die Frauen dort sind am stärksten benachteiligt.«

»Und was können Sie tun, um ihnen irgendwie zu helfen?«, erkundigte sich Mrs. Forth-Hodges. Sie schien sowohl fassungslos als auch aufrichtig interessiert zu sein.

Ivy war mehr als glücklich, sie aufzuklären. Je mehr die Menschen über die Not derer erfuhren, von denen sie nichts wussten, desto mehr Mitgefühl könnten sie aufbringen. Und mehr Mitgefühl bedeutete, dass sie eher dazu beitragen würden, die Bedingungen für diejenigen zu verbessern, die am Straucheln waren. »Ich lehre sie lesen«, erklärte Ivy. »Und Rechnen. Ich habe erlebt, wie einige unter ihnen eine Anstellung gefunden haben und das Armenhaus verlassen konnten.«

Lady Dunn tätschelte Ivys Arm. »Ich habe gerade angefangen, mehr darüber zu erfahren, seit Miss Breckenridge in meinen Diensten ist. Ich freue mich sehr, von ihr in Kenntnis gesetzt zu werden und ich unterstütze ihre Bemühungen. Ich sorge dafür, dass sie jede Woche genügend Zeit zur Verfügung hat, um sich ihrer Leidenschaft zu widmen.« Die Viscountess lächelte Ivy an, und zum ersten Mal seit Jahren spürte Ivy einen Kloß in ihrem Hals. Sie war nicht daran gewöhnt, dass andere auf diese Weise von ihr sprachen. Im Grunde genommen hatte sie absolut keine Erfahrung damit.

Lady Dunn wandte ihre Aufmerksamkeit nun wieder Mrs. Forth-Hodges zu. »Es ist sehr schwierig, was Ivy dort tut. Diese armen Seelen sind mit solch einem Stigma behaftet. Man muss die richtige Person finden, die bereit ist, ihnen eine Anstellung zu geben.«

Mrs. Forth-Hodges betrachtete Ivy mit so etwas wie Bewunderung. Ivy wurde von einem ausgeprägten Gefühl des Unbehagens erfasst. Sie drehte sich zu Emmaline um. »Wenn du irgendwann einmal mit mir kommen möchtest, bin ich sicher, dass wir das arrangieren können.«

»Ist das ungefährlich?«, wollte Mrs. Forth-Hodges erfahren.

»Meine Güte, ja«, versicherte Lady Dunn. »Bei den Einrichtungen, die sich in einer zweifelhaften Nachbarschaft befinden, lasse ich sie von einem Diener begleiten und Sie können dasselbe tun.«

Ja, die Viscountess hatte auf die Begleitung durch einen Diener bestanden, als Ivy das erste Mal um Erlaubnis bat, ein Armenhaus zu besuchen. Sowohl Lady Dunns Unterstützung als auch ihre Besorgnis um Ivys Sicherheit waren schockierend gewesen. Ivy hatte ihr versichert, dass ein Diener nicht erforderlich sei, doch dann hatten sie einen Kompromiss geschlossen, indem sie sich beim Besuch gewisser Gegenden begleiten ließ, was ihr als durchaus sinnvoll erschien. »Lady Dunn hat mich sogar ein oder zwei Mal begleitet«, erklärte Ivy.

Lady Dunn schmunzelte. »Ja, aber ich wage zu sagen, dass ich mich nicht daran gewöhnen werde. Diese Bestrebungen sind für die Jüngeren.« Sie hob ihren Gehstock.

Lady Wendover winkte ihnen und wandte sich dem Eingang zum Arbeitshaus zu.

»Es sieht so aus, als würden wir jetzt hineingehen«, meinte Ivy.

Emmaline schob sich neben sie und hakte sich bei Ivy unter.

»Geht weiter, Mädchen«, trieb Lady Dunn sie an und scheuchte sie voraus. »Ich bin nicht so flink wie ihr.« Mit einem erwartungsfreudigen Lächeln wandte sie sich an Mrs. Forth-Hodges. »Sie können mir alles über die karitativen Bemühungen erzählen, an denen Sie sich beteiligt haben.«

Emmaline zog Ivy mit sich nach vorn. »Das wird ein kurzes Gespräch werden«, meinte sie leise, als sie den Weg zum Armenhaus einschlugen. »Mama übertreibt manchmal gerne. Eigentlich eher häufig.«

»Wie geht es dir?« Ivy fragte jetzt, als sie allein waren. »Du scheinst traurig zu sein.«

»Das bin ich. Und wütend. Und enttäuscht.« Geräuschvoll stieß sie die Luft aus. »Aber was kann ich tun, außer standhaft zu bleiben und darauf zu warten, dass meine Eltern Townsend akzeptieren? Er weigert sich, aufzugeben.«

Ivy hoffte, er meinte es wirklich ernst. »Aber er ist abgereist?«

»Er hielt es für das Beste. Er ließ mir einen Brief zukommen, in dem er die Dinge erklärte, und er schrieb auch meinem Vater. Was immer er auch in seinem Brief ausgedrückt hat, schien Vater ziemlich beeindruckt zu haben.« Sie warf Ivy einen frustrierten Blick zu. »Nicht, dass das seine Meinung geändert hätte.«

Sie traten in das dämmrige Armenhaus. Lady Wendover stand etwas abseits und winkte allen zu, damit sie sich ihr anschlossen. Emmaline ließ Ivys Arm los, als sie voranschritten. Ivy suchte sich einen Platz in der Nähe der Gräfin, denn sie war gespannt, näheres über ihre Bestrebungen zu erfahren. Sie wartete geduldig, während immer mehr Menschen den Raum füllten.

Als West hereinkam, erstarrte sie kurz. Er schien irgendwie größer als alle anderen und, idiotischerweise, fühlte es sich plötzlich an, als wären sie beide die einzigen Menschen hier. Die Hitze spülte über sie hinweg wie eine große Welle, und sie wandte den Blick ab. Doch dann kam er auf sie zu und stellte sich direkt neben sie. Sie konnte sich nicht entfernen, ohne die Aufmerksamkeit der anderen auf sich zu lenken, und das war ganz und gar nicht in ihrem Sinne.

Das bedeutete, dass sie gefangen war. Neben ihm.

Sie tat ihr Bestes, seine Anwesenheit zu ignorieren.

~

*W*est war einer der etwa fünf Herren, die mit in die Stadt gekommen waren, doch er stellte fest, dass er und der junge Matthew Travill zu den einzigen gehörten, die mit ins Armenhaus gekommen waren. Die anderen hatten sich auf den Weg in das Wirtshaus auf der anderen Straßenseite gemacht. Axbridge war auf Greensward geblieben und hatte West für seine Teilnahme an diesem Ausflug verspottet, was West gutmütig hingenommen hatte. Er hatte nicht die Absicht, dem Marquess den wahren Grund für seine Teilnahme zu nennen, der schlicht darin bestand, in Miss Breckenridges Nähe zu sein.

Verdammt, er kannte ihren Vornamen *immer noch* nicht. Obwohl ihre Reaktion auf Mary interessant gewesen war. Er hatte angenommen, sie sei einfach nur gestolpert, doch ihr Blick hatte einen Ausdruck besessen, der ihm sagte, dass es mehr als das gewesen sein musste. Er wunderte sich, ob Mary ihr wahrer Name war, und sie das einfach nicht hatte zugeben wollen.

Lady Wendover fing an, über das Armenhaus zu referieren und stellte den Mann vor, der die Anstalt leitete, und vor Jahren selbst einmal Insasse gewesen war. Er war ein großer, aber leicht gebauter Mann mit einem hellen Schopf blonder Haare und strahlend blauen Augen und er sprach ausführlich über die Anzahl von Menschen, denen sie zu Diensten waren, und auch über die Hilfe, die sie anboten. Die Zuhörer wurden ermutigt, Geld zu spenden, entweder hier oder in einem Armenhaus in ihrem Bezirk.

Miss Breckenridge hob die Hand. »Entschuldigen Sie, Mr. Lunden. Welche Art von Bildungsmöglichkeiten bieten Sie an?«

Er nickte eifrig. »Eine ausgezeichnete Frage. Wir beschäftigen in der Regel eine Schullehrerin, doch unsere letzte hat uns verlassen, um eine andere Stellung anzunehmen. Wir sind auf der Suche nach einem Ersatz.«

Miss Breckenridge nickte leicht. »Ich kenne vielleicht jemanden, der daran interessiert wäre. Ich sollte sie fragen.«

Lady Wendover sah Miss Breckenridge mit kaum verborgener Ungeduld an. West erkannte Überheblichkeit, wenn er ihrer ansichtig wurde. »Sollen wir den Rundgang beginnen?«, fragte die Gräfin.

Obwohl er die Absicht hatte, mit Miss Breckenridge zusammen zu gehen, musste er sich damit begnügen, hinter ihr her zu folgen, als sie sich zu Mr. Lunden gesellte. Sie begannen ohne Umschweife eine Unterhaltung über den Tagesablauf im Armenhaus.

»Wie viele der Bewohner gehören zum Personal?«, fragte sie mit dem Kopf in seine Richtung geneigt, als sie den Hauptarbeitssaal betraten.

»Es ist nur eine Handvoll, da wir so klein sind«, antwortete Lunden. »Wir haben zwei Haushälterinnen, eine Krankenschwester, ein älteres Mädchen, das in der Küche hilft, und einen älteren Jungen, der gerade die Aufgaben eines Sekretärs erlernt.«

Miss Breckenridge zeigte eines ihrer seltenen Lächeln. Es war warm und ließ ihr ganzes Gesicht erstrahlen. West war vollkommen fasziniert. »Wie wunderbar«, entgegnete sie.

»Es *wäre* noch schöner, wenn wir schleunigst eine andere Schullehrerin finden könnten. Kennen Sie tatsächlich jemanden?«

»Ja. Ich besuche sehr oft ein Armenhaus in London, wo ich den Analphabetinnen das Lesen beibringe. Dort gibt es eine junge Frau, die sehr intelligent ist und der Schullehrerin geholfen hat. Sie ist mehr als bereit, auf eigene Faust zu wirken.«

Lunden strahlte, und vor lauter Dankbarkeit bildeten sich Fältchen um seine Augen. »Fantastisch. Es ist immer wieder erbauend, wenn man erlebt, wie ein Bewohner Erfolg hat. Ich würde mich freuen, ein Bewerbungsgespräch zu führen.«

»Ich muss nur die Transportfrage klären«, erklärte Miss Breckenridge. »Das könnte ein wenig dauern, da wir erst später im Herbst nach London zurückkehren werden. Ich werde einige Erkundigungen einholen.«

West konnte nicht anders, als seine Hilfe anzubieten. Ihre Begeisterung für diese Sache war ansteckend. »Wenn

Sie es mir gestatten, werde ich meinem Sekretär auftragen, so schnell wie möglich für den Transport Ihrer Kandidatin zu sorgen. Ich werde ihm einen kurzen Brief schreiben, sobald wir nach Greensward zurückkehren.«

Sowohl Miss Breckenridge als auch Lunden hielten inne, ihre Köpfe schwenkten gleichzeitig zu West herum. »Das wäre ausgesprochen liebenswürdig von Ihnen«, erklärte Lunden.

»In der Tat«, murmelte Miss Breckenridge. Sie erwiderte seinen Blick nicht ganz. Er fragte sich, warum.

Sie setzten die Besichtigung des Armenhauses fort, und währenddessen stellte sie nachdenkliche Fragen und offenbarte ihr tiefgründiges Wissen. Offensichtlich verfügte sie über umfangreiche Erfahrung mit Armenhäusern, und West konnte es kaum erwarten, sie danach zu fragen. Sie war voller faszinierender Überraschungen.

Zum Abschluss des Rundgangs drehte Miss Breckenridge sich zu Lunden um und bedankte sich für seine Zeit. Auf direktem Wege ging sie anschließend zu Lady Dunn, mit der sie sich einige Augenblicke unterhielt. Lady Dunn nickte begeistert über etwas, und dann ging Miss Breckenridge den gleichen Weg zurück zu Lunden.

West war gerade damit fertig, ihm den Namen seines Sekretärs zu nennen. »Sie werden einen Brief von ihm erhalten, in dem der Transport der in Frage kommenden Schullehrerin erörtert wird.«

Lunden senkte den Kopf. »Danke, Euer Gnaden.«

Miss Breckenridge sah West kurz an, doch dann wandte sie ihre Aufmerksamkeit dem Vorsteher zu. »Mr. Lunden, ich habe vereinbart, für die verbleibende Zeit der Hausparty jeden Tag – es ist bloß eine Woche, fürchte ich – hierher zu kommen, um beim Unterrichten zu helfen.«

Das war es also, worüber sie mit ihrer Arbeitgeberin gesprochen hatte.

Lundens Augen leuchteten erfreut auf, und er lächelte dankbar. »Das wäre äußerst zuvorkommend – und hilfreich.«

»Ausgezeichnet, ich werde Sie morgen Früh um zehn Uhr sehen.« Aus ihrer vorhergehenden Unterhaltung über den Alltag wusste sie, um welche Zeit sie hier sein sollte.

Voller Bewunderung sah West ihr zu, als sie sich von Lunden verabschiedete. West tat dasselbe und hinter ihr hergehend trat er aus dem Armenhaus in den bewölkten Tag hinaus. So viel zu dem Sonnenschein, der sich früher gezeigt hatte.

Ein Teil der Gruppe zog die Straße hinauf zum Gasthaus, wo sie zum Mittagessen erwartet wurden, während andere nach Greensward zurückkehrten. Sobald Miss Breckenridge und Lady Dunn sich auf den Weg in die Gaststätte machten, schloss sich West der Gruppe an. Er bahnte sich seinen Weg an Miss Breckenridges Seite.

»Ihre Kenntnisse über Armenhäuser sind beeindruckend, doch Ihre Sorge um das Wohlergehen der Bewohner ist es umso mehr«, bemerkte er.

Sie warf einen sehr kurzen Blick in seine Richtung. »Danke.«

»Sie ist sehr bescheiden«, warf Lady Dunn ein. »Oder so scheint es wenigstens.« Sie kicherte. »Sie machte es zur Bedingung ihrer Anstellung, dass ich ihr einen gewissen Zeitrahmen zugestehe, damit sie ihre karitativen Aktivitäten ausüben kann. Wie kann man zu einer solchen Forderung wohl Nein sagen?«

»In der Tat.« West war sich ziemlich sicher, zu keiner einzigen Forderung von Miss Breckenridge Nein sagen zu können. Er hoffte nur, dass sie ihn bitten würde, etwas zu tun. *Irgendetwas.*

Lady Dunn sah ihre Angestellte an. »Für einen Moment

hatte ich dort befürchtet, dass Sie Mr. Lunden ihre Dienste anbieten würden.«

Miss Breckenridge berührte sanft Lady Dunns Arm. »Und meine Stellung bei Ihnen aufgeben? Das würde ich nicht tun.«

West nahm die kurze Geste zur Kenntnis. Es wirkte ... sonderbar. Er wusste, dass Miss Breckenridge in der Regel eine kühle und distanzierte Art an den Tag legte. Er hatte einen Anflug von Herzlichkeit und Charme erspäht – genug, um ihn gründlich zu bezaubern. Und weil diese Episoden so rar schienen, sehnte er sich danach, sie besser zu kennen. Er konnte erkennen, dass sie eine Zuneigung zu ihrer Arbeitgeberin besaß, die ihren Charakter nur bereicherte.

Als sie die Gaststätte erreichten, wurde West von den anderen Herren in einen privaten Speisesaal mitgerissen. Viel lieber wäre er bei Miss Breckenridge und Lady Dunn geblieben, aber ohne Aufsehen zu erregen, konnte er das nicht bewerkstelligen.

West und der junge Matthew Travill schlossen sich den Lords Wendover, Kirkland und Greaves an.

»Es sieht so aus, als hätten Sie ein Auge auf Kirklands Mädchen geworfen«, bemerkte Greaves zu Travill und brachte den jüngeren Mann damit zum Erröten.

»Sie ist eine charmante junge Dame«, erklärte Travill.

West war aufgefallen, dass das Interesse gegenseitig war, aber er überließ es jemandem wie Greaves, den Jungen in Verlegenheit zu bringen. »Sicherlich haben wir unterhaltsamere Themen – wir sollten das Ehestiften den Frauen überlassen, oder?« Er warf Greaves einen nachsichtigen Blick zu, ehe er sich an Wendover wandte. »Bringen Sie mich über die Aktivitäten für morgen auf das Laufende?«

»Ich dachte, wir sollten eine weitere Fasanenjagd

abhalten.« Er sah zu Matthew hinüber. »Sie sind ein ausgezeichneter Schütze, junger Mann.«

Ein verlegenes Erröten ließ die Wangen des Mannes aufleuchten, doch es lag ein gewisser Stolz in seinem Blick. »Danke, Mylord.«

Das Gespräch drehte sich um die Jagd, und West nippte an seinem Ale. Nach ein paar Minuten lehnte sich Greaves, der neben ihm saß, ganz dicht zu ihm. »Ich habe eine Wette mit Chalmers in Bezug auf Ihre aktuelle Geliebte abgeschlossen. Mein Geld ist auf Lady Jessup gesetzt, da ihr Mann nicht anwesend ist.«

»Wollen Sie damit sagen, dass keine der anderen Frauen, deren Ehemänner anwesend sind, sich während der Party auf eine Liebschaft einlässt?«, zog West ihn auf. Wenn Greaves bloß wüsste, dass seine Frau mit Axbridge zusammen war. Doch West würde ihm das nicht sagen.

»Das behaupte ich natürlich überhaupt nicht.« Er warf einen vielsagenden Blick zu Wendover hinüber, der sich zweifellos mit Lady Pelham vergnügte. Und es schien ziemlich wahrscheinlich, dass Lady Wendover mit Lord Kirkland ziemlich beschäftigt war.

West warf Kirkland einen Blick zu und Greaves nickte wissend, als er sein Ale zum Gruß hob. Nachdem er seinen Becher wieder auf den Tisch gestellt hatte, drehte er seinen Körper zu West. »Also, Lady Jessup? Ich möchte heute Abend von Chalmers abkassieren.«

West bot ihm ein mildes Lächeln. »Ich fürchte, nein.«

»Verdammt noch mal.« Er redete so leise, dass seine Stimme kaum mehr als ein Flüstern war und warf Matthew einen kurzen Blick zu. »Sagen Sie mir bitte, dass es sich nicht um Mrs. Travill handelt. Sie ist Chalmers´ Wahl.« Er wirkte gequält und West spekulierte über die Höhe ihres Wetteinsatzes.

»Seien Sie beruhigt. Es ist niemand.«

Greaves blinzelte. »Niemand? Wie kann das sein?«

West zuckte die Schultern. »Ich bin nicht immer liiert. Würden Sie einem Mann eine Verschnaufpause missgönnen?«

Greaves lachte leise. »Zum Teufel nochmal, das würde ich nicht.« Er schlug West mit der Hand auf die Schulter. »Zum Wohl.«

Begierig zu Miss Breckenridge zurückzukehren, quälte sich West durch die restliche Zeit ihres Aufenthalts. Mary? Nein, er würde sie in Gedanken nicht so nennen, sondern erst, wenn er die Bestätigung hatte.

Endlich schlossen sie sich den Damen an und machten sich auf den Weg vom Lokal zu den Kutschen, die sie zurück nach Greensward bringen sollten. Das Glück war West hold, denn Lady Dunn war im Gespräch mit Mrs. Marsh, und damit ging Miss Breckenridge allein, als sie hinter den beiden folgte.

Er ergriff die Gelegenheit und ging neben ihr her. »Wie hat Ihnen der heutige Ausflug gefallen?«

Sie warf ihm einen Blick zu, doch antwortete nur knapp. »Recht gut, danke.«

»Welches Armenhaus in London besuchen Sie? Ich möchte eine Spende machen.«

Schnell drehte sie den Kopf und sah ihn mit großen Augen an. »Das würden Sie wirklich tun?«

»Ja.«

Sie blinzelte und richtete den Blick wieder nach vorn. »St. George's. Vielen Dank.«

»Ihr Engagement und Ihre Leidenschaft sind bewundernswert.«

Sie warf ihm einen weiteren schnellen Blick zu, nachdem er *Leidenschaft* gesagt hatte. Seit ihrem gestrigen Spaziergang stand er unter Qualen. Erging es ihr etwa ebenso?

Er sprach mit leiser Stimme. »Ich habe unseren Spaziergang gestern sehr genossen. In der Tat kann ich nicht aufhören, ständig daran zu denken.«

Sie hielt den Blick weiter starr nach vorn gerichtet. »Es war ... aufklärend.«

»Ich kann nicht beurteilen, ob das nun gut oder schlecht ist.«

»Es war gut, würde ich sagen.«

Er erspähte eine zarte Röte auf ihren Wangen und fühlte sich über die Maßen zufrieden. »Dann müssen wir irgendwann noch einmal gehen.«

Sie schoss ihm einen kurzen Blick zu. »Das könnte sicher schön sein.«

Könnte?

Er würde die Herausforderung annehmen. Und mit großer Vorfreude sah er der kommenden Woche entgegen.

KAPITEL ZEHN

*I*vy saß in einem der Sessel am Kamin, als Barkley letzte Hand beim Frisieren von Lady Dunns Haar zum Abendessen anlegte. Sie hatte den heutigen Ausflug ins Armenhaus sehr genossen und konnte es kaum erwarten, morgen früh wieder dort zu erscheinen. Auf ihrem Rundgang hatte sie die Kinder kurz getroffen, und Ivy freute sich darauf, sie eingehender kennenzulernen.

»Ich war heute sehr beeindruckt vom Duke«, bemerkte Lady Dunn. »Sein wohltätiges Herz spricht für ihn.«

Ivy fragte sich, ob er wirklich ein wohltätiges Herz besaß oder ob er nur versuchte, sie zu beeindrucken. Sie hasste es, ihn anzuzweifeln, doch das lag in ihrer Natur. Nach ihren Erfahrungen konnte man den Menschen – insbesondere ihren Motiven – nicht trauen.

»Er ist immer noch ein Schürzenjäger.« Immer wieder rief sie sich diese Tatsache in Erinnerung. Nur das hielt sie davon ab, eine Liebschaft anzufangen, die er sich ihrer Überzeugung nach wünschte, und zwar mit ihr.

Allerdings kannte sie jetzt den Grund für sein Betragen, und obwohl sie das Ganze immer noch nicht billigen konnte, glaubte sie wenigstens, seinen Zweck zu begreifen. Sie fragte sich, wie er seine Emotionen von seinem Handeln trennte. Doch andererseits schienen – nach ihrer Erfahrung – Emotionen bei seinem Geschlecht keine besondere Rolle zu spielen.

»Es ist seltsam«, sagte Lady Dunn. »Ich habe mich während der Party ein paar Mal mit ihm unterhalten – häufiger als je zuvor – und ich habe Schwierigkeiten, den angenehmen, charmanten Mann mit dem Herzog der Begierde in Einklang zu bringen. Die anderen Männer in meinem Bekanntenkreis, die einen ähnlichen Ruf genießen, sind, um es beim Namen zu nennen, alle ein wenig primitiv. Sie haben eine verkommene Aura an sich. Das hat der Herzog nicht.«

Ivy war mit dieser Einschätzung einer Meinung. Genau das war es, was sie innehalten ließ. Wenn er wirklich die Schullehrerin aus London herbringen ließ, würde sie akzeptieren müssen, dass er ein anständiger Gentleman war. Mehr als anständig, eigentlich. Freundlich. Rücksichtsvoll. Verführerisch ...

Ein Klopfen an der Tür riss Ivy aus ihren Gedanken. Zum Glück, denn sie steuerten in eine Richtung, die ihr gar nicht gefiel. Der gestrige Spaziergang war aufwühlend genug gewesen. Rechnete man Wests Verhalten von heute Morgen noch hinzu, wäre Ivy beinahe imstande, um seine Aufmerksamkeit zu betteln.

Sie hatte geschworen, nie wieder einen Mann um irgendetwas zu bitten. *Nie.*

Barkley war mit Lady Dunns Frisur fertig und ging zur Tür, um zu sehen, wer geklopft hatte. Rasch war sie zurück und verkündete, dass es sich um Mrs. Forth-Hodges handelte.

Lady Dunn erhob sich vom Schminktisch. »Bitte sie

herein.« Die Viscountess ging zu dem anderen Sessel vor dem Kamin.

Mrs. Forth-Hodges kam ziemlich aufgeregt auf sie zu. Ihr Gesicht war gerötet, und sie wrang die Hände so fest, dass die Haut weiß geworden war. Sie sah aus, als wäre sie seit diesem Nachmittag um einige Jahre gealtert.

Ivy räumte ihren Sessel in der Voraussicht, dass Mrs. Forth-Hodges ihn brauchen würde.

Lady Dunn sah Ivy mit einem dankbaren Blick an. »Guten Abend, Mrs. Forth Hodges. Bitte, kommen Sie und setzen Sie sich.«

Emmalines Mutter bewegte sich zu dem Sessel hinüber und ließ sich ziemlich lustlos auf der Kante nieder, wobei sie sich kaum auf das Polster setzte. Sie wandte den Kopf, um Ivy anzuschauen. »Ich hatte gehofft, mit Ihnen sprechen zu können, Miss Breckenridge. Sie und Emmaline scheinen Freundschaft geschlossen zu haben.«

Ivy durchquerte das Zimmer, und stellte sich neben Lady Dunns Stuhl, damit Mrs. Forth-Hodges sich nicht den Hals verrenken musste. »Ja.«

Verzweifelt wrang Mrs. Forth-Hodges die Hände. »Sie scheint nicht auffindbar zu sein.« Aus ihrem Augenwinkel sickerte eine Träne, die sie wegwischte. »Ich habe sie seit dem Ausflug heute Nachmittag nicht mehr gesehen. Und Sie?«

Ivy rief sich die Abläufe wieder in Erinnerung. Zusammen waren sie in das Armenhaus gegangen, doch dann war Ivy so in ihr Gespräch mit Mr. Lunden versunken gewesen, dass sie nicht bemerkt hatte, wohin Emmaline gegangen war. Sie erinnerte sich auch nicht daran, sie beim Mittagessen gesehen zu haben. »Das habe ich nicht. Ist sie nach dem Besuch im Armenhaus nach Greensward zurückgekehrt?«

Mrs. Forth-Hodges schüttelte den Kopf. »Nein. Ich bin

zurückgekehrt, um mich auszuruhen, doch sie hatte gebeten, den Ausflug fortsetzen zu dürfen. Ich nahm an, dass es genügend Begleitpersonen gab. Ich unterrichtete Lady Wendover, dass sie im Dorf bleiben würde, doch die Gräfin hat sie irgendwie aus den Augen verloren.« Sie sah Lady Dunn an. »Haben Sie sie gesehen?«

Für einen Augenblick presste die Viscountess nachdenklich die Lippen aufeinander. »Ich versuche mich zu erinnern, aber ich muss sagen, dass ich mich nicht entsinne, sie im Gasthaus gesehen zu haben.« Sie schüttelte den Kopf und sah Ivy an. »Und Sie, meine Liebe?«

Ivy fühlte sich entsetzlich. Ihre Freundin war irgendwie verschwunden, und sie hatte es nicht einmal bemerkt. »Das habe ich nicht. «

Eine weitere Träne stahl sich aus Mrs. Forth-Hodges Auge. »Ich verstehe. Nun, ich dachte, es würde sich vielleicht lohnen, Sie zu fragen. Ich würde gern wissen, ob ... Das heißt, ich hatte gehofft, dass sie Ihnen vielleicht etwas gesagt oder eine Nachricht über ihre Absichten hinterlassen hätte.«

Natürlich. Sie hegten den Verdacht, dass sie vielleicht mit Townsend durchgebrannt war. Warum hatte Ivy nicht gleich daran gedacht? Weil das Weglaufen mit einem Mann für sie den Gipfel der Dummheit darstellte.

Ivy wünschte, Mrs. Forth-Hodges´ Befürchtungen zerstreuen zu können, doch das konnte sie nicht. Und es war sogar noch schlimmer, denn sie war sich beinahe sicher, dass die Vermutungen der Frau richtig waren. »Sie hat mir gegenüber nichts gesagt, und nur ihre Enttäuschung zum Ausdruck gebracht, dass Sie Townsends Bitte, ihr den Hof machen zu dürfen, abgelehnt hatten. Ich habe ihr gut zugeredet, Geduld zu haben.«

Mrs. Forth-Hodges setzte ein Lächeln auf. »Vielen Dank. Was für eine gute Freundin Sie doch sind.«

Nicht so gut, wie Ivy sich erhofft hatte. Sie hätte bemerken müssen, dass Emmaline verschwunden war. Wie hatte sie es bloß geschafft, sich davonzuschleichen, wenn dies wirklich der Fall sein sollte.

Mrs. Forth-Hodges erhob sich. »Ich werde Sie nicht weiter belästigen.«

»Nein, Sie belästigen uns nicht«, erklärte Lady Dunn. »Wir werden für Miss Forth-Hodges sichere Rückkehr beten.«

Ivy geriet in Alarmbereitschaft. Was wäre, wenn Townsend gar nicht der Mann war, für den Emmaline ihn gehalten hatte? Was wäre, wenn er mehr nach der Art von Peter geschlagen wäre? Nicht, dass Peter Ivy gebeten hätte, mit ihm davonzulaufen. Doch das hatte er auch nicht gemusst. Ivy war ihm direkt in die Falle gegangen, ohne Pickering überhaupt zu verlassen.

Sie verjagte die Erinnerungen aus ihren Gedanken und zwang sich, die verspannten Schultern zu lockern. »Wenn es irgendein Trost ist, glaube ich, dass Townsend sie liebt.« Ivy sprach diese Worte aus, damit Mrs. Forth-Hodges sich besser fühlte, und nicht, weil sie dies unbedingt glaubte.

Nun liefen noch weitere Tränen über Mrs. Forth-Hodges Gesicht, und sie wischte sie von ihren Wangen. »Ja, Emmaline hat uns das immer wieder gesagt. Und es schien ihm ernst zu sein, als er uns aufsuchte, um uns um Erlaubnis zu bitten, ihr den Hof zu machen. Vielleicht waren wir zu übereilt in unserer Entscheidung. Sie ist bloß ... sie ist unser Baby.«

Lady Dunn stand auf und sah Mrs. Forth-Hodges mitfühlend an. »Ich verstehe.«

Mit einem kurzen Nicken wünschte Emmalines Mutter ihnen einen guten Abend. Barkley brachte sie zur Tür.

Lady Dunn setzte sich wieder und stieß hörbar die Luft

aus. »Meine Güte, was für ein Wirrwarr. Glauben Sie, dass sie durchgebrannt sind?«

Einen Augenblick lang starrte Ivy einfach auf die Wand. »Ich halte es für möglich.« Sie drehte sich zu Lady Dunn herum. »Nein, ich glaube, dass dem wirklich so ist.«

Die Viscountess runzelte die Stirn. »Das ist ein Jammer. Aber wenn sie verliebt sind und ihre Eltern ihre Heiratspläne zunichte gemacht haben, welche Wahl hatten sie dann wohl?«

Ivy setzte sich wieder in den Sessel, den Mrs. Forth-Hodges verlassen hatte. »Finden Sie das romantisch?«

»Ein bisschen.« Sie sah Ivy an und legte den Kopf schief. »Sie nicht?«

»Nein. Bestenfalls wird es einen Skandal geben. Schlimmstenfalls wird sie vollkommen ruiniert sein.« Ivy strengte sich an, um die Verachtung nicht in ihrem Tonfall mitklingen zu lassen. Sie wünschte, Emmaline *hätte* sich ihr anvertraut. Dann hätte sie zumindest versuchen können, ihr solch eine Gedankenlosigkeit auszureden.

»Ja, und das wäre ein Jammer. Aber ich bezweifle, dass Townsend ihr das antun würde. Wenn er so ernsthaft entschlossen war, wie Mrs. Forth-Hodges beschrieb, scheint es wahrscheinlich, dass er Miss Forth-Hodges nach Gretna Green bringen wird.«

»Das kann man nur hoffen.« Ivy hörte die Verachtung in ihrer Stimme und zuckte beinahe zusammen. »Ich bin sicher, dass alles in Ordnung kommen wird.«

Lady Dunn kniff kurz die Augen zusammen. »Das klingt aber gar nicht so. Haben Sie einen Grund, an Townsends Absichten zu zweifeln?«

Ivy hob die Schulter und wich dem Blick der Viscountess aus. »Keinen bestimmten. Ich bin nur skeptisch.«

»Ich frage mich ...«, meinte Lady Dunn leise. »Ich habe

mich oft gefragt, wie Sie eine Gesellschafterin geworden sind. Gewiss sind Sie hübsch genug und hätten sich einen Mann angeln können, und Ihr kluger Verstand hätte Ihnen auf dem Heiratsmarkt gute Dienste geleistet.«

»Auf dem Heiratsmarkt war ich nie.« So viel wenigstens war wahr. Doch sie hätte nie eine Saison gehabt, auch wenn sie ihre Zukunft nicht ruiniert hätte. Ihre Familie war weder von gutem Stand, noch war sie wohlhabend. Sie hatten erwartet, dass Ivy einen Bauern aus dem Ort oder vielleicht einen Vikar heiraten würde. Dass Ivy Träume hegte, sich zu verlieben und einen echten Gentleman zu heiraten, hatte ihre Mutter sehr wütend gemacht.

»Na ja, ich wage allerdings zu sagen, dass Sie sehr erfolgreich gewesen wären. Aber was weiß ich schon? Sie sind eine rätselhafte junge Frau, Ivy.« Lady Dunn musterte sie einen Moment, ehe sie sich erhob. »Kommen Sie, lassen Sie uns zum Abendessen hinuntergehen und sehen, ob die übrigen Gäste der Hausparty von dieser skandalösen Entwicklung wissen.«

Als Ivy sich erhob, wurde sie von einem Angstgefühl erfasst. Sie hasste den Gedanken, dass Emmaline den Klatschmäulern nun als Nahrung diente. »Sie haben nicht vor, irgendetwas zu sagen, oder?«, fragte Ivy.

»Meine Güte, nein. Ich liebe Klatsch, Liebes, aber nicht, wenn er sich um eine Unschuldige wie Miss Forth-Hodges dreht. Ich meine nur, dass ich mich frage, ob bereits Gerüchte kursieren.« Sie sah Ivy mit einem einfühlsamen Blick an. »Das wird zwangsläufig der Fall sein, fürchte ich.«

Ivy wusste das, auch wenn sie sich etwas anderes wünschte. Doch Emmaline hatte dieses Durcheinander verursacht. Und genau wie Ivy ein Jahrzehnt zuvor, würde sie unter den Folgen zu leiden haben.

∾

*N*ach dem Abendessen drehten sich die Gespräche unter den Herren um die morgige Jagd. West hatte sich nicht entschieden, ob er daran teilnehmen würde. Viel lieber wollte er versuchen, einen Grund zu finden, seine Zeit mit Miss Breckenridge zu verbringen. Er bezweifelte jedoch, dass dies möglich sein würde. Die Frauen sollten eine Fahrt zu dem hübschen Pavillon unternehmen, den Wendover im vergangenen Jahr hatte errichten lassen.

Als die Männer fertig waren, begab West sich auf den Weg in den Salon, in der Hoffnung, eine Ausrede zu finden, um sich mit Miss Breckenridge zu unterhalten, und wenn es auch nur für ein paar Augenblicke sein mochte. Was war bloß mit ihm geschehen, dass er ihre Nähe suchte wie ein Junge, der in der Küche um Süßigkeiten bettelte?

Sobald er den Salon betrat, spürte er die Spannung in der Luft. Die Frauen hatten sich zu kleinen Gruppen zusammengeschlossen und die Köpfe zusammengesteckt. Wie es auch sonst ihre Gewohnheit war, saß Miss Breckenridge in einer Nische und hatte ihre Aufmerksamkeit auf ein Buch in ihrem Schoß konzentriert.

Sie schaute auf und erwiderte seinen Blick. Er erwartete, dass sie ihre Aufmerksamkeit wieder von ihm abwenden würde, wie es sonst ihre Art war, und war überrascht, als sie das nicht tat. Stattdessen neigte sie ihren Kopf kaum merkbar nach rechts.

Er blickte in diese Richtung, verwirrt darüber, was das bedeuten könnte. Vielleicht hatte er sich das Neigen ihres Kopfes nur eingebildet.

Wendover verkündete, dass die Spieltische nun aufgestellt und Lady Wendover singen würde. Miss Breckenridge erhob sich und ging auf ihre Arbeitgeberin zu. Sie half der Viscountess beim Aufstehen und führte sie in die Halle, damit sie einen weiteren Spielabend genießen konnte, was ihr bevorzugter Zeitvertreib zu sein schien.

West schlenderte in die Halle, und sobald er Miss Breckenridge in Richtung Bibliothek verschwinden sah, verstand er. Sie hatte ihm zu sagen versucht, sie dort zu treffen.

Zumindest *hoffte er*, dass es das was, was sie wollte ... Nun, er würde es bald genug herausfinden.

»Man versucht, es geheim zu halten, aber es ist ein Skandal.«

West vernahm Gesprächsfetzen der Unterhaltung zwischen Mrs. Chalmers und Mrs. Pippin, als sie an ihm vorbei in die Halle schlenderten.

Mrs. Pippin nickte übertrieben. »*In der Tat.* Kein Wunder, dass die Forth-Hodges heute Abend nicht heruntergekommen sind. Ich frage mich, ob sie die Party ganz verlassen werden.«

»Ich würde ihnen keinen Vorwurf machen. Und wirklich, was könnten sie wohl sonst tun?« Mrs. Chalmers Tonfall war ungeniert arrogant.

West manövrierte sich hinter sie, als sie sich auf einen der Tische zubewegten. Normalerweise ließ er sich nicht darauf ein, andere zu belauschen, aber er wusste, dass Miss Forth-Hodges eine Freundin von Miss Breckenridge war. Er wollte wissen, was der »Skandal« war.

Mrs. Pippin stieß die Luft aus. »Es gibt nichts, was sie tun können. Miss Forth-Hodges hat ein schlechtes Licht auf sie alle geworfen.«

Obwohl er auf direktem Wege zur Bibliothek gehen wollte, um sich mit Miss Breckenridge zu unterhalten, ließ West sich Zeit. Dann ging er in den Herrensalon und genehmigte sich ein Glas Whisky mit Axbridge, ehe er sich endlich zu der Sitzecke in der Nische der Bibliothek aufmachte, wo er sich gewöhnlich mit Miss Breckenridge traf.

Sie sah zu ihm auf, als er näher kam. »Das hat lange genug gedauert.«

Er ließ sich in seinem angestammten Sessel nieder. »Ja, nun, ich habe versucht, diskret zu sein. Es scheint sich jedoch bereits ein Skandal anzubahnen.«

Miss Breckenridge presste die Lippen aufeinander und klappte das Buch in ihrem Schoß zu. »Leider ja. Ich hatte so gehofft, dass die Forth-Hodges imstande wären, Emmalines Verschwinden geheim zu halten, doch Mrs. Forth-Hodges beging den Fehler, Lady Wendover zu fragen, ob sie Emmaline gesehen hätte.«

»Ich nehme an, man kann ihr nicht vorwerfen, sich um ihre Tochter zu sorgen.«

Miss Breckenridge seufzte. »Nein, das kann man nicht. Natürlich konnte man es nicht geheim halten.«

»Wissen Sie, was vorgefallen ist?«

»Nicht mit Sicherheit, aber wir vermuten, dass sie mit Townsend durchgebrannt ist.«

Das *war* ein Skandal. West hätte sich neulich mehr Mühe geben sollen, Townsend zur Vernunft zu bringen. Nicht, dass Townsend ihm irgendeinen Hinweis auf ihr Vorhaben, durchzubrennen, geliefert hatte. Allerdings war dessen Bitte, um Miss Forth-Hodges werben zu dürfen, zu jenem Zeitpunkt auch noch nicht abgewiesen worden. Wenn er an ihr Gespräch zurückdachte, konnte West sich sehr gut vorstellen, dass Townsend solch eine vorschnelle Aktion, wie durchzubrennen, in die Tat umsetzen würde. »Ich kenne Townsend nicht gut, aber er scheint impulsiv zu sein.«

Miss Breckenridge hob den Blick kurz zur Decke. »Und ich nehme an, dass Emmaline glaubt, verliebt zu sein.«

»Sie glauben eigentlich nicht, dass sie es ist?«

»Ich halte es für unglaublich töricht, mit einem Mann durchzubrennen, den sie kaum kennt.« Sie sah ihn mit konzentriertem Blick an. »Oder?«

Er legte die Arme bequem auf die Sessellehne. »Sie haben recht, ich stimme ihnen zu.«

Die Intensität ihres Blickes ließ nicht nach. »Es ist seltsam, nicht wahr? Dass Sie das nicht romantisch finden, angesichts Ihrer ... Neigungen.«

»Ich vermenge diese beiden Dinge nicht miteinander.«

»Sie meinen, Sie verlieben sich nie in die Frauen, denen Sie ... helfen?«

Er blickte unverwandt in die atemberaubenden grünen Tiefen ihrer Augen. »Niemals.«

Sie blinzelte. »Sie waren *noch nie* verliebt?«

»Niemals.« Er fand ihre Vernehmung faszinierend. Und vielleicht auch vielsagend. »Waren Sie es?«

Daraufhin geriet ihr Blick schließlich ins Wanken. Sie sah auf ihren Schoß und drehte das Buch in ihren Händen. »Nein.«

Er glaubte ihr nicht. Allerdings glaubte er auch nicht, dass sie mit ihm darüber reden würde, sollte er sie drängen.

»Nun, auch wenn ich nicht verliebt war, bin ich mir bewusst, dass einige es waren. Und *sind*. Townsend mag ungestüm sein, aber er scheint Miss Forth-Hodges sehr gern zu haben.«

»Es *scheint* so. Sie können es aber nicht wirklich wissen.« Sie lehnte sich vor und ihre Stimme war kaum lauter als ein Flüstern. »Was wäre, wenn er sie fortgelockt hat, damit er sie verführen könnte?«

Die Puzzleteile setzten sich in Wests Verstand zu einem Bild zusammen. »Sie sind verliebt gewesen und man hat Ihnen das Herz gebrochen.«

Sie machte große Augen und schürzte die Lippen. »Das war ich nicht.«

Er rutschte bis zur Sesselkante und beugte sich vor. »Sie müssen die Wahrheit nicht vor mir verstecken. Gestern haben Sie ziemlich viel offenbart – ich habe genau aufgepasst – und es ist Ihnen kein Schaden zugefügt worden, oder?«

Sie starrte ihn einen Moment an. »Was wollen Sie von mir?«

»Kapitulation.«

Ihre Lippen teilten sich, und er konnte verfolgen, wie flach ihre Atmung geworden war. Er konnte auch das Pochen des Pulses an ihrem Hals deutlich sehen.

»Nicht vor mir. Vor Ihnen selbst. Wenn Sie sich etwas wünschen, sollten Sie es sich nehmen.«

Sie wandte den Blick ab und er sah zu, wie sie den tiefen Atemzug zu verschleiern versuchte, den sie nahm. Einen Augenblick später sah sie ihn erneut mit erhobenen Augenbrauen an. »Wie Townsend?«

Er war sich absolut sicher, dass genau das mit ihr passiert war. Bei seinem Versuch, ihr noch näher zu kommen, wäre er beinahe vom Sessel gefallen. »Wer hat Ihnen das angetan?«

Sie knabberte an der Unterlippe. »Es spielt keine Rolle.«

»Für mich schon. Und wenn ich jemals herausfinde, wer er gewesen ist, sollte er besser flüchten.«

Sie schluckte. »Was ist, wenn Townsends Absichten nicht ehrenhaft sind?«

Während er hier saß, hatte in Wests Hinterkopf ein Plan Gestalt angenommen. Jetzt wusste er, was er zu tun hatte. »Am Morgen werde ich ihre Verfolgung aufnehmen.«

Sie riss erstaunt die Augen auf und ihre Naseflügel flatterten. »Das werden Sie tun?«

Er erhob sich, denn ihm wurde klar, dass sie lange genug hier unter sich gewesen waren. Sie könnten sich mit einem »Zufallstreffen« herausreden, aber wenn jemand genauer hinsah, könnte das zu einer oder zwei fragend erhobenen Augenbrauen führen. »Ja, und das bedeutet, dass unsere gemeinsame Zeit beinahe zu Ende ist. Ich werde es wahrscheinlich nicht wieder bis hierher zurückschaffen, ehe die Hausparty vorbei ist.«

Sie erhob sich aus ihrem Sessel. »Sollte nicht Mr. Forth-Hodges den beiden hinterherfahren?«

»Vielleicht, aber ich kann schneller vorwärtskommen als er und ich freue mich zu helfen, wenn ich kann.«

»Das ist sehr freundlich von Ihnen. Vielen Dank.«

Er wusste ihre Gefühle zu würdigen, doch er tat das nicht für sie. Nun, vielleicht ein kleines bisschen. Es war das Richtige – für Miss Forth-Hodges Wohl. »Ich muss mit Mr. Forth-Hodges sprechen, ihn über meine Pläne unterrichten und ihn fragen, welche Verhandlungen ich für ihn führen soll.«

»Was werden Sie tun, wenn Sie sie finden?«

»Meiner Vermutung nach sind sie auf dem Weg nach Gretna Green. Ich werde sie begleiten und dafür sorgen, dass sie heiraten, wenn sie dort ankommen.«

Sie drückte die Handfläche auf die Vorderseite seiner Jacke. Die Berührung durchfuhr ihn wie Elektrizität. Gestern auf ihrem Spaziergang hatte er seine Begierde kaum in Schach halten können, und seitdem waren seine Versuche, nicht an sie zu denken, eine schlichte aber wirkungsvolle Folter gewesen. »Sie sind ein guter Mann«, erklärte sie leise.

»Wenn Sie wüssten, was ich gerade denke, würden Sie das nicht sagen.«

»Ich denke, das würde ich.« Sie zog die Hand von seiner Brust zurück, und er kämpfte gegen den Drang, sie mit seiner festzuhalten und die Lippen auf ihr Handgelenk zu drücken.

Er zwang sich, einen Schritt von ihr zurückzuweichen. Doch er konnte nicht von ihr fortgehen, ohne es zumindest zu versuchen ...

Als er sich umdrehte, fixierte er sie mit einem verführerischen Blick. »Wenn Sie geneigt wären, sagen wir, die Bibliothek – spätabends – aufzusuchen, liegt mein Zimmer auf der südöstlichen Seite des Hauses. Dort steht eine Vase mit gelben Rosen vor der Tür auf einem Tisch. Und wenn ich Sie nicht mehr sehe, bevor ich gehe, versichere ich Ihnen, dass es eine Ehre war, Sie kennenzulernen. Guten Abend, Miss Breckenridge.«

Er machte auf dem Absatz kehrt und marschierte aus dem Raum, ehe er noch das Undenkbare tat und sie in seine Arme schloss. Er hoffte, sie würde später den Weg zu seinem Zimmer finden, doch er fürchtete, die Wahrheit bereits zu kennen.

Sie würde nie kapitulieren.

$\mathcal{N}$achdem West die Bibliothek verlassen hatte, versuchte Ivy, in ihrem Buch zu lesen. Wo sie vor seinem Eintreffen bereits nur mageren Erfolg zu verzeichnen hatte, scheiterte sie nun auf ganzer Linie. Sie las eine Passage und stellte fest, dass sie kein Wort verstanden hatte. Nun, nachdem sie für etwa eine Viertelstunde nicht einmal eine einzige Seite umgeblättert hatte, gab sie es ganz auf und ließ das Buch ungeduldig auf den nächsten Tisch fallen.

Sie hörte seine Stimme in ihrem Kopf, die dunkel und verführerisch wiederholte: »*Wenn Sie wüssten, was ich gerade gedacht habe, würden Sie das nicht sagen.*«

Jeder noch so winzige Muskel in ihrem Körper hatte sich in Erwartung angespannt. Obwohl er fort war, konnte sie sich immer noch nicht gänzlich entspannen. Es war, als würde sie am Rande einer Klippe mit Blick auf einen wunderschönen kristallklaren Teich stehen. Er rief ihren Namen und überredete sie zum Springen. Es wäre sowohl erschreckend als auch spannend zugleich. Und sie wusste – *sie wusste es* einfach – dass sie es nicht bereuen würde.

Nicht auf die Weise, wie sie ihre früheren Indiskre-
tionen bereute.

Das hier war anders. West versprach ihr keine Zukunft,
die er ihr gar nicht bieten wollte. Er bot ihr die Gegenwart
an. Und wäre sie nicht eine Närrin, sich diese Erfahrung
zu verwehren?

Abgesehen davon, in ihrer Fantasie den Klang seiner
Stimme zu hören, konnte sie außerdem seinen eindringlichen Blick sehen und spüren, wie sein Herz klopfte, als sie
seinen Oberkörper berührte, und sie konnte auch seinen
verlockenden maskulinen Duft riechen, der das Verlangen
in ihren Sinnen zum Leben erweckte.

Oh ja, sie wollte ihn. Mehr, als sie Peter je begehrt hatte.
Sie lachte beinahe über ihren Vergleich zwischen dem
Mädchen, das sie vor zehn Jahren war, und ihrem jetzigen
Ich. Sie war albern und naiv gewesen, und sie hatte den
höchsten Preis dafür bezahlt.

Sie unterdrückte ein Stöhnen, erhob sich und trat in die
Halle, die von lautem Lachen und eindringlichem
Geflüster erfüllt war. Ivy wusste, dass die Gäste über
Emmaline und ihre Torheit tuschelten. Oh, wie sehr sie
sich wünschte, dass ihre Freundin sich nicht kopfüber in
einen Skandal gestürzt hätte.

Dennoch wusste ein Teil von ihr, wie schwierig es war,
Vernunft walten zu lassen, wenn es um die Wirrungen der
Liebe ging. Emmaline war älter und wenigstens etwas
klüger als Ivy damals gewesen war, aber sie war trotzdem
zum Opfer geworden.

Und jetzt würde West ihnen nachfolgen. Er würde
handeln und den Tag retten, genau wie ein Ritter aus
vergangenen Zeiten. Das siebzehnjährige Mädchen, das in
Ivy begraben lag, hatte sich einen Ritter gewünscht. Doch
dann wäre sie mit Peter verheiratet, und inzwischen war
sie genügend gereift, um zu wissen, dass sie unglücklich

gewesen wäre. Er war ein lügender, unehrenhafter Geck. Sie fragte sich kurz, ob er geheiratet hatte und prompt hatte sie Mitleid mit seiner Frau.

Lady Dunn machte ihr ein Zeichen und Ivy ging zu ihr an den Tisch. »Ich bin heute Abend ein bisschen müde. Ich würde gern nach oben gehen.«

»Natürlich.« Ivy half ihr vom Stuhl auf, während die Viscountess ihren Gehstock umklammerte, der an der Tischkante lehnte.

»Ich werde auch nach oben gehen. Ich möchte mich nicht zu sehr strapazieren«, erklärte Mrs. Marsh. Sie war etwa fünf Jahre jünger als Lady Dunn, und seit Jahren schon waren sie Freundinnen. Während der vergangenen Tage hatte sie sich ein wenig unwohl gefühlt, aber heute schien sie ihre Lebenskraft wiedererlangt zu haben.

Nebeneinander hergehend verließen die beiden Damen die Halle und mit Ivy im Gefolge begannen sie, die Treppe hinaufzusteigen. Als sie auf dem oberen Treppenabsatz angekommen waren, schnalzte Lady Dunn mit der Zunge. »Ich konnte einfach keine Mutmaßungen mehr über Miss Forth-Hodges ertragen. Meine Güte, man könnte beinahe annehmen, sie sei die erste junge Dame, die mit einem Gentleman nach Gretna Green durchgebrannt ist!«

Mrs. Marsh nickte zustimmend. »Du hast recht. Ja, es ist skandalös, aber wenn sie am Ende heiraten, wird das sicherlich nicht das Ende der Welt bedeuten. Und sie wird eine Viscountess sein.«

»Genau. Ich hoffe nur, dass Townsend ein Gentleman *ist* und die Liebe des armen Mädchens nicht ausnutzt.«

Ivy wollte ihnen so gern erzählen, was West geplant hatte, aber sie konnte es nicht tun. Damit hätte sie preisgegeben, dass sie beide sich unterhalten hatten und sie wollte niemanden darauf aufmerksam machen. Unvermittelt wurde ihr bewusst, dass dies ihre letzte Begegnung

gewesen war. Sie würde keine Gelegenheit haben, ihn
wiederzusehen, es sei denn, er würde im nächsten Frühjahr bei einer gesellschaftlichen Veranstaltung auf sie
zukommen. Bis dahin würde er sich zweifellos längst mit
seiner nächsten Geliebten befassen.

Ivys Brust krampfte sich zusammen, und sie wurde
vom Gefühl des sich anbahnenden Schluchzers überrascht.
Sie schalt sich im Geiste für ihre Albernheit und blickte
starr geradeaus, wodurch sie beinahe direkt in Lady Dunn
gerannt wäre.

Verspätet erkannte Ivy, dass sie stehengeblieben war,
um sich von Mrs. Marsh zu verabschieden.

»Dann wünsche ich eine gute Nacht«, meinte Mrs.
Marsh lächelnd.

»Gute Nacht.« Lady Dunn ging mit Ivy zu ihren
Zimmern, und schon bald hatten sie sich gemütlich dort
niedergelassen.

Als Barkley Lady Dunn half, sich bettfertig zu machen,
begab Ivy sich in das Ankleidezimmer, wo ihr schmales
Bett aufgestellt war. Sie zog die Strümpfe und das Kleid
aus – nichts von ihrer Kleidung erforderte die Hilfe einer
Dienstmagd – und machte sich daran, die Sachen wegzu-
räumen. Ihre Bewegungen waren langsam und ihr
Verstand konzentrierte sich auf ihre Unterhaltung mit
West.

*»Wenn Sie geneigt wären, sagen wir die Bibliothek heute –
spätabends – aufzusuchen, befindet sich mein Zimmer im
südöstlichen Teil des Hauses.«*

Noch war es nicht zu spät. Wie lautete die Definition
von spät in dieser Angelegenheit? Sie hörte, wie Barkley
davonging und zog einen ihrer Morgenmäntel über.
Locker und bequem, war er ihr bevorzugtes Kleidungsstück. Sie band den Morgenrock an der Vorderseite zu und

tappte zurück in das Schlafzimmer, um der Viscountess eine gute Nacht zu wünschen.

Lady Dunn klopfte auf das Bett, auf die Stelle neben sich. »Kommen Sie und setzen Sie sich für eine Minute, Liebes.«

Ivy gehorchte und ließ sich auf der Kante der Matratze nieder.

Lady Dunn lächelte, und die Fältchen um ihre Augen wurden tiefer. »Ich war heute sehr stolz auf Sie im Armenhaus. Wenn ich könnte, würde ich Ihren Eltern schreiben und ihnen berichten, was für eine wundervolle Tochter sie haben.«

Das konnte sie allerdings nicht, denn Ivy hatte ihr erklärt, dass sie nicht mehr am Leben waren. Das war erheblich einfacher als die Wahrheit, und davon abgesehen fielen ihr keine zwei Menschen ein, die weniger Interesse an Ivys Aktivitäten hätten haben können. Und Stolz? Ivy bezweifelte, dass ihre Eltern jemals so etwas für sie empfunden hatten. All das hatten sie für ihre beiden Söhne aufgespart. Manchmal dachte Ivy an ihre jüngere Schwester Fanny. Sie war gerade neun Jahre alt, als ihre Eltern auf Ivys Weggang bestanden hatten und das kleine Mädchen hatte nicht begreifen können, warum Ivy gegangen war. Eigentlich bezweifelte Ivy, dass Fanny überhaupt wusste, dass sie von ihren Eltern dazu gezwungen worden war. Wenn dem so wäre, hätte Fanny wahrscheinlich versucht, mit ihr davonzulaufen. Es war nicht so, dass sie das nicht sogar versucht hätte.

Ivy bezwang das brennende Gefühl in ihrer zugeschnürten Kehle und schaffte es zu sagen: »Sie sind zu freundlich.«

Lady Dunn winkte mit der Hand ab. »Bah. *Sie sind* zu bescheiden. Sie sind eine außergewöhnliche junge Frau. Ich wünschte, Ihr Los wäre ein anderes gewesen.« Sie rückte ihre Schlafmütze an der Stirn zurecht und schob sie ein stückweit nach oben. »Ich wollte Sie fragen – und ich weiß, dass Sie sehr verschwiegen sind, aber ich hoffe, dass wir eine Beziehung haben, die vielleicht über das Arbeitgeber-Arbeitnehmer-Verhältnis hinausgeht – besteht die Möglichkeit, dass Ihre Kenntnisse in Bezug auf die Abläufe in einem Armenhaus vielleicht aus persönlichen Erfahrungen entstammen?«

Ivys Körper wurde steif. Ihr Verstand gefror. Was könnte sie dazu nur sagen? Die Wahrheit. Oder wenigstens einen Teil davon. »Ja, denn ich habe seit vielen Jahren mit Armenhäusern zu tun.« Ein ganzes Jahrzehnt, um genau zu sein.

Lady Dunn legte die Hand über Ivys Fingerknöchel. Ihre Haut war warm und weich und erinnerte Ivy vage an ihre Großmutter, die sie als Kind gekannt hatte. »Ich verstehe. Was auch immer in Ihrer Vergangenheit geschehen ist, ich bin sehr froh, Sie als meine Gesellschafterin zu haben. Jetzt muss ich aber schlafen.« Sie gähnte und nahm die Hand von Ivy, um sich den Mund zu bedecken. »Ich könnte mir vorstellen, dass sie noch eine Weile lesen werden.«

»Ja.« Ihr fiel ein, ihr Buch in der Bibliothek auf dem Tisch liegen gelassen zu haben. »Ich habe mein Buch unten vergessen. Ich denke, ich werde mir wieder mein Kleid anziehen und in einer Weile – nachdem die Halle sich geleert hat – nach unten gehen und es holen.«

Lady Dunn ließ den Blick über Ivys Morgenrock schweifen. »Ja, obwohl Sie durchaus so angezogen nach unten gehen könnten, denke ich.«

Ivy stand auf. »Gute Nacht.«

»Gute Nacht, meine Liebe.« Lady Dunn kuschelte sich in ihr Bett und drehte sich auf die Seite.

Ivy löschte die Lampe und begab sich zurück in das

Ankleidezimmer. Während sie wartete, hatte sie eine andere Lektüre zum Lesen – das Buch, das West ihr gegeben hatte. Wahrscheinlich hatte sie es bereits ein halbes Dutzend Mal gelesen. Trotzdem fand sie sich aufs Neue völlig gefesselt und als sie es beendet hatte, stellte sie fest, dass es wahrscheinlich spät genug war, um sich nach unten zu wagen.

Mit ihrer Kerze in der Hand schlich sie auf Zehenspitzen zum Klang von Lady Dunns leisem Schnarchen durch das Hauptschlafzimmer. Sie trat in das Wohnzimmer und schloss behutsam die Tür hinter sich.

Als sie den Weg zur Treppe einschlug, lauschte sie aufmerksam auf Geräusche aus dem Saal oder von irgendwo anders her. Es war nichts zu hören, aber sie zögerte. Sollte sie ihren Weg die Treppe hinunter fortsetzen, oder wagte sie es, sich auf die Suche nach Wests Schlafkammer zu machen?

Ehe sie sich noch eines Besseren besinnen konnte, bewegten sich ihre Füße in Richtung des südöstlichen Flügels des Hauses. Ihr Blick fiel auf die Vase mit gelben Rosen, und sie zögerte erneut.

Aber dann hörte sie etwas und rannte praktisch auf die Tür zu. Sie machte sich nicht einmal die Mühe zu klopfen, sondern drehte einfach nur den Knauf und schlüpfte hinein.

Hinter sich machte sie die Tür zu, lehnte sich gegen das Holz und umklammerte die Kerze, die sie in der linken Hand hielt.

West trat über eine Türschwelle im hinteren Bereich des Zimmers, wobei es sich wahrscheinlich um sein Ankleidezimmer handelte. Plötzlich kam ihr zu Bewusstsein, dass sein Kammerdiener anwesend sein könnte.

Doch sie machte nicht auf dem Absatz kehrt. Was wäre, wenn der Lärm von jemandem stammte, der sie beobachten würde, wie sie das Zimmer des Herzogs verließ? Sie schloss die Augen und ließ den Kopf nach hinten gegen die Tür sinken.

»Miss Breckenridge?« Seine tiefe Stimme erklang direkt vor ihr.

Sie riss vor Schreck die Augen auf. »Ja.«

»Ich hatte so gehofft, dass Sie kommen würden.«

Sie sah an ihm vorbei. »Sind wir allein?«

»Ganz und gar.«

Er tippte an die Kerze. »Darf ich sie nehmen?«

Kurzzeitig verwirrt starrte sie auf die Flamme. »Ja. Vielen Dank.« Sie übergab ihm das Licht und er trug es zum Tisch, wo er es abstellte.

Sie verfolgte seine Bewegungen, langsam und geschmeidig, wie eine Katze, die nach ihrer Beute Ausschau hielt. Sie fühlte sich wie ein Vogel, der auf dem Boden gefangen war, erschrocken und unfähig, davonzu-fliegen.

Aber sie wollte nicht wirklich fliegen, oder? Sie war mit einer recht konkreten Absicht hergekommen.

Er drehte sich um und kehrte zu ihr zurück, seine Bewegungen bedacht, beinahe faszinierend. »Ich nehme an, dass niemand Sie gesehen hat.«

Unfähig zu sprechen, schüttelte sie den Kopf. Ihr Körper pulsierte in freudiger Erwartung. Vor Verlangen. Über den Gedanken hinaus, wie sehr sie ihn wollte, war ihr Verstand wie leergefegt.

Er trug immer noch seine Hose, doch sie bemerkte, dass seine Füße nackt waren. Sie musterte sie nicht allzu lange, denn am Halsansatz war ein Stück Haut sichtbar, wo sein Hemd offenstand, was ihre Aufmerksamkeit auf sich zog. Das weiße Leinen war aus dem Hosenbund gezogen und der Stoff bauschte sich um seine Hüften.

Sie sollte über seinen spärlich bekleideten Zustand

entsetzt sein, aber sie war ziemlich hingerissen. Und sie wollte mehr sehen. Er hatte gesagt, er wolle ihr Leben ändern, doch das hatte er bereits getan.

Sie hatte sich so lange geschämt und würde das wahrscheinlich den Rest ihres Lebens tun. Doch jetzt – heute Abend – würde sie keine anderen Empfindungen zulassen, als die, die er ihr vermittelte. Aufregung. Vorfreude. Lust.

Vor allem, viel Lust.

Es war für sie wie ein Geschenk, sich zu erlauben, die Vergangenheit loszulassen, wenn auch nur für diese kurze Zeit. Und sie wollte diese Gelegenheit mit beiden Händen beim Schopf packen.

Zum Handeln angespornt streckte sie die Hand aus und berührte seinen Oberkörper, wobei sie mit den Fingerspitzen über seine entblößte Haut streifte. Er fühlte sich warm an, und sie konnte seinen Herzschlag spüren.

Zart legte er seine Hand auf ihren Handrücken, doch er hielt den Blick mit ihrem verankert. »Sie waren sehr mutig, hierherzukommen.«

»Ich konnte nicht wegbleiben. Ich wünsche mir ... ich wünsche mir, was Sie gestern gesagt haben. Mehr nicht.« Sie wäre nicht so dumm, um Geschlechtsverkehr mit ihm zu haben. Nicht nach dem letzten Mal.

Obwohl sie erkennen konnte, wie einfach es wäre. Sie wollte ihn so sehr. Die Hitze keimte ihn ihr auf und durchströmte ihren Körper überall, und sie wusste, dass sie feucht zwischen den Beinen war. Es reichte völlig, ihn nur anzuschauen. Sein dunkles Haar umrahmte seine gemeißelten Züge, die durchdringenden Augen sahen sie an, als wäre sie die wichtigste Sache der Welt, und der Mund war zu einem kaum wahrnehmbaren, provokanten Lächeln gebogen.

»Dann sollen Sie es bekommen«, flüsterte er. Und

schließlich tat er genau das, was er ihr am Vortag beschrieben hatte.

Er ließ die Hand behutsam streichelnd über ihre Stirn gleiten, seine Fingerspitzen streiften über ihre Haut und nahmen ihr den Atem. Mit dem Daumen berührte er ihre Lippen und zeichnete die Konturen mit zärtlicher Genauigkeit nach. »Sie fühlen sich genauso an, wie ich es mir erträumt habe.«

»Sie haben von mir geträumt?«

»Überrascht Sie das?« Er ließ den Daumen über ihre Unterlippe wandern, und ihre Gliedmaßen fühlten sich langsam schwächer an.

»Ja«, hauchte sie, kaum in der Lage, die Vorfreude auszuhalten. Sie ließ die Zunge hervorschnellen und leckte ihm über die Daumenkuppe.

Seine Nasenflügel flatterten. »Ich kenne Ihren Vornamen immer noch nicht. Ich würde ihn heute Abend gern immer wieder sagen, während ich Sie zum Orgasmus bringe.«

Seine Worte entflammten sie, und sie kapitulierte. »Ivy.«

»Also nicht Mary.«

Sie schüttelte den Kopf und hielt die Erinnerungen an die Vergangenheit in Schach. Nicht heute Abend. Der heutige Abend gehörte ihr.

»Ivy.« Er legte ihr den freien Arm um die Taille und zog sie an sich. »Ivy.« Er zupfte eine Haarsträhne aus ihrer mit Haarnadeln befestigten Frisur und zog sanft daran. »Ivy.«

Er umschloss ihr Gesicht und küsste sie. Die Berührung durch seine Lippen fühlte sich wie pure Glückseligkeit an. Er tat genau, was er ihr gestern beschrieben hatte und mit den zarten Berührungen seiner Lippen umwarb er ihren

Mund. Sie klammerte sich an seine Schultern, die Brüste an seinen Oberkörper gepresst. Sie wartete und war begierig, dass er endlich mit der Zunge über ihre Unterlippe streifte.

Und dann war es soweit, die verlockende Feuchtigkeit ließ ihren gesamten Körper erzittern. Sie stöhnte vor Begierde und öffnete den Mund für ihn. Er neigte den Kopf und ließ seine Zunge in sie hineingleiten, wo er auf die ihre stieß. Das hatte sie nicht erwartet. Das war nichts, was sie je gekannt hatte. Sie wollte weinen.

Doch sie tat es nicht. Sie erwiderte seinen Kuss und antwortete auf die Bewegungen seiner Zunge mit ihrer eigenen. Die eine Hand wölbte er um ihren Hinterkopf und führte die andere zu ihrer Vorderseite, wobei er auf seinem Weg zu ihrer Taille über ihre Brust streifte. Er umschlosss sie mit festem Griff und zog sie noch einmal dicht an seinen Körper, indem er ihr den Arm um den Rücken legte.

Begierig, jeden Teil von ihm zu spüren, drängte sie sich an ihn. Ihr Körper wollte diese Verbindung, er benötigte sie.

Er küsste sie lang und intensiv, und dann wiederum langsam und behutsam. Ihre Knie verwandelten sich in Gelee, und sie erkannte, dass sie sich an ihm festhielt, um nicht zu Boden zu sinken. Aber die Tür lag auch nicht weit hinter ihr.

Als hätte er ihre Schwäche gespürt, hob er sie unvermittelt in die Arme und machte ihrem Kuss auf diese Weise ein wirkungsvolles Ende. Sie keuchte. »West.«

Er verzog den Mund zu einem verschmitzten Grinsen. »Wie ich es liebe, meinen Namen von deinen Lippen zu hören.« Er trug sie zum Bett, wo er sie auf die Überdecke legte. »Kannst du dich an meine Erläuterung erinnern, was ich als Nächstes tun werde?«

»Ich glaube, es hatte etwas«, sie blickte auf ihre Brust herab, »mit diesen hier zu tun.«

Tief aus seiner Kehle stieg ein Lachen auf. »Darf ich?« Er streckte die Hand nach ihrem Mieder aus.

Sie nickte, während sie die Bänder hervorzog, die in ihrem Ausschnitt verborgen waren. Sie knüpfte die Knoten auf, ehe er die Bänder von ihr nahm und den oberen Teil ihres Kleides lockerte. Sie half ihm bei den anderen Befestigungen, und die Vorderseite klaffte auf.

»Mein Lieblingskleid«, murmelte er, als er den Stoff von ihren Schultern schob, sodass er sich um ihre Taille bauschte.

»Du hast schon alle möglichen Modelle von Kleidern gesehen, kann ich mir vorstellen.«

Er schaute ihr in die Augen. »Ja. Aber darüber werden wir uns nicht unterhalten. Ich möchte nur hier bei Dir sein. Jetzt.« Mit der Hand streichelte er ihre Brust, und sie zerging beinahe vor Verlangen. »Dreh dich um!«

Sie streifte die Hausschuhe von ihren Füßen, ehe sie ihren Oberkörper drehte und ihm den Rücken präsentierte. Rasch und mühelos löste er ihr Korsett und zog es ihr schon bald über den Kopf.

Ihr Oberkörper war nun nur noch von ihrem Unterkleid bedeckt und sie drehte sich wieder zu ihm um. Er ließ den Blick über sie schweifen und verweilte bei ihren Brüsten. »Du betörst mich.«

Sie zitterte und widersetzte sich dem Drang, sich zu bedecken. Sie wollte nackt bei ihm liegen. Würde auch er das wollen? Zumal sie ihm nicht erlauben würde, in sie einzudringen?

Sie befingerte die Kante seines Hemdkragens. »Ich möchte dich auch sehen.«

Er packte den Saum seines Hemdes und zog sich das

Kleidungsstück in einem Schwung über den Kopf. »Besser?«

Sie erfreute sich an seiner breiten Brust. Sie bestand aus nichts als Muskeln, und zwischen seinen Brustwarzen war ein winziges Fleckchen dunkler Haare zu sehen. Als sie ihm in die Augen blickte und die Aufforderung darin sah, legte sie die Handfläche auf seine Haut. Er war hart und heiß.

Begierig, ihn zu berühren, ließ sie sich auf die Knie sinken und spürte, wie ihr Kleid über ihre Hüften herabrutschte. Nun legte sie die andere Hand auf ihn und massierte seine glatte Haut. Mit den Fingerspitzen zog sie die Konturen seiner Brustwarzen nach, und sie fühlte, wie sie unter ihrer Berührung hart wurden. Als Antwort versteiften sich ihre eigenen.

Keuchend sog er die Luft ein. »Ivy.«

Durch seine Reaktion bestärkt, erforschte sie ihn mit den Händen überall von der Brust zur Taille und zurück bis zu den Schlüsselbeinen.

Er hielt sie fest in der Taille und küsste sie, und sein Mund war heiß und hungrig. Sie verschränkte die Hände in seinem Nacken und presste die Brüste an ihn. Ohne das Korsett konnte sie seine Hitze spüren, doch das reichte ihr nicht. Sie wollte auch das Unterkleid aus dem Weg haben.

Mit den Händen umfasste er nun ihre Hüften und zog sie näher an seine. Sie spürte seine steife Männlichkeit und stöhnte in seinen Mund. Vielleicht sollte sie ihren Entschluss über den Geschlechtsverkehr noch einmal überdenken …

Nein. Aus einem kleinen, rationalen Winkel ihres Gehirns kam eine laute Warnung, auf die Vernunft zu hören.

Oh, aber sie würde sich lieber der Leidenschaft hingeben.

Sie spürte, wie er an der Rückseite ihres Unterkleids zerrte und es nach oben schob. Am Rücken spürte sie den kühlen Luftzug und dann legte sich seine warme Hand auf ihr Hinterteil. Er hielt sie an sich gedrückt, während er die Hüften kreisen ließ. Sein Geschlecht rieb sich an ihrem und trotz der Kleidung, die sie voneinander trennte, konnte sie ihre Verbindung bis in ihr Innerstes spüren.

Sie schob die Beine auseinander und rieb sich mit den Hüften an seinen. Er zog das Unterkleid hoch und löste sich von ihrem Mund. Er warf das Kleidungsstück beiseite und für einen langen Moment verschlang er sie mit seinen Blicken.

Dann griff er nach ihrem Haar, zupfte Haarklammern heraus und ließ sie auf einen Tisch neben dem Bett fallen. Strähne für Strähne ergoss sich die Masse über ihren Rücken. Als ihr Haar vollkommen befreit war, schob er die Finger in die Locken und zog es über ihre Schultern. Er küsste sie erneut, und mit den Lippen und der Zunge entfachte er weiter ihre Leidenschaft. Ihre Brüste taten weh, und ihr Geschlecht pochte.

Er zog leicht an ihrem Haar, sie ließ den Kopf in den Nacken fallen und schloss die Augen. Er küsste ihr Kinn und den Hals, und zog mit dem Mund eine Spur hinab, bis er ihr Schlüsselbein erreicht hatte. Dort leckte er über die Haut und entlockte ihr ein Stöhnen.

Sie packte ihn an den Schultern und hielt sich an ihm fest, damit sie nicht zurück auf das Bett fiel. Er hob die Hand und wölbte sie – genauso, wie er es beschrieben hatte – um ihre Brust. Mit dem Daumen streichelte er ihr über die Brustwarze und dann schlossen sich die Finger über ihrem prallen Fleisch und drückten.

»Oh!«

Er stützte sie mit dem Arm, den er ihr um den Rücken geschlungen hatte. Sie reckte ihm die Brust entgegen, als er den Mund zu ihr herabsenkte. Er hielt ihre Brust umschlossen, während er zunächst sanft und dann mit größerem Druck an der Brustwarze saugte.

Abermals stöhnte sie und konnte die in ihr tobenden Empfindungen kaum im Zaum halten. Sie konnte kaum denken, konnte nur fühlen. Mit der Zunge und dem Mund quälte er sie, bis sie dachte, explodieren zu müssen. Das Verlangen nahm sie gänzlich in Besitz, und sie fürchtete, vor Begierde sterben zu müssen, wenn er ihr Geschlecht nicht berührte.

»West. West.«

Er ließ sie auf das Bett sinken. Sie öffnete die Augen gerade genug, um ihm zuzusehen, wie er ihr Kleid, das noch immer ihre Hüften und Beine einhüllte, an den Beinen herabzog und auf den Boden fallen ließ. Danach berührte er ihre Wange mit einer Hand und streichelte mit der anderen Hand die Brust, die er noch nicht berührt hatte. Ivy bäumte sich mit einem Keuchen auf dem Bett auf.

Er beugte sich zu ihr herab und flüsterte dicht an ihrem Ohr: »Weißt du, was als Nächstes kommt?«

Er würde sie an ihrem Geschlecht berühren. »Ja.«

»Willst du das?«

Unfähig, die Intensität seines Blickes zu ertragen, schloss sie die Augen. »Ja.«

»Sag es mir Ivy. Sag mir, was du willst!«

Oh, das konnte sie nicht. Aber sie *musste*.

»Berühre mich! Bitte!«

Er ließ von ihrer Brust ab und ergriff ihre Finger. »Nimm meine Hand und zeig es mir, wenn du die Worte nicht sagen kannst.«

Sie dirigierte seine Hand zwischen ihre Beine. »Hier. *Bitte*.«

»Rot – wie du gesagt hast.« Er ließ ihre Hand nicht los.

»Ich möchte dir zuerst dabei zusehen, wie du dich selbst berührst. Würdest du das für mich tun? Auf diese Weise vergewissere ich mich, dass du weißt, was zu tun ist, wenn ich nicht hier bin.«

Ruckartig öffnete sie die Augen. Sie war gleichermaßen entsetzt und über die Maßen erregt.

Er hielt ihren Blick gefangen und drehte ihre Hand so, dass ihre Fingerspitzen am Ansatz ihres Schamhügels lagen. »Hier. Das ist die Stelle.« Er führte ihren Zeigefinger, um die kleine Knospe aufzuspüren. »Fühlst du das?«

Sie konnte nicht sprechen. Sie konnte nicht einmal nicken.

Ihren Finger führend streichelte er über die Stelle. »Fühlst du das? Nein, mach die Augen nicht zu. Noch nicht. Schau mich an, Ivy.«

Sie bemühte sich, ihn anzuschauen, ihre Verbindung zu erhalten. Es war das intimste Gefühl, das sie je erlebt hatte.

»Öffne deine Oberschenkel noch weiter.« Hilflos, sich zu weigern, tat sie, worum er sie bat. Es war nicht so, dass sie es nicht gewollt hätte. Er benutzte ihre Finger und massierte ihre Haut, zunächst langsam und dann beharrlicher. »Fühlt sich das gut an?«

Irgendwie brachte sie ein Nicken zustande. Ihr Verlangen baute sich zu Begierde auf und die Begierde erblühte zu Lust. Ihre Hüften gerieten in Bewegung. »Mehr!«

»Ja, mehr.« Er bewegte ihre Hand in einem schnelleren Tempo. »So ist es gut. Genieße die Lust! *Halte* sie fest!«

In ihrem Inneren und zwischen ihren Beinen staute sich immer mehr Druck und sie konnte ihre Bewegungen nicht mehr kontrollieren. Sie schloss die Augen und warf den Kopf in die Kissen zurück. Dann ging er einen Schritt weiter und drückte seinen Finger in sie hinein.

Ivy keuchte auf, und die Bewegung ihrer Hand wurde langsamer.

»Hör nicht auf, Ivy! Wenn du das tust, wirst du nicht kommen. Du willst kommen, oder?«

Bei Gott, ja. Wenn sie das nicht machte, würde sie wirklich sterben. Inzwischen hatte er die Hand von ihrer weggenommen, aber sie brauchte ihn nicht, um ihr das zu zeigen. Sie streichelte ihre Haut hart und schnell, und er schob seinen Finger immer wieder in sie hinein.

Nur das hatte sie gebraucht. Weißes Licht explodierte hinter ihren Augenlidern, als die Ekstase sie überrollte. Sie schrie auf, ihr Körper bebte in seiner Erlösung.

Doch er war noch nicht fertig mit ihr.

Sie spürte Feuchtigkeit auf ihrer Haut und als sie die Augen öffnete, sah sie, wie er sich über sie beugte. Sein Mund lag auf ihr und er leckte mit der Zunge über ihr Geschlecht. »West!« Er hatte das erwähnt, doch nie im Leben hätte sie sich vorgestellt ...

Der Orgasmus, der sie mitgerissen hatte, ebbte ab, doch noch immer war die Lust intensiv. Und mit jedem Schlag seiner Zunge und jedem Saugen seiner Lippen wurden die Empfindungen stärker. Er ersetzte die Zunge durch seine Finger und schob sie in sie hinein. Begierig nach weiterer Erlösung bewegte sie die Hüften nun hektischer als zuvor.

Er arbeitete unermüdlich und wechselte zwischen Mund und Hand. Dann drehte er sie auf dem Bett herum und hob ihre Beine über seine Schultern, während er das Gesicht an sie presste. Der nächste Höhepunkt riss sie mit sich und ihre Muskeln krampften stark. Ihr Körper fühlte sich an, als hätte sie keine Kontrolle darüber, und diese Freiheit war wundervoll.

Es vergingen einige Minuten – es schien eigentlich wie ein ganzes Leben – bevor sie in die Realität zurückkehrte. Sie war ein bebendes Häuflein Gelee. Sie hätte sich nie vorstellen können, einmal solch eine Wonne zu empfinden.

Als sie schließlich die Augen öffnete, sah sie ihn am Bettpfosten lehnen – die Lippen leicht geteilt, während er sie musterte. Sie stützte sich auf den Ellbogen. »Danke.«

»Das ist gern geschehen.«

Sie sah auf die Wölbung in seiner Hose herab. »Was wirst du tun?«

Er zuckte mit der Schulter. »Ich kümmere mich darum, nachdem du gegangen bist.«

Nun, das schien ein Jammer. Und sie wusste, was zu tun war. Ihr Erfahrungsschatz umfasste gewisse Kenntnisse, die sie gesammelt hatte, als sie Peter mehr als einmal hinter dem Kuhstall zur Hand gegangen war, als er sich erlöste.

Sie setzte sich auf und bewegte sich auf ihn zu.

Er kniff die Augen zusammen. »Was tust du?«

»Helfen.« Sie streckte die Hand nach der Knopfleiste seiner Hose aus.

Er legte die Hand über ihre. »Das ist nicht notwendig. Hier ging es um dich. Ich habe dir ein Versprechen gegeben. Bitte sag mir, ob ich es erfüllt habe.«

Ihr Körper war immer noch ganz schwach. Und gründlich befriedigt. »Mehr als das.«

»Dann sollte ich dir helfen, dich anzukleiden.«

Sie streichelte seine Brust mit der anderen Hand. »Warum gestattest du mir nicht, dich anzufassen? Deinen Penis, meine ich.«

Angesichts ihrer rohen Sprache flatterten seine Nasenlöcher erneut. »*Ivy!*«

Sie sah ihn mit erhobener Augenbraue an und wollte ihn ein bisschen necken. »West!«

Er ließ ihre Hand los. »Wenn du darauf bestehst.«

»Das tue ich.« Sie nestelte an den Knöpfen, bis seine Hose sich öffnete. »Du trägst keine Unterwäsche.«

»Das tue ich selten.« Er beugte sich ein wenig vor. »Schockiert dich das?«

»Nichts an dir schockiert mich. Nicht mehr.« Sie schob die Hand in seine Hose und ertastete den warmen Schaft seines Geschlechts. Sie befreite ihn und umschloss den Ansatz mit der Hand.

»Du scheinst zu wissen, was du tust.«

Da er keine Frage gestellt hatte, antwortete sie nicht. Sie streichelte mit der Hand erst langsam und dann immer schneller an seinem Schaft entlang.

»Noch nicht«, raunte er. »Werde für einen Augenblick langsamer.« Er zeigte es ihr, und sie folgte seinem Beispiel. Er ließ die Hand sinken und schloss genießend die Augen, bis sie nur noch schmale Schlitze waren. Und dennoch beobachtete er sie. Und sie beobachtete ihn.

Sie arbeitete sich mit der Hand vom Ansatz bis zur Spitze mit trägen, aber präzisen Bewegungen vor und erforschte seine Haut. Er war heiß und hart, und seine Haut weich wie Samt. Sie stellte sich vor, wie er in ihr war und war überrascht über die Lust, die abermals in ihr aufkeimte.

»Jetzt schneller«, forderte er. »Und berühre meine Hoden.« Er ergriff ihre andere Hand und zeigte ihr, wie sie die Handfläche um seine Hoden wölben sollte. »Drück nur ein winziges bisschen.«

Sie tat wie geheißen und für einen Moment schloss er die Augen, als er tief und langgezogen stöhnte.

Er bewegte die Hüften und stieß mit dem Penis in ihre Hand. »Gott, Ivy. Schneller. Härter.«

Sie schloss die Hand um ihn und streichelte seinen Schaft mit zunehmender Geschwindigkeit.

»Ivy, knie dich hin!« Er schlug die Augen auf. »Knie dich hin!«

Sie bemühte sich, ihm zu gehorchen. »Warum?«

»Damit du mit mir kommen kannst.« Er schob die Finger in ihre bereits feuchte Spalte. »Ich wusste, du würdest bereit sein. Gott, du bist fantastisch.« Mit zwei Fingern drang er tief in sie ein und beinahe wäre sie daraufhin gekommen.

Stöhnend drückte sie seine Hoden und bewegte die andere Hand noch schneller.

Er schrie ihren Namen heraus. »*Jetzt*!«

Sie ließ innerlich los, doch sie brachte es fertig, ihr Tempo an seinem Schaft beizubehalten. Seine heiße Feuchtigkeit spritzte ihr über die Hand, während ihr Körper von einem weiteren Orgasmus durchgerüttelt wurde.

Wenige Augenblicke später hörten seine Bewegungen auf und er zog die Finger aus ihr heraus. Er umfasste ihren Nacken und küsste sie heftig und leidenschaftlich. Als er sich zurückzog, sah er ihr in die Augen und sagte einfach: »Wundervoll.«

Dann wandte er sich von ihr ab und kehrte mit ihrem Unterkleid zurück.

Nein. Es konnte noch nicht vorbei sein. Es gab so viele andere Dinge, die sie tun wollte. Mit ihm. Nur mit ihm.

»Du bist keine Jungfrau.«

Das konnte er natürlich erkennen.

Sie zog ihr Unterkleid über den Kopf. »Nein, das bin ich nicht.«

»Ich will den Namen des Schurken.«

Wenn es für Wut einen besonderen Ton gäbe, wäre dies der Ton, den er gerade benutzt hatte. »Das war vor zehn Jahren. Es spielt keine Rolle.«

»Warum hat er dich nicht geheiratet?«

Sie zuckte die Schultern. »Auch das spielt keine Rolle.« Sie kletterte aus dem Bett und nahm ihr Korsett.

»Mir ist es wichtig.«

Sie warf ihm einen Blick zu – er knöpfte seinen Schritt zu – ehe sie sich das Korsett über den Kopf zog. »Du bist nicht mein Aufpasser. Oder mein Vormund. Oder mein Mann.«

»Ich bin dein Liebhaber.«

Sie nestelte mit den Fingern, als sie hinter sich griff, um die Bänder ihres Korsetts zu ertasten.

»Lass mich das machen.« Er drehte sie um und band die Schleifen fest.

»Bitte lass das Thema einfach ruhen.« Sie drehte sich um, als er fertig war. »Ich habe es lieber, wenn die Vergangenheit auch Vergangenheit bleibt. Und du bist nicht mein Liebhaber – nicht wirklich. Das war ein einmaliges Ereignis.«

»Ich werde Himmel und Erde in Bewegung setzen, um noch vor dem Ende der Hausparty zurückzukehren.«

So könnte sie wenigstens noch eine Nacht mit ihm haben. Doch wenn er es nicht schaffte ... sie würde enttäuscht sein. Zum Teufel, ganz egal, was geschehen würde, sie würde enttäuscht sein. Ja, sie war verändert. Und sie war sich nicht sicher, ob es zum Besseren war. Jetzt wusste sie genau, was sie vermisste.

Doch sie würde sich alle Mühe geben, ihren Fokus nicht darauf zu konzentrieren. Stattdessen würde sie diesen Abend tausende Male in ihrer Erinnerung wieder aufleben lassen.

Er hob ihr Kleid vom Boden und reichte es ihr. Sie zog es an und schloss es an der Vorderseite. Mit Verspätung fiel ihr auf, dass ihr Haar offen war. Sie strich es zu einer Seite und flocht es rasch zu einem Zopf, der ihr über die Schulter fiel.

»Was für ein Jammer«, murmelte er. »Dein Haar ist wundervoll.« Er streckte die Hand aus und mit einer Fingerspitze strich er zart an ihrem Haaransatz entlang.

Sie fand ihre Hauspantoffeln und schlüpfte hinein. Hoffentlich würde sie bei ihrer Rückkehr niemandem begegnen. Falls doch, würde sie einfach die Bibliothek als Entschuldigung benutzen.

Er kam mit ihrer Kerze und gab sie ihr in die Hand. »Ich bin froh, dass du gekommen bist. Bei jeder Meile, die ich nach Norden reite, werde ich an dich denken. Morgen ist mein Geburtstag, weißt du, und die Erinnerung an den heutigen Abend wird mein Geschenk sein.«

Sie wollte ihm glauben und tat es auch. Ebenso wie sie glaubte, ihn wahrscheinlich nie wiederzusehen.

»Herzlichen Glückwunsch.« Sie berührte ihn leicht an der Brust und stellte sich auf die Zehenspitzen, um ihn zu küssen. »Ich wünsche dir eine sichere Reise«, murmelte sie, bevor sie die Lippen auf seine drückte.

Was als flüchtiges Adieu gemeint war, entwickelte sich schnell zu einem längeren Abschied. Er fiel mit dem Mund über ihren her und hinterließ seine Spuren für all die Nächte, die sie von ihm träumen würde.

»Bis zu unserem Wiedersehen.«

Sie wich zur Tür zurück und zögerte, sich umzuwenden. Doch sie musste es tun. Mit festem Griff umfasst sie ihre Kerze, drehte sich auf dem Absatz herum und ging mit der Gewissheit davon, dass ein Stück von ihr zurückgeblieben war.

KAPITEL ZWÖLF

Stour's Edge, Suffolk, zwei Wochen später

*D*as triste Wetter passte perfekt zu Wests Stimmung. Er war jetzt seit einigen Tagen zuhause, nachdem er Hals über Kopf losgeritten war, um Townsend einzuholen. Der Viscount war schockiert und ängstlich gewesen, als West ihn und Miss Forth-Hodges in einem Gasthaus aufgestöbert hatte. Die Dame hatte sich überraschend resolut und unnachgiebig gezeigt. Sie hatte betont, den an ihrem Ruf angerichteten Schaden verstanden zu haben, und ihre Gleichgültigkeit darüber zum Ausdruck gebracht. Ihr war nur daran gelegen, Townsend zu heiraten.

West hatte die Bedingungen der Eheschließung ausgehandelt, die Forth-Hodges ihm vorgegeben hatte, und die beiden dann nach Gretna Green begleitet, wo sie glücklich verheiratet wurden. Sie mochten die Dinge vielleicht falsch angegangen sein, aber West selbst hatte sich nie einem »richtigen« Weg verschrieben, und letzten Endes kam es einzig auf ihr Glück an.

Leider war das Wetter grauenhaft geworden, und der Regen hatte ihn daran gehindert, nach Greensward zurückzukehren, ehe die Hausparty zu Ende war. Er hatte Ivy um einen Tag verpasst. Einen schrecklichen, ärgerlichen Tag. Mit finsterem Gesicht blickte er auf den grauen Fluss Stour, der sich wie eine Schlange auf der Jagd in der Ferne durch seine Besitzungen schlängelte.

Ruckartig wandte er sich ab und kehrte zu seinem Schreibtisch zurück, wo er versuchte, sich auf die Erledigung der Angelegenheiten des Anwesens zu konzentrieren. Zum Glück hatte er einen fähigen und aufmerksamen Verwalter und einen äußerst effizienten Sekretär.

Letzterer, ein Mann der etwa fünf Jahre älter war als West, und dessen Erscheinung und Verhalten am bestem mit denen eines gewitzten Grashüpfers verglichen werden konnten, marschierte gerade mit einem Stapel Briefe in Wests Büro. »Die Post ist eingetroffen, Euer Gnaden.« Er legte die Schreiben vor West auf den Schreibtisch.

»Danke, Hemphill.«

West beäugte die Post verbittert. Jeden Tag durchforstete er sie in der Hoffnung auf einen Brief von Ivy. Und jeden Tag wurde er enttäuscht.

»Ist irgendetwas von Interesse dabei, bevor ich sie durchgehe?«, erkundigte Hemphill sich.

Der Sekretär übergab West stets die Post, ehe er sie öffnete, damit dieser sie nach Briefen von Frauen durchsehen konnte, die um seine Dienste ersuchten. Hemphill war über Wests Affären recht gut im Bilde und half in einigen Fällen beim Organisieren – wie der Anmietung von Häusern oder der Koordination etwaiger Reisen.

West gab dem Sekretär ein Zeichen. »Nehmen Sie bitte Platz.«

Hemphill ließ sich in dem Sessel vor dem Kamin nieder.

West sah die Schreiben durch, bis er auf eines stieß, das in einer weiblichen Handschrift an ihn adressiert war. Es war nicht das erste Schreiben einer Dame, das er seit seiner Heimkehr erhalten hatte. Aber wäre es von der einen Frau, von der er am liebsten etwas hören wollte?

Er riss es auf, und für einen kurzen Moment stand sein Herz still. Es war von *ihr*.

Clare,

Warum nannte sie ihn immer noch nicht West? Vielleicht versuchte sie einfach, in ihrer Korrespondenz formal zu sein.

Ich möchte Ihnen für die Beförderung der neuen Schullehrerin zum Armenhaus nach Wendover meinen Dank aussprechen. Sie traf am Tag vor unserer Abreise ein und Lunden bot ihr die Stelle an. Ich glaube, dieses Arrangement wird für alle von größtem Nutzen sein. Ich kann meine Wertschätzung gar nicht genügend betonen.

West lächelte im Stillen. Er stellte sich ihre Reaktion beim Eintreffen der Schullehrerin vor. Hatte sie eines ihrer kostbaren Lächeln gezeigt? Das könnte er sich vorstellen. Und jetzt war er wieder wütend, sie verpasst zu haben. *Zum Teufel noch mal.*

Er sammelte sich wieder, um die enttäuschend kurz verfasste Depesche zu lesen.

Mrs. Forth-Hodges teilte mir mit, Ihren Brief über Emmaline und Townsends Flucht erhalten zu haben. Sie ist Ihnen sehr dankbar, weil Sie dafür Sorge getragen haben, dass alles so abge-

laufen ist, wie es sein sollte. Ich hoffe und bete für Emmalines
Glück. Auch ich muss Ihnen für Ihre Rolle in dieser Situation
meinen Dank aussprechen. Sie sind ein sehr erstaunlicher
Gentleman.

West verspürte ein Aufflackern seines absurden
Stolzes.

Lady Dunn und ich werden für die nächsten zwei Monate nach
Bath reisen. Ich war noch nie da, aber sie hat Freunde dort.
Vermutlich ist das alles, was es zu sagen gibt. Ich wünsche Ihnen
viel Glück in der Zukunft.

I. Breckenridge

Mit finsterem Blick sah er auf den Brief, als ob er
irgendwie die Schuld an dem frustrierenden Mangel an ...
Emotionen trüge. Doch was hatte er auch erwartet? Wenn
er über Ivy überhaupt etwas gelernt hatte, durfte er sich
nicht wundern. Sie unterdrückte *alles*.

Nun, beinahe alles.

An jenem letzten Abend hatte er sie dazu gebracht, aus
sich herauszugehen.

»Ein beunruhigender Brief, Euer Gnaden?«

Hemphills Frage donnerte polternd in Wests Gedankengang. Er sah zu seinem Sekretär hinüber, der gerade
wieder seine Brille auf die Nase setzte. »Nicht im wirkli-
chen Sinne beunruhigend. Es ist bloß ... ach, egal.«

»Ist es Ihre nächste Beziehung? Ich habe einen weiblichen Schriftzug auf einem der Briefe bemerkt. Es scheint,
als erhielten Sie diese Woche einige davon.«

Drei, um präzise zu sein. »Ja. Doch dieser hier ist nicht
von dieser Sorte.« Aber, oh, wie sehr es ihm gefallen
würde, wenn dem so wäre.

Wirklich? Wollte er wirklich, dass Ivy genau wie die anderen war? Aber sie war es nicht. In keiner Hinsicht.

Hemphill schien ratlos.

»Sie ist eine … Freundin«, erklärte West – möglicherweise unnötig . »Ich habe sie auf der Hausparty kennengelernt und ihr einen Freundschaftsdienst erwiesen.« Damit hatte er die Übernahme des Transports der Schullehrerin gemeint, aber natürlich hatte er mehr getan, als nur das. Hatte er nicht auch ihr Leben verändert?

Oder vielleicht hatte sie seines verändert.

»Eine Freundin?« Hemphills Stimme klang ungläubig.

West sah den Mann an und verteidigte sich. »Ich habe Freundinnen.« Die meisten Frauen, mit denen er Affären hatte, betrachtete er in gewisser Weise als Freundinnen. Sie waren sich sicherlich freundschaftlich gesinnt.

»Natürlich.«

West ignorierte den skeptischen Ton seines Sekretärs.

»Haben Sie bereits Pläne für den Herbst gemacht?«, fragte Hemphill.

Um diese Zeit traf West in der Regel die Vorkehrungen für eine herbstliche Liebschaft, die häufig an eine länger andauernde Hausparty geknüpft war, oder er begab sich nach London. Er hatte mehrere Angebote erhalten – Briefe, um genau zu sein, die in seinem Schreibtisch versteckt waren. Er war jedoch an keinem von ihnen interessiert. Er konnte nichts als rotgoldene Locken und helle, verführerische grüne Augen sehen. Beim Gedanken an sie wurde ihm ganz heiß.

Er sah auf den Brief herab und verabscheute die Endgültigkeit, die er auszudrücken schien. Sie hatte ihm alles Gute für die Zukunft gewünscht, und das bedeutete, dass sie nicht damit rechnete, ihn wiederzusehen. Nun, zur Hölle damit.

»Ja, ich werde nach Bath reisen.«

»Haben Sie bereits Vorkehrungen getroffen?«, erkundigte Hemphill sich.

West lehnte sich in seinem Sessel zurück und legte die Finger unter seinem Kinn übereinander. »Nein. Ich werde ein Haus benötigen.«

Hemphill neigte den Kopf. »Sehr wohl. Wann planen Sie Ihre Abreise?«

»Ich würde gern innerhalb einer Woche aufbrechen – je früher, umso besser.«

»Und wie lange werden Sie bleiben?«

Für einen Moment richtete West den Blick auf das Fenster. Er hatte gar keine Ahnung, da er immer noch nicht sicher war, was zum Teufel er da machte. Ihm war einzig klar, sich nicht mit der Beendigung ihrer Verbindung abfinden zu können. »Ich weiß es nicht. Das hängt von der Dame ab.«

»Der Dame? Soll ich das so verstehen, dass Sie sich auf eine neue Affäre einlassen?«

»Nein. Sie ist nicht –« Er ließ die Hände auf die Armlehnen des Sessels sinken. »Sie ist anders.«

»Anders? In welcher Weise?« Hemphill legte den Kopf schief. »Haben Sie beschlossen, jemandem *den Hof* zu machen?«

West störte sich nicht an Hemphills gewagter Frage – der Mann war schließlich seit Jahren bei ihm in Stellung. Allerdings empfand er den sonderbaren Drang Ivy zu beschützen und er wollte nicht zu viel verraten. Jedenfalls war ihm noch nicht einmal in den Sinn gekommen, sie *zu hofieren*.

Und warum nicht?

Weil sie die Gesellschafterin einer Lady war und er kein Interesse am Heiraten hatte. Und sie ebenfalls nicht.

West faltete ihren Brief und verstaute ihn in der oberen Schublade seines Schreibtisches. Er nahm einen weiteren

Brief zur Hand, um damit das Ende dieser Unterhaltung deutlich zu machen. »Ich hofiere niemanden. Ich reise lediglich nach Bath, um Bekannte zu besuchen.«

Hemphill erhob sich. Er war nicht dumm – und ihm war bewusst, dass er für den Moment entlassen war. »Sehr wohl, Euer Gnaden. Ich werde die Vorkehrungen treffen.«

»Danke.«

Nachdem sein Sekretär gegangen war, gab West sich noch einmal den Gedanken an Ivy hin. Er holte den Brief aus seinem Schreibtisch hervor und las ihn ein zweites Mal. Dann ein drittes.

Jedes Mal hoffte er, darin etwas Neues zu entdecken, doch es war jedes Mal die gleiche knappe, leidenschaftslose Botschaft. Was hatte er sich erhofft? Dass sie sentimentale Gedanken über ihre gemeinsame Zeit äußern würde? Dass sie ihn bitten würde, sich mit ihr zu treffen? Dass sie ihm für die schönste Nacht ihres Lebens danken würde?

Nein. Das wären seine Worte.

Er hatte sich verändert. In den vergangenen beiden Wochen hatte er an wenig anderes als an sie gedacht. Er hatte kein Interesse daran, sein Leben so fortzusetzen, wie bisher. Das war die beste Nacht *seines* Lebens gewesen – ihre Freude zu beobachten, ihre Leidenschaft zu spüren, sich ihr ganz hinzugeben. Nie verlor er die Kontrolle, doch in jener Nacht war es geschehen. Es hatte nur um sie gehen sollen, jedoch hatte er sich ihr ergeben, um seine eigene Lust zu sättigen.

All das fühlte sich für ihn so unvollendet an. Nicht nur, weil sie nicht miteinander geschlafen hatten, sondern weil es so viele Dinge gab, die er nicht von ihr wusste. Dinge, die er sehnlichst entdecken wollte. Er fühlte einen inneren Drang, diese Dinge zu erfahren.

Deshalb reiste er nach Bath. Während er hier saß und

über den nächsten Schritt sinnierte, schien die Notwendigkeit, das zu tun, klar zu sein, ja sogar *unabdingbar.*

Was würde sie bei ihrem Wiedersehen sagen? Würde sie ihn fortschicken? Oder würde sie ihn willkommen heißen?

Er konnte kaum abwarten, das herauszufinden.

~

Bath, zehn Tage später

Ivy und Lady Dunn stiegen die Stufen zu einem eleganten Stadthaus in The Circus hinauf. Es war größer und exklusiver, als ihr gemietetes Haus in der George Street.

»Ich wage zu behaupten, dass Lady Parnell es ganz gut getroffen hat«, erklärte Lady Dunn anerkennend. »Es ist immer sehr von Nutzen, wenn die eigene Enkelin einen wohlhabenden Earl heiratet.«

Der Butler öffnete die Tür und bat sie hinein. Er führte sie nach oben in den Salon mit Blick auf die Straße darunter. Sie waren kaum über die Schwelle getreten, als Lucy und Aquilla, Ivys beste Freundinnen, auch schon die Arme um Ivy geschlungen hatten.

»Endlich bist du hier!«, rief Aquilla aus, als sie Ivy fest umarmte.

»Ja, das ich bin. Ich wusste gar nicht, dass du auch hier sein würdest.« Ivy hatte mit Lucy gerechnet. Sie und ihr Mann, der Earl of Dartford, besuchten ihre Großmutter, Lady Parnell, die inzwischen in Bath lebte.

Die drei trennten sich, und sowohl Lucy als auch Aquilla grinsten. Ivy konnte nicht anders, als im Gegenzug zu lächeln. Dies waren die beiden Menschen auf der Welt, die sie garantiert zum Lächeln brachten.

»Es war ein fantastisches Geheimnis, oder?«, fragte Lucy fröhlich. »Wenn nicht, musst du Aquilla die Schuld geben, denn es war ihre Idee.«

Ivy zweifelte nicht im Mindesten daran. Aquilla war die liebenswerteste und gutmütigste von ihnen allen. »Ich *werde* ihr die Schuld geben, aber dafür, dass ich mich so freue, sie zu sehen. Euch beide zu sehen.«

Sie wirkten schrecklich glücklich. Aquilla war schon immer wunderschön gewesen, mit ihren dunklen Locken, der Porzellanhaut und den blauen Augen, die an einen Sommerhimmel erinnerten, doch jetzt strahlte sie regelrecht. Sie war eine Meisterin des sittsamen Lächelns und des kokettierenden Augenaufschlags. Sie war auch eine Plaudertasche, was die meisten Männer davon abgehalten hatte, sich auf dem Heiratsmarkt für sie zu interessieren. Wie sich herausgestellt hatte, hatte sie dieses Verhalten lediglich vorgetäuscht, um die Bewerber zu verscheuchen. Es war ein wohldurchdachter, kluger Trick gewesen, den Ivy von ganzem Herzen befürwortet hatte.

Lucy hingegen war ein wenig bestürzt gewesen, als sie von Aquillas Aversion gegen die Ehe erfahren hatte. Allerdings nur, weil sie erst kurz davor ihre Liebe zu Dartford entdeckt hatte. Bevor sie ihn heiratete, waren sie und Ivy die beiden gewesen, die sich für die Unabhängigkeit stark gemacht hatten. Doch dann war Lucy Amors Pfeil zum Opfer gefallen, und Ivy war überzeugt gewesen, nun allein zu sein. Als Aquilla ihr gestanden hatte, dass auch sie versuchte die Ehe zu vermeiden, war Ivy begeistert gewesen. Allerdings hatte auch Aquilla kapituliert, und Ivy war inzwischen so oder so allein.

Ivy sah Aquilla an. »Ich dachte, du und Sutton wäret in Tintern Abbey.«

»Das waren wir. Wir haben beschlossen, auf dem Rückweg nach Sutton Park in Bath Halt zu machen. Ich wusste, dass Lucy ihre Großmutter besuchte und du und Lady Dunn für den Herbst hier sein würdet, also heckte ich diese Überraschung aus und schrieb an Lucy.«

»Du bist wirklich das klügste Mädchen«, entgegnete Ivy.

Aquilla lachte. »Nein, das bist *du*, aber ich werde das Kompliment annehmen.«

»Werden die Damen den gesamten Nachmittag auf der Türschwelle stehend verbringen?«, fragte Lady Dunn.

Das Trio wandte sich einvernehmlich um.

»Oh, sie werden viel zu besprechen haben, da bin ich sicher«, erklärte Lady Parnell.

Lady Dunn seufzte. »Oh, wie schön wäre es, wieder jung zu sein.«

»Nein, danke«, widersprach Lady Parnell förmlich, aber mit dem Anflug eines Lächelns.

»Kommt, setzen wir uns hier hinüber«, schlug Lucy vor und führte sie etwas abseits von den älteren Ladys zu einer Sitzecke in einer Nische. »Hier können wir Geheimnisse austauschen«, flüsterte sie, und ihre dunklen Augen blitzten fröhlich.

Fast hätte Ivy gesagt, nichts zu erzählen zu haben, aber dann fiel ihr ein, dass es da natürlich etwas gab. Würde sie das allerdings wagen? Lucy und Aquilla waren die einzigen beiden Menschen auf dieser Welt, denen sie vertraute, und dennoch hatte sie ihnen nie etwas über ihre Familie erzählt ... oder darüber, von ihnen verstoßen worden zu sein.

Manche Dinge waren zu demütigend, zu qualvoll, um sie selbst den wichtigsten Menschen anzuvertrauen.

Lucy und Aquilla saßen auf dem kleinen Sofa, und Ivy machte es sich in dem Sessel bequem, der zu Aquillas Linken stand.

»Berichte uns von der Hausparty«, drängte Lucy. Ihr dunkles, geflochtenes Haar war kunstvoll um ihren Kopf geschlungen und ein paar zarte Locken umspielten ihre Schläfen. Sie trug ein pfirsichfarbenes Kleid und dazu passenden korallenroten Schmuck, der das Ensemble perfekt akzentuierte. Sie sah bis ins winzigste Detail wie eine modebewusste Gräfin aus, und ganz anders, als das Mauerblümchen, das Ivy vor fünf Jahren kennengelernt hatte.

»Ist es wahr, dass Miss Forth-Hodges *durchgebrannt* ist?«, erkundigte sich Aquilla mit weit geöffneten Augen.

»Ja«, entgegnete Ivy. »Ihre Eltern lehnten Townsends Bitte, ihr den Hof machen zu dürfen, ab – leider hatte er während eines Federball-Turniers die Fassung verloren – und sie kamen zu dem Schluss, dass er für die Ehe noch nicht reif war. Sie baten Emmaline, ein Jahr Geduld zu haben und zu warten, aber das wollte sie nicht.« Ivy erkannte, dass die beiden sie mit großem Interesse ansahen.

»Du bist über die Vorfälle ziemlich gut im Bilde«, stellte Lucy fest.

»Sie und ich haben uns während der Party angefreundet. Ich mag sie eigentlich ziemlich.«

Aquilla zuckte zusammen. »Ich fühle mich grauenhaft, wegen der Sache mit Sutton.«

»Das musst du nicht «, erklärte Ivy. »Sie war nicht verärgert. Sie hat mir erzählt, dass in Wahrheit ihre Eltern hinter dieser ganzen Geschichte gesteckt hatten. Und jetzt ist sie sowieso sehr glücklich mit Lord Townsend.«

»Ist sie das?«, fragte Aquilla erleichtert. »Ich freue mich, das zu hören. Er ist ein anständiger Gentleman, hoffe ich?«

»Er schien Emmaline zu Füßen zu liegen.« Dass er ein Mann war, der sein Wort gehalten und sie geheiratet hatte, machte ihn Ivys Meinung nach zu einem anständigen Mann.

»Ich bin froh, dass sich für sie alles zum Guten gewendet hat«, erklärte Lucy. »Und ich muss ihrem unerschrockenen Wesen Applaus dafür spenden, dass sie sich für das, was sie wollte, eingesetzt hat.« Von allen Frauen die Ivy kannte, war Lucy diejenige, für die Unabhängigkeit am wichtigsten war, und deshalb war ihre Bewunderung für Emmalines Handeln keine Überraschung.

»Sollte es sich einmal ergeben, dass wir uns alle auf der gleichen Veranstaltung befinden, werde ich euch miteinander bekannt machen«, erklärte Ivy. »Ihr werdet sie mögen, da bin ich sicher.«

Aquilla nestelte an ihrem Kleid. »Bist du absolut sicher, dass sie keinen Groll gegen mich hegt.«

Ivy warf ihrer Freundin einen warmen, direkten Blick zu. »*Vollkommen sicher.*«

»Bei der Party wimmelte es nur so von Unberührbaren, habe ich gehört«, meinte Lucy und grinste. »Der Herzog der Gefahr war anwesend, oder?«

Ivy rief sich den blonden Marquess of Axbridge in Erinnerung. Sie hatte ihn mehrmals mit West sprechen sehen. *West?* Sie *bemühte* sich, ihn jetzt Clare zu nennen. »Ja.«

»Hast du dich mit ihm unterhalten?«, fragte Aquilla.

Ivy sah sie mit erhobener Augenbraue an. »Warum sollte ich?«

Aquilla lachte. »Ja, warum nur! Es versteht sich also von selbst, dass du mit dem Herzog der Begierde keinen Kontakt hattest. Oder haben wir seinen Namen offiziell auf Der Herzog der Ausschweifungen geändert?« Sie ließ den Blick von Ivy zu Lucy wandern.

»Das haben wir nicht, aber wir könnten es sicherlich tun.« Lucy wandte den Kopf zu Ivy um. »Bist du dafür?«

Aufgrund seines skandalösen Verhaltens hatte Ivy auf diesen Namen gedrängt. Da sie allerdings jetzt den Grund dafür kannte ... Nein, jetzt, da sie es *erlebt* hatte, würde sie ihn viel lieber den Herzog der Begierde nennen. In Wahrheit wünschte sie, sie könnte ihn *ihren* Herzog der Begierde nennen.

Ein Gefühl der Hitze kroch in ihrem Nacken empor und sie hustete. »Ich halte es für einfacher, beim ersten Namen zu bleiben. So wird er jetzt sowieso von allen genannt.«

Lucy seufzte. »Ja, dieser Name scheint sich festgesetzt zu haben. Ist mit Gefahr dasselbe passiert?«

»Es hat nicht den Anschein, aber mit Sicherheit kann ich das nicht sagen«, gab Ivy zurück, erleichtert darüber, dass sie nicht beim Thema West verweilten. *Clare. Verdammt nochmal.*

Aquilla tippte sich mit der Fingerspitze ans Kinn. »Wie viele Unberührbare sind das jetzt? Da gibt es den Verbotenen Herzog.« Sie sah Lucy an. »Den Wagemutigen Herzog, natürlich. Und den Herzog der Täuschung.« Sie ließ ein Lächeln aufblitzen. »Den Herzog der Begierde und den Herzog der Gefahr. Fünf!«

»Ich würde dagegenhalten, dass die ersten drei nicht mehr als Unberührbare zählen, da ihr sie geheiratet habt.« Ivy hatte bei dieser Zahl ihre Freundin Nora mitberücksichtigt, obwohl sie nicht anwesend war.

»Da hast du vielleicht Recht«, räumte Lucy ein. »Wir sollten die Reihe wieder auffüllen, und das heißt, dass es noch weitere geben sollte. Irgendwelche Vorschläge?«

Ivy rief sich eine Unterhaltung in Erinnerung, die sie am Vortag mit Lady Dunn geführt hatte. »Lady Dunns Patensohn kehrt nach England zurück. Er hat gerade erst eine Grafschaft geerbt. Die letzten zehn Jahre hat er auf einer Insel in den Tropen zugebracht und offenbar hat er kein Interesse an der Rolle des Earls, aber ihm bleibt keine Wahl. Wenn ihm ein Ausweg einfiele, wie er sein Los umgehen könnte, würde er sich umgehend dazu entschließen. Seinen Eltern war er nichts als ein Quell der Enttäuschung und des Schreckens gewesen. Sie bezeichneten ihn als *trotzig*.«

Aquillas Augen funkelten vor Heiterkeit. »Schau einer an, der Trotzige Herzog.«

Ivy lächelte. »So scheint es. Oder der Herzog der Enttäuschung oder des Schreckens.«

Lucy lachte. »Der Herzog des Schreckens! Das klingt nach einem Piraten! Fährt er gern zur See? Das muss er wohl, wenn er in den Tropen lebt.«

Aquilla und Ivy stimmten in ihr Gelächter ein. Das Dienstmädchen nutzte diesen Moment, um ein Tablett mit Gebäck anzubieten. Lucy bedeutete ihr, es auf den Tisch zu stellen und das Dienstmädchen erklärte, auf der anderen Zimmerseite gäbe es Tee.

Lucy schenkte ihr ein freundliches Lächeln. »Danke, Laura.«

Ein paar Minuten lang knabberten sie alle einträchtig an ihrem Gebäck, und dann erkundigte sich Ivy bei Aquilla nach deren Reise nach Tintern.

Aquillas blassblaue Augen leuchteten vor Freude auf. »Oh, es war wundervoll! Du musst einfach einmal dorthin reisen.« Sie ließ den Blick zwischen ihren Freundinnen hin und her schweifen. »Ihr beide. Wir hatten einen wunderschönen Urlaub.« Ihre Wangen färbten sich in einem betörenden blassen Rosa. »Aber Ned hätte mich auch in ein Elendsquartier führen können, und ich hätte eine großartige Zeit gehabt.«

Lucy lachte leise, und die beiden tauschten wissende Blicke aus. Dass sich die Dinge ändern würden, wenn ihre Freundinnen heirateten, und dass sie ihre Ehen natürlich weit über ihre Freundschaften stellen würden, hatte Ivy gewusst. Mit dem Gefühl der Eifersucht auf das, was die beiden hatten, hatte sie allerdings nicht gerechnet. Sie hatte ihr Los vor langer Zeit akzeptiert und nie gedacht, dass sie ihre Meinung vielleicht einmal ändern könnte.

Das war absurd. Sie änderte ihre Meinung nicht. Und selbst wenn, wäre es egal. Sie war eine Gesellschafterin. Eine alte Jungfer. Und sie war nicht mehr rein.

Allerdings hatte West ihr nicht dieses Gefühl vermittelt. Bei ihm hatte sie das Gefühl gehabt, etwas Besonderes und wunderschön zu sein, und er hatte keinen Pfifferling auf ihren ruinierten Status gegeben.

Sie rief sich in Erinnerung, dass es für ihn in Bezug auf ihre Verbindung leicht war, so zu empfinden. Es musste ihn nicht kümmern, ob sie respektabel oder ehetauglich war.

»Ich bin einfach nur so froh, dass wir drei wieder zusammen sind«, bemerkte Aquilla. Sie strahlte die beiden an und da sie zwischen ihnen saß, streckte sie die Hände zu beiden Seiten nach ihren Freundinnen aus. »Morgen Abend werden wir an der gesellschaftlichen Veranstaltung teilnehmen und genau wie in alten Zeiten unsere Positionen an der Wand einnehmen.«

Alte Zeiten. Wie sechs Monate zuvor. Aber sie hätten auch vor einer Ewigkeit gewesen sein können. Jetzt war alles anders. Was würde Ivy in der nächsten Saison wohl machen? Lucy und Aquilla hatten sie aus einem fünf Jahre dauernden Abstieg in Einsamkeit und Elend erweckt. Würde sie ohne die beiden an ihrer Seite in die Finsternis zurückfallen?

Lucy entzog Aquilla ihre Hand, um ein weiteres Gebäckstück vom Tablett zu nehmen. »Wie lange kannst du bleiben?«, fragte sie Aquilla.

»Wir haben eine Woche geplant, und wir sind gestern

angekommen. Ich wünschte, es könnte länger sein, aber
wir haben George schon so lange allein gelassen. Er freut
sich so darauf, Ned wieder zu Hause zu haben.« George
war ein geistesgestörter Kranker, dessen Ned sich angenommen hatte. Aquilla hatte ihnen das große Geheimnis
anvertraut, dass George in Wahrheit Neds Bruder war. Ivy
hatte Ned ohnehin gemocht, aber zu erfahren, wie hinge-
bungsvoll er für seinen kranken Bruder sorgte, hatte ihm
in ihren Augen beinahe den Status eines Heiligen einge-
bracht. Jemanden zu kennen, für den die Familie unantastbar war, ließ Ivy Hoffnung schöpfen. Nicht für sich
selbst, sondern für das langfristige Glück ihrer lieben
Freundin.

Aquilla ließ Ivys Hand los und blickte ängstlich
zwischen ihr und Lucy hin und her. »Ich bin ein bisschen
nervös. Wisst ihr ... Ned und ich erwarten ein Baby, und
wir wissen nicht, wie George reagieren wird.«

Lucy riss mit einem Keuchen die Augen auf und ihr
runder Mund verzog sich schnell zu einem seligen
Lächeln. »Wir auch!«

Aquilla brachte ein fröhliches Quietschen hervor und
die beiden umarmten sich wild. Ivy betrachtete die beiden,
wie sie zusammen auf dem Sofa in ihrer Freude verstrickt
waren, und spürte einen großen Kloß in ihrer Kehle. Sie
war mehr als erfreut für die beiden, aber die Erkenntnis,
dass sie so glücklich waren und bald Mütter sein würden
... Sie musste sich Mühe geben, ihre Emotionen in Schach
zu halten. Eine Flut von Traurigkeit und Verzweiflung
drohte ihr Inneres auseinanderzureißen.

Sie trennten sich, und Ivy zwang sich zu einem breiten
Lächeln. »Ich freue mich so sehr für euch beide.«

»Du musst die Patin sein«, erklärte Lucy.

Aquilla nickte. »Oh ja, das musst du. Bei uns beiden.«

Ivy lachte, denn wenn sie nicht etwas aus sich herausließe, würde sie unter dem Druck des Ganzen explodieren. »Wenn ihr darauf besteht.«

»Das tun wir.«

Die Unterhaltung drehte sich nun um den erwarteten Geburtszeitpunkt der Babys – beide innerhalb eines Monats, wenn ihre Berechnungen stimmten – und Ivy tat ihr Bestes, sich zu beteiligen und interessiert zu wirken. In Wirklichkeit wollte sie eigentlich nur gehen. Und sie fühlte sich deshalb schrecklich. Stets waren ihre Freudinnen für sie eine Zufluchtsstätte gewesen – die einzige, die sie je besessen hatte.

Als sie und Lady Dunn sich schließlich verabschiedeten, wollte Ivy nur ins Bett kriechen und sich die Decke über den Kopf ziehen. Aber sich zu verstecken lag ihr nicht. Stattdessen würde sie die Socken fertigstricken, die sie als Nächstes mit ins Armenhaus nehmen wollte. Ja, sie fühlte sich stets wohler, wenn sie etwas für jemand anderen tat.

Es machte keinen Sinn, sich auf sich selbst zu konzentrieren – sie war so, wie sie immer sein würde.

KAPITEL DREIZEHN

*W*est stieg die Treppe des schicken dreistöckigen Stadthauses in The Paragon hinunter. Für seinen Aufenthalt in Bath hatte Hemphill ihm ein ausgezeichnetes Haus zu seiner Nutzung gesichert. Die Einrichtung war elegant und komfortabel, wenn auch ein bisschen zu pingelig für seinen Geschmack, und die Bediensteten waren aufmerksam und angenehm. Mit Ausnahme der Köchin, die er heute Morgen nach dem Frühstück kennengelernt hatte. Mit ihrem krausen weißen Haar, das in allen Richtungen unter ihrer Kochmütze hervorstand, und den großen, braunen Augen, die nur selten blinzelten, mutete ihr Aussehen ein bisschen wild, aber sicher nicht einschüchternd an. Aber dann hatte sie ihn in einem tiefen, ermahnenden Ton gescholten, weil er seine Heringe nicht aufgegessen hatte.

Er hatte ihr erklärt, rundum satt zu sein und dass die Mahlzeit köstlich gewesen sei. Sie hatte ihn ermahnt, es das nächste Mal besser zu machen.

Der Butler, ein gedrungener, effizienter Bursche namens Biddle, hatte sich überschwänglich entschuldigt, doch er erklärte, dass sie zu talentiert sei, um sie zu entlassen. West hatte das sofort verstanden, denn die Heringe waren wirklich ausgezeichnet gewesen.

Biddle begegnete West am Fuße der Treppe. »Gehen Sie aus, Euer Gnaden?«

»Ja, können Sie mir vielleicht sagen, wo sich das nächstgelegene Armenhaus befindet?«

Der Butler starrte ihn einen Moment an, ehe er nur ein einziges Mal blinzelte. Rasch fasste er sich wieder, allerdings geschah dies nicht, bevor West die Überraschung in seinen Zügen entdeckt hatte. »Nun, ich denke, das nächstgelegene müsste Walcot in der London Road sein. Es ist etwa einen zehnminütigen Spaziergang entfernt. Soll ich für Sie nach der Kutsche schicken lassen?«

West setzte den Hut auf. »Das wird nicht nötig sein. Ich werde gehen, da das Wetter offenbar beschlossen hat, es heute nicht regnen zu lassen.«

Biddle folgte ihm zur Tür und öffnete sie rasch für ihn. »Haben Sie Pläne für den Abend?«

»Es findet, glaube ich, eine gesellschaftliche Veranstaltung statt, an der ich teilnehmen möchte. Ich werde zu Abend essen, bevor ich dorthin aufbreche.«

»Sehr wohl.«

West streifte im Weggehen seine Handschuhe über. Er blickte in den grauen Himmel empor, bevor er die Stufen zum Bürgersteig hinunterging. Er schwenkte nach rechts in Richtung London Road.

Ein Besuch des Armenhauses wäre der erste Schritt, um Ivy ausfindig zu machen. Bath war nicht besonders groß, und er war davon überzeugt, dass sie den Weg zum örtlichen Armenhaus finden würde. Schritt zwei würde darin bestehen, an der gesellschaftlichen Veranstaltung, die abends stattfand, teilzunehmen. In den Veranstaltungsräumen von Bath fanden wöchentliche Partys statt, die

Tanz und Spiele offerierten. Er war sicher, dass Lady Dunn aufgrund ihrer Neigung zum Kartenspiel zugegen sein würde. Und wo auch immer Lady Dunn hinging, wäre ihre reizende Gesellschafterin ebenfalls zu finden.

Äußerst optimistisch gestimmt schritt West die London Road entlang und nickte den Passanten zu, an denen er vorbeiging. Er erreichte das Armenhaus und ging auf den Eingang zu. Sollte er klopfen oder einfach direkt hineingehen?

Schulterzuckend probierte er die Tür. Da er sie unverschlossen vorfand, schob er sie auf und trat ein. Er erkannte sofort, dass es nicht so ordentlich zuging, wie im Armenhaus von Wendover. Die Eingangshalle war feucht, und als er sich kurz umschaute, entdeckte er ein Leck in einer Ecke. Die Mauer war von Feuchtigkeit fleckig. Es lag auch ein übelriechender Geruch in der Luft, und er war sich nicht sicher, ob er einzig auf den feuchten Putz zurückzuführen war.

Er drang weiter ins Innere bis zu einer breiten Tür vor, die zu einem dämmrigen Raum führte, in dem die Insassen Werg von Tauen zupften. Das Material wurde im Schiffbau verwendet. Eine Tür, die ins Freie führte, war nur angelehnt und West konnte hören, dass dort andere Bewohner Steine klopften, die für den Straßenbau verwendet werden sollten. Das Armenhaus in Wendover hatte einen kleinen Hof für solche Arbeiten, aber West konnte bereits absehen, dass diese Anlage größer war und mehr Bewohner hier untergebracht waren. Diese Einrichtung bedurfte auch größerer Aufmerksamkeit. Die Fenster, die sich in einer Reihe an der entfernten Wand entlangzogen, waren viel zu klein, um ausreichend Beleuchtung für die Aufgaben der Bewohner zu spenden.

»Kann ich Ihnen behilflich sein?«

West drehte sich in die Richtung, aus der die Frage

kam. Ein kleiner, beinahe kahlköpfiger Herr war hinter ihn getreten. Er sah West mit einer Mischung aus Zurückhaltung und Angst an, und sein Blick war unstet und unsicher. Trotz seines Mangels an Kopfhaar wirkte er sehr jung ... zu jung, um ein Armenhaus zu leiten. West schätzte, er könnte sogar ein oder zwei Jahre jünger sein, als er selbst.

West setzte ein Lächeln auf, um den Mann zu beruhigen, und nahm seinen Hut ab. »Guten Tag, ich bin der Herzog von Clare.«

Der Mann antwortete mit einer steifen, hastigen Verbeugung. »Wir sind geehrt, Euer Gnaden. Ich bin Alves, der Leiter dieses Spikes, ähm, Armenhauses.«

West hatte diesen umgangssprachlichen Ausdruck ein paar Mal in Wendover gehört, doch er war sich immer noch nicht sicher, was er eigentlich bedeutete. Wenn er bei diesem Rundgang vielleicht ein wenig mehr Aufmerksamkeit aufbringen würde, anstatt an Ivy zu denken, würde er die Bedeutung möglicherweise erfahren. »Ich bin auf der Suche nach jemandem, der kurzfristig seine wohltätige Hilfe anbieten könnte. Kennen Sie eine Miss Breckenridge?«

Alves entspannte sich und seine Züge wurden weicher. »In der Tat. Sie war ein Segen für uns. Sie hat schon so viele Verbesserungen für unsere alltäglichen Abläufe eingeführt.«

»Wirklich?« West war nicht im Mindesten überrascht.

Alves nickte. »Ja, sie hat unsere Gerichte so organisiert, dass sie weniger Vorbereitungs- und Garzeit erfordern, und sie hat einige der Aufgaben neu abgestimmt, damit unsere Haushälterinnen effizienter arbeiten können.«

Natürlich hatte sie das. »Wird sie heute hier erwartet?«

»Sie war bereits hier. Sie haben Sie vielleicht um eine Stunde verpasst.«

Verdammt, aber er hatte nicht früher kommen können. Er war gestern spät am Abend erschöpft angekommen. »Wann erwarten sie ihren nächsten Besuch?«

»Übermorgen. Am Vormittag.«

Ausgezeichnet. Nun wusste er genau, wann er sie wiedersehen würde.

Alves straffte die Schultern und reckte das Kinn. »Darf ich mich nach Ihren Absichten bezüglich Miss Breckenridge erkundigen?« Seine Lippe bebte beinahe unmerklich, aber sein Blick war klar und direkt.

West bewunderte die Tapferkeit des Mannes – es war keine Kleinigkeit, einen Herzog zu befragen. Da er dies jedoch zum Wohle Ivys trotzdem tat, fing West an, den Mann zu mögen. »Wir teilen die Leidenschaft, den weniger Begünstigten zu helfen. Ich möchte gern für die Reparaturkosten des Eingangsbereichs aufkommen. Haben Sie Arbeiter, die das erledigen können, wenn ich die nötigen Mittel zur Verfügung stelle?«

Alves schien zu zögern und er ließ den Blick hierhin und dorthin schießen. »Miss Breckenridge und ich haben darüber gesprochen. Wir haben niemanden mit diesen Fähigkeiten. Sie hoffte, dass wir jemanden einstellen könnten, der einige unserer Bewohner ausbilden würde.«

»Eine großartige Idee.« Auch in dieser Sache war er nicht im Mindesten überrascht. »Ich werde mich also mit Miss Breckenridge abstimmen.« Und nun hatte er einen wahren Grund, sie aufzusuchen.

»Danke!« Alves Stimme klang unsicher. West schob es auf seine Nervosität.

»Es ist mir ein Vergnügen, zu helfen. Auf ein baldiges Wiedersehen, Alves.« West setzte sich den Hut wieder auf den Kopf und verabschiedete sich.

Als er in den Nachmittag hinaustrat, schien die Welt dunkler, als bei seinem Eintreten. Die Ursache dafür waren mehrere beinahe schwarze Wolken, die am Himmel aufgezogen waren, und es hatte den Anschein, als würde es am Ende doch noch regnen.

Eilig lief er die London Road in Richtung The Paragon zurück und stieß beinahe mit einer Dame zusammen, die im gleichen Moment um die Ecke bog. »Ich bitte Sie vielmals um Verzeihung«, entschuldigte er sich, als er zur Seite trat.

»Das ist schon in Ordnung«, entgegnete sie. »Clare?«

West blieb stehen und versuchte, die Stimme einzuordnen. Er wandte den Kopf und erkannte sie sofort. Wie hätte er sie auch nicht erkennen können? Elise, Lady Lamberton, war eine seiner ersten Affären gewesen. Sie war etwa fünf Jahre älter als er und immer noch sehr attraktiv mit scharfen, bernsteinfarbenen Augen und dunkelblondem Haar, das unter ihrer modischen Haube hochgesteckt war. Ganz besonders hatte er ihre Augen in Erinnerung, weil sie imstande waren, ein Schmollen oder eine Einladung auszudrücken, ohne einen einzigen Muskel in ihrem übrigen Gesicht zu bewegen.

»Lady Lamberton, wie nett Ihnen zu begegnen.« Er vollführte eine galante Verbeugung, während sie in einen galanten Knicks sank.

Sie lachte. »Wie formell wir heute sind.« Sie strich ihm über den Unterarm. »Es ist eine Ewigkeit her, aber ich wage zu sagen, dass wir uns recht gut kennen.«

»Ich wage, dem zuzustimmen.« Obwohl er ihren Werdegang im Laufe der letzten zehn Jahre oder wie lange es auch immer her war, nicht verfolgt hatte. »Ich gehe davon aus, dass es Ihnen gut geht?«

»Oh ja. Lamberton hat vor beinahe zwei Jahren die Welt verlassen.«

Das hatte er vollkommen vergessen. »Mein herzliches Beileid zu Ihrem Verlust.«

Sie zuckte die Schulter. »Er war ein anständiger Ehemann.« Der Abstand zwischen ihnen wurde kleiner, als sie näher zu ihm trat. »Ich habe ihn aber immer mit Ihnen verglichen.« Ihr Tonfall hatte sich gewandelt und war nun heiser und leise.

»Sie schmeicheln mir, Mylady.«

»Damals haben Sie mich Ihr Lamm genannt.«

Natürlich! Es war von ihrem Namen abgeleitet. Auch das hatte er vergessen. Wenn er zurückdachte, war er doch ein Einfaltspinsel gewesen, der sich sehr anstrengte, zu flirten und schmeicheln und pfiffige Spitznamen für seine Geliebten erfand. Er hatte sich für so schlau gehalten. Und doch musste er erfolgreich gewesen sein, denn Lady Lamberton war eine schöne, verführerische Frau, die eigentlich außerhalb seiner Reichweite hätte sein sollen. Damals hatten die Geliebten seiner »Hilfe« nicht bedurft. Er hatte sie aus purer Eitelkeit und männlichem Stolz erobern wollen. Er hatte sich als Lebemann behaupten wollen, wahrscheinlich, weil er wusste, dass es seine Mutter in den Wahnsinn treiben würde.

Wie um alles auf der Welt hatte seine Mutter sich in seine Gedanken eingeschlichen?

West straffte die Schultern und konzentrierte sich auf die Schönheit, die vor ihm stand. »Das ist schon sehr lange her.«

»Das ist es.« Ganz langsam ließ sie den Blick über ihn wandern, wie eine Katze, die sich ihren Weg durch ein Labyrinth aus Pfützen bahnte. »Ich würde ja behaupten, es beinahe vergessen zu haben, aber das wäre töricht von mir. Und unaufrichtig.« Ihre Lippen bogen sich kokett.

West wusste nicht, was er darauf sagen sollte. Normalerweise würde er sich auf ihr kokettes Verhalten einlassen, doch seltsamerweise stand ihm nicht der Sinn danach.

Sie trat einen weiteren, winzigen Schritt auf ihn zu. Ihr

nach Rosen duftendes Parfüm erinnerte ihn an die lang vergangenen Zeiten, an hitzige Begegnungen und befriedigende geschlechtliche Verbindungen. Irgendetwas rührte sich in ihm. Es war eine elementare Erregung, aber er reagierte nicht darauf.

»Mein Haus liegt am Queen Square. Sie sind herzlich eingeladen, heute Abend vorbeizukommen – spät. Ich werde später an der gesellschaftlichen Veranstaltung teilnehmen.« Ihre ausdrucksstarken, bernsteinfarbenen Augen schienen ganz von selbst zu lächeln. »Vielleicht treffe ich Sie dort?«

Verdammt. Das würde sie. Aber er würde nicht nach ihr Ausschau halten. Er würde nach Ivy suchen. Er hatte nicht die Absicht, Lady Lamberton den Eindruck zu vermitteln, an einem Wiederaufleben ihrer Affäre interessiert zu sein. »Vielleicht.«

In ihre Augen trat der schmollende Ausdruck, an den er sich so gut erinnerte. Nie hatte er seine Wirkung verfehlt, ihn davon zu überzeugen, nach ihrem Willen zu handeln. Doch inzwischen war er älter. Klüger. Und auf sexuelle Weise nicht an ihr interessiert.

Wirklich? Er war derzeit nicht in einer Liaison gebunden. Sie war Witwe. Das wäre ein perfektes Arrangement.

Allerdings wollte er sie nicht. Er wollte Ivy. Doch wofür bloß? Er konnte sich nicht vorstellen, dass sie sich auf eine Affäre mit ihm einlassen würde. Was zum Teufel tat er also?

»Clare?« Lady Lamberton riss ihn aus seiner Grübelei.

Glücklicherweise landete ein Regentropfen auf seinem Jackenärmel. »Es fängt an zu regnen.«

»Hmmm, Ihr Haus ist wohl nicht zufällig in der Nähe, oder?«

Zum Teufel. »Ich fühle mich zutiefst geschmeichelt, doch ich fürchte, ich bin anderweitig liiert.«

Dieses Mal schmollte sie tatsächlich und schürzte die Lippen dabei. »Ich verstehe. Wie schade.« Sie holte scharf Luft und kniff die Augen provokativ zusammen. »Nun, falls sich daran etwas ändert … meine Hausnummer ist die zweiundzwanzig.«

Sie warf ihm ein freches Lächeln zu und setzte ihren Weg fort. Ihr Dienstmädchen, das in diskreter Entfernung gestanden hatte, folgte ihr eilig hinterher.

West setzte seinen Weg zurück in sein Stadthaus fort, seine Gedanken waren in Aufruhr. Wann hatte er zum letzten Mal eine so lange Zeit ohne Geschlechtsverkehr verbracht? Er konnte sich nicht erinnern. Dennoch hatte er gerade eine unmissverständliche Einladung abgelehnt.

Es war ja nicht so, dass er keine körperliche Anziehung zu Lady Lamberton verspürt hätte. Im Gegenteil, sein Körper hatte ihr Angebot eindeutig verlockend gefunden. Doch sein Verstand nicht. Die Vorstellung, mit ihr zu schlafen – überhaupt mit irgendeiner Frau, die nicht Ivy war – war abstoßend.

Grundgütiger, was war bloß mit ihm los?

～

*D*ie Frau, die sie aus dem Spiegel anblickte, war nicht Ivy. Nun, eigentlich war sie es, doch sie erkannte sich nicht wieder. Ihr rotgoldenes Haar war in einem eleganten, kunstvollen Stil mit Zöpfen und Locken frisiert und mit Perlen verziert, die raffiniert mit den Strähnchen verwoben waren.

»Oh, Sie sehen bezaubernd aus«, sagte Lady Dunn, als sie Ivys kleines Schlafzimmer betrat.

Aquilla grinste. »Das tut sie, nicht wahr?« Lucy und sie hatten Ivy vorhin überrascht, als sie ihr ein neues Ballkleid brachten und darauf bestanden hatten, dass Lady Dunns

Kammerzofe ihr Haar frisierte. Barkley hatte jeden einzelnen Augenblick genossen, da Lady Dunn solch einen Stil nie verlangte.

»Ihr fehlt nur noch eine einzige Sache«, meinte die Viscountess und marschierte mit stockenden Schritten zu Ivy hinüber. Sie hatte ihren Gehstock nicht benutzt.

Ivy wirbelte auf dem Hocker herum, und sah Lady Dunn direkt an, als sie fragte: »Wo ist ihr Gehstock?«

»Puh, den brauche ich jetzt gerade nicht. Konzentrieren Sie sich einmal auf sich selbst, Mädchen.« Sie präsentierte eine Perlenkette, die in ihrer Handfläche lag. »Sie werden diese heute Abend tragen.« Sie sah zu Barkley, die ihr die Kette aus der Hand nahm und um Ivys Hals befestigte. »Jetzt sehen Sie perfekt aus.«

Ivy drehte sich um, um sich im Glas zu betrachten und war überrascht über das trockene kratzende Gefühl, das sie im Hals spürte, und das sich anfühlte, als wäre sie in der eisigen Kälte draußen herumgelaufen.

»Sie sieht nicht nur perfekt aus, sondern strahlend schön!«, erklärte Aquilla.

»Dem stimme ich zu«, meinte Lady Dunn leise. »Jetzt sollten wir uns auf den Weg machen.« Sie hinkte aus dem Zimmer, als Ivy sich erhob.

Mit den Händen strich sie über die üppige blutrote Seide ihres Kleides. Es war mutig und gewagt, und damit eigentlich viel besser für Lucy geeignet, allerdings hatte diese auch den Stoff ausgesucht. Sie hatten dabei gute Arbeit geleistet, Ivys Körpermaße ziemlich genau einzuschätzen und Barkley hatte kleine Änderungen in letzter Minute vorgenommen.

Lucy reichte ihr elfenbeinfarbene ellbogenlange Samthandschuhe. »Du wirst diese hier brauchen.«

Genau wie das Kleid waren die Handschuhe feiner als jedes Paar, das sie jemals besessen hatte. »Ich verstehe immer noch nicht, warum ihr euch all diese Umstände gemacht habt.« Ivy hatte das schreckliche Gefühl, die beiden könnten wollen, dass sie hübscher aussähe, da sie selbst nun Gräfinnen waren. Aber nein, so kleingeistig waren sie nicht.

»Weil wir dachten, dass es Spaß machen würde«, erklärte Aquilla. »Wie oft haben wir uns darüber unterhalten, die Schönsten des Balls zu sein? Jetzt bist du an der Reihe.«

Ivy zupfte an den Handschuhen. »Aber ich will nicht die Schönste des Balls sein.« Einmal, vor langer Zeit ... wollte sie das. Und jetzt, so fein gekleidet, fühlte sie sich zum ersten Mal, als sei sie es wirklich. Es war ein seltsames Gefühl, denn sie war sich immer noch ziemlich sicher, das nicht verdient zu haben. Und außerdem, welchen Sinn hätte es? Sie war genau wie Aschenputtel. Morgen würde sie wieder eine Gesellschafterin in ihrem farblosen Kleid und der biederen Frisur sein.

Lucy musterte sie kritisch, und das rief ein Jucken in Ivys Nacken hervor. Sie zog den zweiten Handschuh fertig an. »Was ist?«

»Haben wir dich zu etwas gezwungen, was du nicht willst?«

Im Gegenteil. Ihre Befürchtungen bestanden eher darin, dass sie sie mit etwas vertraut machten, was sie viel zu gern *wollte.*

Ivy sah die beiden an und lächelte. »Nein. Ihr beiden seid von Herzen gut, und ich bin so dankbar, euch als Freundinnen zu haben.«

Aquilla streifte ihre Handschuhe über. »Dann lasst uns aufbrechen. Du hast einen Ball vor dir, bei dem du die Schönste sein wirst.«

Als sie in den Veranstaltungsräumen ankamen, begleitete Ivy Lady Dunn in den Kartenraum, während sich Lucy mit Dartfort und Aquilla mit Sutton auf den Weg in den Ballsaal machten.

Nachdem sie sich vergewissert hatte, dass Lady Dunn gut versorgt war, schlüpfte Ivy in den Ballsaal und fühlte sich wie in einem Traum. Sie war im Laufe der Jahre bei Dutzenden von Bällen gewesen, aber dieser hier war anders. Das war natürlich Unsinn. Es war genau das *Gleiche* wie immer. Sie selbst war es, die anders war.

An der Decke schimmerten tausende von Kerzen und tauchten den riesigen Saal in ein warmes Licht. Eine Melodie ertönte von der Tribüne der Musiker, während die Gäste in Reihen tanzten, die sich über die gesamte Länge des Ballsaals erstreckten. Ivy hatte seit Jahren nicht mehr getanzt und bezweifelte, das je wieder zu tun.

Sie entdeckte Lucy und Aquilla. *Die beiden* tanzten. Aber Ivy fühlte sich deshalb nicht schlecht. Selbst bevor sie geheiratet hatten, hatten sie gelegentlich getanzt. Ivy war in ihrer Rolle als Gesellschafterin allerdings nie aufgefordert worden.

Würde sie heute Abend von jemandem aufgefordert werden? Sie sah sicherlich dementsprechend aus. In ihren Gedanken tauchte ein Bild von West – verdammt, *Clare*, auf. Oh, was für einen Unterschied machte es schon, wie sie ihn in Gedanken nannte?

Sie sah ihn in ihrer Vorstellung, sein pechschwarzes Haar, das in einem Bogen von seinen Schläfen zurückfiel, der verschmitzte Blick aus seinen dunklen Augen glitt mit verführerischer Absicht über sie hinweg. Mit Ausnahme einer farbigen Weste – in einem schillernden Blau oder einem atemberaubenden Gold – und dem gestärkten weißen Leinen seiner Krawatte und seines Hemdes würde er Schwarz tragen.

Ihr Inneres wurde von Schmerz erfasst, der sich in ihrem gesamten Körper ausbreitete. Wie sie sich wünschte, dass er hier wäre … sie so sehen könnte. Er würde sie zum Tanz auffordern, da war sie sich sicher. Und sie würde ja sagen.

Aber er war nicht hier, und würde es auch nicht sein.

Ivy strebte auf die Wand zu und nahm ihre übliche Position ein. Es hatte sie noch nie gestört, und prompt beschloss sie, sich auch heute Abend nicht davon stören zu lassen.

Der Tanz endete, und ihre Freundinnen machten sich auf den Weg an Ivys Seite.

Als sie ankamen, verbeugte Dartford sich vor ihr. »Ich würde mich geehrt fühlen, wenn du mir den nächsten Tanz gestatten würdest.«

Ivy bog die Lippen zu einem Lächeln. »Vielen Dank für das freundliche Angebot, aber ich bevorzuge meinen Status als Mauerblümchen, denke ich. Ich meine das nicht als Beleidigung, aber ich möchte den Abend gern mit meinen Freundinnen verbringen.« Sie deutete mit dem Kopf zu seiner Frau und Aquilla, die beide leise lachten.

»Ich habe dir ja gesagt, dass sie nein sagen würde«, bemerkte Lucy seufzend. Kurz umklammerte sie die Hand ihres Mannes. »Aber ich liebe dich, weil du sie aufgefordert hast.«

Dartford verbeugte sich erneut vor Ivy. »Wenn du deine Meinung ändern solltest, musst du das nur sagen. Für den Augenblick werden Sutton und ich wohl erst einmal im Kartenraum sein.«

Sutton wandte sich zur Tür. »Genau. Wir möchten nicht in euer Mauerblümchen-Dasein eingreifen.« Er zwinkerte seiner Frau zu.

Aquilla verdrehte die Augen. »Danke. Mauerblümchen sein ist *extrem* wichtig und erfordert unsere ungeteilte Aufmerksamkeit.« Sie wedelte ungeduldig mit den Fingern und die beiden Männer zogen von dannen.

»Ich dachte schon, sie würden nie verschwinden«, schnaufte Lucy gutmütig. »Wo sollen wir Stellung beziehen?« Sie musterte die Stühle, die an der Wand aufgestellt waren, und von denen nur sehr wenige belegt schienen. »Vermutlich können wir uns das aussuchen.«

»Lasst uns noch nicht Platz nehmen«, warf Aquilla ein. »Ich möchte nicht, dass Ivys Kleid knittert. Wir sollten uns zu einer offensichtlicheren Stelle begeben, damit ein Gentleman sie zum Tanzen auffordert.«

Ivy schüttelte den Kopf. »Das hat schon einer getan, und ich habe nein gesagt. Ich begnüge mich damit, sitzen zu bleiben. Vorzugsweise in einer Ecke.«

»Unsinn. Du siehst viel zu schön aus, um dich im Schatten zu verbergen.«

»Danke, Aquilla, aber es besteht wirklich keine Notwendigkeit. Mit euch beiden hier zu sein ist genug. Nur das will ich.«

Lucy und Aquilla tauschten Blicke aus, und Ivy wurde misstrauisch. »Ihr *versucht* doch nicht, mich auf dem Heiratsmarkt zu platzieren? Ich distanziere mich auf der Stelle von euch beiden.«

Lucy berührte sie am Arm und ließ die Finger zart über Ivys Samthandschuh streifen. »Nein, das tun wir nicht. Wirklich. Ich glaube, wir haben wohl beide für einen Moment vergessen, dass du nicht so bist wie wir. Du willst wirklich nicht heiraten.«

»Das hat von euch beiden auch keiner gewollt«, entgegnete Ivy, vielleicht etwas zu harsch.

Aquilla zuckte. »Das vergesse ich manchmal, glaube ich. Die Ehe mit Ned hat alles, was ich mir hätte vorstellen können, weit übertroffen.«

»Wie auch die Ehe mit Andrew«, fügte Lucy leise hinzu. »Ich glaube, wir wollen dich einfach genauso glücklich sehen, wie wir sind, aber das ist nicht gerecht. Glück basiert nicht auf der Ehe. Wir wissen, dass du mit deinem Leben sehr zufrieden bist. Du genießt eine Unabhängigkeit, nach der viele Frauen sich nur sehnen können.«

Ivy entspannte sich ein wenig. Sie hatten Verständnis. Warum um alles in der Welt verspürte sie dann immer noch ein nachhaltiges Gefühl des Unbehagens?

»Komm«, forderte Aquilla sie mit munterer Stimme auf. »Es ist an der Zeit, eine Zusammenkunft der Liga der Unbesiegbaren einzuberufen.« Sie führte sie an den Rand des Geschehens – nicht ganz in eine Nische, aber für Ivys Wohlbefinden nahe genug daran.

Die Liga war der Name, den sie sich schon vor einiger Zeit selbst gegeben hatten. Sie hatten Kraft daraus geschöpft, eine Art geheimen Club zu haben. Damals hatten sie sich getroffen, um über Bücher und Veranstaltungen zu sprechen, sie hatten gemeinsam Museen besucht, und natürlich hatten sie sich bei Bällen und Musikabenden zusammengetan und überall sonst, wo sie zusammentrafen.

»Ich muss zugeben, nicht viele der Anwesenden zu kennen«, bemerkte Aquilla, als sie sich im Saal umsah. »Wer ist diese wunderschöne Frau dort drüben? Sie scheint Hof zu halten.«

Aquilla deutete mit dem Kopf zu einer Frau, die einige Meter von der Tanzfläche entfernt stand. In einem silbrig-blauen Kleid und mit üppigem, blondem Haar, das von Diamanten durchsetzt war, war sie mehr als schön – sie war ätherisch und bezaubernd, wie ein Wesen aus einem Traum. Auch hatte sie die Blüte der Jugend hinter sich gelassen, was ihr einen Hauch von Raffinesse und Selbstsicherheit verlieh, die Ivy sehnlichst gern besitzen würde.

»Ich glaube, das ist Lady Lamberton«, vermutete Lucy. Sie war immer die Beste darin, mit Namen aufzuwarten und Menschen zu erkennen. »Sie ist Witwe, und es scheint ihr gut zu bekommen.«

Ivy verspürte das Aufwallen von Neid. Lady Lamberton war in einer besonders vorteilhaften Position – sie besaß Geld, Ansehen und Unabhängigkeit. Zumindest nahm Ivy anhand ihres Aussehens an, dass sie vermögend war. Dieses Kleid und die Diamanten in ihrem Haar kosteten mehr, als Ivy in einem Jahr verdiente. Plötzlich fühlte sie sich fremd in dem Kleid, das sie trug. Es war ein Geschenk gewesen, aber nach einem Jahrzehnt, in dem sie ganz allein für sich selbst gesorgt hatte, war sie sich nicht sicher, ob sie sich dabei wohlfühlte, es anzunehmen. Natürlich würde sie es nicht ablehnen. Denn dies würde ihre Freundinnen vor den Kopf stoßen, und das wollte sie auf keinem Fall.

»Sie sieht ein bisschen aus wie ein Schwan«, bemerkte Aquilla. »Vor einem Jahr noch hätte ich sie beneidet.«

Lucy nickte. »Ich auch.«

Ivy sagte nichts, aber mit jedem weiteren Moment, der verging, erkannte sie mehr und mehr, dass ihre Leben jetzt unwiderruflich anders verliefen. Die Freundschaft, die sie genossen hatten, würde sich natürlich fortsetzen, aber es würde nicht mehr dasselbe sein, wie früher.

Oh, das war albern! Ivy weigerte sich, Gefühlsduseleien nachzuhängen. Sie würde also nicht die Art von Glück und Zufriedenheit für sich finden, die ihre Freundinnen hatten. Das *wollte* sie gar nicht. »Ich beneide sie um ihre Unabhängigkeit«, erklärte sie mit einem listigen Lächeln.

Lucy kicherte. »Ja! Genau das ist es.«

Sie sahen sich weiter im Saal um und gaben Kommentare zu verschiedenen Teilnehmern ab. Als die Musik für den aktuellen Tanz ausklang, versiegten die anderen Klänge des Ballsaals nach und nach. Es war nicht totenstill, aber beinahe – mit einem Flüstern hier und da.

»Da muss jemand angekommen sein«, wisperte Aquilla

leise, als sie ihren Hals verrenkte, um zu sehen, wer eingetreten war.

Die Gäste wichen zur Seite und machten eine Art Durchgang für den Neuankömmling frei.

Es war ein Gentleman. Er war groß, sein Haar war schwarz wie die Mitternacht und sein Gang sündhaft arrogant. Ivy erkannte ihn natürlich sofort.

»Ist das nicht der Herzog der Begierde?«, fragte Aquilla.

Ivy konnte den Blick nicht von ihm abwenden. »Ja.«

Und er marschierte direkt auf sie zu.

»Kommt er etwa hierher?«, fragte Lucy.

»Ich denke schon«, antwortete Ivy. Als sie ihn erkannt hatte, hatte ihr Herz angefangen, in einem intensiven Stakkato zu schlagen. Jetzt sprang es ihr beinahe aus der Brust. Im Ballsaal war inzwischen beinahe eine vollkommene Stille eingetreten, und doch vernahm sie ein Rauschen in ihren Ohren. Die Hitze durchflutete ihren Körper, und ihre Knie wurden weich.

»Warum?«, fragte Aquilla flüsternd, als er sich näherte.

Ivy konnte kaum glauben, dass er tatsächlich hier war. Vielleicht war *er* ein Traum, und sie war ihren eigenen wehmütigen, dämlichen Fantasien zum Opfer gefallen. Doch nein, er war echt, und der erwartungsvolle Glanz in seinen Augen sagte ihr alles, was sie wissen musste – oder *wollte*. »Weil er sich mit mir unterhalten möchte.«

KAPITEL VIERZEHN

Als West vor ihr stehenblieb, gipfelte die Kakophonie in Ivys Ohren in einem ohrenbetäubenden Crescendo. Sie sah, wie er die Lippen bewegte, doch sie konnte keines seiner Worte verstehen. Sie bat ihn auch nicht, sich zu wiederholen. Sie stand einfach da und verschlang ihn mit ihren Blicken, als wäre ihr Hunger unstillbar.

Vage registrierte sie den Stoß jemandes Ellbogen. Lucys wahrscheinlich. Ivy schaute sich nicht um, um sich zu vergewissern.

»Miss Breckenridge?«

Dieses Mal hörte sie ihn, und das tiefe Timbre seiner Stimme schürte die Hitze noch mehr, die bei seinem Anblick sofort in ihr aufgelodert war.

»Ja?«

»Es wird gerade die Melodie eines Walzers angestimmt. Würden Sie mir die Ehre erweisen, mit mir zu tanzen?« Er verbeugte sich galant, und das sirrende Geräusch erklang erneut in ihren Ohren.

Gütiger Himmel, würde sie ohnmächtig werden? *Nein.* Sie weigerte sich.

Ivy schüttelte die Geräusche ab, die ihr den Kopf füllten und holte tief Luft, um den frenetischen Rhythmus ihres Herzschlags zu bremsen. »Das kann ich nicht, fürchte ich.«

»*Geh!*«, drängte Lucy sie leise von ihrer rechten Seite.

Ivy hätte ihrer Freundin liebend gern einen vernichtenden Blick zugeworfen, aber tat es dann doch nicht. Sie war nicht imstande, sich von Wests fesselndem Blick zu lösen.

»Warum nicht?«, fragte er leise und seine Lippen verzogen sich in einem beinahe unmerklichen Anflug von Freude, als ob er dachte, sie würden ein Spiel spielen, in das nur sie beide eingeweiht waren.

Ivy widersetzte sich dem Drang, sein Lächeln zu erwidern. Es wäre so leicht, sich wieder in seinen Bann ziehen zu lassen ... doch das hieß, dass sie glaubte, er hätte sie auf Greensward irgendwie verzaubert. Das war allerdings lächerlich. Ivy hatte sich aus eigenem Willen auf alles, was es auch gewesen sein mag, eingelassen. Sie bewegte sich nur ein ganz klein wenig auf ihn zu, wohl wissend, dass ein Großteil der Gäste im Ballsaal sie beobachtete. Die Hitze kroch ihr im Nacken empor. Sie hasste es, beobachtet zu werden, und dies war die reinste Folter. »Ich weiß nicht, wie«, zischte sie zwischen ihren zusammengepressten Zähnen hervor.

Er nahm sie an der Hand und kümmerte sich offensichtlich nicht um ihr Zögern oder ihre Weigerung. »Vertrauen Sie mir.«

Nein, nein, nein. Das würde sie nie tun. Sie versuchte, ihm die Hand zu entziehen, aber er hielt sie fest. »Ich kann das nicht.«

Er sah sie mit zusammengekniffenen Augen an. »Jetzt ist es zu spät.«

Und dann zog er sie auf die Tanzfläche, während er ihren Arm auf seinen legte.

»Sie haben mir nicht einmal gestattet, Sie meinen Freundinnen vorzustellen.« Das war eine klägliche Beschwerde, allerdings war es die einzige, die ihr gerade in den Sinn kam. Sie war sich seiner Wärme unter ihrer Hand viel zu sehr bewusst – und darüber viel zu aufgeregt.

»Nach dem Walzer. Er hat bereits angefangen.« Er drehte sie in seinen Armen und legte eine Hand an ihre Taille. Dann umfasste er ihre andere Hand mit seiner. »Legen Sie die Hand auf meine Schulter und folgen Sie einfach meiner Führung.«

Er begann sich zu bewegen, und trat vorwärts und dann zur Seite. Sie hatte den Tänzern natürlich beim Walzer zugesehen, aber es selbst zu tun war etwas anderes.

Nachdem sie ihm auf den Fuß getreten war, fragte er: »Haben Sie *nie* Walzer getanzt?«

Sie schüttelte den Kopf.

»Das ist ein Verbrechen.« Er übte größeren Druck auf ihre Taille aus, während er sie durch die Schrittfolge führte. »Zählen Sie mit mir. Eins zwei drei, eins zwei drei.« Er setzte diese Taktvorgabe für die nächste Minute fort, bis sie endlich den Rhythmus erfasst hatte.

»Haben Sie jemals getanzt?«, fragte er.

»Ja, aber nicht sehr oft.«

Er sah sie mit erhobener Augenbraue an, während sein Mundwinkel sich auf einer Seite hob. »Endlich eine Offenbarung über diese Dame.«

Sie sah zu ihm auf und akzeptierte schließlich, dass er wirklich hier in Bath war, und nicht nur die Fantasie, die sich während der letzten Wochen in ihrem Verstand eingenistet hatte. »Warum sind Sie hier?«

»Ist das nicht offensichtlich?«

»Das ist es anscheinend nicht, denn sonst hätte ich nicht gefragt.«

»Um Sie zu sehen, natürlich.«

Abermals trat sie ihm auf den Fuß.

»Das überrascht Sie, stelle ich fest«, bemerkte er ironisch.

»Außerordentlich! Ich hatte geglaubt, unsere Verbindung sei zu Ende.«

»Ach so. Nun, ich nicht. Es tut mir leid, dass ich vor Beendigung der Party nicht nach Greensward hatte zurückkehren können. Ich habe Sie nur um einen Tag verpasst.«

Sie vernahm das Bedauern in seinem Tonfall und konnte es nicht ganz glauben. Nein, sie musste sich verhört haben. »Die Wetterbedingungen waren ziemlich widrig.«

»Es war grauenvoll. Ich bin immer noch wütend darüber.«

Sie legte den Kopf schief. »Sie sind auf das Wetter wütend?«

»Darüber, dass es mich von *Ihnen* ferngehalten hat.«

Das hatte sie nicht missverstanden. Wie könnte sie?

»Sie sollten solche Dinge nicht mitten auf der Tanzfläche sagen.«

»Dann sagen Sie mir, wo ich sie sagen *sollte,* und ich werde mit Vergnügen gehorchen.« Er sah sie mit einem heißblütigen, provokanten Blick an, und sie wäre am liebsten dahingeschmolzen.

Das ging einfach nicht. Ivy gefiel ihr geordnetes, respektables Leben. Auf Greensward hatte sie sich eine kurze Übertretung erlaubt, aber das war inzwischen Vergangenheit. »Dass unsere Verbindung beendet ist, glaube ich nicht nur, sondern das ist auch mein Wunsch.« Sie wendete den Blick ab und sah, wie der Ballsaal vorbeiwirbelte, während sie sich bewegten. Sogleich wurde ihr ein bisschen schwindelig.

»Sagen Sie das nicht. Bitte.« Sein Flehen war leise, aber eindringlich. »Ich kann nicht aufhören, an Sie zu denken. Und an Greensward.«

Ihr Herz krampfte sich zusammen, und der Saal verschwamm ihr vor den Augen. Sie versuchte, sich auf etwas zu konzentrieren, und ihr Blick fiel auf einen Herrn in ihrer Nähe. Er schien irgendwie vertraut zu sein, aber sie konnte sein dünner werdendes sandfarbenes Haar oder seine dickbäuchige Figur nicht einordnen. Die Musik wurde langsamer bis sie ganz verstummte. Er drehte den Kopf zu ihr herum, und sie erblicke seine Augen – sie waren von einem strahlenden Blau mit einem Anflug von Violett, wie die Blüten von Ehrenpreis. Diese Augen würde sie überall erkennen.

Und dann tat sie das absolut Undenkbare. Sie wurde ohnmächtig.

~

West fing sie auf, ehe sie zu Boden stürzte. Er hatte gespürt, dass sie aus dem Gleichgewicht geraten war, nachdem sie die Aufmerksamkeit anstatt auf ihn auf den Ballsaal gelenkt hatte, und er hatte ihr sagen wollen, sie sollte ihn anschauen, und nicht den Ballsaal. Aber er war von ihren Worten abgelenkt gewesen. Sie wollte ihn nicht wiedersehen.

Als er sie in die Arme hob, registrierte er das hörbare Einatmen und das Raunen um ihn herum.

Eine der jungen Frauen, die bei Ivy gestanden hatten, trat mit einem grimmigen Ausdruck auf ihn zu. »Folgen Sie mir.« Sie wurde von der anderen jungen Frau begleitet, und rasch gingen sie West auf dem Weg aus dem Ballsaal voraus.

Er folgte ihnen in die Vorhalle, wo ein Diener ihnen den Weg zu einem der Ruhezimmer wies.

Die dunkelhaarige Frau mit den durchdringenden haselnussbraunen Augen drehte sich zu ihm um. »Geben Sie uns einen Moment Zeit.«

Zusammen mit der anderen Frau, einer hübschen Brünetten mit einem Berg von Locken, die zu einer aufwendigen Frisur arrangiert waren, eilte sie in das Ruhezimmer.

Mehrere Personen waren ihm aus dem Ballsaal bis hierher gefolgt. Er wandte sich zu ihnen um und bedachte sie mit etwas, von dem er hoffte, dass es sein herzoglicher Blick war, um sie zu vertreiben. »Gewähren Sie der Dame doch bitte etwas Raum.« Keiner von ihnen sollte noch näher kommen oder noch schlimmer, sie in das Zimmer begleiten.

Einen Augenblick später stecke die dunkelhaarige Frau den Kopf heraus und winkte ihn hinein.

West trug Ivy in das Zimmer, als sie sich in seinen Armen zu rühren begann. Eigentlich wollte er sie nur ungern hinlegen, aber die anderen beiden Frauen schwirrten um eine Chaiselongue herum und deuteten ihm an, sie darauf zu betten.

Als er sie auf dem weichen Brokat ablegte, schlug sie die Augen auf. Sie wirkte verwirrt, doch dann blinzelte sie. Erst danach fiel ihr Blick auf ihn. Er blieb über sie gebeugt und war ihr womöglich erheblich näher, als es sich für ihn in dieser Situation geziemte, doch das war ihm egal.

»Fühlen Sie sich wohl?«

»Ja.« Ihre leise Stimme klang kratzig. Verführerisch, wenn er ehrlich sein sollte. Er sollte jetzt nicht an solche

Dinge denken, aber gerade durch den ängstlichen Ausdruck, mit dem sie ihn ansah, machte sie es ihm schwer, das nicht zu tun. »Bin ich *ohnmächtig geworden?*«

Beinahe hätte er angesichts ihrer Selbstironie gelacht. »Es hat so ausgesehen, ja.«

Die dunkelhaarige Frau ging auf der anderen Seite der Chaiselongue in die Hocke. »Ivy, was ist passiert?«

Sie sah die Frau an. »Ich bin mir nicht ganz sicher. Wir haben getanzt, und dann –«

West spürte, wie sie sich versteifte und sah zu, wie sich ein Schatten über ihren Blick legte.

»Mir ist schwindelig geworden«, erklärte sie und wie es West schien auf ziemlich ausdruckslose Art. Er sah zu den anderen Frauen, um ihre Reaktion zu beobachten. Sie tauschten Blicke aus. Ja, hier stimmte etwas nicht, aber er hatte keine Ahnung, was.

Es sei denn, es ging um ihn.

Ihre Verbindung sei zu Ende, hatte sie erklärt, denn sie *wollte* es so. Die Dinge liefen nicht so, wie er es im Sinn hatte. Er war wiederrum auch noch nie einer Frau begegnet, die ihn nicht gewollt hatte. Plötzlich fühlte er sich wie ein arroganter Schnösel.

Er stand auf und veranlasste damit alle drei Frauen, die Köpfe nach ihm umzuwenden. Er sah auf Ivy herab. Sie sah genauso aus, wie er es sich immer erträumt hatte – in einem eleganten Kleid, das ihre Figur perfekt umspielte, das Haar zu einen raffinierten Stil frisiert und Juwelen die warm auf der weichen, elfenbeinfarbenen Haut an ihrem Hals schimmerten. Er musste seine gesamte Willenskraft aufbringen, um jetzt von ihr fortzugehen. Doch genau das war seine Absicht. Vorerst. Morgen, wenn sich die Dinge ein wenig beruhigt hatten, würde er es erneut versuchen. Er konnte nicht anders.

»Ich werde Sie den fähigen Händen Ihrer Freundinnen überlassen«, erklärte er ihr.

»Danke.« Wofür, fragte er sich? Weil er mit ihr getanzt hatte? Sie von der Tanzfläche getragen hatte? Weil er ging?

Er hoffte, ersteres wäre der Grund, doch er befürchtete, dass es eher letzteres war. Morgen würde er der Sache auf den Grund gehen.

Als er in die Vorhalle hinaustrat, blieb er abrupt stehen, als Lady Lamberton auf ihn zukam. In einem eisblauen Kleid schien sie eine Vision von Liebreiz zu sein. Sie wirkte kühl und unnahbar. Bis sie den Blick auf ihn richtete, und dann wurde ihm bewusst, dass sie für *ihn* so zugänglich war, wie er es sich nur wünschen konnte.

Sie schlenderte auf ihn zu. »Wer war die Frau, mit der Sie da getanzt haben?«

»Miss Breckenridge.« West hatte nicht die Absicht, Lady Lamberton zu erklären, dass Ivy eine Gesellschafterin war. Das würde sie sehr wahrscheinlich schon bald genug erfahren.

Warum war das von Bedeutung? War Ivy aufgrund ihres Standes irgendwie weniger wert? Ja, nach Ansicht von Lady Lamberton und eigentlich auch der übrigen Gesellschaft. Aber in Wests Augen?

Er verspannte sich und wurde zunehmend wütender auf sich selbst. Vielleicht hatte er geringer von ihr gedacht. Und das auch noch, während er ihr versichert hatte, das nicht zu tun. Er schuldete ihr eine Entschuldigung.

Als er sich ins Bewusstsein rief, was sie alles überwunden hatte – gewiss den Ruin ihres Rufes – und ihre Art, anderen zu helfen, nahm seine Bewunderung für sie zu. Er kam zu dem Schluss, dass sie die außergewöhnlichste Frau war, die er je kennengelernt hatte. Sie war ein herrlicher Phönix, der aus der Asche auferstanden war.

»Ich glaube nicht, von ihr gehört zu haben.« Lady

Lamberton warf ihm ein suggestives Lächeln zu. »Sie ist wahrscheinlich nicht die erste junge Dame, die in Ihren Armen ohnmächtig wird.«

Eigentlich war sie das. »Ihr ist einfach schwindelig geworden.«

Die Brünette mit den Locken trat aus dem Ruheraum und ging auf das Kartenzimmer zu. West folgerte daraus, dass sie höchstwahrscheinlich Lady Dunn hinzuholte und er schalt sich, nicht daran gedacht zu haben, das selbst zu tun.

Einige der Gäste, die ihnen in die Vorhalle gefolgt waren, kehrten in den Ballsaal zurück, doch es blieb eine kleine Gruppe übrig, die vor allem von Lady Lamberton dominiert wurde. West wollte sie davonscheuchen, aber er wollte keine Szene machen. Er selbst wollte ebenfalls nicht gehen.

Einen Augenblick später traten die junge Frau und Lady Dunn aus dem Kartenraum. West hatte Lady Dunn noch nie so schnell laufen sehen und die Spitze ihres Gehstockes klickte in scharfen, raschen Intervallen auf dem Marmorboden.

Hinter ihr folgten zwei Herren, die West sofort als die Earls of Dartford und Sutton erkannte. Vage erinnerte er sich, dass die beiden in der vergangenen Saison geheiratet hatten und er nahm an, dass es sich bei den Damen, die bei Ivy waren, um ihre Frauen handeln musste. Sie traten nicht in den Ruheraum, sondern warteten direkt vor der Tür.

Die dunkelhaarige Frau trat heraus und unterhielt sich mit ihnen. Als er beobachtete, wie sie die Hand an Dartfords Arm legte, folgerte er, dass sie seine Gräfin sein musste. Dartford nickte zu allem, was sie sagte.

In dem Moment tauchte Ivy aus dem Ruhezimmer auf, und hatte den Arm um die Frau gelegt, die sicherlich die

Gräfin von Sutton war. Ihr Blick schweifte durch den Raum und verweilte genau in dem Moment auf West, als Lady Lamberton an seine Seite trat.

»Nun, sie wirkt ziemlich erholt«, meinte Lady Lamberton leise.

West widersetzte sich dem Drang, sie wie eine lästige Fliege fortzuscheuchen, ebenso, wie er sich beherrschte, nicht auf Ivy zuzugehen und darauf zu bestehen, sie zu ihrer Kutsche zu begleiten.

Ivy kniff beinahe unmerklich die Augen zusammen, doch sie wandte den Blick so schnell von ihm ab, dass West sich fragte, ob er sich das womöglich nur eingebildet hatte. Lady Dartford trat an ihre andere Seite, und zwischen den beiden Frauen gestützt verließ sie die Veranstaltungsräume.

Lady Lamberton seufzte und ihr weicher Atem kitzelte West am Hals. »Das unterhaltsame Zwischenspiel ist vorbei, nehme ich an.«

West drehte sich abrupt um, während er einen Schritt von ihr zurücktrat. »Wenn Sie das als unterhaltsam betrachten, sind Sie eine widerwärtige Person, Lady Lamberton. Ich wünsche Ihnen einen guten Abend.«

Er überlegte, nach Hause zu gehen, doch stattdessen begab er sich auf der Suche nach einem Whisky in den Kartenraum. Wenn man dort keinen servierte, würde das Gebäude sicherlich über einen Raum verfügen, der für die Herren reserviert war, um etwas zu trinken. Direkt hinter der Türschwelle wurde er von einem großen, schlaksigen Kerl begrüßt, der aussah, als hätte er eine zu große Vorliebe für Süßigkeiten entwickelt. Er grinste fröhlich. »Clare, nicht wahr?«, fragte er und bot ihm die Hand an.

West schüttelte sie rasch, denn er war darauf aus, seinen Weg fortzusetzen. »Ja.«

»Ich bin Bothwick«, erklärte er und ließ Wests Hand

los. »Ich frage mich, ob diese junge Dame in Ordnung ist? Ich habe mitangesehen, wie sie direkt in Ihren Armen zusammenbrach.«

»Ihr ist ein bisschen schwindelig geworden.«

Bothwick kicherte. »Ich habe das während eines Walzers schon ein oder zwei Mal erlebt. Es war ihr Glück, Sie als ihren Helden zu haben.«

West wollte keinen Small Talk betreiben. Er wollte einen verdammten Whisky. »Sie wissen nicht zufällig, wo ich ein Glas Whisky herbekommen kann.«

»Natürlich. Gestatten Sie mir, Ihnen den Weg zu zeigen.« Er bedeutete West, ihn zu einer Seitentür zu begleiten. Nachdem sie einen kurzen Korridor durchquert hatten, öffnete Bothwick die Tür zu einem mit Tischen ausgestatteten Raum. In diesem Zimmer saßen mehr als ein Dutzend Herren und einige Diener servierten die Getränke. »Sollen wir uns setzen?«

West nahm an einem nahegelegenen Tisch Platz, während Bothwick mit einem der Diener sprach. Er ließ sich neben West nieder, lehnte sich auf seinem Stuhl zurück und verschränkte die Hände über seinem hervorstehenden Bauch. »Der Whisky ist unterwegs, Euer Gnaden.«

»Danke.« West war nicht besonders an Gesellschaft interessiert, aber er wollte nicht unhöflich sein. Er würde seinen Whisky trinken und sich anschließend verabschieden.

»Die Dame, mit der Sie getanzt haben ...«, setzte Bothwick an. »Sie schien mir sehr vertraut zu sein. Wer ist sie?«

»Ihr Name ist Miss Breckenridge. Ich bezweifle, dass Sie sie kennen.« Weil sie nicht aus ihrer Klasse stammte. Wieder spannten sich seine Muskeln an, und sein Körper rebellierte gegen die Grenzen der blasierten Gesellschaft. Bislang hatte ihn das nie beunruhigt.

Bothwick strich sich kurz über das Kinn. »Nein, das kann ich nicht behaupten. Es ist seltsam, denn ich war fast sicher, das zu tun.«

West hörte ihm kaum zu, als der Diener sich mit ihrem Whisky dem Tisch näherte. Er stellte beide Gläser auf den Tisch und erkundigte sich, ob sie noch etwas anderes wünschten. West schüttelte den Kopf, und auch Bothwick lehnte ab.

Bothwick nippte an seinem Whisky und stellte sein Glas ruckartig auf den Tisch. »Ja, genau! Sie sieht einer Dame aus meiner Gegend ähnlich. Ich hätte einen anständigen Batzen Geld darauf verwettet, dass sie es ist, aber sie hieß nicht Breckenridge.« Er schmunzelte. »Und ich bezweifle sehr, dass sie hier wäre und so aussehen würde.« Er schaute amüsiert auf seinen Whisky herab, als würde er einen privaten Scherz genießen.

Irgendetwas an seinem Benehmen löste ein Kribbeln in Wests Nacken aus. »Was meinen Sie damit, dass sie nicht hier wäre und so aussähe? Wie würde sie denn aussehen?«

Bothwick hob den Kopf. »Sie war sehr rasch bei der Sache, hat sich in Schwierigkeiten gebracht. Ich kann mir nicht vorstellen, dass sie ihren Weg zu einer gesellschaftlichen Veranstaltung in Bath gebahnt hätte, als ob sie auf dem Heiratsmarkt wäre.«

West hatte seinen Whisky in die Hand genommen, und sein Griff wurde so starr, dass er befürchtete, er könne da Glas zerbrechen. Der Mann konnte nicht von Ivy sprechen, oder? Er hatte behauptet, ihr Name sei nicht Breckenridge gewesen. Dennoch konnte West das Gefühl des Unbehagens nicht ignorieren, das in ihm emporkroch. Er fasste den Entschluss, so viel wie möglich von dem Mann in Erfahrung zu bringen, und er hegte den Verdacht, dass dieser keineswegs wirklich ein Gentleman war. »Ich habe solche Mädchen gekannt.«

Bothwick lachte erneut. »Das kann ich mir gut vorstellen. Ich würde wetten, dass Ihnen einige dumme Gänse nachlaufen.« Wieder nippte er an seinem Whisky und stellte erst das Glas hin, ehe er sich näher zu West beugte, und seine Stimme senkte. »Ihr Ruf ist legendär. Gibt es irgendwelche Geschichten, die Sie gern verraten würden?«

Nun, da sich seine Vorahnung, dass dieser Mann ein Schwein aus der Gosse war, als wahr erwiesen hatte, setzte West seine Finte fort. Er lehnte sich nur ein wenig nach links und drückte die Rippen an die Armlehne des Stuhls. »Ich würde lieber von diesem Mädchen hören, das Sie erwähnt haben. Vor allem, wenn sie wie meine Tanzpartnerin ausgesehen hat, die, wie Sie sehen konnten, verdammt hübsch ist.«

»Genau deshalb hatte ich angenommen, dass es sich um dasselbe Mädchen handelte. Mary – so hieß sie – war unvergleichlich.« Die Art und Weise, wie er das Wort unvergleichlich aussprach und der wissende Glanz in seinen Augen, schürte Wests schlimmsten Verdacht: Bothwick war der Hundesohn, der sie ruiniert hatte.

Er hatte sie Mary genannt. Wahrscheinlich war dies der ausschlaggebendste aller Beweise.

»Aber wie Sie schon gesagt haben, kann sie unmöglich dieselbe Person sein.« West zwang sich zu einem heiteren Tonfall. Er wollte den Mann erdrosseln, bis der Hundesohn nicht mehr atmen würde.

Bothwick schüttelte den Kopf. »Nein, ich kann mir unmöglich vorstellen, dass sie es sein könnte.«

West konnte sich nicht davon abhalten, diesen Mann zu drängen, alles preiszugeben, was er wusste. Alles, was er *getan* hatte. »Sie war schnell bei der Sache, sagten Sie? Ihre

Kenntnisse stammen vermutlich aus erster Hand.« Er verzog den Mund zu einem verschlagenen Grinsen.

Bothwick teilte die Lippen zu einem anzüglichen Grinsen. »Eigentlich sollte ich nicht darüber sprechen, aber es ist schließlich nicht so, als würde ich eine *Dame* beleidigen.« Er nahm noch einen Schluck von seinem Whiskey, und West betete, dass er daran ersticken würde. »Sie hatte sich bis über beide Ohren in mich verliebt – oder wenigstens sagte sie das. Sie hatte in Erfahrung gebracht, dass ich der Erbe eines Viscounts war und visierte Ziele an, die weit über ihren Stand hinausgingen. Als sie sich mir in der Hoffnung anbot, dass ich sie heiraten würde, konnte ich einfach nicht widerstehen. Es muss dazu gesagt werden, dass ich es versucht habe, doch sie zeigte sich ziemlich hartnäckig. Letztendlich hat sie mich herumgekriegt, fürchte ich.« Noch einmal stellte er sein Glas auf dem Tisch ab.

West war sich sicher, dass das dreckige Schwein log. »Also haben Sie natürlich kapituliert.«

»Was hätte ich tun können?« Er machte große Augen und zuckte hilflos mit den Schultern, ehe er erneut in Gelächter ausbrach. Er glaubte, sie würden den gleichen Witz teilen. West wollte allerdings einzig seine Faust mit Bothwicks Kiefer teilen.

Beinahe hätte er den Mann hier und jetzt zum Duell herausgefordert, aber welchen Sinn hätte dies, außer Ivys Vergangenheit auszugraben? Und zweifellos hatte sie hart gearbeitet, um diese Vergangenheit zu vergessen.

West trank den Rest seines Whiskys in einem Schluck aus und erhob sich. Er stand so schnell auf, dass er gegen den Tisch stieß. Bothwicks Whiskyglas kippte um, und der Rest der bernsteinfarbenen Flüssigkeit ergoss sich über Bothwicks Hose.

Zufrieden mit dieser kleinen Attacke, wünschte West

dem Mann einen guten Abend und machte sich eher eilig auf den Weg. Wenn er das nicht täte, würde er den Mann zu einem nicht wiedererkennbaren Brei verprügeln.

Als er die Veranstaltungsräume verließ, dachte er über sein Vorhaben nach, Ivy morgen zu sehen. Das wollte er noch immer, doch nun würde ihre Begegnung von vollkommen anderer Art sein. Er musste sich nur gut überlegen, von welcher Art sie sein würde.

KAPITEL FÜNFZEHN

*N*ach der ganzen Aufregung vom gestrigen Abend war Ivy das Einschlafen schwergefallen. Schließlich war sie irgendwann vor dem Morgengrauen eingeschlummert und folglich heute Morgen recht spät aufgestanden. Erschöpfung und Stress hatten an ihren Nerven gezerrt, und sie fühlte sich deshalb aufgeregt und ängstlich.

Sie betrachtete ihren halb aufgegessenen Keks und schob den Teller beiseite. Dann nahm sie ihre Teetasse zur Hand und stellte sie wieder ab, ohne das Getränk auszutrinken.

Der Schwindel und die anschließende Übelkeit, die sie gestern Abend erlebt hatte, erfassten sie immer wieder, wenn sie an die Geschehnisse zurückdachte. Nie hätte sie sich vorgestellt, Peter noch einmal wiederzusehen und schon gar nicht, wenn sie bei einem verdammten Ball in den Armen eines Herzogs tanzte.

Warum war sie ohnmächtig geworden?

Sie krümmte die Finger und schloss sie zu einer Faust, als die Selbstverachtung sie überkam. Sie hatte so lang und so hart gearbeitet, um sich ein neues Leben aufzubauen, und in einem einzigen Augenblick waren ihre sämtlichen Errungenschaften weggeworfen worden. Sie hatte sich in dieses törichte Mädchen zurückverwandelt, das ihr Leben ruiniert hatte.

Mit geschlossenen Augen redete sie sich selbst zu, dass dies Vergangenheit war, und sie nun hier und in Sicherheit wäre. Aber wenn Peter sie erkannt hatte ... was würde er tun? Wenn Lady Dunn herausfand, wer sie wirklich war, was sie getan hatte ...

Ivy schlug die Augen auf und erhob sich abrupt, als ob sie loslaufen wollte. Ihre Muskeln waren angespannt, zur Flucht bereit, und ihre Nerven waren straffer gespannt als die Saiten eines Bogens.

Nein, es würde nichts Schlimmes geschehen. Sie hatte Freunde, die sie unterstützen würden. Gestern Abend waren sie so unglaublich freundlich und umsichtig gewesen. Weder Lucy noch Aquilla hatten sie mit ihrer Neugier bedrängt, doch sie hatte sehen können, dass sie Fragen hatten. Und wenn sie die Wahrheit erfuhren – wenn sie es ihnen sagte – würden sie es verstehen, oder? Aber wenn ihr Geheimnis nach und nach bekannt würde, könnten sie dann weiterhin zu ihr stehen? Inzwischen waren sie Gräfinnen. Und sie selbst war ein Niemand.

Lady Dunn betrat das Wohnzimmer. Sie benutzte ihren Gehstock nicht und schien heute flinker als üblich zu sein. »Mir ist zu Ohren gekommen, dass Sie endlich aufgestanden sind.« Sie trat auf Ivy zu, und ihr Gesicht nahm einen besorgten Ausdruck an. »Sind Sie in Ordnung, meine Liebe? Sie haben mir letzte Nacht ein bisschen Angst eingejagt.«

Ivy holte tief Luft und das linderte ihre Anspannung geringfügig, als sie sich wieder in den Sessel setzte, aus dem sie gerade aufgestanden war. Lady Dunn nahm an einem Ende des Sofas Platz, das danebenstand.

»Ich fühle mich heute besser, danke«, antwortete Ivy, und war selbst überrascht, wie ruhig sie klang.

»Gut.« Lady Dunn musterte sie prüfend, als würde sie auf Ivys Einschätzung nicht ganz vertrauen. »Es tut mir leid, dass Ihr Abend abgebrochen wurde. Sie haben so schön ausgesehen. Und Sie haben mit einem Herzog getanzt.« Ihre Augen funkelten vor Freude. »Hat er Sie von der Hausparty wiedererkannt?«

»Ja«, entgegnete Ivy, denn zumindest das entsprach der Wahrheit. »Er war einfach nur freundlich.«

Lady Dunn winkte mit der Hand ab. »Bah. Ich würde sagen, dass er eine schöne Dame sah und sie einfach gebeten hat, zu tanzen. Er ist schließlich der Herzog der Begierde.« Sie lachte leise und kehlig auf.

Ivy zuckte bei dem Namen zusammen. *Sie* begehrte ihn ganz sicher. Aber sie hatte auch nie die Absicht gehabt ihn wiederzusehen. Sie hatte nicht damit gerechnet, ihm jemals wieder näher zu kommen, als über einen bevölkerten Ballsaal in London hinweg. Doch er war hier in Bath. Weil er sie treffen wollte. Weil er anscheinend nicht wollte, dass ihre Verbindung beendet sein sollte.

Also kam er nach Bath, um ihre Affäre fortzusetzen. Aber nein, es war keine Affäre gewesen. Nicht wirklich. Es war eine Gelegenheit gewesen. Ein einzigartiges Ereignis, das Ivys Träume mit Bildern füllte und ihr vollkommen zufriedenstellendes Leben plötzlich unzulänglich wirken ließ.

Lady Dunn blickte zu den Fenstern. »Die Sonne ist heute hervorgekommen, können Sie das glauben? Ich dachte, wir könnten in die Sydney Gardens gehen, und einen Spaziergang unternehmen.«

Ivy wollte zurück ins Bett gehen und sich unter der

Bettdecke verkriechen. Auf der Stelle wurde sie wütend auf sich selbst. Das war das Mädchen, das sie einmal gewesen war – erschrocken und gelähmt. Sie weigerte sich, wieder zu diesem erbärmlichen Geschöpf zu werden. Außerdem war es ihre *Aufgabe*, Lady Dunn zu begleiten. Und sie würde es mit Begeisterung tun. »Das klingt herrlich.« Das tat es tatsächlich. Ein flotter Spaziergang in der Sonne würde ihrer Stimmung sehr zuträglich sein. Sie beäugte Lady Dunn. »Sie machen den Eindruck, als würden Sie sich heute ziemlich wohlfühlen.«

»Das tue ich, danke. Ein klarer Tag wirkt Wunder für meine Beweglichkeit.« Lady Dunn erhob sich langsam, aber ohne große Mühen. »Können Sie bald bereit sein?«

»Ja, sicher.« Ivy erhob sich ebenfalls und war froh, sich auf etwas anderes konzentrieren zu können als auf den gestrigen Abend. Nach ihrer Unterhaltung mit Lady Dunn fühlte sie sich nun etwas besser. Die Viscountess schien es nicht als schreckliches Ereignis zu betrachten, und das trug zu Ivys Erkenntnis bei, dass die Angelegenheit offenbar nur in ihrer eigenen Vorstellung *schrecklich* war. Niemand wusste, wer Peter war, und wenn er sie nicht erkannt hatte, würde alles gut sein.

Eine Stunde später betraten sie die Sydney Gardens durch das Sydney Hotel. »Das sollten sie einmal während einer Sommergala sehen. Die Kulisse kann mit Vauxhall konkurrieren, allerdings wurde sie auch in diesem Sinne entworfen«, erklärte Lady Dunn.

Ivy war noch nie in Vauxhall gewesen und konnte sich nicht vorstellen, dass sich daran einmal etwas ändern würde. Sie schritten einen Weg entlang, während Lady Dunn ihr von den verschiedenen Unterhaltungsangeboten erzählte, die hier stattfanden. »Das Labyrinth ist besonders amüsant.«

Auf ihrem Weg kamen sie an verschiedenen Spaziergängern vorbei, und viele darunter waren Lady Dunn bekannt. Sie freute sich sehr, als sie auf ihre Freundin Mrs. Shilton stieß, die sie seit dem letzten Herbst nicht mehr gesehen hatte.

»Ich bin gerade in der Stadt eingetroffen«, erklärte Mrs. Shilton. »Erst vor kurzem hat meine Tochter ihr erstes Kind bekommen.« Die Frau strahlte vor Freude.

Lady Dunn lächelte breit. »Du musst mir alles darüber erzählen. Komm, setzen wir uns ein bisschen.« Sie strebten auf die nächstgelegene Bank zu. Mrs. Shiltons Dienstmädchen schenkte Ivy ein zaghaftes Lächeln, das diese erwiderte. Sie begannen jedoch keine Unterhaltung. Ivy war ganz zufrieden, etwas abseits zu stehen und einfach die Sonne zu genießen.

Das Vogelgezwitscher, das Knirschen der Schritte auf dem Pfad aus zerstoßenen Muscheln und die Brise, die das Laub in gleichmäßigen Abständen wie in einem sanften Lied rauschen ließ, lullten sie ein und sie befand sich in einer willkommenen Trance. Sie schloss die Augen und versank in der Gegenwart. Das war ein Trick, den sie vor langer Zeit gelernt hatte, um ihre Nerven wieder zur Ruhe zu bringen, wenn sie zu sehr aus dem Gleichgewicht geraten war.

»Miss Breckenridge.« Der tiefe, heisere Ton verband sich mit der Melodie der Klänge um sie herum, und für einen kurzen Moment begrüßte sie ihn. Doch dann drang die Erkenntnis voll in ihr Bewusstsein, und sie riss die Augen auf.

West stand einen Fuß von ihr entfernt, seine dunklen Augen strahlten unter seiner Hutkrempe hervor. Er bot den Anblick eines stilvollen Gentlemans, mit seinem dunkelgrünen Frack, den gelbbraunen Hosen und den glänzenden Stiefeln. »Ich habe Lady Dunns Haus aufgesucht und dort wurde mir gesagt, dass Sie hierherkommen würden«, erklärte er.

»Was möchten Sie?«, fragte sie mit Blick auf Lady Dunn, die Ivy den Rücken zugewandt hatte. Noch immer war sie tief im Gespräch mit Mrs. Shilton vertieft.

»Eine ganze Menge Dinge, aber machen wir doch den Anfang mit Ihrem Wohlbefinden.« Er kam ein klein wenig näher und sein intensiver Blick hielt sie fest. »Gestern Abend habe ich mir große Sorgen gemacht. Heute sehen Sie gut aus.«

»Es geht mir gut, danke.« Sie war nicht imstande zu ertragen, wie er sie ansah und wandte den Blick ab. Er berührte sie nicht, aber sie fühlte ihn überall auf sich – und zwar nicht auf eine schlechte Art. Allerdings *war* es schlecht. Oder falsch. Oder irgendetwas. Sie wollte diese Gefühle für ihn, diese überwältigende Anziehungskraft, nicht fühlen.

»Guten Tag, Euer Gnaden«, rief Lady Dunn von der Bank aus.

Ivy versteifte sich und ging auf ihre Arbeitgeberin zu. West folgte ihr – sie konnte ihn hinter sich spüren.

Der Herzog trat vor die Bank und verbeugte sich vor beiden Damen. Lady Dunn machte ihn mit ihrer Freundin bekannt.

»Es ist mir eine Freude, Ihre Bekanntschaft zu machen«, sagte er mit seinem gewohnten Charme an Mrs. Shilton gewandt. Er richtete den Blick auf Lady Dunn. »Darf ich Ihre Gesellschafterin zu einem kurzen Spaziergang entführen?«

Lady Dunn ließ den Blick zu Ivy herumschnellen und kurz, aber unübersehbar flackerte die Überraschung darin auf. Es lag auch der Anflug einer Frage darin. »Ja, wenn sie geneigt ist.«

Ivy könnte nein sagen. Sie könnte dieser Farce mit West

gleich jetzt ein Ende machen. Doch als er ihr seinen Arm bot, ergriff sie ihn. »Wir werden nicht lange fort sein«, versprach sie der Viscountess.

Lady Dunn neigte den Kopf, und West führte sie davon.

»Sie können mich nicht einfach zu einem Spaziergang mitnehmen«, erklärte Ivy vielleicht etwas zu bissig.

»Warum nicht? Breche ich damit ein Gesetz, dessen ich mir nicht bewusst bin?«

»Sie benehmen sich absichtlich begriffsstutzig. Wir haben uns große Mühe gegeben, um ... unsere ... Verbindung auf Greensward zu ... zu verschleiern. Warum machen Sie sie jetzt öffentlich?«

»Ich mache gar nichts *öffentlich*. Ich begleite eine wunderschöne junge Frau auf einem Spaziergang.«

»Ich promeniere hier am Arm des Herzogs der Begierde. Ich möchte nicht als Ihre letzte Eroberung angesehen werden.«

»Eroberung? Wann habe ich mich denn in einen Krieger verwandelt?« Er schüttelte den Kopf. »Egal. Dass die Sache diese Richtung nimmt, hatte ich nicht beabsichtigt.« Missbilligend verzog er die Lippen.

Natürlich hatte er einen Plan. Er hatte stets einen Plan. Und bei diesem hier war sie beteiligt. Gestern Abend hatte er ihr erklärt, nach Bath gekommen zu sein, um sie zu treffen. »Was wollen Sie?«, fragte sie erneut.

»Ich wollte mit Ihnen über das Armenhaus sprechen – Walcot.«

Als sie den Kopf drehte, um ihn anzuschauen, wurden ihre Schritte immer langsamer. Das war das Letzte, was sie erwartet hatte. »Walcot?«

»Ich war gestern dort und möchte für die Reparaturen in der Eingangshalle aufkommen. Ich habe auch von Ihrem Wunsch erfahren, dass einige der Bewohner dabei lernen sollen, wie solche Arbeiten ausgeführt werden.«

Ivy blieb nun gänzlich stehen und starrte ihn an. »Daran wäre mit sehr gelegen«, antwortete sie langsam. »Ich bin über Ihr Engagement überrascht.«

»Das bin ich auch, um ehrlich zu sein.« Sein Mund verzog sich zu einem kleinen Lächeln. »Sie haben einen ziemlichen Eindruck auf mich gemacht, Ivy. Ich gebe zu, mich auf der Suche nach Ihnen ins Armenhaus begeben zu haben, aber ich bin inspiriert worden, meine Unterstützung zu offerieren.«

Sie schürzte die Lippen. »Um mich zu beeindrucken.«

Sein Lächeln verblasste. »Warum müssen Sie immer nur das Schlimmste denken?«

Weil sie daran gewöhnt war. »Das ist nicht meine Absicht.«

»Es liegt aber in Ihrer Natur.« Für einen Moment sah er an ihr vorbei und dann begegnete er wieder ihrem Blick. »Sie haben eine dunkle Vergangenheit. Das möchte ich gern verstehen.«

Ivy wandte sich von ihm ab, marschierte los und zerrte ihn mit sich. »Es ist die Vergangenheit. Ich bevorzuge, sie dort zu lassen.«

Für einen Moment gingen sie schweigend nebeneinander her, bis er anmerkte: »Gestern Abend habe ich die Bekanntschaft von Lord Bothwick gemacht.«

Ivy wurde von einer weiteren Welle der Übelkeit erfasst. Sie klammerte sich an seinen Arm und ihre Schritte wurden wieder langsamer.

Er legte die Hand in einer beruhigenden Geste über ihre und drehte ihr den Kopf zu »Ivy.«

Sie versteifte die Wirbelsäule, straffte die Schultern und legte abermals an Tempo zu. »Mir geht es gut, aber wir sollten umkehren.«

Er dirigierte sie vom Weg hinunter unter einen Baum und zum Teil hinter den breiten Stamm. Er drehte sich um, sodass sie mit dem Rücken ein paar Zentimeter vom Baum entfernt war, und er vor ihr stand. »Er ist der Mann aus Ihrer Vergangenheit.«

Ivy hoffte, dass ihr die Farbe nicht aus dem Gesicht gewichen war, aber sie fühlte sich beinahe ebenso schwindelig, wie letzte Nacht während ihres Walzers. »Warum würden Sie so etwas denken?« Nein, sie wollte keine Antwort auf diese Frage. Darüber wollte sie überhaupt nicht sprechen. »Lord Bothwick ist nicht der Mann aus meiner Vergangenheit.« In gewisser Weise stimmte das. Damals war er nicht Lord Bothwick gewesen.

West kniff die Augen zusammen und rückte weiter vor, sodass sie den Rücken an die raue Rinde des Baumstammes drückte. »Zum Teufel noch mal, Ivy. Mir liegt etwas an Ihnen.« Er kam ihr mit dem Gesicht zu nahe, und sie konnte die Hitze und Frustration spüren, die von ihm ausstrahlten. »Wann werden Sie Ihren Argwohn mir gegenüber ablegen?«

Er schaute sie an und redete mit ihr, als hätte er einen Anspruch darauf, doch das hatte er nicht. »*Niemals.*« In der Hoffnung, ihn zu erschrecken, wenn nicht gar zu verwunden, schleuderte sie ihm dieses Wort wie ein Messer entgegen. »Ich habe nicht den Schutz Ihres Titels oder Ihre *Privilegien*. Ich habe nur den Schutzwall, den ich errichtet habe, damit er mich vor weiteren Schäden bewahrt. Und ich werde diesen Wall nicht von *Ihnen* oder irgendeinem anderen Mann durchbrechen lassen.«

»Ivy –«

Unwillig und nicht interessiert daran, zu hören, was er sagen wollte, schnitt sie ihm das Wort ab. »Ich bin es leid, ein Kuriosum für Sie zu sein. Ich habe sie nicht nach Bath eingeladen. Ich würde mich freuen, wenn Sie mich in Ruhe lassen würden.« Als sie diese Worte sagte, verkrampfte sich ihr Herz. Sie wollte etwas anderes ... ein nicht greifbares Gefühl der Sicherheit, das sie unmöglich benennen konnte.

Er sah ihr in die Augen. »Das würde mir absolut nicht gefallen.« Er verflocht die Finger mit ihren.

Einen Moment lang gab sie sich dem Genuss seiner Berührung hin. Bis sie sich in Erinnerung rief, dass nichts davon real war. Es war ein Wachtraum, der mit Sicherheit enden würde, und womöglich sogar mit einem schlechten Ausgang. Sie entriss ihm ihre Hand und trat vom Baum weg.

Er bewegte sich mit ihr, doch er kam ihr nicht mehr nahe. »Ich werde Sie zurück zu Lady Dunn begleiten.«

»Und dann werden Sie gehen?«

»Ja.« Das Wort kam ihm langsam und stockend über die Lippen, als würde es ihn Mühe kosten. »Vorerst.«

Sie schüttelte den Kopf. »Für immer. Wir können das nicht fortsetzen.«

»Da ist das Armenhaus.«

»Ich bin sicher, Sie können Ihre Absprachen mit Mr. Alves treffen. Für uns besteht kein Anlass zur Weiterführung unserer Verbindung.« Sie konnte erkennen, dass er zur Kapitulation noch nicht bereit war. »West, wenn Ihnen, wie Sie sagen, etwas an mir liegt, dann lassen Sie mich in Ruhe. Genau das wünsche ich mir.«

»Für wenigstens ein paar Wochen wohne ich in The Paragon Nummer zwölf. Wenn Sie Ihre Meinung ändern ...«

»Das werde ich nicht. Leben Sie wohl.« Sie drehte sich um und ging auf wackligen Beinen davon. Ihre Beine drohten nachzugeben und sie zu Boden stürzen zu lassen. Doch sie fiel nicht, denn sie war stark, und hatte schon viel Schlimmeres als das überstanden.

Wie immer hielt sie den Kopf hoch erhoben und blickte nicht zurück.

~

*M*it einem abscheulichen Gefühl der Frustration sah West ihr nach, als sie davonging. Er ballte die Hände zu Fäusten und fluchte leise vor sich hin. Die Sache war so miserabel gelaufen, wie es nur möglich war. Sie wollte ihn wirklich aus ihrem Leben verbannen.

Er sollte nach Stour's Edge zurückkehren. Doch er brachte es nicht über sich. Diese Sache fühlte sich unvollendet an, wenn sie sich auch wünschte, dass sie beendet wäre. Nein, er würde bleiben und sich um die Reparatur des Armenhauses kümmern – und hoffentlich Gelegenheit haben, sie wiederzusehen.

Dann war da auch noch Bothwick. Dass er der Mann war, der für ihren Ruin verantwortlich war, hatte sie nicht zugegeben, aber das musste sie für West auch nicht. Er hatte ihre Reaktion erlebt, und das Zittern gespürt, das ihren Körper erfasst hatte. Er wusste, es war Bothwick gewesen, und er würde einen Weg finden, diesen Mann zu bestrafen.

Vielleicht sollte er Axbridge schreiben und um seine Unterstützung bitten. Er könnte Wests Sekundant sein. Moment! Hatte er wirklich darüber nachgedacht, den Mann zu einem Duell herauszufordern?

West schüttelte den Kopf und schaffte es durch kräftiges Ausatmen sich von einem Teil seines inneren Aufruhrs zu befreien. Er machte kehrt und ging den Weg zurück, den er gekommen war. Lady Dunn saß noch mit ihrer Freundin auf der Bank, und Ivy stand etwas abseits. Sie sah ihn nicht an. Eigentlich konnte er nicht einmal sagen, ob sie sich seiner Anwesenheit überhaupt bewusst war.

Er konnte den Blick scheinbar nicht von ihr losreißen,

während er sie mit seinem Willen zwingen wollte, in seine Richtung zu schauen. Er war derart konzentriert, dass er beinahe frontal mit Lady Lamberton zusammengestoßen wäre.

Ihr leises Gelächter strich über ihn. »Meine Güte, Clare. Haben Sie es eilig?«

Nicht wirklich, aber er würde sich diese Ausrede zunutze machen, um eine längere Begegnung zu vermeiden. »Ja.«

Sie machte ihn mit ihrer Freundin bekannt, doch West achtete nicht darauf. Er blickte zu Ivy hinüber. Jetzt sah sie ihn an. Ihre vollen Lippen waren beinahe verschwunden, denn sie hatte sie zu einem dünnen, missbilligenden Strich zusammengepresst. Abrupt wandte sie den Kopf und demonstrierte auf unmissverständliche, grausame Art, dass sie ihm keine Beachtung mehr schenken würde.

West bemerkte, wie Lady Lamberton ihn am Arm berührte. *Verdammt, zur Hölle.* Er wich einen Schritt zurück.

»Gehen Sie ein Stück mit uns«, forderte Lady Lamberton ihn auf. Sie schlang den Arm um seinen. »Was auch immer Sie zur Eile treibt, kann warten, nicht wahr?«

West sah, wie Lady Dunn von der Bank aufstand, und Ivy eilte an ihre Seite. Sie drehten sich um und gingen den Weg zum Hotel des Parks zurück.

»Ja, vermutlich kann es das«, murmelte er.

»Oh, sehr gut.« Lady Lamberton zog ihn mit sich, und ihre Freundin nahm ihn am anderen Arm. Wenn Ivy ihn nun beobachtete, woran er allerdings zweifelte, stellte er gewiss das ideale Bild eines kokettierenden Schürzenjägers dar. Nie hatte es ihn gestört, so gesehen zu werden, doch jetzt wollte er sich von diesem Ruf distanzieren.

Was passierte nur mit ihm?

Ivy hatte ihn verändert. Das hatte er gewusst. Er hatte

bloß nicht gewusst, in welchem Ausmaß. Ihm war nur klar, dass er sich nicht auf eine zukünftige, in Aussicht stehende Affäre freute. Und er interessierte sich nicht für Lady Lambertons Annäherungsversuche.

Er wünschte sich die Aufmerksamkeit einer scharfzüngigen, willensstarken Gesellschafterin, die ihn mit einem vernichtenden Blick in Stücke reißen konnte. Und sie war ebenso imstande, ihn jedes Mal in die Knie zu zwingen, wenn sie seinen Namen aussprach.

Als sie ihn ein paar Minuten zuvor West genannt hatte, hätte er sie fast an sich gerissen und geküsst. Und als er sie nur Augenblicke davor fast gegen den Baum gedrückt hatte, hatte er sich danach gesehnt, ihr über das Gesicht zu streicheln und seine Lippen auf ihre zu drücken, um ihr zu verstehen zu geben, wie sehr er sie vermisst hatte, wie sehr er sie mochte.

Doch er hatte es nicht getan und sehr wahrscheinlich würde er es nie tun.

West machte seinem gedankenlosen Spaziergang ein Ende und wunderte sich, auf was zur Hölle er sich da eingelassen hatte.

KAPITEL SECHZEHN

*A*ls sie die Pulteney Bridge auf dem Weg zurück zur George Street überquerten, erkundigte Lady Dunn sich bei Ivy nach West. »Der Herzog scheint an Ihnen interessiert zu sein.«

Ivy verspannte sich. Sie konnte nicht an ihn denken, ohne zu reagieren. »Nicht besonders. Er hat sich lediglich nach meinem Wohlergehen erkundigt. Er war zum Haus gegangen, um sich zu informieren.« Ivy war daran gelegen, dieses Wissen weiterzugeben, da Lady Dunn von seinem Besuch erfahren würde, sobald sie Zuhause ankamen.

Sie verzog die Lippen zu einem zufriedenen Lächeln. »Hat er das? Er hätte eine Nachricht schreiben oder wohl gar nichts tun können.«

»Er war nur höflich.«

»Das nehme ich an. Trotz seines Rufs finde ich ihn dennoch sehr charmant und einnehmend.«

Ivy konnte gegen die Einschätzung der Viscountess nichts einwenden, aber sie würde diese Ansicht auch nicht durch Zustimmung unterstützen.

Als sie die Milsom Street entlangfuhren, lehnte Lady

Dunn den Kopf an die Rückenlehne. »Ach, aber wäre es nicht schön, wenn er interessiert *wäre*. Sie könnten Ihre eigene Aschenputtel-Geschichte haben.« Sie drehte den Kopf und sah Ivy an.

»Ich könnte niemals einen Herzog heiraten, Mylady.«

»Ich verstehe, dass so etwas Aufsehen erregen würde, aber es könnte passieren.«

»Nur weil es passieren *könnte*, heißt das nicht, dass es passieren wird«, entgegnete Ivy. »Wie auch immer, ich möchte nicht heiraten oder meine Stellung aufgeben.«

Lady Dunn streichelte Ivy über das Knie. »Es wäre schrecklich, Sie zu verlieren, meine Liebe.«

Die Kutsche bog um die Ecke und kurz darauf hielten sie vor ihrem Stadthaus an. Ivy atmete erleichtert auf.

Ein Diener half der Viscountess aus der Kutsche, und dann Ivy. Als Lady Dunn die Stufen hinaufstieg, erklärte sie Ivy, nach oben zu gehen, um sich auszuruhen. Ivy hatte das erwartet. Sie würde an den Strümpfen weiterarbeiten, die sie für ein paar der Mädchen im Armenhaus strickte.

Zur Hölle! Der Gedanke an das Armenhaus erinnerte sie noch einmal an West. Sie würde sich freuen, wenn er Bath verließe, denn dann müsste sie sich keine Sorgen mehr machen, ihm zu begegnen.

Kurze Zeit später saß Ivy mit einem Tablett mit Tee und Kuchen im Salon, als der Butler die Ankunft von Aquilla und Lucy ankündigte.

Aquilla wartete kaum ab, bis der Butler gegangen war, ehe sie sich neben Ivy auf das Sofa setzte. »Geht es dir gut?«

Ivy lächelte angesichts der Besorgnis ihrer Freundin. »Ja, danke.«

Lucy löste die Bänder ihrer Haube, ehe sie sie absetzte und auf einen Tisch legte. Sie setzte sich auf einen Sessel neben dem Sofa. »Du hast uns letzte Nacht einen ziemlichen Schrecken eingejagt. Ich wusste nicht, dass du ohnmächtig wirst.«

»Du hast mich auch nie Walzer tanzen erlebt. Was für ein schrecklich widerlicher Tanz.«

Lucy lachte und hielt sich die Hand vor den Mund. »Niemand außer dir würde einen Tanz mit dem Herzog der Begierde als widerlich empfinden.«

Aquilla stimmte in ihr Gelächter ein und sogar Ivy musste zugeben, dass es amüsant war, wenn sie es so formulierte. Sie lächelte, aber sie lachte nicht richtig mit.

Nachdem sie sich beruhigt hatten, strich Aquilla mit der Hand über den Rand des Sofas. »Was ist bloß passiert?«

Ivy winkte mit der Hand ab. »Mir ist schwindelig geworden. Ist das nicht peinlich?«

Ihre Freundinnen tauschten Blicke aus. Sie schienen … skeptisch. »Gibt es da etwas mit Clare?« Lucy sah sie mit durchdringendem Blick an, während sie misstrauisch die Augenbrauen zusammenzog. »Es hat ziemlich … intim gewirkt, als er dich in den Ruheraum getragen hat.«

»Hätte er mich zu Boden fallen lassen sollen?« Ivy erinnerte sich, dass sie in seinen Armen wieder zu Bewusstsein gekommen war. Für einen kurzen Moment hatte sie vergessen, wo sie sich befand. Sie hatte die Hände um seinen Hals legen wollen … und ihren Mund auf seinen drücken.

Sie wollte mehr als das – sie wollte jene Nacht noch einmal erleben.

»Natürlich nicht«, entgegnete Lucy. »Das habe ich nicht gemeint. Ich meinte, nachdem er dich hingelegt hatte. Er schien ziemlich besorgt zu sein.«

»Ja, und er hat mich heute sogar aufgesucht, um sich nach meinem Wohlergehen zu erkundigen. Es hat den

Anschein, als ob der Herzog der Begierde freundlich und rücksichtsvoll ist. Wer hätte das gedacht?«

»In der Tat?«, Aquilla schmunzelte. »Vielleicht sollten wir ihn den Liebenswürdigen Herzog nennen.«

Ivy verdrehte die Augen. »Bitte, lasst uns nicht so weit gehen. Er ist immer noch recht verkommen.« War er das allerdings wirklich? Das Bild der eleganten Lady Lamberton, die gestern Abend und auch heute an seinem Arm gegangen hatte, brannte wie Säure in Ivys Innerem.

Lucy musterte sie mit einem zusammengekniffenen Auge. »Ich behaupte immer noch, dass es etwas anderes war. Ich habe erlebt, wie er dich angesehen hat. Du vergisst, dass wir jetzt verheiratet sind. Wir wissen, wie ein Mann schaut, wenn er einer Frau zugetan ist.«

Ivy sträubte sich. Sie wollte nicht darüber sprechen. »Er ist ein Schurke und ein Halunke. Er sieht jede Frau so an. Ich habe sein skandalöses Verhalten in Greensward beobachtet.« Hm, sogar aus erster Hand, doch das sagte sie nicht. Sie hatte auch erlebt, wie er Miss Kirkland gerettet hatte und wie er dafür gesorgt hatte, dass die neue Schulleiterin zum Armenhaus in Wendover transportiert wurde und dass Emmalines Ruf nicht ruiniert war. Er mochte ein Lebemann sein, aber er war kein Schurke. Nichts davon würde Ivys Meinung über die Ehe ändern. »Bitte versucht nicht, mich mit Männern wie ihm zu verkuppeln. Verkuppelt mich mit niemandem. Nur weil ihr beide glücklich verheiratet seid, heißt das noch lange nicht, dass ich es auch sein sollte. Meine Umstände haben sich nicht geändert. Das möchte ich außerdem auch gar nicht.«

Sowohl Aquilla als auch Lucy starrten sie einen Moment an. Aquilla sprach zuerst. »Das war nicht unsere Absicht.« Lucy schüttelte den Kopf. »Nein, das haben wir nicht gewollt. Entschuldigung. Natürlich bist du zufrieden – du hast nie verlauten lassen, dir mehr zu wünschen, als du hast. Ehe ich Dartford kennengelernt habe, habe ich dich beneidet.«

»Ich auch«, erklärte Aquilla. »Denk einmal daran, wie ich dich darum gebeten hatte, mir zu helfen, eine Gesellschafterin zu werden.«

Ja, das hatte sie. Doch dann hatte sie Sutton geheiratet. »Du wärst nicht glücklich gewesen«, bemerkte Ivy. Sie drehte sich zu Lucy um. »Und du auch nicht. Ihr beide hattet euch verlieben und heiraten sollen. Ich nicht.«

»Wie kannst du das wissen?«, fragte Aquilla.

Ivy hob die Schulter. »Ich weiß es einfach.« Sie hatte ihr Schicksal akzeptiert und all diese Diskussionen über eine Zukunft, die niemals eintreffen würde – und die sie auch nicht wollte – machten sie müde. »Nun, was meint ihr, können wir von etwas anderem sprechen?«

»Natürlich«, entgegnete Aquilla. »Oh! Lady Fairfax veranstaltet nächste Woche ein Mittagessen im Freien in den Sydney Gardens. Leider müssen Ned und ich vorher nach Sutton Park zurückkehren. Hoffentlich werdet ihr, du und Lady Dunn, daran teilnehmen.«

»Bitte sag, dass du es tust!«, bettelte Lucy. »Sonst bin ich ganz allein.«

Ivy berührte Lucys Hand und ihre Verärgerung, die sie wegen der beiden empfunden hatte, tat ihr leid. Sie meinten es nur gut und es war nicht ihre Schuld, dass sie in Bezug auf West unsäglich empfindlich war. Oder offenbar überhaupt in Bezug auf Diskussionen über die Ehe. Wann um alles in der Welt war das passiert? »Ich würde dich nie allein lassen«, erklärte sie.

Lucy lächelte und drückte ihr die Hand. »Wir dich auch nicht.«

〜

*A*m nächsten Tag betrat West den dunklen Innenraum des Bierhauses und suchte nach Dartford und Sutton. Sie hatten ihn eingeladen, sie heute Nachmittag dort zu treffen, und da sie eine Verbindung zu Ivy darstellten, hatte er ihr Angebot angenommen.

West konnte die beiden nicht entdecken, und so suchte er sich einen freien Tisch und setzte sich. Ein Schankmädchen kam zu ihm herüber und servierte ihm einen Humpen Bier. Sie hob die Augenbraue und ließ den Blick über seine Figur schweifen. Ihre Einladung war deutlich, doch West ignorierte sie und sie entfernte sich wieder.

Nie akzeptierte er die Annäherungsversuche von Dienstmägden und ihresgleichen, aber in der Regel flirtete er zumindest mit ihnen. Doch nicht einmal danach stand ihm der Sinn. Nicht, während sein Verstand noch immer vollkommen mit den Gedanken an Ivy beschäftigt war.

An diesem Morgen war er zum Armenhaus gegangen, um sich über die Reparaturarbeiten zu informieren, und sie war dort gewesen. Sie hatten nicht miteinander gesprochen, aber er hatte gesehen, wie sie mit zweien der Bewohner zusammengesessen und ihnen beim Lesen und Schreiben geholfen hatte. Ihre Hingabe für die Notlage dieser Menschen hatte ihn bewegt und er wusste, dass er auf jeden Fall Möglichkeiten finden müsste, wie er Armenhäuser unterstützen konnte. Er würde, sobald er nach Hause zurückkehrte, die Armenhäuser in seinem Bezirk aufsuchen.

Dartford und Sutton traten ein und grüßten ihn herzlich.

»Ich bin froh, dass Sie es einrichten konnten«, erklärte Dartford fröhlich.

Das Schankmädchen brachte ihnen Bier, und Sutton brachte einen Toast aus. »Auf die Freundschaft!«

»Auf die Freundschaft«, stimmte Dartford zu und stieß seinen Humpen gegen Suttons. »Ich hatte nicht wirklich viele davon, bevor ich Lucy kennengelernt habe.« Er nahm einen Schluck. »Zum Teufel, ich hatte keine. Und hatte auch keine gewollt.«

West kannte Dartford flüchtig aus der Stadt, doch er hatte ihm nie wirklich Aufmerksamkeit geschenkt. »Was hat sich verändert?«

»Es ist eine melancholische Geschichte, mit der ich Sie nicht langweilen werde, aber es reicht zu sagen, dass Lucy es mir möglich gemacht hat, Menschen näher an mich heranzulassen – Freundschaften zu schließen.«

Sutton nickte und stellte seinen Humpen ab. »Sie hat dich verändert. Oder die Liebe hat dich verändert.«

»Beides, denke ich«, sinnierte Dartford. Er sah West an und lachte. »Sie müssen uns sehr bedauern.«

»Überhaupt nicht. Sie beide sind glücklich verheiratet.« West wusste, dass so etwas möglich war, hatte viele Beispiele dafür erlebt, doch seine persönlichen Erfahrungen mit seinen Eltern waren natürlich ganz anders.

»Glauben Sie nicht, es bald selbst zu sein?«, erkundigte Sutton sich.

»Nein, das glaube ich nicht.« Seine Antwort kam ganz automatisch. Das Schreckgespenst der Ehe seiner Eltern war immer noch als mahnendes Beispiel in seinem Hinterkopf präsent.

Sutton drehte seinen Stuhl herum und stützte den Unterarm auf den Tisch. »Was ist mit dem Herzogtum? Sie haben da doch sicher Ihre Pflicht zu erfüllen.«

»Ich habe einen Cousin und der hat einen Sohn.« Seine Mutter hasste es, dass dies Wests Plan für die Erbfolge war. Sehr wahrscheinlich war es deshalb auch sein Plan.

»Na dann sind Sie wohl frei, nehme ich einmal an«,

sagte Dartford. »Hüten Sie sich jedoch vor Amor. Ihre Ansichten über die Ehe könnten sich ändern.«

»Wenn Sie der richtigen Frau begegnen«, schmunzelte Sutton. »Der liebe Gott weiß, dass das für mich lange genug gedauert hat.«

Dartford schnaubte. »Du hattest eine absolute Kunst aus der Brautsuche gemacht. Genau wie Clare hier mit den Frauen. Mit welcher Frau schlafen Sie derzeit?«

»Mit gar keiner.« West wusste, dass es sich lediglich um unbedeutendes Geplänkel handelte, doch allmählich ärgerte er sich über seinen Ruf. Das war nicht die Schuld der beiden, also würde er es ihnen nicht übelnehmen. Nein, wenn er jemanden dafür zur Rechenschaft ziehen wollte, musste er sich natürlich selbst die Schuld geben. Trotz allem bereute er es nicht.

Sutton und Dartford tauschten einen verstohlenen Blick aus und in Wests Nacken prickelte es. »Gibt es etwas, das Sie gern in Erfahrung bringen wollen?«

Dartford beugte sich auf seinem Stuhl nach vorn und stützte die Arme auf den Tisch. »Ich platze jetzt einfach damit heraus und sage es. Unsere Frauen wollten, dass wir mit Ihnen sprechen. Über Miss Breckenridge.«

»Wir sollten diskret sein, wohlgemerkt«, fügte Sutton hinzu. »Aber wir sind nicht sehr erfahren im Tratschen. Oder was auch immer das sein mag.«

»Informationsbeschaffung«, schlug West vor. »Sie wären jämmerliche Spione.«

»Wahrscheinlich«, stimmte Dartford zu. »Es ist gut, dass sich das Königreich nicht auf uns verlässt.«

West musste über ihre Selbstironie lachen. »Ich hasse es, Sie mit leeren Händen nach Hause schicken zu müssen, aber da gibt es wirklich nichts zu berichten.«

»Ich habe den beiden versichert, es gäbe da nichts zu erzählen«, beteuerte Sutton. »Aber ich fürchte, meine Frau war fest davon überzeugt. Sie meinte auch, Miss Brecken-ridge sehr gut zu kennen, und dass ihr Verhalten bei der Veranstaltung sehr sonderbar gewesen sei.«

»Nur, weil ihr unwohl gewesen ist.« Und wahrschein-lich war sie erschrocken, als sie Bothwick erkannt hatte. West sehnte sich immer noch danach, eine Möglichkeit zu finden, sich in ihrem Namen zu revanchieren.

»Sehr gut.« Dartford nahm einen Schluck von seinem Bier. »Es tut mir leid, Sie mit diesem Unsinn belästigt zu haben. Jetzt können wir zu unterhaltsameren Themen übergehen.«

West gefiel es nicht, dass andere zwischen ihm und Ivy etwas bemerkt hatten, selbst wenn es sich bloß um ihre Freunde handelte. Sollte ihn dies jedoch wirklich überra-schen? Er war mit seiner Aufmerksamkeit nicht gerade diskret gewesen. Er hatte sie gebeten, bei einer Veranstal-tung mit ihm zu tanzen und hatte sie dann auf den Armen aus dem Ballsaal getragen. Dann hatte er ihr Haus aufge-sucht und war ihr in eine öffentlich zugängliche Gartenan-lage gefolgt, wo er sie zu einem Spaziergang eingeladen hatte. Verdammt, er benahm sich wie ein verdammter Verehrer und er konnte niemandem vorwerfen, genau das zu vermuteten.

Wollte er ein Verehrer sein?

Ja!

Sie war die Gesellschafterin einer Dame und besaß eine fragwürdige Vergangenheit. Sie war nicht die Art von Frau, die er umwerben sollte. Warum zur Hölle nicht? Was nützte es, ein Herzog zu sein, wenn er nicht tun konnte, wonach ihm verdammt noch mal der Sinn stand?

Das war eine irrelevante Frage, da sie ihn sowieso nicht wollte. Er sollte einfach nach Stour's Edge zurückkehren. Hier zu bleiben wäre nur eine Qual und um die Reparatur-arbeiten des Walcot-Armenhauses hatte er sich gekümmert. Er plante, mehr Geld für weitere Reparaturarbeiten zu schicken und seinem Sekretär aufzutragen, sich mit Alves in Verbindung zu setzen, um die Einzelheiten zu klären.

Das Gespräch drehte sich nun zum Glück um Pferde und dann um Heißluftballonfahrten, die Dartfords Interesse erregt hatten. West war froh, eine Weile an etwas anderes als Ivy zu denken, doch als er das Bierhaus verließ, fühlte er sich abermals verunsichert. Unsicher in Hinsicht auf seine Zukunft.

Der Butler öffnete die Tür zum Stadthaus und begrüßte ihn bei seinem Eintreten. »Euer Gnaden, die Herzogin wartet im Salon.«

West erstarrte. »Meine Mutter?«

»Ich glaube schon, Euer Gnaden.«

Verdammter Mist. West hatte sie nicht mehr gesehen seit – waren es ein Dutzend Jahre? Nein, es musste sogar noch länger her sein. Er konnte die Jahre nicht mehr zählen. Was um alles in der Welt machte sie wohl in Bath? Woher hatte sie überhaupt von seiner Anwesenheit hier erfahren?

Er warf dem Butler den Hut und die Handschuhe zu, und dieser brachte es fertig, alles aufzufangen, ohne zu blinzeln.

»Soll ich Tee nach oben schicken lassen?«

»Nein«, bellte West, als er zwei Stufen gleichzeitig nehmend die Treppe hinauf marschierte. Er konnte es kaum abwarten, sie rauszuwerfen.

Er trat über die Türschwelle und blieb stehen. Sie stand in der Nähe der Fenster und drehte sich um. Ihr graues Haar war mit einer einfachen Haube bedeckt. Ihre Kleidung war ebenso dunkelgrau wie ihr Haar. Im Grunde genommen präsentierte sie ein eher eintöniges Bild, das perfekt zu ihrer Persönlichkeit passte.

»Was machst du hier?«, fragte er ohne weitere Einleitung, als er tiefer in den Raum drang.

Sie umklammerte ihr Retikül fester und presste die Hände an die Taille. »Mir war zu Ohren gekommen, dass du in der Stadt bist, und ich wollte dich sehen.«

»Du lebst einhundertfünfzig Meilen entfernt.«

»Ja.« Sie nahm die Schultern zurück, hob das Kinn, und warf ihm diesen hochmütigen Blick zu, an den er sich so gut erinnerte.

Plötzlich hatte er das Gefühl, wieder zwölf zu sein, als sie die Nacktbilder gefunden hatte, die er von der Magd in der Waschküche gezeichnet hatte. Seine Mutter hatte ihn mit einem Lineal verprügelt, wütende rote Striemen hinterlassen, die sogar geblutet hatten. Sie hatte ihm verboten, seinem Vater etwas zu erzählen, und ihm gedroht, ihn sonst noch einmal zu schlagen. Das tat sie allerdings bereits beim nächsten Mal, als sie ihn bei etwas »Unartigem« erwischte, wobei es in diesem Fall darum gegangen war, dass er sich selbst befriedigt hatte.

»Ich habe gehört, dass sich eine gewisse Frau hier aufhält und du vielleicht ans Heiraten denkst. Ich bin gekommen, um mich zu vergewissern, dass sie unser würdig ist. Ich bin erfreut über deinen Entschluss, dich endlich gebührend zu verhalten.«

Ein heißer, frischer Zorn mischte sich mit seiner alten Feindseligkeit und formte sich zu einer rasenden Wut in seinem Inneren. Er trat auf sie zu. »Wer hat dir das gesagt?«, fragte er leise, aber mit einem drohenden Unterton, den zu unterdrücken er sich keine Mühe machte.

Sie schluckte und hob die Hände noch höher – auf Brusthöhe. »Ich habe auf Stour's Edge Leute, die mir treu ergeben sind.«

West dachte nach, wer ihr so etwas gesagt haben könnte. Es musste Hemphill gewesen sein, aber er vertraute dem Mann. Außerdem hatte er Hemphill erst eingestellt, nachdem seine Mutter bereits gegangen war. West hielt es für unwahrscheinlich, dass sie irgendeine Verbindung hatten. »Ich werde dort alle auf die Straße setzen, es sei denn, du sagst mir, um wen es sich handelt.«

Sie runzelte die Stirn, was sie nur noch älter und verhärmter aussehen ließ. »Drohe mir nicht!«

»Ich bedrohe dich nicht«, knurrte er. »Ich bedrohe die Bediensteten. *Meine* Bediensteten.«

»Schon immer bist du ein selbstbezogener Grünschnabel gewesen.« Sie warf den Kopf zurück. »Nun gut. Mrs. Best hat mir geschrieben.«

Sie war die Haushälterin. Wie hatte sie das von Hemphill erfahren können? Nach seiner Heimkehr würde West der Sache auf den Grund gehen. »Ihre Angaben sind nicht richtig. Es gibt keine Frau. Du bist den ganzen Weg vergebens gekommen.«

Sie stieß die Luft aus und für einen Moment gruben sich die Linien ihrer gerunzelten Stirn noch tiefer in ihre Haut. »Es war nicht vergebens. Ich habe dich gesehen. Du siehst gut aus.«

Er starrte sie an. Wollte sie ihm ein Kompliment machen? Oder nett mit ihm plaudern? Sie musste verrückt geworden sein.

»Du kannst doch nicht wirklich glauben, dass ich dich sehen möchte. Oder hast du etwa nicht bemerkt, dass ich seit fast einem Jahrzehnt nicht mehr auf deine Briefe geantwortet habe?«

»Natürlich habe ich das bemerkt. Für mich ist das ein Anlass zu ständiger Enttäuschung. Ich habe dich auf schreckliche Weise im Stich gelassen. Niemals hätte ich zulassen dürfen, dass dein Vater so viel Einfluss auf dich hatte.«

Das würde er sich nicht gefallen lassen. Er zog die

Lippen kraus und vor Wut wurde sein Körper starr. »Du wirst ihn nicht verleumden.«

Sie zuckte nur die Achseln. »Wie du möchtest.«

»Ich wünsche, dass du gehst und nicht zurückkehrst. Hör übrigens auch auf, diese verdammten Briefe zu schreiben.« Er beschloss, nie wieder einen von ihnen zu lesen.

»Clare, du hast die Verpflichtung zu heiraten und einen Erben zu zeugen. Ich wäre in meiner eigenen Pflichterfüllung nachlässig, wenn ich nicht sicherstellen würde, dass du deinen Verpflichtungen nachkommst. Es ist höchste Zeit, dass du heiratest. Hör sofort mit diesem Unsinn auf, und nimm dir eine Frau.« Sie verzog den Mund zu einem angewiderten Flunsch. »Vermutlich könntest du heiraten und dein verabscheuungswürdiges Verhalten fortsetzen. Mich würde es nicht wundern, wenn du dich als ebenso untreu erweisen würdest wie dein Vater.«

»Und was hattest du von ihm erwartet, liebe Mutter, wenn seine Frau ein eiskalter Drachen war?«

Scharf sog sie die Luft ein. »Du wagst es, mich zu beleidigen.«

»Ich sage die Wahrheit, und das weißt du genau.«

»Ich hätte dich mehr bestrafen sollen. Ich hätte diese Frechheit und Arroganz direkt aus dir herausprügeln sollen. Zusammen mit deinen Gelüsten. Es ist meine Schuld, dass du ein Gigolo bist.«

Er hatte mehr als genug gehört. »*Geh. Raus.*«

Sie trat ein paar Schritte vor und beschrieb dabei einen weiten Bogen um ihn, doch gleich danach blieb sie stehen. »Ich werde weiterhin für dich beten. Es ist nicht zu spät für dich, Absolution für deine Sünden zu suchen.«

West entfernte sich von ihr und schlug den direkten Weg in sein privates Arbeitszimmer ein, um sich ein Glas Whisky einzuschenken. Ihm zitterten die Hände, als er die Karaffe über das Glas hielt. Die helle, bernsteinfarbene

Flüssigkeit schwappte auf seine Hand. Er kippte den Whisky die Kehle hinunter und hieß das brennende Gefühl des Alkohols in seinem Innern willkommen, das allmählich die Spannung löste, die ihn innerlich zu erdrosseln schien.

Das Gefühl von Scham und Selbsthass, das er als Junge empfunden hatte, übermannte ihn. Er schenkte sich noch mehr Whisky ein und kippte ihn hinunter. Je stärker sie ihn wegen seiner Übertretungen verspottet und bestraft hatte, desto mehr hatte er gegen sie rebelliert. Mit dreizehn Jahren hatte er das Mädchen aus der Waschküche, das er gemalt hatte, überredet, ihm ihre Jungfräulichkeit zu schenken. Dann hatte er mit dem Dienstmädchen im Obergeschoss geschlafen. Anschließend war es eine andere gewesen. Mit fünfzehn Jahren hatte er die Kammerzofe seiner Mutter verführt. Seine Mutter hatte sie beide überrascht und war vollkommen entsetzt gewesen. Allerdings war West sich eigentlich ziemlich sicher gewesen, dass sie ihnen einen kurzen Moment lang zugesehen hatte, bevor sie in ihrer Rage aufgeschrien hatte.

Er hatte ein schlechtes Gewissen gehabt, weil die Zofe bei dieser Sache ihre Stellung eingebüßt hatte, und dafür gesorgt, dass sein Vater ihr eine Empfehlung schrieb.

Diese Rebellion war es, die ihn dazu getrieben hatte, sexuelle Affären mit verheirateten Frauen einzugehen. Er wusste, dass es seine Mutter wahnsinnig machen würde. Und so war es auch. Er erinnerte sich an Lady Lamberton, die eine seiner ersten Affären gewesen war. Plötzlich wollte er sie in ihrem Haus aufsuchen und mit ihr vögeln, bis er sich nicht mehr an seinen Namen erinnern konnte, geschweige denn, an die schmerzhaften Erinnerungen, die seine Mutter hervorgerufen hatte.

Ja, genau das sollte er tun. Er stellte das Whiskyglas ab und begab sich zurück in den Salon. Er war fast an der Tür, bevor er abrupt innehielt.

Was tat er da?

Ihm stand nicht der Sinn nach Lady Lamberton. Er wollte nur seiner Mutter trotzen und sie wütend machen. Zu welchem Zweck? Sie konnte ihn nicht mehr verletzen. Jedenfalls nicht, wenn er sie nicht ließ.

Er musste nichts beweisen – weder ihr noch sonst irgendjemandem. Außer vielleicht sich selbst. Vielleicht war es an der Zeit, die Vergangenheit loszulassen und sich der Zukunft zuzuwenden.

Allerdings befand sich die Zukunft, die er sich zu wünschen glaubte, vollkommen außer Reichweite.

KAPITEL SIEBZEHN

Am darauffolgenden Nachmittag verließ Ivy das Armenhaus, nachdem sie den älteren Mädchen mehrere Paar Strümpfe übergeben hatte. Sie waren so dankbar gewesen, und ihnen zu helfen, hatte Ivy nach ihrer trostlosen Stimmung der letzten Tage aufgeheitert.

Dass West nicht wie am Vortag im Armenhaus war, hatte sich dabei ebenfalls als hilfreich erwiesen. *Standhaft* war sie ihm aus dem Weg gegangen und dennoch war sie sich seiner Gegenwart zutiefst bewusst gewesen. Sie fürchtete, sie könnten für immer miteinander verbunden sein.

Doch das durften sie nicht sein. Sie hatte keinen Grund und in Wahrheit auch nicht die Absicht, ihn wiederzusehen. Womöglich befand er sich sogar am heutigen Tag auf seinem Heimweg von Bath. *Vielleicht* würde sie ihm begegnen, wenn sie an seinem Stadthaus in The Paragon vorbeiging. Ihr Herz verkrampfte sich.

Vielleicht sollte sie doch einen anderen Weg einschlagen.

Sie war so in Gedanken versunken, dass sie den

anderen Fußgänger nicht bemerkte, bis sie mit ihm zusammenstieß. Der Mann packte sie an den Armen und hielt sie aufrecht. »Vorsichtig, aufgepasst.« Er lachte leise und irgendetwas in diesem Klang ließ sie bis ins Mark erstarren.

Sie schaute auf und damit direkt in die Augen von Peter Bothwick, dem jetzigen Viscount Bothwick, der Mann, der ihre Jungfräulichkeit gestohlen und sie dann fallengelassen hatte.

Ivy wäre beinahe gestürzt, als sie sich heftig von ihm losriss.

»Du *bist* es«, flüsterte er und seine vertrauten blauen Augen wurden größer. Sie hatte seine Augen geliebt – sie waren der Grund für ihre Hingezogenheit zu ihm gewesen. Fesselnd und klar, hatten diese Augen sie damals angesehen, als wäre sie die schönste und bedeutsamste Frau der Welt.

Wie sich herausgestellt hatte, waren Augen doch imstande zu lügen.

Sie überlegte, selbst zu lügen, aber zu welchem Zweck? Er wusste, wer sie war.

»Gott im Himmel, du bist heute noch schöner als damals, vor all den Jahren. Auf der Veranstaltung hatte ich gedacht, dass du es bist, aber ich habe mir das nicht vorstellen können.« Offensichtlich verwirrt schüttelte er den Kopf.

»Natürlich nicht«, entgegnete sie kalt. »Was würde ich in solch einer respektablen Situation machen, nach allem was damals passiert ist?«

Er zog die Mundwinkel herab und sie bemerkte die vielen feinen Fältchen um seine Lippen. Er schien häufig die Stirn zu runzeln. Gut. Sie hoffte, dass er missmutig war.

»Das war ... bedauerlich«, meinte er, doch sein Tonfall enthielt nicht den geringsten Hinweis auf diese Emotion. Oder, um ehrlich zu sein, auf irgendeine eine Emotion. »Wir haben uns hinreißen lassen.«

»Du hattest versprochen, mich zu heiraten.«

»Diese Entscheidung oblag nicht mir selbst, fürchte ich. Mein Vater, Gott hab ihn selig, hatte bereits eine Frau für mich ausgewählt.« Er trat näher und sein Blick wurde weicher. »Wenn ich die Zeit zurückdrehen und etwas an dem, was passiert ist, ändern könnte, würde ich das tun. Ich habe mich oft gefragt, wie es dir ergangen ist, Mary.«

»Nenn mich nicht so«, fauchte sie. »Ich bin jetzt Miss Breckenridge.«

»Ich verstehe. Das ist wohl das Beste«, murmelte er. »Du scheinst dir ein gutes Leben aufgebaut zu haben. Du hast mit einem Herzog getanzt ... macht er dir den Hof?«

Die Erwähnung von West löste einen weiteren Ansturm von Unbehagen aus, der ihren Körper erfasste und das Grauen dieser bereits schrecklichen Begegnung noch verstärkte. »Nein. Ich bin die Gesellschafterin einer Dame.«

Er legte den Kopf schief und musterte sie eingehend. Seine Begutachtung erstreckte sich über ihren gesamten Körper. »Dass das so schrecklich aufregend ist, kann ich mir nicht vorstellen. Oder erfüllend. Natürlich bin ich jetzt verheiratet, aber das Schicksal hat glaube ich dafür gesorgt, dass wir uns wiedersehen sollten.« Er lächelte, und sie spürte die Übelkeit in sich aufsteigen. »Nun, da ich Viscount bin, werde ich die Saison in London verbringen. Meine Frau wird zu Hause bleiben, um sich um unsere beiden Kinder zu kümmern. Ich wäre höchst erfreut, dich als meine Geliebte zu nehmen. Das wäre sicherlich besser, als sich den Lebensunterhalt als Gesellschafterin zu verdienen.«

Er wäre *höchst erfreut*. »Ich wäre *angeekelt*.« Ein jahr-zehntealter Zorn und Schmerz übermannte sie und vor Wut zitternd sah sie rot. »Du erwähnst deine Kinder und fragst noch nicht einmal nach unserem Kind. Oder hast du vergessen, dass ich schwanger war?«

Er erbleichte. »Ich ...« Er presste die Lippen aufein-ander und richtete sich auf. »Was ist mit ihm passiert?«

»*Es* war ein Mädchen, und sie wurde tot geboren.« Ivy hatte das Kind früh geboren. Sie war klein und leblos gewesen, und Ivy hatte sich schrecklich erleichtert gefühlt. Aber gleichzeitig war sie auch am Boden zerstört gewesen wegen des Lebens, das sie und ihr Kind hätten führen können, wenn die Dinge anders abgelaufen wären. Wenn man sie nicht rausgeworfen hätte und sie nicht frierend und hungrig in einem Armenhaus gelandet wäre. Sie war nicht sicher, ob das Baby vielleicht überlebt hätte, wenn sie nicht praktisch dahingesiecht wäre. Das Schuldgefühl und die Schande würde sie niemals überwinden.

»Es tut mir leid, das zu hören, aber das ist sicher ein Segen. Die Dinge wären für dich ganz anders verlaufen, wenn du ein Kind gehabt hättest, das an deinem Rock-zipfel gehangen hätte.«

Ivy gefror das Blut in den Adern. Sie ballte die Hände zu Fäusten. Liebend gern hätte sie ihm die Faust in seinen selbstgefälligen Mund geschlagen oder ihn direkt zwischen die Beine getreten. Sie zog die Lippen kraus, während sie ihn mit all dem abgrundtiefen Hass anstarrte, den sie empfand. »Ja, das wäre äußerst unpraktisch gewe-sen. Aber andererseits weißt du ja nichts von Unannehm-lichkeiten. Oder Verantwortung. Oder Ehre. Du bist ein verachtenswerter Mensch, Peter. Lieber würde ich in das Armenhaus zurückgehen, als deine Geliebte zu sein.«

In der Absicht, davon zu stolzieren, ging sie um ihn

herum. Aber natürlich ließ er sie diesmal nicht so leicht gehen, wie vor zehn Jahren.

Er packte sie am Arm und seine Finger bohrten sich durch ihre Kleidung bis in ihr Fleisch. »Was würde deine Arbeitgeberin sagen, wenn sie wüsste, wer du wirklich bist?«

Ivy schwang den Kopf herum, um ihn anzusehen. »Willst du das wirklich zur Sprache bringen? Ich bin sicher, dass alle liebend gern erfahren möchten, dass du derjenige gewesen bist, der mich ruiniert hat.«

Wieder wurde er blass, doch sein Blick war hart. »Dein Wort stünde gegen meins.«

»Ja, aber ich denke, die Leute könnten mir glauben, wenn du derjenige bist, der die Geschichte zuerst erzählt.» Sie grinste ihn an und ihr Körper bebte vor Wut und Schmerz. »Vielleicht ist es am besten, wenn du einfach den Mund hältst.«

Er ließ sie los und gab ihr einen kleinen Schubs, als er die Hände von ihr nahm. »Pass gut auf! Ich kann viele Möglichkeiten finden, dir das Leben schwer zu machen.«

Er machte auf dem Absatz kehrt und ging davon.

Ivy stand einen Moment zitternd da und ihre Tapferkeit fiel in sich zusammen. Nun gesellte sich die Angst zu den anderen dunklen Emotionen. Was würde er tun? Was könnte er tun?

Langsam drehte sie sich um und ging steifen Schrittes die Straße entlang. In ihren Gedanken tobten katastrophale Szenarien, wie er ihr Leben abermals ruinieren konnte. *Noch einmal.*

Nein. Das würde sie nicht zulassen. Das konnte sie nicht.

Von den nicht vergossenen Tränen fühlte sich ihre Kehle kratzig an und ihr Kopf begann zu pochen. Mit jedem Schritt fühlte sie sich mehr und mehr verwundet und besiegt. Eine steife Brise rauschte über sie hinweg, peitschte ihr den Rock gegen die Beine und riss ihr fast die Haube vom Kopf. Sie rutschte nach hinten, aber die Bänder verhinderten, dass sie zu Boden fiel. Ein Regentropfen traf sie auf die Stirn, und sie sah zum grollenden Himmel auf. Sie war zu abgelenkt gewesen, um den herannahenden Sturm zu bemerken.

Sie sah sich in ihrer Umgebung um und las die Hausnummer, die an der Mauer des Stadthauses angebracht war. Es war die zwölf.

Ein weiterer Tropfen traf sie auf der Nase. Ohne nachzudenken, hob sie den Saum ihres Kleides an und rannte die Stufen hinauf, wo sie oben angekommen nach dem Türklopfer griff und ihn scharf gegen die Tür pochen ließ.

Ein Butler öffnete ihr und sah sie erstaunt an. »Kann ich Ihnen helfen?«

»Ich muss Euer Gnade sprechen.« Sie trat ein, ohne seine Einladung abzuwarten. »Sagen Sie ihm –«, die Vernunft gewann wieder die Oberhand. Sie konnte ihm nicht ihren Namen nennen.

»Guten Tag«, dröhnte Wests Stimme von der Treppe. Ivy riss den Kopf hoch und wäre bei seinem Anblick fast in Ohnmacht gefallen. Er stieg die Treppe hinab. »Das ist meine Kollegin, was das Armenhaus anbelangt«, erklärte er dem Butler. »Ich habe versäumt, Ihnen mitzuteilen, dass ich eine Besprechung anberaumt habe.« Er lächelte Ivy freundlich an. »Wir werden unsere Besprechung oben abhalten.« Er stieg weiter hinab, aber Ivy setzte sich schnell in Bewegung und erreichte ihn auf halber Höhe der Treppe.

Er drehte sich um und ging neben ihr her, aber er berührte sie nicht. »Warten Sie, bis wir im Salon sind«, flüsterte er.

Sie konzentrierte sich darauf, geradeaus zu gehen, aber

ihr Körper fühlte sich an, als würde er nicht zu ihr gehören. Sie fühlte sich von ihm abgetrennt und distanziert.

Sobald sie den Salon erreichten, schloss er die Tür und drehte sich zu ihr um. »Was ist los? Sie sind erschreckend blass.«

Sie vernahm die Besorgnis in seinem Tonfall, erkannte das aufrichtige Interesse in seinem Blick und verlor einfach die Kontrolle.

Ihre Knie gaben nach und beinahe sank sie zu Boden. Nur beinahe, weil West sie in seine Arme nahm und zu einem Sofa trug, wo er sie sanft absetzte.

Tränen liefen ihr über die Wangen, und ihr Körper zitterte unter den entsetzlichen Schluchzern. Krampfhaft versuchte sie, Luft zu holen, als er ihr die Haube abnahm und ihr über die Schläfen, die Wangen und die Stirn streichelte.

Er setzte sich neben sie und flüsterte beruhigende Worte, die sie nicht verstehen konnte. Sie war zu verstört, zu emotional. Sie klammerte sich an sein Revers und ließ den Kopf an seine Schulter sinken. Er schlang die Arme um sie und hielt sie fest, während er ihr den Rücken streichelte.

Allmählich ebbte ihr innerer Aufruhr ab. Sie schniefte.

Er zog sich zurück, und noch immer lag ein unerschütterlich gütiger Ausdruck in seinen Augen. *Bitte lügt mich nicht an*, flehte sie im Stillen.

»Ich bin gleich wieder da«, sagte er und wartete, bis sie ihm mit einem winzigen Nicken antwortete, ehe er sich erhob und das Zimmer durchquerte.

Ein paar Augenblicke später kam er mit einem Taschentuch und einem Glas bernsteinfarbener Flüssigkeit zurück. Er setzte sich wieder zu ihr auf das Sofa, während sie sich die Augen wischte und die Nase schnäuzte. Er nahm das Tuch, ließ es auf einen Tisch fallen und reichte ihr das Getränk. »Es ist Whisky. Den brauchen Sie.«

Sie würde weder seine Logik noch seine Fürsorglichkeit in Frage stellen. Sie nahm einen vorsichtigen Schluck und hustete fast, als ihr das scharfe Getränk die Kehle hinunterlief. Bald darauf wärmte es sie von innen, und sie nahm einen weiteren, großzügigeren Schluck.

»Gut so. Noch einen.«

Wieder trank sie, bis das Glas fast geleert war. Er nahm es ihr aus der Hand und stellte es auf den Tisch.

»Nun, wollen Sie mir sagen, warum Sie hier sind, oder wäre es Ihnen lieber, wenn ich Sie nach Hause brächte?«

Seine Großzügigkeit und die Anständigkeit, ihr anzubieten, sie nach Hause zu begleiten, zeigten ihr, wie sehr er sich von Peter unterschied.

»Ich möchte Ihnen gern erzählen, warum ich hier bin.« Sie erkannte ihre eigene Stimme nicht einmal. Sie war dunkel und kratzig und sehr kleinlaut. Sie zog ihre Handschuhe aus und legte sie in ihren Schoß, dann bot sie ihm die Hand an. »Mein Name ist Mary Snowden.«

Ihre Hand war eiskalt, aber immer noch weich und liebenswert. Er widerstand dem Drang, ihr die Fingerknöchel zu küssen und ihr dann auf der anderen Seite die Lippen und die Zunge auf die Handfläche zu drücken.

»Mary Snowden«, wiederholte er ratlos. Er war über ihr Erscheinen schockiert gewesen, und als sie zusammengebrochen war, gleich doppelt. Das war nicht die Ivy, die er kannte. Sie war beherrscht und stoisch, und ganz anders, als diese verletzliche Frau, die jetzt vor ihm saß.

»Das ist mein richtiger Name. Als Sie damals Mary

erraten haben …« Sie verzog die Lippen zu einem kleinen Lächeln, das allerdings enttäuschend kurz ausfiel. »Ich weiß nicht, woher Sie es wussten, aber Sie hatten Recht. Ich habe meinen Namen geändert, nachdem ich ruiniert worden bin.«

Plötzlich ging ihm ein Licht auf, warum sie so aufgebracht sein könnte. »Sie haben nicht zufällig Bothwick getroffen, oder?«

Sie nickte und explosionsartig schoss er vom Sofa auf, als die Rage ihn erfasste. »Ich werde ihn umbringen.«

Sie ergriff seine Hand und er drehte sich zu ihr um. »Nein, das werden Sie nicht. Obwohl ich die Absicht sehr zu schätzen weiß.«

Langsam ließ er sich wieder neben sie sinken, doch noch immer war er vor Wut angespannt. »Was hat er getan?«, erkundigte er sich kalt, während er sich bemühte, seine Gefühle zu zügeln.

»Er hat mir angeboten, seine Geliebte zu werden, der Schuft.«

Wests Geduldsfaden stand kurz vor dem Zerreißen. Er würde diesen elenden Mistkerl finden und dafür sorgen, dass es ihm leidtun würde, auch nur mit Ivy gesprochen zu haben.

Sie berührte ihn an der Hand und lenkte seine Aufmerksamkeit damit wieder auf sie zurück. Grundgütiger, sie sah so blass und verletzlich aus, bar aller Schutzwälle, die sie sonst immer um sich errichtet hielt. Sein Zorn ebbte ein wenig ab. »Bitte«, flehte sie. »Lassen Sie mich das einfach erzählen.«

Er zwang sich, zu entspannen und nahm ihre Hand in seine. »Erzählen Sie es mir.«

»Es ist lange her – zehn Jahre. Ich war jung und sehr, sehr dumm. Er war sehr gutaussehend.« Sie sah ihn selbstironisch an. »Was soll ich sagen, das *war* er damals.« Sie erschauderte und zur Ermutigung drückte er ihr die Hand.

»Ich habe ihn auf einer Veranstaltung kennengelernt, die vierteljährlich stattfand. Unsere Anziehung zueinander war unmittelbar – noch an jenem Abend küsste er mich und wir schmiedeten Pläne, einander zu sehen. Manchmal trafen wir uns in der Nähe einer alten verfallenen Abtei, manchmal auf unserem Bauernhof. Er gab vor, mich zu lieben und versprach, mich zu heiraten. Ich wusste, es war unziemlich, mich ihm hinzugeben, aber da wir verheiratet sein würden, dachte ich, dass alles gut werden würde.«

Wests Verlangen, den Mann zu verprügeln, wurde immer stärker. »Aber er hat Sie nicht geheiratet.«

Sie schüttelte den Kopf. »Meine Eltern haben von meiner Indiskretion erfahren und mich aus dem Haus gejagt.« Sie hielt inne und mit angespannten Zügen wandte sie den Blick ab. Sie fasst seine Hand noch fester. Er wollte ihr den Schmerz nehmen ... ihn durch die Verbindung ihrer Hände in seinen Körper übergehen lassen.

Es dauerte einen Moment, bis sie weiterredete, doch sie begegnete seinem Blick nicht. »Ich habe ein paar Jahre in einem Armenhaus gelebt. Die Wohltäterin – sie hieß Lady Breckenridge – hatte erkannt, dass ich gut ausgebildet war und einer anständigen Familie entstammte. Sie hat mir geholfen, eine Anstellung als Gesellschafterin zu finden, und mich ermuntert, meinen Namen zu ändern.« Sie sah ihn erneut an, mit leuchtendem und klarem Blick.

»Sie haben den ihren angenommen.«

»Ja, auf ihre Beharrlichkeit hin. Wir schreiben uns immer noch hin und wieder. Ihr habe ich alles zu verdanken.«

»Es gibt gute Menschen auf dieser Welt, ebenso, wie es Bösewichte gibt.« Wie Bothwick. Und wie ihre gottverdammten Eltern. Was für herzlose Menschen entledigten sich ihrer jungen Tochter wie Abfall? Jemand, wie seine eigene Mutter.

»Ja«, antwortete sie leise, und sah ihm eindringlich in die Augen. »Ich denke, Sie sind einer von den Guten.«

»Ich bin nicht sicher, ob das genau in dieser Weise stimmt, aber ich versuche, Menschen zu helfen, ihr Glück zu finden, und bemühe mich, ihnen Freude zu bereiten.«

»Ich weiß.« Sie ließ seine Hand los und berührte ihn im Gesicht. Ihre Finger waren kalte, als sie ihm über die Wange strich. »Würden Sie das für mich tun?«

»Ich würde alles für Sie tun.« Die Worte flossen aus seinem Mund und er hatte jedes einzelne genau so gemeint.

»Dann lassen Sie mich all die grässlichen Dinge vergessen, die in meinem Verstand herumgeistern.«

»Ivy –« Nie würde sie Mary für ihn sein. Mary war ihre Vergangenheit und er wünschte sie sich in der Gegenwart und der Zukunft. »Bist du sicher?«

Sie umschloss seinen Nacken mit einer Hand. »Noch nie war ich mir sicherer.« Sie hob die Lippen an die seinen und er umschlang ihre Taille.

Sie öffnete den Mund und ihre Zungen verbanden sich. Sie küsste ihn langsam und er ließ sich von ihr leiten. Sie hob die andere Hand an sein Gesicht und umschloss seine Wange, während sie mit dem Daumen über die Stelle streifte, an der ihre Münder sich vereinten. Der Druck, den sie mit den Fingern auf seinen Schädel ausübte, verursachte zusammen mit dem Lecken ihrer Zunge über seine, das erotischste Gefühl, das er je in seinem Leben erlebt hatte. Er hatte viele Dinge mit zahlreichen Frauen getan, doch dieser Kuss von Ivy war großartiger als die Summe all der Dinge, die er vorher erlebt hatte.

Es ging weiter und weiter. Mit den Lippen und Zähnen

trieb sie ihn zu Höhepunkten der Begierde, die er nie gekannt hatte. Sein Körper war für sie entflammt. Er schlang die Arme um sie und zog sie an sich. Als sie mit den Brüsten über seinen Oberkörper streifte, stieb ein Funkenregen des Verlangens in ihm auf. Er neigte den Kopf und vertiefte den Kuss, als er mit der Zunge tief in ihren Mund drang.

In wilder Leidenschaft klammerte sie sich an ihn, als er mit den Lippen über ihr Kinn streifte. Sie legte den Kopf in den Nacken und bot ihm damit Zugang zu der samtigen Haut ihrer Kehle. Er hob die Hand und durch die mehrlagigen Schichten ihrer Kleidung umfasste er ihre Brust. Sie keuchte und verzweifelt begierig, sie endlich zu berühren, löste er das Vorderteil ihres Kleides.

Der gelockerte Stoff rutsche herab und gab ihr Mieder und das Korsett frei. Noch immer behinderten ihn zu viele störende Kleidungsstücke, und er war zu ungeduldig, um sie jetzt davon zu befreien. Er zog das Korsett ein Stückweit nach unten und schob die Finger tastend unter ihr Unterkleid, um ihre Brust zu finden. Er wölbte die Hand um die Unterseite und schob sie nach oben, sodass ihre Brust über den Saum ihrer Kleidung gehoben wurde. Er nippte an ihrer weichen Haut, während seine Finger die erhärtete Mitte ihrer Brustwarze fanden. Als er sie küsste, grub sie die Hände in sein Haar.

Er rutschte vom Sofa und drehte sie herum, bis er zwischen ihren Beinen kniete. Er bog den Kopf ein wenig nach hinten und sah zu ihr auf, als er ihren Rocksaum hob. »Wenn ich aufhören soll, musst du es mir sagen und ich werde es sofort tun.«

Sie nahm den Stoff, zog ihn nach oben und entblöße ihre mit Strümpfen bekleideten Beine. Natürlich würde sie nicht zurückweichen. Nicht jetzt. Sie war eine starke, unabhängige Frau, die ihren eigenen Weg gegangen war.

Sie war als Opfer der Gnade anderer ausgeliefert gewesen, aber nun nicht mehr. Sie hatte die Wahl über den Verlauf ihres Schicksals und er hatte schlicht das Glück, es mit ihr zu teilen.

Mit der Hand zog er eine Spur an ihrem Bein empor und umkreiste ihr Knie, während er eine Reihe von Küssen auf ihre Wade drückte. Sie lehnte sich zurück und öffnete sich für ihn, als sie die Röcke bis zur Taille hob, sodass sie seinem hungrigen Blick völlig ausgesetzt war. Sie war köstlich, die Haut an ihren Beinen war blass und weich, und dennoch war ihr Fleisch fest und muskulös.

Als er ihr die Beine weiter auseinanderschob, ergötzte er sich am Anblick der rosa Schamlippen. Mit dem Daumen strich er ihr zart über die Haut und sie stöhnte. Er sah zu ihrem Gesicht auf. Sie hatte die Augen geschlossen und den Kopf nach hinten gegen die Sofalehne sinken lassen.

»Schau mich an, Ivy.« Mit dem Daumen berührte er sie, drückte sanft und fand dabei ihren empfindlichsten Punkt.

Sie öffnete die Augen, jedoch nicht sehr weit. Als sie zu ihm herabsah, fuhr sie sich mit der Zunge über die Lippen.

Mit kreisenden, streichelnden Bewegungen liebkoste er ihre Haut. Sie war feucht und für ihn bereit, aber er würde sie zuerst befriedigen. Er schob einen Finger in sie und sie schrie auf, als sie gleichzeitig die Beine zusammenpresste.

»West!«

Er beugte sich über sie, saugte an ihrer Knospe und hielt sie an den Hüften, als sie sich auf dem Sofa aufbäumte. Mit der Zunge ersetzte er den Finger in ihr und liebte sie mit dem Mund, er saugte und leckte – und er *verschlang* sie. Er ergab sich dem Verlangen – nicht zu seinem Genuss, sondern ihrem. Er hielt ihre Schenkel gespreizt und grub die Zunge tief in sie. Sie bäumte sie auf dem Polster auf und in einem wilden Takt drängte sie mit den Hüften gegen seinen Mund.

Zur Antwort zuckten seine eigenen Hüften und seine Männlichkeit sehnte sich danach, befreit zu sein und in ihr zu versinken. Bald.

Er benutzte die Finger und bewegte sie in ihr auf und ab. Sie versuchte, still zu bleiben und wimmerte, als er abermals mit den Lippen und der Zunge über sie herfiel. Und dann versteiften sich ihre Muskeln, als sie schaudernd in einem schillernden Crescendo zum Höhepunkt kam.

Er wich zurück, erhob sich, dann nahm er sie in die Arme.

Noch immer ging ihr Atem stoßweise, fast keuchend. »Wohin gehen wir?«

»In mein Schlafzimmer.«

Er trug sie über den hinteren Korridor, den die Diener benutzten, und dann die Treppe hinauf. Sein Schlafzimmer lag auf der rechten Seite und er brachte es fertig, die Tür zu öffnen, während er sie in seinen Armen trug. Im Zimmer stellte er sie neben dem Bett auf die Füße.

Er lege die Jacke ab, ließ sie zu Boden fallen und sein Blick bohrte sich in ihren. »Zieh dich aus!«

Er streifte die Schuhe mit den Zehen von den Füßen, während er seine Weste aufknöpfte. Seine Finger bewegten sich schnell. Sie stand einfach da und starrte ihn an, die Wangen gerötet und die Augen von ihrem Höhepunkt noch immer glasig. Herausfordernd sah er sie mit erhobener Augenbraue an. »Ich werde gewinnen.«

Dann wurde sie lebendig und sie schleudert die Schuhe von den Füßen, zog das Kleid aus und ließ ihren Unterrock zu Boden gleiten.

Rasch legte er die Weste ab und löste den Krawattenknoten, während sie die Schleifen ihres Korsetts zu lösen versuchte. Nach einem Augenblick angestrengter Bemühungen stieß sie einen absolut nicht damenhaften Fluch aus. Er grinste. »Benötigst du Unterstützung?«

Sie sah ihn finster jedoch gleichzeitig verspielt an. »Ja.« Sie drehte sich herum und bot ihm ihren Rücken dar.

Er schleuderte die Krawatte zu Boden, zog das Hemd über den Kopf und hielt es mit den Fingerspitzen, ehe er es fallen ließ. Dann wandte er sich ihrem Korsett zu und lockerte die Bänder so weit, dass er es ihr über die Hüften schieben und zur Seite schleudern konnte.

Sie wollte sich umdrehen, doch er umfasste ihre Schultern und hielt sie fest. »Nein. Bleib so. Genau so.«

Er griff nach dem Saum ihres Unterkleides und schwang es ihr über den Kopf, ehe er es auf den Kleiderstapel neben ihren Füßen fallen ließ. »Stütze die Hände auf das Bett.«

Sie presste die Handflächen flach auf die Bettdecke. Mit dem Finger zog er den Verlauf ihrer Wirbelsäule vom Nacken bis zu der Wölbung knapp über ihrem Hinterteil nach. Ihr perfekt gerundeter Hintern bettelte buchstäblich um seine Berührung. Er schloss jeweils eine Hand um jede Hälfte, trat näher an sie heran und drückte mit der Leiste gegen sie. Sie stöhnte, als er seine Männlichkeit, die noch von seiner Hose geschützt war, gegen den Schlitz zwischen ihren Pobacken presste.

»Dein Haar«, krächzte er. »Öffne es!«

Sie griff mit den Händen an ihren Hinterkopf und machte sich daran, die Haarnadeln aus ihrer Frisur zu ziehen. Die seidige rotgoldene Haarmasse löste sich, und der Duft ihrer Seife – Zitrone und Gewürze – strömte ihm entgegen.

West knöpfte seinen Schritt auf und schob die Hose herunter. Dann zog er die Strümpfe aus. Nackt umfasste er ihre Hüften und hob sie ein wenig an. »Spreize deine Beine.«

Sie tat, was er sagte, und er dirigierte seine Männlichkeit zwischen ihre Schenkel und neckte sie. Sie beugte sich über das Bett und stieß mit den Hüften nach hinten gegen ihn. Sie spreizte die Beine weiter, als sie sich an ihm rieb und ihn dazu bringen wollte, in sie einzudringen. Aber er tat es nicht. In einem langsamen Rhythmus bewegte er sich hin und her und neckte sie beide mit der Aussicht auf das, was wohl als Nächstes passieren würde.

»Auf das Bett«, knurrte er.

Sie stieg auf das Bett und drehte sich auf den Rücken, ehe sie die Strümpfe von den Beinen streifte und sie dem Kleiderhaufen auf dem Boden hinzufügte.

Er folgte ihr auf das Bett und sah auf ihre prachtvollen Kurven hinab. »Du bist so schön.« Er streichelte ihre Brüste und liebkoste sie zunächst sanft, ehe er dem ursprünglichen Bedürfnis in sich nachgab. Er beugte sich herab, umschloss eine ihrer Brüste mit dem Mund, und ließ die Zunge über ihr Fleisch gleiten, bevor er an der roten Knospe saugte.

Sie bäumte sich auf, grub die Finger in sein Haar und zog daran. Er konnte die Bewegungen ihres gesamten Körpers spüren – wie sie mit den Hüften die seinen suchte, und ihr Atem nur noch ein kurzes Hecheln war.

Er wölbte die Hand um die andere Brust, die so weich und rund war, und seine Hand perfekt ausfüllte. Er nahm ihre Brustwarze zwischen die Finger, bewegte sie hin und her und dann drückte er sie sanft. Als Antwort grub sie die Finger in seine Kopfhaut, und ihre leisen Schreie erfüllten das Zimmer.

»Bitte, West! Ich kann nicht mehr warten.«

Er hatte sich kaum noch unter Kontrolle. Der Orgasmus, der sie ein Stockwerk tiefer in seinem Salon durchgerüttelt hatte, hätte ihn bereits fast bis zum Äußersten getrieben. Er hob den Mund von ihrer Brust und suchte wieder ihren Mund. Sie öffnete sich ihm sofort und drang mit der Zunge in seinen Mund. Er stöhnte und sein Körper glühte vor Begierde.

Sie schloss die Finger um seine Männlichkeit und beinahe hätte er sich in ihrer Hand erlöst. »*Ivy*.«

Sie dirigierte ihn zu ihrer Scham und er legte seine Hand über ihre, um seine Männlichkeit zur richtigen Stelle zu führen.

Als er in sie eindrang, war er von enger Hitze umgeben. Er bewegte sich langsam – es war eine verdammte Folter – doch sie umklammerte seine Hüften und zog ihn an sich. Er konnte nicht länger warten. Er musste sich bewegen. Jetzt.

»Leg deine Beine um mich.«

Sie verschob das Becken, was ihn tiefer in sie dringen ließ, und schlang ihm die Beine um die Taille. Eine pure Wollust übermannte ihn und er ließ die Hüften gegen ihre prallen, als er mit harten und schnellen Stößen in sie drang.

Er küsste sie erneut, ihre Lippen und Zungen prallten aufeinander, während ihre Körper sich bewegten. Sie bäumte sich auf dem Bett auf und ihre Hüften rieben sich an seinen. Sie klammerte sich an seinen Rücken und ihre Nägel gruben sich in sein Fleisch. Das war ein Urtrieb und er war überwältigend. Es hatte nichts mit den wohlpraktizierten Verführungen zu tun, derer er sich normalerweise bediente.

Aber sie war anders. Vor Verlangen nach ihr war er unfähig zu denken.

Sie erbebte in einem weiteren Orgasmus, ihre Muskeln zogen sich um ihn zusammen und pressten sich an ihn, als sie in seinen Mund aufschrie. Er stieß hart in sie, als das Blut in seinen Schaft schoss. Er war völlig außer Kontrolle und schrie, als er sich in ihr erlöste.

Für ein paar Minuten blieb er halb auf ihr liegen, während ihre Herzen im selben Rhythmus schlugen.

Er hatte die Augen geschlossen und war von einer Zufriedenheit erfüllt, die er nie zuvor gekannt hatte, als ihm zu Bewusstsein kam, was er getan hatte. Er hatte sich nicht zurückgezogen, ehe er seinen Samen in sie ergossen hatte. Die Methode war nicht unfehlbar, jedoch wandte er sie stets an. Nun, *fast* immer.

Na schön, die Tat war begangen, und er bereute es nicht ein bisschen.

KAPITEL ACHTZEHN

Mit geschlossenen Augen wirbelte sie schwerelos und zufrieden durch die Dunkelheit. Sie fühlte sich auf eine Weise erfüllt und emporgehoben, wie sie es noch nie erlebt hatte und fühlte puren Frieden.

Ivy streichelte West über den Rücken, als er sein Gewicht von ihr schob. Er zog sich aus ihrem Körper zurück, aber er küsste sie auf die Schläfe und seine Lippen glitten über ihre Haut. Er wölbte die Hand um ihr Gesicht und zog ihren Mund zu seinem.

Er zog sich zurück, und noch immer streichelte er ihr die Wange. »Ich besorge dir etwas zum Abwischen.«

Ruckartig riss sie die Augen auf, als die Realität Gestalt in ihrem Bewusstsein annahm. Sie hatte alles vergessen wollen und genau das hatte sie getan. Sie hatte darüber hinaus vergessen, die Gesellschafterin einer Dame zu sein, und dass von ihr nicht erwartet wurde, sich mit dem Herzog der Begierde im Bett zu tummeln.

Sie setzte sich auf. »Ja bitte.«

Für einen Augenblick verschwand er und kehrte dann

mit einem Tuch zu ihr zurück. »Da ist ein Krug, aber das Wasser ist kalt.«

»Das brauche ich nicht.« Sie säuberte sich, ließ das Tuch auf dem Bett und zog sich so schnell wie möglich an.

»Musst du schon so eilig fort?«, fragte er.

»Ja. Lady Dunn ruht sich am Nachmittag aus, aber wenn ich nicht zurück bin, ehe sie aufwacht ...« Sie schüttelte den Kopf. Die Viscountess hätte nichts dagegen einzuwenden und schon gar nicht, wenn sie wüsste, dass Ivy sich heute auf den Weg zum Armenhaus gemacht hatte. Allerdings hatte Ivy nicht die ganze Zeit dort verbracht.

Nachdem ihre Strümpfe angezogen waren, streifte Ivy ihr Unterkleid über, gefolgt von ihrem Korsett. Beim Binden der Bänder hatte sie Schwierigkeiten, und sie nestelte hilflos mit den Fingern herum.

»Warte, lass mich dir helfen.« Er erhob sich vom Bett und kam in all seiner nackten, herrlichen Pracht auf sie zu. Ivy wandte den Blick ab, aber es war egal. In ihren Gedanken hatte sie noch immer die gemeißelte Muskulatur seiner Brust und die großen Ausmaße seiner Männlichkeit zwischen seinen Beinen vor Augen. Sie war sich sicher, dass sich dieses Bild für immer in ihr Gedächtnis eingebrannt hatte und sie an diesen einzigartigen Tag erinnern würde.

Sobald ihre Bänder befestigt waren, trat sie von ihm weg und streifte den Unterrock über den Kopf. Darauf folgte das Kleid und er half ihr, es über ihrer Unterwäsche zurechtzurücken.

Ruckartig wich sie von ihm zurück und als er die Stirn runzelte, sah sie ihn an. »Ich kann das schon selbst.«

»Ivy –«

Sie hörte die Frage in seinem Tonfall und versuchte, ihm das Wort abzuschneiden, ehe er sie Dinge fragen konnte, die sie nicht beantworten wollte. »Ich muss gehen.«

»Ja, aber wir sollten reden. Wenigstens für eine Minute.«

Sie knöpfte ihr Kleid zu und sah ihn nicht an. »Worüber?«

»Darüber, was gerade passiert ist.« Er legte ihr den Finger unter das Kinn und hob es sanft an. »Ich werde dich nicht einfach davonlaufen lassen.«

Ein Gefühl der Empörung versetzte ihren Magen in Aufruhr und sie schüttelte seine Berührung ab. »Es ist nicht an dir, mich zu *lassen*.« Sie zwinkerte und hielt ihn für verrückt. Oder zumindest töricht. »Du hast kein Recht zu entscheiden, was ich tue. Das war ein Fehler. Ich hätte niemals kommen sollen.«

Er zog seine Hose an. »Es war kein Fehler. Es war wundervoll.«

Sie schob die Füße in ihre Schuhe und machte sich auf die Suche nach ihren Haarnadeln. Es dauerte eine Minute, aber sie sammelte ein, was sie konnte und gab sich Mühe, sich das Haar auf dem Kopf aufzustecken. Wahrscheinlich sah sie lächerlich aus, aber sie würde es mit ihrer Haube bedecken. Wo zum Teufel war ihre Haube?

»Ivy?« Auch er hatte sich angezogen und war nun mit seinem Hemd sowie Strümpfen und Stiefeln bekleidet.

Ruckartig wandte sie ihm ihre Aufmerksamkeit zu. Fast hätte sie seine Anwesenheit vergessen. Wie absurd. Als ob sie ihn vergessen könnte. Vergessen, was sie gerade getan hatten.

Sie konzentrierte den Blick auf ihn. »Wirst du auch sagen, dass es wunderbar war, wenn sich herausstellt, dass ich ein Kind bekomme?« Ein tobender Schmerz überkam sie und sie schwankte ein wenig, wie Schilfrohr, das sich

im Wind bewegte. Sie würde nicht nochmal zusammen-
brechen. Das *würde sie nicht tun.*

»Ja. Das werde ich immer sagen.« Er kam mit gerunzelter Stirn auf sie zu. »Ich habe mich eben selbst vergessen. Falls daraus ein Kind entsteht ...«

Sie unterbrach ihn erneut, denn sie war an seinen
Plänen nicht interessiert. »Wenn ich schwanger werden
sollte, wird das mein Problem sein. Aber keine Angst. Ich
habe es versäumt, dir diesen Teil zu erzählen. Bothwick
hat mich mit einem Kind sitzengelassen. Du siehst also,
dass ich mit solchen Unannehmlichkeiten umgehen kann.«
Nach ihrer Begegnung mit Peter vorhin, erstickte sie
beinahe an diesem Wort.

Er riss die Augen auf. »*Ivy.* Warum hast du mir das
nicht gesagt?«

Ja, warum nur, nachdem sie ihm ja alles andere erzählt
hatte. »Weil es privat ist.« Sie hatte nie mit einer anderen
Person darüber gesprochen, nachdem sie ihr Zuhause
verlassen hatte. Nicht bis heute. Nicht einmal Lady
Breckenridge wusste, dass Ivy ein Baby verloren hatte. Das
war schon lange, bevor sie sich in einem vollkommen
anderen Armenhaus kennengelernt hatten.

»Was ist mit dem Kind passiert?« Seine Frage war tief
und dunkel, sein Blick besorgt.

»Es starb.«

Er versuchte, sie in die Arme zu nehmen, doch sie wich
zurück.

»Nein.« Sie hörte, wie ihre Stimme brach und rief ihren
Zorn auf den Plan. Nicht auf ihn, aber auf sich selbst.
Abermals hatte sie ihrem Verlangen törichterweise nachgegeben und nur sie selbst trug die Schuld daran. Schuld-
gefühle und Scham krochen ihr die Kehle empor und
verwandelten sie innerlich zu Brei. »Lass mich gehen.«

Sie stolperte aus seinem Schlafzimmer in einen kurzen Korridor, der zu einem Wohnzimmer führte.

Er trat hinter sie und berührte sie kaum am Rücken. »Ich führe dich raus. Lass uns zuerst deine Handschuhe und die Haube holen.«

Er führte sie die Dienstbotentreppe hinunter zum Salon. Ihre Haube lag auf dem Sofa und die Handschuhe auf dem Boden. Er hob die Sachen auf und brachte sie ihr.

Sie riss ihm die Haube aus der Hand und trat vor einen Spiegel an der Wand. Ihre Frisur war schrecklich, doch sie schob die Haube darüber und verdeckte die Unordnung auf diese Weise. Schnell band sie die Bänder unter dem Kinn zu einer Schleife und dann drehte sie sich um, um ihre Handschuhe zu nehmen, denn er war ihr gefolgt und stand hinter ihr.

»Ich verstehe, dass du gehen musst, aber wir sind noch nicht fertig miteinander.«

Sie zog ihre Handschuhe so ungestüm an, dass es ihr Schmerzen zwischen den Fingern verursachte. »Wir sind fertig. Ich genieße mein Leben. Du hast nichts anderes getan, als mich auf einen Pfad zu locken, den ich schon einmal gegangen bin und den ich nicht nochmal beschreiten möchte.«

Er fixierte sie mit einem finsteren Blick. »Ich bin nicht so wie er.«

Nein, das war er nicht. Aber das bedeutete auch nicht, dass er besser war.

»Ich gehe jetzt, und so, wie du aussiehst, kannst du mich nicht hinausbegleiten.« Sie wagte es nicht, den Blick auf die Stelle zu richten, an der sein Hemd offenstand, und einen köstlichen Blick auf seine Brust und den Halsansatz freigab. Zu spät.

Sie trat um ihn herum und achtete darauf, ihm nicht zu

nahe zu kommen, obwohl sie sich wie von einem Magnet zu ihm hingezogen fühlte.

»Ich werde dich besuchen«, versprach er.

Sie wollte ihm sagen, er solle sich nicht die Mühe machen, aber mehr als alles andere wollte sie sich jetzt rasch auf den Weg machen. Bevor sie es sich anders überlegte. Sie holte tief Luft, öffnete die Tür und ging, ohne sich noch einmal umzusehen.

∼

*B*einahe wäre West ihr nachgegangen, bis er sich daran erinnerte, dass er nur halb angezogen war.

Verdammt noch mal.

Er zog sich in sein Arbeitszimmer zurück. Seine in den Stiefeln steckenden Füße stürmten donnernd über den Fußboden, als er direkt auf die Whiskyflasche zustrebte. Er schenkte sich ein und erstarrte.

Genau das hatte er erst vor kurzem getan, als er ein Glas für Ivy geholt hat. Und all das, was sie ihm berichtet hatte, wirbelte ihm durch den Kopf.

Der Whisky schwappte auf seine Hand. Fluchend stellte er die Karaffe ab und kippte sich den Inhalt des Glases, das er sich eingeschenkt hatte, die Kehle hinunter. Als er das Glas auf der Anrichte abstellte, leckte er sich die Flüssigkeit von der Hand. Sie roch und schmeckte wie sie.

Nie hätte er gedacht, dass sie so viel durchgemacht hatte. Jetzt ergab ihre Verbindung zu den Armenhäusern einen Sinn. Wenn er an sie als eine der Bewohnerinnen dachte ... wollte er Bothwick umbringen.

Und ein Baby ...

Eine weißglühende Wut ballte sich in ihm zusammen

und er musste tief durchatmen, um sein plötzlich rasendes Herz zu beruhigen. *Er würde Bothwick umbringen.*

Ja, er würde ihn zu einem Duell herausfordern. Aber er konnte nicht auf Axbridge warten. Er dachte an Sutton und Dartford. Sie würden helfen, besonders wenn sie von dem Grund für seine Tat erfuhren.

Verdammt.

Er ließ sich auf einen Stuhl neben dem Kamin fallen und mit herabhängenden Schultern streckte er die Beine vor sich aus. Er konnte Bothwick nicht herausfordern. Der Grund würde öffentlich bekannt werden – oder wenigstens eine verkorkste Version davon – und das konnte er Ivy nicht antun.

Als er an den gequälten Ausdruck in Ivys Augen dachte, die Art und Weise, wie sie in seinen Armen zusammengebrochen war, erschauderte er. Er würde alles tun, um sie zu beschützen, auch wenn es bedeutete, Bothwick nicht herauszufordern.

Fahr zur Hölle, Bothwick.

Vielleicht könnte West ihn einfach umbringen. Ein Herzog könnte mit Mord davonkommen, oder?

Er stieß ein hässliches Gelächter aus, bar jeden Humors.

Er starrte auf den Teppich, der ein Muster aus dunklem Grün, Blau und Braun aufwies. All das verschwamm vor seinen Augen, als er an diese eine letzte Sache dachte, die sie zu ihm gesagt hatte – dass sie ein Baby bekommen hatte und es gestorben war. Ihm fiel ihre Unterhaltung auf Wendover Hill ein, als sie ihn nach den Kindern fragte, die er vielleicht gezeugt hatte. Ihr Interesse – und der scharfe Unterton der Enttäuschung in ihrer Stimme – ergaben nun einen Sinn. Ihm blutete das Herz für sie.

Nie zuvor hatte er an Kinder gedacht, doch jetzt wollte er sie plötzlich. Mit ihr.

Als er sich seines Fehlers – sich nicht rechtzeitig aus ihr zurückgezogen zu haben – bewusst geworden war, war er entsetzt gewesen, doch jetzt fühlte er sich in dieser Sache seltsamerweise vollkommen gelassen. Wenn sie schwanger war, würde er sie natürlich heiraten.

Und wenn sie es nicht war?

Er konnte einfach nicht mehr so weitermachen, wie früher. Das wusste er schon seit Wochen.

Er wollte *sie*. In seinen Armen. In seinem Bett. In seinem Leben. Als seine Herzogin.

Liebte er sie? Das glaubte er schon. Sie war anders als jede Frau, die er je gekannt hatte. Sie brachte ihn zum Lachen, trieb ihn zu Frustration und ließ sein Herz höherschlagen.

So glücklich wie ihn diese Erkenntnis auch machte, war er sich sicher, dass sie nicht dasselbe empfand. In ihrem Blick lag immer ein vorsichtiger Ausdruck, ein Misstrauen. Angesichts ihrer Vergangenheit konnte er das sehr gut verstehen. Es grenzte an ein Wunder, dass sie ihm so viel gegeben hatte.

Und das musste bedeuten, dass sie *etwas* für ihn empfand. Und das war wenigstens ein Anfang.

Er sprang von seinem Platz auf und lief nach oben, wo er nach Seaver rief, den er mit einem Brief an Lord Dartford und Lord Sutton losschickte. Nachdem er sich gewaschen und wieder vollständig angezogen hatte, machte er sich auf den Weg ins Bierhaus, in der Hoffnung, die anderen würden ihn, so wie er es erbeten hatte, dort treffen.

West trank ein Bier und hatte mit dem zweiten begonnen, als Dartford und Sutton eintrafen und sich auf die Stühle an seinem Tisch in der Ecke setzten.

»Ihre Nachricht klang sehr ernst«, setzte Sutton an und schob die Hutkrempe etwas nach oben.

West hatte sie in seiner Botschaft gebeten, ihn im Bierhaus zu treffen, um ihm bei der Lösung eines Problems zur Seite zu stehen.

»Ich weiß nicht, ob es *sehr ernst* ist, aber ich benötige Unterstützung, damit ich die Sache nicht verpatze.«

Dartford sah ihn mit erhobener Augenbraue an. »Glauben Sie, wir würden Ihnen unsere Unterstützung nicht gewähren?«

»Vielleicht«, entgegnete West. »Vor allem, wenn ich Ihnen sage, dass es sich bei der Angelegenheit um eine Dame handelt.«

»Oh, verdammt.« Dartford nahm seinen Hut ab und legte ihn auf den Tisch. »Die Wahrscheinlichkeit, die Sache zu verpatzen, beträgt in diesem Fall mindestens neunzig Prozent.«

West neigte lächelnd den Kopf. »Ohne Ihre Hilfe tippe ich eher auf hundert Prozent, also nehme ich alles, was Sie mir anbieten können.«

Das Schankmädchen brachte das Bier für Dartford und Sutton.

»Hat es mit Miss Breckenridge zu tun?«, fragte Sutton. »Wenn nicht, weiß ich nicht, ob ich helfen kann. Aquilla ist sich sicher, dass sich zwischen Ihnen beiden etwas zusammenbraut, und ich kann sie einfach nicht enttäuschen.«

West lehnte sich zurück und verschränkte die Arme vor der Brust. »Lady Sutton hat recht. Ich möchte um ihre Hand anhalten, aber ich glaube nicht, dass Ivy einwilligen wird.« Er schüttelte den Kopf. »Nein, ich bin ziemlich sicher, dass sie es nicht tun wird.«

Dartford schnaubte. »Verdammt, warum nicht? Sie scheinen ein anständiger Kerl zu sein – trotz Ihres skandalösen Rufs.«

»Ein Ruf kann irreführend sein«, bemerkte Sutton mit mehr als einem Hauch Ironie. »Unsere Frauen nannten mich den Herzog der Täuschung. Sie hatten recht, aber nicht aus den Gründen, die sie unterstellten.«

West wusste, dass Sutton dafür bekannt gewesen war, bei den Frauen den Eindruck zu vermitteln, dass ein Heiratsantrag bevorstehen könnte, nur um mit ihnen zu brechen, ehe es zu einem offiziellen Antrag kam. Darüber hinaus war West sich nicht ganz sicher, auf was Sutton anspielte, und er würde ihn auch nicht danach fragen. Wenn Sutton mehr verraten wollte, würde er das tun. West wusste aus eigener Erfahrung, was für einen starken Einfluss ein Ruf haben konnte, und zwar zum Guten oder zum Schlechten. Sollte Ivys Vergangenheit jemals bekannt werden, würde sich das für sie als verheerend erweisen. Nicht, dass ihn das interessierte – er würde sie sowieso heiraten.

»Also brauchen Sie Hilfe, um Miss Breckenridge für sich zu gewinnen?«, fragte Dartford. Er nahm seinen Humpen und seufzte. »Ich weiß nicht, ob wir dabei von großer Hilfe sein können. Es sei denn, Sie möchten, dass wir mit unseren Frauen sprechen? Damit sie versuchen Ivy zu überreden?«

»Nein, nichts dergleichen. Wenn ich sie nicht selbst für mich gewinnen kann, dann wird auch nichts anderes dazu imstande sein.« Vielleicht könnte er sie davon überzeugen, ihn zu akzeptieren, wenn ein Kind unterwegs wäre, aber dass sie darüber sehr glücklich sein würde, glaubte er nicht, und was für eine Art von Ehe wäre das dann wohl? Sicherlich nicht die Art, die er wollte. Er wünschte sich eine Ehe, die beide Partner freiwillig und mit Hoffnung auf die gemeinsame Zukunft eingehen würden. »Ich dachte, vielleicht könnte ich ihre Arbeitgeberin, Lady Dunn, um Erlaubnis bitten, ihr den Hof zu machen.« Da Ivys Eltern keine Rolle in ihrem Leben spielten, schien es eine logische Sache zu sein, das zu tun. Außerdem würde Lady Dunn seine Werbung um sie sehr wahrscheinlich unterstützen. Warum sollte sie ihrer Gesellschafterin einen Herzog ausreden?

»Das ist ein kluger Ansatz«, erklärte Sutton. »Was genau sollen wir für Sie tun?«

»Ich hatte gehofft, Ihre Frauen könnten Ivy – Miss Breckenridge – beschäftigen, während ich mit Lady Dunn spreche. Vielleicht könnten sie sie zum Tee einladen.«

Dartford nickte bedächtig. »Sicher, aber das muss übermorgen geschehen. Lucys Großmutter hat morgen etwas in ihrem Haus geplant.«

»Und ich fürchte, Aquilla und ich werden morgen früh abreisen.« Suttons Blick war entschuldigend. »Wir müssen nach Sutton Park zurückkehren.«

Dartford sah West an. »Wird das Ihren Bedürfnissen entgegenkommen?«

»Ja, vielen Dank.« West hasste es, einen Tag warten zu müssen, aber es war ein geringer Preis. Er hoffte nur, Ivy letztendlich überzeugen zu können, ihn zu heiraten.

Dartford hob seinen Humpen. »Auf die Frauen.«

»Auf *unsere* Frauen«, verbesserte Sutton mit einem bedeutsamen Blick um den Tisch herum. »Glaubt mir, wenn ich behaupte, dass es höllisch schwierig ist, die Richtige zu finden.«

»Du musst es ja wissen«, erwiderte Dartford mit einem Grinsen.

Sutton verdrehte die Augen. »Ja, es hat bei mir eine ganze Weile gedauert, aber als ich Aquilla kennenlernte, waren die Dinge einfach ... anders.«

West wusste genau, was er meinte. Ivy war in jeder Hinsicht anders, als die anderen Frauen, mit denen er einst zusammen war. Er musste sie nur davon überzeugen.

KAPITEL NEUNZEHN

*I*vy hatte es nie etwas ausgemacht, eine Randposition innezuhaben. Im Grunde genommen empfand sie dies als beruhigend und sicher. Es war so viel besser als das Leben, das sie hätte führen müssen, wenn Lady Breckenridge sich nicht entschlossen hätte, ihr zu helfen. Heute Abend war das nicht anders. Als sie in einer Nische des Kartenraums der Veranstaltungs-räume saß, war sie dankbar über ihren Platz am Rande des Geschehens. Das galt besonders nach allem, was gestern passiert war.

Vielleicht *wäre* der heutige Abend ein bisschen anders. Obwohl sie mit ihrem Schattendasein zufrieden war, fühlte sie sich weder besonders wohl, noch fühlte sie sich sicher. Jeden Moment rechnete sie mit Wests oder Peters Eintreffen und das könnte ihr delikates Gleichgewicht ins Wanken bringen. Natürlich wusste sie nicht, ob einer der beiden kommen würde, aber sie war trotzdem auf der Hut.

In der vergangenen Nacht hatte sie kaum geschlafen. Stattdessen hatte sie sich von den Gedanken über ihren

Nachmittag mit West und dessen mögliche Konsequenzen verzehren lassen.

Sie *konnte nicht* schwanger sein. Vielleicht würde es wahr werden, wenn sie sich dieses Credo nur oft genug selbst wiederholte. Nur daran konnte sie sich festhalten.

Wie durch ihre Gedanken heraufbeschworen, trat West in den Kartenraum. Sein Blick schweifte umher und Ivy sackte auf dem Stuhl zusammen, als ob sie irgendwie mit dem Hintergrund verschmelzen und für ihn unsichtbar werden könnte.

Aber nein. Sein Blick begegnete ihrem und sofort kam er direkt auf sie zu. Von wegen Diskretion. Diesen Vorsatz schien er kürzlich aufgegeben zu haben.

»Guten Abend«, wünschte er, als er neben ihrem Stuhl stehenblieb. »Ich freue mich, dich zu sehen.«

Sie sah nicht zu ihm auf. »Du solltest nicht hier sein.«

»Es ist ein öffentlicher Ball.«

Sie warf ihm einen verärgerten Blick zu. »Ich meine, du solltest nicht *hier* sein und mit *mir* reden.«

»Warum nicht? Es gibt keinen Ort, wo ich lieber wäre.«

Sie sah ihn mit zusammengekniffenen Augen an. »Bitte hör auf«, zischte sie.

»Ich bin gekommen, um dich zum Tanz zu bitten. Du solltest es noch einmal mit dem Walzer versuchen.«

Sie presste die Lippen zusammen und richtete ihre Aufmerksamkeit auf Lady Dunn. Sie saß an einem Tisch beinahe in der Raummitte und schien nicht zu bemerken, dass der Herzog der Begierde mit ihrer bezahlten Gesellschafterin plauderte. »Nein danke.«

Als er nicht davonging, sah Ivy finster zu ihm auf. »Du solltest gehen.«

»Nein, danke«, gab er ihr zurück. »Wenn ich dir auf diese Weise den Hof machen muss, dann soll es so sein. Ich stehe hier, bis du es dir anders überlegst.«

Den Hof machen? Sie erhob sich von ihrem Platz und stand seitlich neben ihm. »Was zum Teufel tust du?«

»Ich mache dir den Hof.« Er wandte sich ihr zu und nun waren seine Gesichtszüge so vertraut, dass sie sich fragte, wie sie ohne ihren Anblick weiter bestehen könnte. Seine Augen wurden dunkel und sein Mundwinkel zuckte. »Ich habe die Absicht, dich zu heiraten, Ivy.«

Ihr stockte der Atem. Das konnte er nicht ernst meinen. »Du bist so arrogant wie immer.«

»In dieser Sache, ja.«

»In *jeder Hinsicht*. Du hast mir gesagt, eine besondere Fähigkeit zu besitzen.«

»Ja, die besitze ich, oder?«, murmelte er.

Eine Ehe. Mit dem Herzog der Begierde. Ihr Puls beschleunigte sich, sie wandte sich von ihm ab und richtete den Blick zur Zimmermitte. »Bitte geh fort.«

»Wenn du darauf bestehst. Aber ich komme wieder.«

Sie drehte den Kopf und starrte ihn an. »Nein. Ich möchte, dass du mich in Ruhe lässt.« Sie biss die Zähne zusammen, als die Spannung ihren Körper erfasste.

Er rückte ein winziges Stück näher. »Warum? Ich biete dir eine Ehe an. Du würdest meine Herzogin werden.«

»Ich habe kein Interesse an einer Ehe, insbesondere nicht mit einem Mann deines Rufes. Du bist ein Frauenheld, ein Zügelloser, ein Lebemann und ich habe alle Erwartungen, dass du genauso weitermachen würdest.« Sie konnte keinen weiteren Moment mehr hier stehenbleiben. Sie wollte gehen, doch er berührte sie diskret – wenn auch nur kurz – am Arm.

»Dieser Mann bin ich nicht mehr. Ich habe mich verändert. *Du* hast mich verändert. Bitte geh nicht.«

»Du lässt mir keine Wahl. Kannst du nicht einsehen, dass du alles noch schlimmer machst? Jedes Mal, wenn du mir auf diese Weise deine Aufmerksamkeit schenkst, bemerken die anderen um uns herum das. Du bist der Herzog der Begierde. Ich bin ein Niemand. Es gefällt mir, ein Niemand zu sein. Außerdem möchte ich meine Stellung behalten.«

Mit steifen Beinen und ohne Rücksicht darauf, wohin sie ging, stolzierte Ivy davon. Sobald sie sich außerhalb des Kartenzimmers im Oktagon-Zimmer befand, wandte sie sich nach links und trat durch eine Tür. Es war der Treppenaufgang zur Bühne der Musiker. Sie ging nicht hinauf, sondern blieb in den dunklen Schatten stehen, und bemühte sich, wieder zur Besinnung zu kommen.

West wollte sie heiraten. War es wegen des Risikos, dass sie ein Kind erwarten könnte? Sie wollte sein Mitleid nicht. Aber war das wirklich alles? Wäre es möglich, dass er sie wegen ihrer selbst heiraten wollte?

Wenn sie schwanger wäre, wäre sie dumm, nein zu sagen. Es bestand ein gewaltiger Unterschied, ein Kind als Bastard unter Gott weiß was für Umständen oder es als den Nachkommen eines Herzogs aufzuziehen. Sie würde tun, was immer für das Kind am besten war, auch wenn es bedeutete, dass sie unter seinem zügellosen Lebensstil zu leiden hätte.

Ihr Herz krampfte sich furchtsam zusammen, als sie sich an die Wand zurücklehnte.

»Da bist du ja.« Die männliche Stimme erschreckte sie.

Ivy konzentrierte den Blick in dem trüben Licht und sog scharf die Luft ein. Es war nicht West, sondern Peter. Unruhe überkam sie. »Was tust du hier?«

Peter drang weiter in den Treppenaufgang vor. »Ich habe beobachtet, wie du den Kartenraum verlassen hast. Worüber hast du dich mit dem Herzog von Clare unterhalten? Du hast gesagt, er würde dir nicht den Hof machen, oder?«

Von der Erkenntnis erschrocken, dass sie gefangen war,

drückte sie sich flach an die Wand. »Nein, das tut er nicht.« Obwohl es keineswegs daran lag, dass er es nicht versucht hätte.

Peter trat auf sie zu. »Vielleicht versucht er nur zu bekommen, was du mir vor all den Jahren geschenkt hast. Das könnte man ihm nicht nachtragen. Du bist unglaublich schön und viel verlockender als in deiner Jugend. Jetzt bist du auch erfahrener, glaube ich. Das würde ich gern herausfinden.« Er trat so nahe an sie heran, dass er ihr Sichtfeld ausfüllte.

Ivy drückte ihm die Hand gegen den Oberkörper. »Du bist scheußlich!« Sie versuchte, sich an ihm vorbeizudrücken, aber er packte sie um die Taille und presste sie gegen die Wand.

»Ich bin noch nicht fertig. Ich glaube, ich hätte schon jetzt gern eine Kostprobe. Gleich hier.«

Sie wehrte ihn entschlossener ab und bohrte ihm die Handballen in die Rippen. »Fass mich nicht an!«

Er stolperte rückwärts, doch mit einem unwilligen Knurren auf den Lippen fing er sich rasch wieder. Erneut kam er auf sie zu. »Vergiss nicht, dass ich dein Leben zerstören kann. Ich habe heute Abend aufgepasst. Ich weiß, wer deine Arbeitgeberin ist. Was würde Lady Dunn davon halten, wenn sie die Wahrheit über dich wüsste?«

Ivy ließ die Schultern hängen. Sie wollte diese Schande nicht über die Viscountess bringen. Das konnte sie ihr nicht antun. »Was willst du?«

»Bloß einen Kuss als Anfang. Du wirst meine Geliebte sein. Ich werde dir hier in Bath ein Haus besorgen und dich dann für die Saison nach London bringen.« Er lächelte ermutigend. »Es wird dir nicht schwerfallen. In Wahrheit wird dies eine enorme Verbesserung deiner aktuellen Situation bedeuten. Ich möchte kein Angeber sein, aber wir haben gut zusammengepasst vor all den

Jahren. Es wird wieder so gut werden. Du wirst schon sehen.«

Ivy starrte ihn an und wunderte sich, wie er bloß glauben konnte, dass sie ihn, nachdem er sie hatte fallen lassen, wiederhaben wollte. »Ich war damals schrecklich dumm.«

»Ja, aber jetzt werde ich mich um dich kümmern.«

Ein Gefühl aus Wut und Schmerz schwoll in ihr an und platzte aus ihr heraus. Ohne nachzudenken, ohne sich Sorgen zu machen, holte sie mit der Hand aus und traf ihn am Auge. Er sprang zurück und bot ihr damit die Kluft, die sie brauchte.

Und sie rannte.

~

Nachdem er Ivy nachgesehen hatte, als sie den Kartenraum verließ, begab West sich direkt in den Salon nebenan, der – wie auch bei der letzten Veranstaltung – den Herren zum Trinken und Wetten vorbehalten war. Er winkte einen Diener zu sich heran und ließ sich an einem freien Tisch nieder.

»Whisky.«

Der Diener nickte.

West runzelte die Stirn. Sie war stur, sagte er sich. Nur wusste er, dass es nicht so einfach war. Nicht, wenn sie von seinem Ruf sprach. Das war leider ein stichhaltiges Argument gegen eine Ehe mit ihm. Er hatte nie Interesse an einer Herzogin gezeigt, oder den Wunsch gehabt, einer einzigen Frau über eine lange Zeit treu zu bleiben.

Wie zum Teufel sollte er sie davon überzeugen, sich verändert zu haben, und dass er nun zum ersten Mal in seinem Leben nur eine einzige Frau wollte – so lange er sich nur vorstellen konnte. Für immer.

Er kippte den Whisky hinunter und gab dem Diener ein Zeichen, dass er ein weiteres Glas wünschte. Als dieser ihm seine Bestellung an den Tisch brachte, beobachtete West, wie Bothwick den Raum betrat. Die Wut riss ihn fast vom Stuhl, doch er erhob sich nicht. So sehr er sich das auch wünschte, konnte er nicht einfach zu ihm hinübergehen und ihn schlagen.

Stattdessen trank er seinen zweiten Whisky.

Dann geriet er in Bothwicks Blickfeld. Dieser ließ die Brauen sinken und bewegte sich zielstrebig auf Wests Tisch zu.

West war angespannt, bereit – und begierig – zuzuschlagen.

Ein Diener trat im selben Moment an den Tisch, wie Bothwick. Der Viscount bestellte einen Whisky, und der Diener entfernte sich.

Bothwick zog einen Stuhl hervor und ließ sich, eine Grimasse ziehend, darauf nieder. »Ich habe gesehen, wie Sie mit dieser Frau gesprochen haben – dieser Miss Breckenridge? Sie ist nicht, wofür Sie sie halten. Vielleicht spielt das aber keine Rolle, wenn Sie sich nur im Bett vergnügen wollen.«

Wieder einmal musste West mit sich kämpfen, um auf dem Stuhl sitzen zu bleiben. Der Diener brachte den Whisky, und Bothwick bat ihn sofort um Nachschub.

Der Viscount leerte sein Glas, beugte sich mit eindringlichem Blick zu West. »Seien Sie vorsichtig, dass sie nicht versucht, Sie in die Ehe zu locken.«

»Das wäre mein größter Wunsch«, erklärte West und tippte mit den Fingerspitzen auf den Tisch, während in seinem Inneren ein wilder Aufruhr tobte.

Bothwick riss die Augen auf. »Was sagen Sie da? Sind Sie verrückt? Sie ist eine gewöhnliche Schlampe. Ich spreche aus Erfahrung. Sie ist das Miststück, von dem ich

Ihnen erzählt habe – sie hatte versucht, mich in die Falle und vor den Pfarrer zu locken, die Hure.«

West hatte mehr als genug gehört. Behände und schnell war er auf den Füßen und warf seinen Stuhl zu Boden, als er nach Bothwicks Jackenaufschlag griff. West schloss die Finger um den Stoff und zerrte ihn vom Stuhl, während er den Tisch umrundete. »Die Hure sind Sie.« Er ließ Bothwick los, als er die Faust auf den Kiefer des Mannes zufliegen ließ.

Bothwick taumelte rückwärts und hob die Hand an sein Gesicht. »Was zum Teufel?«

West trat auf ihn zu und brannte darauf, ihn erneut zu schlagen. »Beleidigen Sie meine zukünftige Herzogin nicht.«

Bothwick, der Wests Absicht erkannte, den Angriff fortsetzen zu wollen, drehte sich um und floh in den Kartenraum. *Der verdammte Hundesohn.* West rannte hinter ihm her und bekam ihn am Kragen seiner Jacke zu fassen. Er stemmte die Füße auf den Boden, zerrte Bothwick zurück und drehte ihn herum, damit er ihn ein zweites Mal schlagen konnte.

Bothwick hatte die Augen weit aufgerissen, als West einen Schlag auf seiner Nase landete. Die Knochen knirschten, und das Blut spritzte. Bothwick fiel und – mit allen vieren ausgestreckt – landete er auf dem Rücken. Mit der Hand betastete er sein blutendes Gesicht.

Wut loderte in West auf. »Ich fordere Genugtuung.«

Kopfschüttelnd hob Bothwick die andere Hand an sein Gesicht, während ihm das Blut noch immer über den Mund und das Kinn floss. Irgendjemand reichte ihm ein Tuch, und West tauchte aus seinem Nebel der Wut auf, um festzustellen, dass es im gesamten Kartenraum totenstill geworden war. Er nahm den Blick von Bothwick und erkannte, dass alles zum Stillstand gekommen war und alle

Anwesenden ihn anstarrten. Er registrierte eine Bewegung. Dartford bahnte sich einen Weg zu ihm.

Als er an Wests Seite trat, war sein Blick dunkel und die Augenbrauen angespannt. »Haben Sie ihn gerade zum Duell herausgefordert?«

Offenbar. Ehe er die Worte ausgesprochen hatte, hatte West nicht wirklich darüber nachgedacht. Natürlich hatte er darüber fantasiert, doch er hatte sich nicht vorgestellt, dass er ihn tatsächlich zu einem Duell herausfordern würde. Doch jetzt, wo es geschehen war, bereute er es nicht. »Ja. Ich habe ihn herausgefordert.«

Der Mann, der Bothwick das Tuch gereicht hatte, half diesem beim Aufstehen. Das Blut des Viscounts hatte das Tuch durchtränkt. Ein Diener eilte mit einem weiteren Tuch heran. Bothwick ließ das blutgetränkte Tuch fallen und hielt sich das frische Tuch auf das Gesicht. Als er sprach, klangen seine Worte ein wenig verstümmelt. »Sie ... wollen ... eine kleine ...Hure ... heiraten?« Er sah zu der Tür, die zum Oktagonraum führte, der wiederum auf den Korridor und zur Vorhalle hinausging.

West folgte Bothwicks Blick und erstarrte. Direkt im Türrahmen stand Ivy mit bleichem Gesicht und weit aufgerissenen Augen.

»Kann nicht glauben, dass Sie sich wegen so einer wie ihr duellieren wollen.« Bothwick hustete in das Tuch.

Als nun alle die Aufmerksamkeit auf Ivy gerichtet hatten, war es keine Frage mehr, auf wen er sich bezog. Verdammt, zum Teufel!

Lady Dunn erhob sich von einem Tisch, der fast in der Zimmermitte stand. »Was geht hier vor?«

»Ich glaube, Clare wird sie heiraten«, antwortete eine Frau und zeigte auf Ivy.

Die Gräfin von Dartford hatte sich einen Weg zu Ivy gebahnt und nun hielt sie ihr die Hand. Eine weitere

Bewegung erregte Wests Aufmerksamkeit. Seine Mutter – in dieser Situation hatte sie ihm gerade noch gefehlt – trat vom Ballsaal in das Kartenzimmer. Ihr Blick, dunkel und prüfend, wanderte von West zu Bothwick, dann zu Ivy und mit dem höchsten Maß an Missfallen wieder zurück zu West.

»Ich würde sagen, dass Ihre Prognose, die Sache zu verpatzen, bedauerlicherweise ausgesprochen akkurat war«, flüsterte Dartford dicht an seinem Ohr.

West hätte gelacht, wenn die Situation nicht so gottverdammt tragisch gewesen wäre. Was zum Teufel hatte er gerade getan? Er hatte seine Bereitschaft in die Welt hinausposaunt, Ivys Ehre zu verteidigen, und bei Gott, das würde er tun.

Er drehte sich zu Ivy um. »Ja. Ich würde sie heiraten, wenn sie meinem Antrag zustimmen würde.«

Eine schrille Stimme erfüllte den Raum. »Das ist absurd.«

Alle drehten sich zu der Frau um, die diese Worte ausgerufen hatte – der Herzogin von Clare. West starrte sie wütend an, als könnte er sie mit einem bloßen Blick niederringen.

Die Herzogin schüttelte den Kopf. »Du kannst jemanden wie sie weder heiraten, noch kannst du dich wegen ihr duellieren.«

Niemals würde West eine Frau schlagen, aber er verspürte das dringende Bedürfnis, unbedingt etwas in ihre Richtung werfen zu wollen. Er entschied sich für einen weiteren giftigen Blick.

Ivy wirbelte herum und eilte davon. Die Countess of Dartford lief ihr sofort hinterher. Lady Dunn erhob sich und folgte den beiden, wenn auch in einem langsameren Tempo. Und dennoch hatte West sie noch nie so flink laufen gesehen.

Er wollte vorwärts eilen, doch Dartford packte ihn am Arm. »Sie müssen sie gehen lassen. Das alles ist schon katastrophal genug.«

Ja, das war es. West drehte sich um und starrte Bothwick eiskalt an. »Nennen Sie Ihren Sekundanten.«

KAPITEL ZWANZIG

A temlos und mit klopfendem Herzen eilte Ivy den Korridor entlang in die Vorhalle.

»Miss Breckenridge – Ivy!«

Der Klang von Lady Dunns Stimme ließ sie langsamer werden. Die Berührung von Lucys Hand an ihrem Arm bot ihr ein winziges Gefühl der Sicherheit. Aber es war zu flüchtig. Sie musste hier heraus. Jetzt.

Am Eingang warteten sie, damit Lady Dunn sie einholen konnte. Sie deutete auf ihre Kutsche, die eine der wenigen war, die direkt davor geparkt war. Die meisten Gäste hatten die Veranstaltungsräume zu Fuß erreicht. An diesem Abend hatte Lady Dunn jedoch nicht so weit laufen wollen, obwohl es nur eine kurze Strecke war.

Es herrschte Stille, als sie auf die Kutsche zugingen. Lady Dunn stieg zuerst ein und setzte sich auf die in Fahrtrichtung zeigende Bank, während Ivy und Lucy sich ihr gegenübersetzten.

Lady Dunn schien ein bisschen blass, als sie Ivy musterte. Kurz spitzte sie die Lippen, bevor sie fragte: »Worum ging es? Möchte Clare Sie wirklich heiraten?«

Offenbar war dem so, denn er hatte das ja vor *allen Leuten* laut gesagt. »Ja.«

Lady Dunn ließ sich an das Rückenpolster sinken, als die Kutsche sich langsam in Bewegung setzte. »Gott sei Dank, wenigstens das.«

Aber Ivy wollte ihn nicht heiraten. »Ich habe ihn abgewiesen.«

Lady Dunn blinzelte sie an, während ihr Kiefer für einen Moment erschlaffte. »Warum um alles in der Welt sollten Sie das tun? Seien Sie nicht albern, Ivy.«

Der Zorn brodelte in Ivys Brust. Sie war nicht albern. »Wenn Sie wüssten, was ich alles durchgemacht habe, würden sie mich nicht albern nennen.«

Lady Dunn tippte mit ihrem Gehstock einmal fest auf die Bodenbretter der Kutsche. »Dann ist es höchste Zeit, dass Sie mir das erzählen.«

Ja, wahrscheinlich war es das. Ivy sah zu Lucy hinüber, die ihr mit einem ermutigenden Blick antwortete. Sie nahm Lucys Hand und drückte sie sanft.

»Ich bin in Yorkshire aufgewachsen. In der Stadt Pickering, um genau zu sein. Ich bin das älteste von vier Kindern. Meine Familie führte ein behagliches Leben und ich sollte jemanden heiraten, der in der Gegend eine bedeutsame Rolle spielte.« Es schien nicht ihr eigenes Leben zu sein. Es fühlte sich in Wahrheit fast so an, als wäre diese Geschichte jemand anderem widerfahren. Aber nur fast. »Mit siebzehn Jahren nahm ich an einer Veranstaltung teil, auf der ich Bothwick kennenlernte. Er war damals noch kein Viscount, aber er war auf jeden Fall bedeutend. Rückblickend war er wohl zu bedeutend gewesen. Ich hätte die Messlatte für meine Ziele etwas tiefer ansetzen sollen. Aber ich habe mich sofort von ihm gefesselt gefühlt. Und er von mir.«

Sie schluckte, holte tief Luft und drückte Lucys Hand

in angespannter Entschlossenheit. »Er behauptete, mich zu lieben und versprach, dass wir heiraten würden. Ich habe ihm geglaubt und ihm gestattet, intim mit mir zu sein.«

»Er hat Sie ruiniert«, stellte Lady Dunn rundheraus fest.

Ivys Körper wurde von einem Schaudern des Abscheus durchgerüttelt. »Ja. Ich wurde schwanger und er weigerte sich, mich zu heiraten. Meine Eltern gaben mir die Schuld und versuchten nicht einmal, eine Ehe zu erzwingen. Stattdessen haben sie mich auf die Straße gesetzt.«

»Oh, *Ivy*!« Lucys heiserer Ausruf brachte Ivy beinahe aus der Fassung, doch stattdessen schloss sie für einen Moment die Augen und dann erzählte sie weiter.

»Ich begab mich zu einem Armenhaus.« Sie wappnete sich, den nächsten Teil zu enthüllen, und konnte die Worte fast nicht über die Lippen bringen. »Das Baby wurde tot geboren.« Sie musste innehalten und nochmals tief Luft holen. Sie konzentrierte ihren Blick auf eine Ecke der Kabine, sodass sie weder Lady Dunns noch Lucys Gesicht ansehen musste. Deren Mitgefühl – vorausgesetzt, sie würden es zeigen – hätte ihre Entschlossenheit vollends in sich zusammenfallen lassen.

»Anschließend bin ich in ein anderes Armenhaus gezogen, damit niemand erfuhr, dass ich ein Kind geboren hatte. Dort lernte ich die Wohltäterin Lady Breckenridge kennen. Sie bemerkte, dass ich nicht wie die anderen Bewohner war, und half mir, eine Anstellung als Gesellschafterin zu finden. Ich habe meinen Namen geändert und ein neues Leben angefangen. Ich habe nie zurückgeschaut. Bis jetzt.« Angst schnürte ihr die Kehle zu. Schließlich sah sie Lucy an, als die Kutsche vor dem Stadthaus anhielt. Aus dem Auge ihrer Freundin rollte eine Träne über ihre Wange hinab und eilig wandte Ivy den Blick wieder ab.

Der Diener öffnete die Tür und half Lady Dunn heraus. Ivy und Lucy folgten ihr und gingen auf das Haus zu, als ob sie in einem Trauerzug marschierten. Und das war, Ivys Meinung nach, eine ziemlich treffende Beschreibung, da das Leben, das sie sich aufgebaut hatte – das Leben, für das sie so hart gearbeitet hatte – gerade gestorben war.

Lady Dunn bat den Butler, Brandy in den Salon bringen zu lassen, und dann ging sie den beiden auf der Treppe voran. Sie zog ihre Handschuhe aus und nahm in ihrem Lieblingssessel neben dem Kamin Platz.

Ivy setzte sich auf der gegenüberliegenden Seite auf das Sofa und Lucy nahm direkt neben ihr Platz. Es war seltsam, jemanden an ihrer Seite zu haben. Vor zehn Jahren war sie völlig auf sich gestellt gewesen. Wenn sie darüber nachdachte, wie anders die Dinge hätten sein können, wenn nur ein einziger Mensch ihr Unterstützung angeboten hätte ... Es spielte keine Rolle.

»Das ist zweifelsohne eine tragische Geschichte«, bemerkte Lady Dunn, nicht ohne eine Spur von Sympathie. »Das ist jedoch ferne Vergangenheit, und dank Ihres Einfallsreichtums ist sie wirklich einer ganz anderen Person zugestoßen. Sie sind jetzt Ivy Breckenridge, eine bezahlte Gesellschafterin, und der Herzog von Clare möchte Sie zu seiner Herzogin machen.« Sie beugte sich vor, ihr brauner Blick war lebhaft und direkt. »Warum in Gottes Namen wollen Sie ihn abweisen?«

»Weil ...« Sie wollte antworten, es läge an ihrer Vergangenheit, aber Lady Dunn hatte gerade zum Ausdruck gebracht, dass sie keine Rolle spielte. Waren das nicht ihre Worte gewesen? »Wollen Sie damit sagen, dass meine vergangenen Übertretungen keine Rolle spielen?«

Tief aus der Kehle brachte Lady Dunn ein Geräusch hervor. »Nicht, wenn Sie einen Herzog heiraten.«

Der Butler trat mit einer Karaffe Brandy ins Zimmer

und schenkte drei Gläser ein, die er auf dem Tablett stehen ließ. Er verneigte sich, ehe er sich wieder entfernte.

»Aber alle haben gehört, was Bothwick gesagt hat.«

Lady Dunn winkte ab, ehe sie ihr Glas Brandy nahm. »Das hat keine Bedeutung.« Sie nippte an ihrem Brandy. »Es sei denn, es gibt einen anderen Grund, warum Sie Clare nicht heiraten möchten. In diesem Fall würde ich raten, darüber hinwegzukommen, denn wenn Sie ihn nicht heiraten, werden Sie ruiniert sein. Wie auch immer, nehme ich an, dass Ihre Anstellung bei mir zu Ende ist. Jammerschade.« Sie lächelte Ivy traurig an.

Ivy starrte sie an, unsicher, ob die Viscountess sich nun für sie freute oder nicht. »Er ist der Herzog der Begierde.« Beinahe verschluckte sie sich an diesem dummen Spitznamen. »Ich möchte nicht mit jemandem wie ihm verheiratet sein.«

Allerdings war er auch jemand, der sehr heldenhafte Dinge getan hatte. Er hatte behauptet, sie hätte ihn verändert ... Vielleicht stimmte das. Nur die Zeit würde dies zeigen, und wenn ihre einzige Wahl in einer Heirat mit ihm bestand ...

Der Raum um sie herum schien zu schrumpfen, und ihr Sehvermögen schwand. Sie schlug die Augen nieder und ihr Blick fiel auf das Glas mit dem Brandy. Sie beugte sich vor, nahm es von dem Tablett und tat einen langen, kräftigen Schluck. Bis es leer war.

Sie stellte das leere Glas wieder auf dem Tablett ab. »Ich bin mir nicht sicher, ob ich das schaffen kann – im Mittelpunkt der Aufmerksamkeit zu stehen, wie heute Abend.« Die Scham, die sie begraben hatte, war wieder zurückgekehrt und lähmte sie.

»Nora hat es geschafft«, meinte Lucy. Ihre Freundin Nora hatte vor fünf Jahren einen Herzog – den Verbotenen Herzog – geheiratet. Sie war in die Gesellschaft zurückgekehrt, nachdem sie neun Jahre zuvor ruiniert worden war.

Ivy erkannte die Ähnlichkeit und dennoch glaubte sie nicht, dass ihre Situationen miteinander vergleichbar waren. »Nora wurde dabei erwischt, einen Schurken zu küssen. Meine Situation ist ein *bisschen* skandalöser.«

»Sie werden das ebenfalls meistern«, erklärte Lady Dunn scharf. »Auch wenn Ihr Hintergrund makellos wäre, würde trotzdem noch über Sie gesprochen. Die Leute werden immer klatschen. Nur Sie können entscheiden, was Sie wollen, meine Liebe. Was zu ertragen Sie bereit sind.«

Das war die Frage. Sie hatte schon so viel ertragen und gehofft, dass jetzt alles hinter ihr lag.

Lucy berührte sie am Arm. »Er scheint dich wirklich zu lieben. Er hat sich gestern mit Andrew und Ned getroffen, um einen Plan auszuhecken.« Sie warf Lady Dunn einen Blick zu. »Während du morgen bei mir zum Tee eingeladen warst, wollte er Lady Dunn um Erlaubnis bitten, dir den Hof machen zu dürfen.«

Ivys Kehle verengte sich vor Rührung.

»Nun, das ist furchtbar romantisch«, stellte Lady Dunn fest und verzog die Lippen. »Und obwohl ich sein Verhalten heute Abend nicht gutheißen kann, muss ich im Geheimen zugeben, dass es auch romantisch war. Bothwick hatte es bis ins Kleinste verdient.«

»Aber ein Duell?«, fragte Lucy und ergriff ihr Glas Brandy, um einen Schluck zu nehmen.

Ivy ergriff die vordere Kante des Sofapolsters, als ihr Körper sich anspannte.

Lady Dunn runzelte die Stirn. »Das ist ein Problem. Hoffentlich können wir ihn irgendwie zur Vernunft bringen. Männlicher Stolz und Ehre sind jedoch schwierige Gegenspieler.«

»Ich möchte nicht, dass er sich duelliert.« Ivy war sich ziemlich sicher, dass er gegen Bothwick gewinnen würde, aber der Gedanke, ihn zu verlieren ... Ein vernichtender Schmerz durchfuhr sie. »Ich liebe ihn.« Die Worte kamen ihr in dem Moment über die Lippen, als die Erkenntnis in ihrem Verstand Gestalt annahm.

Lucy trank einen Schluck Brandy und sprang auf. »Komm, lass uns zurück zu den Veranstaltungsräumen gehen und diesem Unsinn ein Ende bereiten.«

Ivy schloss sich ihr an und verspürte ein Aufwallen von Vorfreude, das nicht gänzlich von Furcht durchtränkt war. Zum ersten Mal seit Ewigkeiten erspähte sie einen Hoffnungsschimmer.

Lady Dunn strahlte sie an. »Eine exzellente Idee. Werden Sie zu Fuß gehen? Nehmen Sie einen der Diener mit.«

»Danke«, entgegnete Ivy. Sie ging hinüber, bleib neben Lady Dunns Stuhl stehen und ging in die Hocke, damit sie ihr in die Augen sehen konnte. »Es tut mir so leid, dass ich all das über Sie gebracht habe.«

»Machen Sie sich keine Sorgen um mich, Liebes. Das ist das Aufregendste, was ich seit Jahren erlebt habe.« Sie berührte Ivy an der Wange. »Mit der Zeit habe ich Sie in mein Herz geschlossen. Sie sind eine sehr starke, junge Frau und ich bin stolz darauf, dass Sie bei mir angestellt waren. Obwohl ich traurig bin, Sie zu verlieren, freue ich mich doch sehr, dass es für Sie ein Happy End geben wird.«

Ivy gab der Frau einen Kuss auf die weiche Wange und erhob sich. Als sie und Lucy sich mit raschen Schritten vom Stadthaus entfernten, hoffte sie, dass ein Happy End wirklich noch möglich wäre.

~

*N*achdem Ivy geflohen war, wurde Bothwick von zwei Herren in den Salon geführt. West sehnte sich danach, ihnen zu folgen und das Duell vielleicht jetzt gleich auszuführen. Der Salon war wohl groß genug. Da sie sich drinnen aufhielten, könnten sie Degen benutzen. Sie brauchtet nur Waffen ...

Dartford stupste ihn an. »Clare?«

»Hmm?«

»Vielleicht sollten wir gehen.«

West war sich bewusst, dass die Anwesenden noch immer in seine Richtung starrten. Sie flüsterten jetzt auch und manche von ihnen gar nicht so leise. Er wandte sich an Dartford. »Werden Sie mein Sekundant sein?«

Dartford nickte, wenn auch etwas widerstrebend. »Wenn ich muss.«

West wünschte, dass Axbridge hier wäre. »Ich bitte Sie, die Vorkehrungen in die Wege zu leiten. Ich werde im Oktagon-Zimmer auf Sie warten.«

»Wenn ich muss«, wiederholte er und stieß langsam die Luft aus. Er begab sich in den Salon.

West verließ das Kartenzimmer, ohne Rücksicht auf die unverfrorenen, neugierigen Blicke, die ihm folgten. Sobald er das Oktagon-Zimmer erreicht hatte, begann er, unruhig auf und ab zu gehen.

Einen Moment später trat seine Mutter ein. »Was glaubst du, was du da tust?«, fragte sie streng.

Die Erinnerungen an ihre früheren Beschimpfungen erfassten West. Er blieb stehen und sah sie finster an. »Ich warte auf meinen Sekundanten.«

Sie stemmte die Hände in die Hüften. »Du kannst kein Duell ausfechten.«

Er biss die Zähne zusammen. »Ich kann, und ich werde.«

»Ich werde nicht zulassen, dass du diese ... *Gesellschafterin* heiratest.« Sie sprach das Wort wie eine Obszönität aus.

»Du hast mir nichts vorzuschreiben.«

»Ich werde dafür sorgen, dass alle erfahren, was hier vorgefallen ist, und Bothwick wird mir die Wahrheit sagen, die ich liebend gern weitererzählen werde.«

»Nicht, wenn er tot ist«, entgegnete West, ohne sich darum zu kümmern, ob er sie damit schockierte. Eigentlich hoffte er, genau das zu erreichen. Immerhin war es schon immer eine seiner Lieblingsbeschäftigungen gewesen, sie zu provozieren.

Sie schnappte nach Luft und West trat einen Schritt auf sie zu. »Wenn du auch nur das Geringste tust, um Ivy zu schaden – körperlich oder ihrem Ansehen – dann werde ich zusehen, dass du den Rest deiner Tage in Armut verlebst.«

Sie riss die Augen auf und die Muskeln um ihren Mund zogen sich zusammen, als sie die Lippen energisch schürzte. »Das würdest du nicht tun.«

»Falls du das glaubst, kennst du mich nicht sehr gut. Aber das tust du ja wohl sowieso nicht. Das hast du nie.« Er wusste, dass er niemals mehr einen ihrer Briefe öffnen würde, sollte sie in Zukunft wagen, ihm weitere zu schreiben.

»Ich weiß, dass du niederträchtig, selbstsüchtig und genusssüchtig bist.«

»Wir sind fertig miteinander.« Er starrte sie an, ungläubig, dass diese Frau ihn irgendwie geschaffen hatte.

Sie presste die Lippen noch einmal zusammen, wirbelte auf dem Absatz herum und stolzierte auf den Korridor hinaus.

West begann wieder im Zimmer auf und ab zu laufen. Irgendjemand trat ein, blieb stehen und zwinkerte in seine Richtung. West hielt inne, lehnte sich mit verschränkten Armen an die Wand und wartete auf Dartfords Rückkehr.

Einige Minuten später trat Dartford mit gerunzelter Stirn ein. »Bothwick hofft, dass Sie Ihre Meinung ändern. Er möchte sich nicht duellieren.«

Dieser verdammte Feigling. »Dann hätte er sich nicht wie ein verdorbener Hundesohn betragen sollen.«

»Also werden Sie Ihre Herausforderung nicht zurücknehmen?«, wollte Dartford wissen.

»Auf keinen Fall.« West drückte sich von der Wand ab und trat auf Dartford zu. »Wenn Bothwick das, was er Ivy angetan hat, Ihrer Frau angetan hätte, würden Sie ihn ebenfalls herausfordern.«

Dartford zuckte nicht mit der Wimper. »Wahrscheinlich wäre er schon tot.« Er holte tief Luft. »Morgen im Morgengrauen. Ich wusste nicht wo. Haben Sie einen Ort im Sinn?«

Das hatte er nicht.

»Kommen Sie, wir werden darüber nachdenken und ich werde Bothwick eine Nachricht schicken. Er erwartet, von uns zu hören.«

»Weil er hofft, dass ich so feige bin wie er«, fauchte West.

Sie traten in den Septemberabend hinaus. Es war mild und in der Luft lag der Duft des herannahenden Herbstes – der sich verfärbenden Blätter und des Versprechens langer, dunkler Nächte.

Nächte, die er allein verbringen würde.

»Andrew!«

West schaute in die Richtung, aus der der Ruf kam. Zwei Gestalten kamen von der Alfred Street angerannt und mit erhobenen Röcken hielten sie auf die Veranstaltungsräume zu.

»Lucy!« Andrew schritt auf sie zu.

West zögerte. Die zweite Gestalt – Ivy – wurde langsamer. Sie schob sich eine Haarsträhne aus dem Gesicht und schnappte nach Luft, während sich ihre Brust durch ihre schnellen Atemzüge rasch hob und senkte.

Einen langen Moment sahen sie einander nur an, und für West gab es nur sie, die im Licht einer Straßenlaterne stand, ihr rotgoldenes Haar ein bisschen zerzaust und ihre Wangen vor Anstrengung zart gerötet. Noch nie hatte sie für ihn schöner ausgesehen. Ihm tat das Herz weh.

Sie kam auf ihn zu, ihr Gang war langsam, aber zielstrebig. West rührte sich nicht. Er hatte Angst, sich ihre Erscheinung nur einzubilden.

»Du bist immer noch hier«, sagte sie.

»Ja.«

Kurz vor ihm blieb sie stehen, so nah, dass er eine winzige Schweißperle auf ihrer Stirn ausmachen konnte. »Ich hatte Angst, du könntest dich irgendwo duellieren.«

Er sehnte sich danach, diesen einen Tropfen Feuchtigkeit von ihrer Haut zu wischen und sie in seine Arme zu nehmen. »Nicht bis zum Morgengrauen.«

Ihre Brauen zogen sich zusammen, als sie die Augen zusammenkniff. »Nicht, wenn du mich heiraten willst.«

»Du wirst mich heiraten?«

Sie nickte und für einen winzigen Moment nagte sie mit den Zähnen an ihrer Unterlippe. »Wenn du das Duell absagst.«

Und Bothwick straflos davonkommen lassen? Der Ekel stieg West in der Kehle auf. »Das kann ich nicht. Meine Ehre – *deine* Ehre – verlangt es.«

Sie trat auf ihn zu und legte ihm die flache Hand an die

Brust. »Wenn etwas schiefläuft und du –« Für den Bruch-teil einer Sekunde schloss sie die Augen und als sie sie wieder öffnete, waren sie so klar und strahlend, wie er sie noch nie gesehen hatte. »Ich kann keinen toten Mann heiraten.«

KAPITEL EINUNDZWANZIG

*I*vy hielt den Atem an, als sie das Minenspiel der Emotionen auf seinem Gesicht verfolgte – Erstaunen, Wut, Entschlossenheit und etwas, wovon sie dachte, dass es ... Liebe sein könnte. Sie konnte erkennen, wieviel ihm dies bedeutete, wie sehr ihm an der Verteidigung ihrer Ehre lag.

»Ich weiß deine Absicht zu schätzen, meine Ehre zu schützen«, erklärte sie leise. »Aber das brauchst du nicht. Ich habe Bothwick schon einmal überlebt und werde es wieder tun.« Ihre Lippen bogen sich wie von selbst. »Würde es dir gefallen zu erfahren, dass ich ihn vorhin geschlagen habe?«

Kurz riss er erstaunt die Augen auf. »Das hast du getan?«

»Selbst auf die Gefahr hin, deine Empörung noch anzufachen, doch er hat mich vorhin im Treppenaufgang belästig und versucht, mich anzufassen. Ich habe ihn geschlagen, um ihm zu entkommen.«

West presste die Lippen aufeinander und kniff die Augen zu gefährlich schmalen Schlitzen zusammen. »Ich werde ihn umbringen.« Er wollte sich zum Eingang der Veranstaltungsräume umdrehen, aber sie fasste ihn am Arm und zog ihn weg.

»Nein. Das wirst du nicht.« Sie dirigierte ihn in die Richtung von Dartford und Lucy.

Lucy sah sie erwartungsvoll an, ihr Blick huschte über den sichtlich wütenden West. »Was ist passiert?«

»West hat gerade zugestimmt, das Duell abzusagen«, erklärte Ivy und schob die Hand in seine. Sie sah zu ihm auf. »Ist Dartford dein Sekundant?«

Wests Gesichtsausdruck entspannte sich ein wenig. »Ja.«

Ivy wandte sich an den Earl. »Würde es dir etwas ausmachen, Bothwicks Sekundanten darüber zu informieren, dass kein Duell stattfinden wird?«

»Mit Vergnügen«, antwortete Dartford grinsend.

»Ich will ihn immer noch umbringen.«

Ivy drückte Wests Finger. »Du hast ihm vor einem ziemlich großen Publikum auf denkwürdige Weise die Nase gebrochen. Ist das nicht genug?«

»Nein.« Das einzelne Wort kam ihm als Knurren über die Lippen.

Seine Wut wärmte ihr das Herz. »Für mich ist das genug.«

»Hören Sie auf Ihre zukünftige Frau«, riet Dartford. »Das ist erheblich einfacher, als es nicht zu tun.«

»Da hat er recht«, stimmte Lucy zu und schmiegte sich mit einem Lächeln an Dartfords Seite.

Dartford legte den Arm um Lucy und hielt sie fest. »Ich werde noch ein paar Stunden warten, bevor ich Bothwick in Kenntnis setze. Ich denke, ich werde ihn noch eine Weile schmoren lassen.«

West schnaubte. »Das ist wohl das Mindeste, was wir tun können.« Er klang enttäuscht.

»Nun, es scheint, als ob alles gelöst ist«, verkündete Dartford heiter. Er sah auf Lucy herab, die immer noch an seine Seite geschmiegt war. »Sollen wir uns auf den Weg machen, meine Liebe?«

Lucy trat ein Stück von ihm zurück, und kurz umarmte sie Ivy. »Ich habe dich lieb«, flüsterte sie.

Ein pures Glücksgefühl zauberte ein Lächeln auf Ivys Lippen. »Ich habe dich auch lieb.«

Lucy legte den Arm auf Dartfords und die beiden gingen in Richtung The Circus davon.

Ivy und West mussten in die entgegengesetzte Richtung gehen. Wenn sie denn zusammen gehen würden. Sie sah den Diener in einigen Metern Entfernung stehen und drehte sich zu West. »Soll ich den Diener nach Hause schicken?«

West musterte sie einen Moment lang. »Hast du gerade eingewilligt, mich zu heiraten?«

Ein weiteres Lächeln schlich sich auf ihre Lippen. Sie glaubte nicht, jemals so viel gelächelt zu haben. »Ja.«

Ungestüm und rasend schnell senkte er den Mund auf ihren, und sie spürte, wie er die Lippen zu einem Lächeln verzog. Als er sich zurückzog, leuchteten seine Augen vor Freude. »Du hast mich zum glücklichsten Mann Englands gemacht. Nein, der ganzen Welt.«

»Du kannst mich nicht einfach in der Öffentlichkeit küssen.«

Er hob eine dunkle Augenbraue. »Nach dem Abend, den wir hinter uns haben?« Sie sah sich um und konnte nur den Diener entdecken. Sie stellte sich auf die Zehenspitzen und flüsterte: »Ich möchte mich von dir lieber im Privaten küssen lassen.«

»Dann lass uns irgendwo einen privaten Ort finden.« Er fasste sie am Arm, legte ihn auf seinen und dann ging er mit ihr die Straße entlang auf den Diener zu. »Ich werde Miss Breckenridge nach Hause begleiten, danke.«

Der Diener sah Ivy an, die zustimmend nickte. Er drehte sich um und entfernte sich. Sie lehnte sich an West und suchte seine Wärme. »Ich würde lieber nicht nach Hause gehen.«

»Wo würdest du denn gerne hingehen?«

»Zu deinem Haus. Wenn es dir genehm ist.«

»Es ist mir mehr als genehm. Ich bin verdammt begeistert.« Er beschleunigte seinen Schritt. »Beeilen wir uns.«

Ein Kichern brach aus Ivys Brust hervor und sie lief schneller, um mit ihm Schritt zu halten.

»Lachst du?«, fragte West, als sie in die Alfred Street einbogen. »Und du lächelst übertrieben. Ich bin mir nicht sicher, ob ich dich wiedererkenne.«

Ivy verwandelte ihre Gesichtszüge zu einer finsteren Maske. »Ist das besser?«

Er blieb auf halber Strecke stehen und dirigierte sie unter eine Lampe. »Nein. Ich möchte, dass du lächelst und lachst und meinen Namen schreist, wenn ich dich jetzt gleich mit ins Bett nehme.«

Hitze überflutete Ivys Körper und sie bog sich ihm entgegen. »Ich liebe dich.«

Er runzelte leicht die Stirn. »Verdammt.«

Erschrocken zog sie sich zurück.

Er legte ihr den Arm um die Taille und zog sie an seine Brust. »Das habe ich zuerst sagen wollen. Ich liebe dich.« Er küsste sie auf die Stirn. »Ich liebe dich.« Er küsste sie auf die Wange. »Ich liebe dich.« Seine Lippen lagen für einen langen Moment auf ihren.

Als sie sich trennten, seufzte sie an ihn geschmiegt. »Du küsst mich schon wieder in der Öffentlichkeit.«

»Ja, und die Privatsphäre wartet auf uns.« Wieder nahm

er ihren Arm, legte ihn auf seinen und dann machten sie sich auf den Weg zur Lansdown Road.

»West, wer war diese Frau im Kartenraum?« Ivy vermutete, das zu wissen, aber sie wollte nicht raten. Sie spürte, wie er sich unter ihrer Hand anspannte.

»Das war die Herzogin – bald die Herzoginwitwe – von Clare.«

Seine Mutter. Das hatte sie sich gedacht. »Wohnt sie hier?«

»Nein, sie lebt in Cornwall. Einer meiner Bediensteten auf Stour's Edge hat sie alarmiert, dass ich daran interessiert sei, einer Frau den Hof zu machen.« Kurz drehte er ihr den Kopf zu. »Dir.«

Ivy wurde innerlich ganz warm. »Du bist nach Bath gekommen, um mir den Hof zu machen?«

»Ich werde absolut ehrlich sein – denn so soll unsere Ehe sein. Ich wusste nicht, was ich tun würde. Ich wusste nur, dass ich dich schrecklich vermisst habe und ich konnte dich nicht einfach aus meinem Leben verschwinden lassen.«

Sie war froh über seine Aufrichtigkeit und ihr war ganz schwindlig von seiner Liebe. Sie wollte jedoch immer noch etwas über seine Mutter wissen. Sie wollte alles über ihn erfahren. »Warum ist sie – die Herzogin – aus Cornwall gekommen?«

»Mal sehen, ob ich ganz am Anfang anfangen kann«, sagte er und stachelte damit ihr Interesse an. »Ich habe dir erklärt, warum ich … Frauen helfe, und auch, dass ich Sex mag und immer gemocht habe. Das fing an, als ich noch ziemlich jung gewesen bin.« Er blieb abrupt stehen, als sie auf The Paragon abbogen. »Warte. Ich werde es dir zeigen.«

Er führte sie über die Straße zu seinem Stadthaus. Als der Butler die Tür öffnete, stellte er sie als seine neue

Herzogin vor, und eilte mit ihr auf der Stelle die zwei Treppenfluchten hinauf, direkt in sein Schlafgemach.

Sobald er die Tür hinter sich ins Schloss hatte fallen lassen, drehte er sich um und drückte sie gegen das Holz, während er sie mit seinem Körper versengte. Er küsste sie, erforschte mit den Lippen und der Zunge ihren Mund mit berauschender Präzision. Sie umklammerte seine Schultern und hielt ihn fest, während er ihren Mund plünderte. Als er sich zurückzog, verzog er die Lippen zu einem sündhaft männlichen Lächeln. »Ich konnte es kaum abwarten, das zu tun.«

Er wandte sich von ihr ab und trat an einen Schreibtisch in der Ecke. Er kam mit einem Papier in der Hand zurück.

Sie starrte auf die Zeichnung herab und öffnete die Lippen vor Staunen. »Das bin ich.« Kurz sah sie zu ihm auf, bevor sie das Porträt noch einmal genauer betrachtete.

Es war eine Skizze von ihr, wie sie auf seinem Bett lag, die Haare auf den Kissen ausgebreitet, die Glieder in einer verführerischen Pose ausgestreckt. Sie war völlig nackt und die Einzelheiten waren exakt dargestellt – angefangen bei den Spitzen ihrer aufgerichteten Brustwarzen bis zu den Locken zwischen ihren Beinen. Die Hitze kroch ihr am Nacken empor und erfasste ihre Wangen. »Es ist wunderschön«, hauchte sie.

»Du bist wunderschön«, entgegnete er. »Das ist bloß einer meiner Versuche, mich an jede Fläche und Kontur deines Körpers zu erinnern.«

Endlich sah sie ihn wieder an. »Warum wolltest du mir das zeigen?«

»Ich habe mit den Nacktportraits von Frauen angefangen, als ich zwölf war, nachdem ich eine der Dienstmägde gesehen hatte.«

Sie legte ihren Kopf schief und dachte, dass mehr hinter

dieser Geschichte stecken musste. »Du hast eine von ihnen ›gesehen‹?«

Einen Moment lang richtete er den Blick zur Zimmerdecke, doch dann entspannte er den Mund zu einem selbstironischen Lächeln. »Ich habe einer von ihnen nachgestellt. Ja, ich war ungezogen. Die Sache ist, dass ich schon damals neugierig auf Frauen und ihre Körper war. Meine Mutter hat meine Skizzen gefunden und mich geschlagen. Sie hat das ziemlich oft getan, aber niemals so heftig wie bei dem Mal, als sie mich dabei erwischt hatte, wie ich mich selbst befriedigte.«

Langsam keimte in Ivy ein Verständnis für den Wunsch auf, jemandem Gewalt anzutun, der eine geliebte Person verletzt hatte.

»Je mehr sie mich bestraft hat, desto mehr wollte ich sie herausfordern. Und das habe ich dann auch gemacht. Meine ersten Affären waren ein direkter Affront gegen sie. Es war mir damals nicht bewusst gewesen, inzwischen aber schon.« Er nahm ihr die Zeichnung ab und legte sie auf den Schreibtisch zurück. Als er zurückkam, streichelte er ihr mit beiden Händen über das Gesicht und schloss sie um ihre Wangen. »Ich habe noch nie zuvor jemanden geliebt, Ivy. Ich glaube, ich habe meinen Vater geliebt, aber wahrscheinlich nicht in dem Ausmaß, wie ich meine Mutter gehasst habe. Liebe ist eine Emotion, die ich nie gekannt und nie gesucht habe. Stell dir meine Überraschung vor, als ich dich kennenlernte und die Liebe mich übermannte. Ich konnte nicht widerstehen.«

Sie lehnte sich an ihn und er ließ die Hände über ihren Nacken gleiten. »Du hast an Liebesmangel gelitten. Ebenso wie ich. Meine Familie hat Liebe nie offen gezeigt. Obwohl ich meine Schwester geliebt habe.« Sie schlug den Blick nieder und heftete ihn auf die Vorderseite seiner dunkelroten Weste. »Und ich habe Peter geliebt. Ich meine, Bothwick.«

Er hob ihr Kinn an und sah ihr fest in die Augen. »Das war keine Liebe, aber Verliebtheit, vermute ich. Höre mir zu, Ivy. Das hier ist keine Lust oder Verliebtheit oder eine vorübergehende Vorliebe. Ich liebe dich von ganzem Herzen – mit meiner Seele. Du bist die stärkste Person, die ich je kennengelernt habe, und du inspirierst mich, ein besserer Mann zu sein.«

Die Tränen kratzten ihr in der Kehle. »Ich hätte nie gedacht, dass mir so etwas passieren würde.«

Er nahm ihre Hand und schob sie unter seine Weste, direkt oberhalb seines Hemdes. »Fühle mich. Ich bin echt. Das passiert dir. Das passiert uns beiden.«

Sie drückte ihre Handfläche an seine warme Haut. »West.«

Er küsste sie erneut und leidenschaftlich eroberte er mit seinem Mund den ihren. Plötzlich war sie begierig, ihn an sich zu spüren. Sie schob seine Jacke aus dem Weg. Er half ihr, indem er diese abstreifte. Ihre Hände arbeiteten in fieberhaftem Einklang, während sie sich von jedem einzelnen Kleidungsstück befreiten. Währenddessen steuerten sie langsam auf das Bett zu, und als sie bis auf ihr Unterhemd und er bis auf seine Hose entkleidet waren, sank Ivy auf die Knie und knöpfte ihm die Hose auf.

Sie streckte die Hand nach seiner Männlichkeit aus und befreite seinen Schaft. Er schob sich das störende Kleidungsstück über die Hüften hinab, während sie über die glatte Spitze mit den feuchten Perlen leckte. Er kämpfte, um sich von seiner Hose zu befreien, als sie mit der Hand über seine gesamte Länge streichelte und dem Verlauf der geschwollenen Adern mit den Fingerspitzen folgte. Neckend, saugte und leckte sie an der Spitze.

Als er nackt war, wölbte er die Hand um ihren Hinterkopf und versuchte, sich tiefer in ihren Mund zu schieben. Sie öffnete sich für ihn und dirigierte ihn, während sie seine Hoden liebkostete. Er zog sich zurück, doch sie ließ ihn nicht los. Mit der anderen Hand fasst sie ihn an der Hüfte, um seine Bewegungen zu lenken, während sie nun an seiner ganzen Länge saugte. Er glitt in sie und wieder hinaus, und sein Atem ging immer schneller und heftiger.

Ivy zitterten die Beine und ihr gesamtes Inneres pochte nur so vor Begierde. Abrupt zog er sich aus ihrem Mund zurück und bückte sich, um sie hochzuheben. Er ließ sie auf das Bett fallen und schnell riss sie sich das Unterkleid vom Körper. Mit einem urtümlichen Knurren folgte er ihr auf die Matratze, seine Augen waren vor Begierde zu schmalen, dunklen Schlitzen verengt. Doch anstatt zu ihr zu kommen, legte er sich auf den Rücken und streckte die Hände nach ihr aus.

Sie schmiegte sich näher an ihn und ihre Unsicherheit trübte die Großartigkeit ihrer Erregung ein klein wenig.

»Leg dein Bein über mich.«

Sie tat, was er sagte, und umspannte seine Hüften. Sein Daumen fand genau die richtige Stelle, wo er sie berühren musste, und die Funken der Lust stieben in ihr auf. Mit der anderen Hand liebkoste er ihre Brust. Zunächst ganz sanft und dann fester, wobei er die Hände um sie wölbte und mit den Fingerspitzen ihre Brustwarzen zwickte.

»Beug dich herab«, krächzte er.

Wieder folgte sie seiner Anweisung und lag nun über ihm. Mit dem Mund bekam er ihre Brust zu fassen und mit den Fingern neckte er ihre Perle. Als er schließlich mit dem Finger in sie eindrang, schrie sie auf. Irgendwie brachte er es fertig, gleichzeitig beide Körperteile zu dirigieren und trieb sie damit bis zu äußerster Begierde. Während er immer wieder in sie eindrang, stieß sie zur Antwort mit den Hüften gegen seine Hand. Als er den

Daumen wieder auf ihre Knospe legte und Druck ausübte, kam sie. Ihr Körper erbebte unter der Wucht.

Doch er wartete das Nachlassen ihrer Erregung nicht ab. Er drehte sie ein wenig und dann fühlte sie seine Männlichkeit an ihrer Öffnung. Er schob sich langsam in sie hinein, bis er sie zur Hälfte füllte. Dann stieß er tief in sie, indem er mit den Händen ihre Hüften umfasste und sie über sich nach unten zwang.

Ivy schrie auf, als ihr Orgasmus noch an Stärke zunahm. Er füllte sie vollständig aus. Dann begann er sich zu bewegen, seine Hüften stießen seinen Schaft tief in sie und ließen ihn beinahe vollständig wieder herausgleiten, ehe er sie erneut füllte.

Sie versuchte, sich mit ihm zu bewegen, doch sie war nicht imstande, ihren Körper vollständig zu kontrollieren, während noch die Zuckungen ihres letzten Orgasmus' in ihr nachklangen. Er dirigierte sie mit festem Griff und gemessenen Stößen.

»Reite«, sagte er. »Wie ein Pferd.«

»Ich bin kaum geritten«, brachte sie gerade so als Antwort hervor. Sie schnappte nach Luft, als die Lust sie überflutete. Jeder Teil ihres Körpers war heiß und sensibel. Sie war völlig über ihr normales Selbst hinaus.

Er zog sie an sich, drehte sich schnell herum und hatte sie damit unter sich. Er strich ihr das Haar aus dem Gesicht und in einem langen und ungestümen Kuss, ließ er seine Zunge mit ihrer tanzen. Seine Stöße waren langsamer geworden, die Hüften rieben sich an ihren. Sie erhob sich, um ihm entgegenzukommen. Ihr Körper fühlte sich befriedigt und auch lethargisch an, ihre Glieder waren schwer.

Er fasste sie an den Schenkeln und legte ihre Beine um seine Hüften. Dadurch hob er auch ihr Becken an und öffnete sie weiter für ihn, sodass er sich gegen ihr

Geschlecht presste. Dann ging er wieder dazu über, sich schneller zu bewegen und abermals erwachte ihr Körper in verzweifelter Not. Sie schrie auf, als er wieder und wieder auf diese Stelle traf und sie einmal mehr in das selige Vergessen beförderte. Seine Stöße wurden schneller, fast fiebrig in ihrer Entschlossenheit. Er rief ihren Namen, als er sich tief in sie grub. Seine Lippen eroberten ihren Mund und er schluckte ihr Stöhnen, als sie in seinen Armen erneut Erlösung fand.

Später lagen sie mit verschlungenen Gliedern beieinander. Er hielt sie an die Brust gedrückt und mit den Lippen berührte er sie an der Schläfe, den Wangen und der Stirn.

Ivy wollte den Bann am liebsten nie brechen. »Ich sollte wahrscheinlich zu Lady Dunn zurückkehren.«

»Erwartet sie dich?« Er küsste ihren Haaransatz.

»Vermutlich.«

»Ich kann dich zurückbringen, aber nur für heute Nacht. Morgen fahren wir nach London, damit ich eine Sonderlizenz bekomme. Ich möchte dich so schnell wie möglich zu meiner Herzogin machen.«

Ivy hob den Kopf von seiner Brust. »Können wir Lucy und Dartford einladen mitzukommen?«

»Alles, was du begehrst, mein Liebling, ist auch mein Herzenswunsch. Du bist mein Herzenswunsch.«

Sie zuckte zusammen. »Ich fürchte, ich muss mich entschuldigen. Für deinen Spitznamen.«

Er riss die Augen auf und dann lachte er. »Du hast damit angefangen?«

»Ich kann die Anerkennung dafür nicht für mich allein beanspruchen. Ehrlich gesagt hatte ich mich für den Herzog der Ausschweifung ausgesprochen, oder vielleicht war es Verderbtheit. Ich kann mich nicht richtig erinnern, aber beides hätte gepasst. Lucy und Aquilla waren der Meinung, dass Begierde verlockender klang.« Sie fuhr ihm mit der Hand über die Brustwarze und hinauf bis zum Schlüsselbein. »Nicht, dass du dabei Hilfe gebraucht hättest.«

Seine Augenwinkel kräuselten sich und rasch küsste er sie auf den Mund. »Nein. Aber dieses Leben ist vorbei. Ich bin immer noch der Herzog der Begierde – hoffe ich – aber nur für dich.« Er küsste sie erneut, und seine Lippen fühlten sich weich an ihren an. »Nur für dich!«

EPILOGUE

Einen Monat später, Pickering, Yorkshire

»$\mathcal{B}$ ist du sicher, dass du das willst?«, fragte West, als die Kutsche vor dem Haus aus Stein anhielt. Er sah zu, wie seine Braut mit angespannten Gesichtszügen aus dem Fenster auf die Fassade blickte. Sie hatte die Hände im Schoß gefaltet und die Knöchel waren weiß.

Er legte die Hand auf ihre. »Wir müssen nicht aussteigen.«

Sie schüttelte den Kopf, als würde sie aufwachen. »Doch. Das muss ich.«

Ein Diener öffnete die Tür und zog die Trittstufe heraus. West stieg hinab und half Ivy beim Aussteigen.

Sie holte tief Luft und ging auf das Haus zu, aber die Tür flog auf, bevor sie die Treppe erreichte. Eine junge Frau kam heraus, ihr Kinn wurde schlaff. Ihr Haar, ein flammendes Rotgold, entlarvte sie als Ivys Verwandte. Es war ihre Schwester Fanny, würde West wetten.

Sie stürmte los und kam direkt vor Ivy zum Stehen. »Mary, bist du das?«

Ivy musterte ihre Schwester und West konnte erkennen, dass sie noch immer recht starr war. »Ja. Fanny, du bist zu einer wunderschönen jungen Dame herangewachsen.«

Fanny schlang die Arme um Ivy, und dann erkannte West, wie ihr Körper sich entspannte. Sie drückte Fanny in einer innigen Umarmung. West spürte, wie sich seine Kehle zuzuschnüren drohte. Er hustete und zog sich die Hutkrempe tiefer in die Stirn.

Als sie sich trennten, schweifte Fannys Blick zur Kutsche und dann zu West.

Ivy drehte sich zu ihm um. »Fanny, das ist mein Ehemann, der Herzog von Clare.«

Fanny riss die Augen auf und West befürchtete, ihr Kinn könne dieses Mal derart schlaff werden, dass es den Boden berühren würde. Ruckartig richtete sie den Blick wieder auf Ivy. »Du bist eine Herzogin?«

Ivy nickte, ein Lächeln umspielte ihre Lippen. West liebte es, diesen Moment mitanzusehen. Hier war sie verwundet und besiegt worden. Dass sie triumphierend zurückkehrte, ließ sein Herz höherschlagen.

»Was ist hier los?« Eine Frau trat aus dem Haus und wischte sich die Hände an der Schürze ab.

Fanny wirbelte mit leuchtenden Augen herum. »Oh Mutter! Es ist Mary. Sie hat einen Herzog geheiratet!«

Ivys Mutter musterte Ivy von Kopf bis Fuß. West sah mit an, wie Ivys Gesicht einen stoischen Ausdruck annahm. »Hallo Mutter.« Er vernahm die Eiseskälte in ihrem Tonfall und machte ihr nicht den geringsten Vorwurf dafür.

Dann sah Mrs. Snowden West an. »Sind Sie wirklich ein Herzog?«

Er trat vor und verbeugte sich vor ihr. »Clare.«

»Ich werde nicht fragen, wie du das geschafft hast«, meinte sie an Ivy gewandt. »Ich freue mich, dass du deinen Weg gemacht hast.«

»Das klingt nach einer wundervollen Geschichte«, bemerkte Fanny. »Ich würde gerne hören, wie du von einer Gouvernante zu einer Herzogin geworden bist.« Sie warf ihrer Mutter einen interessierten Blick zu. Er war ein bisschen frech und bettelte um eine Erklärung. Aber West bezweifelte, dass eine Erklärung folgen würde. Sie drehte sich zu ihm um. »Haben Sie Kinder, Euer Gnaden? Habt ihr euch so kennengelernt?«

Er kämpfte mit einem Lächeln. Fanny war eine lebhafte Person. »Nein. Wir haben uns auf einer Hausparty getroffen.« Ivy hatte ihm erzählt, sich eine Geschichte über eine Stellung als Gouvernante ausgedacht zu haben, um Fanny zu erklären, warum sie fortgehen würde.

»Nun, kommen Sie zum Tee herein, wenn Sie schon hier sind«, meinte Mrs. Snowden und klang ein bisschen resigniert.

»Wenn es keine Umstände bereitet«, antwortete Ivy.

Mrs. Snowden entgegnete nichts, sondern drehte sich nur um und trat ins Haus. Fanny schob den Arm unter Ivys. »Komm und erzähl mir alles über dein Anwesen und wie es ist, eine Herzogin zu sein. Ich werde wahrscheinlich nächstes Frühjahr mit Mr. Duckworth verheiratet sein, also muss ich durch dich leben.«

»Mr. Duckworth?« Ivy verzog das Gesicht und West schmunzelte. Das hatte er bei ihr noch nie gesehen. »Vielleicht solltest du stattdessen eine Saison haben.« Ivy wandte sich an West. »Meinst du das nicht auch?«

Sie hatten die Möglichkeit besprochen, Fanny für die

Saison mit nach London zu nehmen – vorausgesetzt, ihre Eltern würden zustimmen. Ivy war sich nicht sicher, ob sie sie gehen lassen würden, obwohl sie ja inzwischen eine Herzogin war.

Fanny quietschte vor Freude. »Eine Saison?« Sie schleppte Ivy hinein. »Mutter! Ich werde eine Saison haben!«

Die nächste Stunde verbrachten sie beim Tee und durchlitten zunächst das augenscheinliche Unbehagen ihrer Mutter und dann das ihres Vaters. Mrs. Snowden hatte jemanden losgeschickt, der ihn aus dem Kuhstall holen sollte.

Er hatte West gegenübergesessen und ihn skeptisch beäugt, als könne er nicht glauben, dass ein Herzog in seinem Haus saß. Als sie gingen, war Ivys Schwester bereit, sofort mit ihnen zu kommen. Ivy war auch bereit. Die Snowdens zögerten allerdings. West hatte daraufhin lange darüber argumentiert, warum es Fanny – und damit ihnen – zugutekommen würde, wenn sie ihr erlauben würden, eine Saison zu haben. Letztendlich hatten sie eingelenkt und man hatte sich darüber geeinigt, dass Fanny im Frühjahr nach London kommen dürfte.

West wartete neben der Kutsche, als Ivy ihre Schwester zum Abschied umarmte.

»Wir sehen uns bald«, sagte sie und küsste sie auf die Wange. »Und ich werde schreiben.«

Fanny wischte sich eine Träne ab. »Ich bin so froh, dass du gekommen bist.«

Sie umarmten sich noch einmal und dann ging Ivy auf die Kutsche zu. West bemerkte die Feuchtigkeit, die in ihren Augen glänzte, als er ihr in die Kutsche half. Er stieg nach ihr ein und bald waren sie unterwegs.

Er zog sie an sich und küsste ihre Schläfe. »Deine Schwester ist reizend.«

Ivy wischte sich die Augen. »Ich wusste nicht, wie sehr ich sie vermisst hatte. Nie hätte ich gedacht, sie einmal wiederzusehen.«

»Ich bin froh, dass sie nach London kommt.«

Ivy drehte sich in seinen Armen und sah mit Liebe in ihrem Blick zu ihm auf. »Vielen Dank. Du bist wirklich der Beste unter den Männern.«

Er lachte auf. »Nur wegen dir.« Er berührte ihr Kinn. »Wie fühlst du dich?«

»Überraschend friedlich. Ich hasse sie nicht. Und ich muss sie nicht wiedersehen. Oder schreiben.«

Er hatte bemerkt, dass ihre Mutter sie nicht darum gebeten oder ihr das angeboten hatte. Für eine Weile fuhren sie schweigend dahin. Sie lehnte sich an ihn und er streichelte ihren Rücken.

»Es war seltsam«, sinnierte er. »Zu hören, wie sie dich Mary nannten. Ich wollte dich fragen, wie du deinen neuen Namen ausgewählt hast. Ich weiß, wie du zu Breckenridge gekommen bist, aber warum Ivy?«

»Das Armenhaus hatte eine Mauer, an der auf einer Seite Efeu – Ivy - wuchs. Ich fand es hübsch, aber einer der älteren Bewohner erklärte mir, es sei lästig, da es immer einen Weg fand, zu überleben und zu gedeihen, egal mit welchen Mitteln sie das zu verhindern suchten. »Sie setzte sich auf und sah ihm in die Augen. »Ich entschied, so wie Efeu sein zu wollen – egal was irgendjemand mir antat, ich würde standhalten. Ich würde überleben.«

Ein Gefühl der Bewunderung schwoll in seiner Brust an. »Ich hätte nicht gedacht, dass es möglich sein würde, dich noch mehr zu lieben.« Er küsste sie zärtlich, und sanft umspielte er mit den Lippen die ihren.

Sie hob die Hände, schlang sie um seinen Hals, und dann hob sie ein Bein über seinen Schoß und setzte sich auf ihn.

»Ivy, was machst du?«

»Dich verführen.« Sie küsste eine Spur an seinem Kiefer entlang und knabberte an seinem Ohrläppchen.

Die Wogen der Begierde wallten in ihm auf und erweckten augenblicklich seine Männlichkeit. »Wir sollten warten, bis wir beim Gasthaus ankommen.«

Sie hob die Röcke und nestelte zwischen ihnen beiden an den Knöpfen seines Schritts. Sie ließ den Mund aufreizend über seinen Nacken streifen. »Warum?«

»Das Kind?« Er war außer sich vor Freude gewesen, als ihre Blutungen ausgeblieben waren. Er konnte kaum glauben, wie durchgreifend sein Leben sich in den letzten Monaten verändert hatte und hätte nicht glücklicher sein können.

»Es wird ihm gut gehen«, entgegnete sie. Sie hob den Kopf und sah ihn mit einem neckenden Blick an, bevor sie zitierte: »*Ein zurückhaltender Liebhaber, so heißt es, wird immer zu einen misstrauischen Ehemann.* Wie ist aus meinem Herzog der Begierde nur so ein Angsthase geworden?«

Er lachte leise und auf der Suche nach ihrer süßen, feuchten Hitze schob er die Hand zwischen sie. »Natürlich Goldsmith.« Er drang mit dem Finger in sie und löste damit ein leises Keuchen aus, das ihr über die Lippen kam.

»Ich kann nicht zulassen, dass du meinen Charakter dergestalt anzweifelst. Ich bin der Herzog der Ausschweifung für dich.« Fest presste er die Lippen auf ihre und flüsterte: »Und vergiss das nie.«

Frischen Sie Ihre Bekanntschaft mit Jo in **Der trotzige Herzog** auf und treffen Sie Bran, den Earl of Knighton, der scheinbar seine Kleider nicht anbehalten kann. Die inzwischen verwittwete Jo wird die Gouvernante von Brans junger Tochter und die Anziehung zwischen den beiden entflammt. Lernen Sie in Der trotzige Herzog zwei

Menschen kennen, die sich abmühen, den
gesellschaftlichen Regeln zu folgen und ihre Herzen zu
schützen!

Ich danke Ihnen sehr, dass Sie den Der Herzog der
Begierde gelesen haben. Ich hoffe, es hat Ihnen gefallen!

Möchten Sie erfahren, wann mein nächstes Buch
verfügbar ist? Sie können sich für meinen Deutscher
Newsletter anmelden, mir auf Amazon.de folgen und
meine Facebook-Seite liken. Alle Newsletter-Abonnenten
erhalten exklusive Bonus-Geschichten, die sonst nirgends
erhältlich sind, unter anderem auch die einleitende
Vorgeschichte zur Buchreihe *Der Phönix Club*.

Rezensionen helfen anderen, Bücher zu finden, die für sie
geeignet sind. Ich schätze alle Bewertungen, ob positiv
oder negativ. Ich hoffe, dass Sie erwägen werden, eine
Bewertung bei Ihrem bevorzugten der Seite Ihres
bevorzugten Internet-Netzwerkes abzugeben.

Ich mag meine Leser so sehr. Danke!

**Sind Sie an weiterer Regency-Romantik interessiert?
Schauen Sie sich meine anderen historischen Serien an:**

Die Unberührbaren: Die Prätendenten
In der faszinierenden Welt der Unberührbaren spielend,
handelt die Saga von einem Geschwistertrio, die sich darin
auszeichnen, sich als jemand auszugeben, der sie nicht
sind. Werden ein unerschrockene Bow Street Ermittler,
ein niedergeschmetterter Viscount und eine

desillusionierte Dame der feinen Gesellschaft es schaffen, ihre Geheimnisse zu lüften?

Regeln für Halunken

Als eine junge Lady ruiniert wird, schwören ihre Freundinnen, dass keine von ihnen sich jemals wieder von einem Herzensbrecher umgarnen lässt. Sie werden dem Charme eines jeden Gentleman widerstehen, selbst – und vor allem – wenn dies bedeutet, sich damit den Ruf zu erwerben, unmöglich zu erobern zu sein. Es braucht schon außergewöhnliche Herzensbrecher, um ihre Regeln zu brechen ...

Der Phönix Club

Die exklusivste Einladung der feinen Gesellschaft ...

Willkommen im Phönix Club, in dem Londons waghalsigste, anrüchigste und intriganteste Ladys und Gentlemen Skandale, Erlösung und eine zweite Chance finden.

Die Bräute von Marrywell

Kommen Sie nach Marrywell, im schönen England, denn hier findet schon seit Hunderten von Jahren alljährlich das Maifest zur Partnerfindung statt, bei dem hoffnungsvolle Romantiker zusammenkommen. Die Herzöge und Halunken des Regency-Zeitalters begegnen hier temperamentvollen und bezaubernden Ladys, die ihnen ihre Herzen stehlen könnten.

Chroniken der Ehestiftung

Der Pfad der wahren Liebe verläuft niemals geradlinig. Manchmal ist eine Hausparty zur Ehestiftung vonnöten. Wenn Paare sich auf einer Hausparty kennenlernen,

ereignen sich provokative Flirts, heimliche Rendezvous
und Verliebtheit im Überfluss.

Ruchlose Geheimnisse und Skandale

Sechs unglaubliche Geschichten, die sich in den
glamourösen Ballsälen Londons und den herrlichen
Landschaften Englands abspielen.

Die Liebe ist überall

Herzerwärmende Nacherzählungen klassischer
Weihnachtsgeschichten im Regency-Stil, die in einem
gemütlichen Dorf spielen und von drei Geschwistern und
dem besten Geschenk von allen handeln: der Liebe.

Der Club der verruchten Herzöge

Sechs Bücher, geschrieben von meiner besten Freundin,
der New York Times Bestseller-Autorin Erica Ridley, und
mir. Lernen Sie die unvergesslichen Männer von Londons
berüchtigtster Taverne, dem Verruchten Herzog, kennen.
Verführerisch attraktiv, mit Charme und Witz im
Überfluss, wird eine Nacht mit diesen Wüstlingen und
Filous nie genug sein ...

BÜCHER VON DARCY BURKE

Historische Romantik

Die Unberührbaren

Ein Earl als Junggeselle (prequel)

Der verbotene Herzog

Der wagemutige Herzog

Der Herzog der Täuschung

Der Herzog der Begierde

Der trotzige Herzog

Der gefährliche Herzog

Der eisige Herzog

Der ruinierte Herzog

Der verlogene Herzog

Der betörende Herzog

Der Herzog der Küsse

Der Herzog der Zerstreuung

Der unverhoffte Herzog

Der charmante Marquess

Der verwundete Viscount

Die Unberührbaren: Die Prätendenten

Geheimnisvolle Kapitulation

Ein skandalöser Pakt

Des Gauners Rettung

Der Phönix Club

Der Earl mit dem flammendroten Haar

Das Geschenk des Marquess

Eine Freude für den Herzog

Ruchlose Geheimnisse und Skandale

Ihr ruchloses Temperament

Sein ruchloses Herz

Die Verführung des Halunken

Verliebt in eine Diebin

Die Schöne und der Halunke

Einmal Halunke, immer Halunke

Der Club der verruchten Herzöge

Eine Nacht zum Verführen by Erica Ridley

Eine Nacht der Hingabe by Darcy Burke

Eine Nacht aus Leidenschaft by Erica Ridley

Eine Nacht des Skandals by Darcy Burke

Eine Nacht zum Erinnern by Erica Ridley

Eine Nacht der Versuchung by Darcy Burke

ÜBER DIE AUTORIN

Darcy Burke ist die USA Today Bestsellerautorin für sexy, emotionale, historische und zeitgenössische Romantik. Darcy schrieb ihr erstes Buch im Alter von 11 Jahren – mit einem Happy End – über einen männlichen Schwan, der von der Magie abhängig war, und einen weiblichen Schwan, der ihn liebte, mit nicht sehr gelungenen Illustrationen. Schließen Sie sich ihr an newsletter!

Darcy, die in Oregon an der Westküste der Vereinigten Staaten geboren wurde, lebt am Rande des Wine Country mit ihrem auf der Gitarre spielenden Ehemann und ihren beiden ausgelassenen Kindern, die das Schreiben geerbt zu haben scheinen. Sie sind eine nach Katzen verrückte Familie mit zwei bengalischen Katzen, einer kleinen, familienfreundlichen Katze, die nach einer Frucht benannt ist, und einer älteren, geretteten Maine Coon, die der Meister der Kühle und der fünf-Uhr-morgens-Serenade ist. In ihrer ›Freizeit‹ ist Darcy eine regelmäßige ehrenamtliche Mitarbeiterin, die in einem 12-stufigen Programm eingeschrieben ist, in dem man lernt, ›Nein‹ zu sagen, aber sie muss immer wieder von vorne anfangen. Ihre Lieblingsplätze sind Disneyland und das Labor Day Wochenende in The Gorge. Besuchen Sie Darcy online unter https://www.darcyburke.de.

f facebook.com/darcyburkefans

⊙ instagram.com/darcyburkeauthor

ⓟ pinterest.com/darcyburkewrites

g goodreads.com/darcyburke

IMPRESSUM

Deutsche Erstausgabe von:
Darcy E. Burke Publishing
Zealous Quill Press
13500 SW Pacific Hwy., Ste. 58-419
Tigard, OR, 97223
USA

Für die Originalausgabe:

Redaktion: Nicole Wszalek
Umschlaggestaltung: Dar Albert, Wicked Smart Designs.

ISBN: 9781637261507

www.darcyburke.de

www.ingramcontent.com/pod-product-compliance
Lightning Source LLC
Chambersburg PA
CBHW050515110726
47899CB00005B/1463